가가 교이치로

加賀恭一郎

냉철한 머리, 뜨거운 심장, 빈틈없이 날카로운 눈매로 범인을 쫓지만, 그 어떤 상황에서도 인간에 대한 따뜻한 배려를 잃지 않는 형사 가가 교이치로. 때로는 범죄자조차도 매료당하는 이 매력적인 캐릭터는 일본 추리소설계의 일인자 히가시노 게이고의 손에서 태어나, 30년 넘게 그의 작품 속에서 함께해왔다.

가가 교이치로가 제일 먼저 등장한 것은 청춘 미스터리 소설 『졸업』이다. 교사가 될 꿈을 품은 평범한 대학생인 가가는 친구들의 연이은 죽음을 접하며 인간의 양면성과, 사건 해결에 대한 자신의 재능을 깨닫는다. 하지만 형사였던 아버지가 가정에 소홀했기 때문에 어머니가 집을 떠났다고 생각한 가가는 형사라는 직업 대신, 교사의 길을 택한다. 그러나 운명은 그를 평범한 교사로 머물게 두지 않았다. 가가 교이치로는 재직 중 어떤 사건으로 인해(자세한 내용은 『악의』에서 밝혀진다) 자신이 '교사로서는 실격'이라 판단하고 사직, 경찰에 입문한다.

가가 교이치로가 다른 추리소설 속 명탐정들과 다른 점은 무엇일까? 가가 형사는 그 어떤 경우에도 다정함과 최고의 선을 향한 인간적인 배려를 잃지 않는다. 이는 상대가 범죄자라 해도 마찬가지이다. 그리고 그것이 바로 가가 형사가 '인간의 심리를 가장 완벽하게 꿰뚫는 한 편의 드라마' 같은 추리소설을 쓰는 히가시노 게이고, 그에게 가장 사랑받는 캐릭터인 이유이다.

〈가가 형사 시리즈〉는 『졸업』을 시작으로 『잠자는 숲』 『악의』 『둘 중 누군가 그녀를 죽였다』 『내가 그를 죽였다』 『거짓말, 딱 한 개만 더』와 나오키상 수상 이후의 첫 작품 『붉은 손가락』 이후 『신참자』 『기린의 날개』 『기도의 막이 내릴 때』까지 총 10권이 출간되었다.

가가 형사
시리즈

KEIGO HIGASHINO

現 代 文 學 | 가가 형사 시리즈 | 東 野 圭 吾

악의
惡意

히가시노 게이고

양윤옥 옮김

현대문학

차례

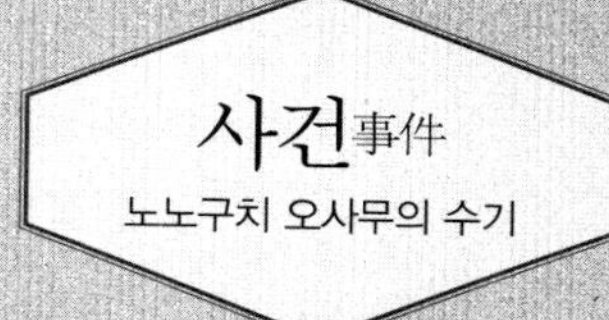

사건事件

노노구치 오사무의 수기

1

사건이 일어난 날은 4월 16일, 화요일이었다.

그날 나는 오후 3시 반에 집을 나와 히다카 구니히코의 집으로 향했다. 히다카의 집은 내가 사는 곳에서는 전차로 역 하나 거리다. 역에서 잠깐 버스를 타야 하지만 그래도 걷는 시간까지 합해 20분이면 도착할 수 있다.

평소에 나는 별다른 볼일 없이도 히다카의 집을 자주 드나들었지만 그날은 특별한 용건이 있었다. 아니, 그보다 그날을 놓치면 당분간 그를 만날 수 없었다.

히다카의 집은 말끔하게 구획 정리를 한 주택가 안에 자리

잡고 있다. 차례차례 늘어선 집들은 한결같이 고급주택이다. 그리고 이따금 호화주택이라고 할 만한 저택도 눈에 띈다. 이 근방은 예전에는 잡목이 들어찬 숲이어서 그 나무들을 그대로 정원수로 살려둔 집이 많다. 담장 안으로 너도밤나무며 상수리나무가 무성하게 자라서 길 쪽에까지 짙은 그림자를 떨구고 있다.

이 도로만 해도 그리 좁은 편이 아닌데 이 일대는 모두 일방통행이다. 안전성 확보도 동네의 수준을 나타내는 한 가지 조건이라고나 할까.

몇 년 전 히다카에게서 이쪽에 집을 샀다는 말을 들었을 때, 나는 역시나 하고 생각했다. 이 도시에서 자란 아이들에게 이 동네에 산다는 건 큰 꿈 중의 하나였기 때문이다.

히다카의 집은 호화주택이라고까지는 할 수 없지만 부부 둘이서 살기에는 분명 너무 큰 집이라는 생각이 드는 저택이었다. 팔작지붕 같은 부분은 전통가옥풍이지만, 출창出窓과 아치형 현관, 2층 창문에 플라워박스가 있는 점 등은 서양식 디자인의 건축이다. 이건 아마도 부부 양쪽의 의견을 똑같이 반영하여 지은 결과일 것이다. 아니, 담장이 벽돌담이라는 것을 생각하면 부인 쪽 의견이 더 많이 반영되었다고 봐야 할까. 그녀는 유럽의 고성 같은 집에서 살고 싶다고, 예전에 그런 말을 내비친 적이 있었다.

아차, 정정해야겠군. 부인이 아니다. 전 부인이다.

그 벽돌담을 따라 들어가 역시 양옆에 벽돌을 높직하게 쌓아올린 대문 앞에 서서 나는 인터폰 버튼을 눌렀다.

그런데 아무리 기다려도 응답이 없었다. 문틈으로 들여다보니 주차장에 히다카의 사브 자동차가 없었다. 외출한 모양이라고 생각했다.

시간을 어떻게 때울까 생각하다가 퍼뜩 벚나무가 떠올랐다. 히다카의 집 정원에는 천엽벚나무 한 그루가 있어서 지난번에 찾아왔을 때는 30퍼센트쯤 피어 있었던 것이다. 그로부터 열흘 가까이 지난 지금은 어떻게 되었을까.

남의 집이기는 하지만 친구라는 입장을 앞세워 널름 들어가 보기로 했다. 현관으로 들어가는 길이 중간에서 갈라져 건물 남쪽으로 이어졌다. 나는 그 위를 걸어 정원으로 돌아 들어갔다.

벚꽃은 그새 많이 떨어져버렸지만 아직 기분 좋게 바라볼 만큼은 꽃잎이 남아 있었다. 하지만 그것을 감상하고 있을 상황이 아니었다. 그곳에 낯선 여자가 들어와 있었던 것이다.

여자는 허리를 숙이고 땅바닥을 들여다보는 것 같았다. 면바지에 스웨터 차림이었다. 손에는 하얀 천 같은 것을 들고 있었다.

저어, 라고 나는 말을 건넸다. 여자는 깜짝 놀란 기색이었다.

이쪽을 돌아보더니 벌떡 몸을 일으켰다.

"아, 죄송해요"라고 여자는 말했다. "이게 바람에 날려 이 댁 정원으로 넘어왔어요. 집에 아무도 안 계신 것 같아서 실례인 줄 알면서도……." 그러더니 손에 든 것을 내보였다. 그것은 하얀 모자였다.

여자는 30대 후반으로 보였다. 눈도 코도 입도 자그마한, 평범한 얼굴의 여자였다. 안색도 그다지 좋지 않았다.

모자가 날려갈 만큼 강한 바람이 불었던가?

나는 약간 의심스러운 마음이 들었다.

"열심히 바닥을 살펴보는 것 같았는데요."

"네에, 저기, 잔디가 너무 예뻐서 손질을 어떻게 하시는지 궁금해서요."

"그래요? 아, 나는 잘 몰라요. 여기, 친구 집이라서."

여자는 고개를 끄덕였다. 내가 이 집 주인이 아니라는 건 이미 알고 있는 눈치였다.

"죄송합니다."

여자는 머리를 한 차례 숙이더니 내 옆을 지나 대문 쪽으로 나갔다.

그리고 5분쯤 지났을까. 주차장 쪽에서 자동차 엔진 소리가 들려왔다. 히다카가 돌아온 모양이었다.

나는 현관 쪽으로 돌아갔다. 감색 사브가 후진하면서 주차장으로 들어서는 참이었다. 운전석의 히다카가 나를 알아보고 슬쩍 고개를 끄덕였다. 조수석에 앉아 있던 리에 씨도 웃으며 인사를 해주었다.

"미안해. 잠깐 쇼핑하려고 나갔는데 길이 막혀서 말이지. 아, 힘들어." 차에서 내리자마자 히다카는 얼굴 앞에서 손을 내저었다. "오래 기다렸어?"

"아냐, 별로. 내 마음대로 여기 정원 벚나무를 구경하고 있었어."

"이제 많이 떨어졌지?"

"조금. 그래도 정말 근사한 나무야."

"꽃이 피어 있을 때는 좋은데 그다음이 문제야. 작업실 창문이 바로 옆이라 가끔 벌레가 꿈틀꿈틀 들어온다니까."

"어이쿠. 하지만 당분간은 여기서 작업할 일도 없잖아?"

"응, 그놈의 벌레 지옥을 피할 수 있다고 생각하니 한결 마음이 놓이네. 뭐, 어쨌거나 안으로 들어가자고. 아직 커피 한잔 마실 정도의 그릇들은 남아 있어."

아치형의 현관을 지나 우리는 집 안으로 들어갔다.

실내는 거의 다 정리되어 있었다. 벽을 장식했던 그림도 사라졌다.

"짐은 다 꾸렸어?" 나는 히다카에게 물었다.

"작업실만 빼고는 대충 끝났어. 하긴 거의 다 이삿짐센터에 맡겼으니까 나는 별로 한 일도 없지만."

"오늘 밤에는 어디서 잘 거야?"

"일단 호텔을 잡아뒀어. 크라운 호텔. 하지만 나는 아무래도 여기서 밤을 새야 할지도 모르겠어."

나와 히다카는 그의 작업실로 들어갔다. 5평 남짓한 방이다. 컴퓨터와 책상, 거기에 작은 책장 하나가 있을 뿐, 휑뎅그렁했다. 나머지 가구는 이미 포장했을 터였다.

"아, 내일까지 보내야 할 원고가 아직 남아 있는 모양이지?"

내 질문에 히다카는 얼굴을 찌푸리며 고개를 끄덕였다.

"연재 1회분이 남았어. 오늘 밤 안에 팩스로 보내주기로 했어. 그래서 아직 전화는 해지 수속도 못 하고 있고."

"소메이 출판사의 월간지?"

"응."

"앞으로 몇 매나 써야 하는데?"

"30매. 뭐, 어떻게든 될 거야."

의자는 두 개가 남아 있어서 책상 모서리를 사이에 두고 마주앉았다. 곧바로 리에 씨가 커피를 내왔다.

"밴쿠버 쪽 날씨는 어떻지? 아무래도 여기보다는 춥겠지?" 나는 두 사람에게 물어보았다.

"위도가 전혀 다르잖아. 여기보다는 춥지."

"하지만 한여름에는 시원하다니까 다행이에요. 나는 에어컨을 켠 방에만 있으면 몸이 영 안 좋거든요."

"시원한 방에서 원고도 술술 잘 써진다면 좋겠어. 근데 아마 그렇게는 안 되겠지?" 히다카가 싱글싱글 웃었다.

"노노구치 씨도 꼭 놀러오세요. 여기저기 안내해드릴 수 있게 제가 준비할 테니까요."

"고마워요. 꼭 한번 가지요."

그럼 천천히 얘기하시라면서 리에 씨는 방을 나갔다.

히다카는 커피 잔을 든 채 자리에서 일어나 창문 너머로 정원을 바라보았다.

"저 벚꽃이 활짝 핀 것을 보고 갈 수 있어서 기분이 좋아." 그가 말했다.

"내년부터는 한창 예쁠 때 사진을 찍어서 캐나다로 보내줄게. 아참, 그쪽에도 벚나무가 있던가?"

"글쎄, 모르겠네. 이번에 가서 살게 될 집 근처에는 없었던 것 같아." 그렇게 말하고 히다카는 커피를 마셨다.

"근데 아까 좀 이상한 여자가 정원에 와 있었어." 나는 약간 망설였지만 역시 알려주는 게 좋겠다는 생각에 말하기로 했다.

"이상한 여자?" 히다카가 미간을 좁혔다.

나는 조금 전에 본 여자 얘기를 해주었다. 그러자 처음에는 의아한 표정을 짓던 히다카의 얼굴이 점점 풀어지더니 피식 웃었다.

"고케시 인형* 같은 얼굴을 한 여자 아니었어?"

"그래, 듣고 보니 그런 얼굴이었어." 비유가 정확했기 때문에 나는 웃음이 났다.

"이름이 니미라고 했던가. 옆집에 사는 여자야. 언뜻 젊게 보이지만 아마 마흔 살이 넘었을 거야. 중학생 정도의 아들이 있거든. 그야말로 철딱서니 없는 중학생 녀석이지. 남편은 도통 집에 붙어 있지 않는 것 같더라고. 아마 어딘가 지방의 직장에 혼자 내려간 모양이라는 게 리에의 추리야."

"꽤 자세히 알고 있네. 친하게 지내는 모양이지?"

"그 여자하고? 천만의 말씀." 히다카가 창문을 열자 모기장 덧문만 남았다. 부드럽게 바람이 들어왔다. 바람에는 잎사귀 냄새가 스며들어 있었다. "그 반대야." 히다카는 말을 이었다. "아무래도 내가 그 여자한테 원한을 산 것 같아."

"원한? 이거 보통 일이 아니네. 무엇 때문에?"

"고양이."

"고양이? 고양이가 뭘 어쨌는데?"

"그 여자가 기르던 고양이가 얼마 전에 죽은 모양이야. 길가에 쓰러져 있었다는 거야. 수의사에게 데려갔더니 독을 먹은

* 둥글고 긴 몸통에 머리가 동그란, 여자아이 모양의 채색 목각인형.

게 아니냐고 했다네."

"그 일하고 자네가 무슨 관계가 있는데?"

"내가 독을 넣은 경단을 뿌려놓아서 고양이가 그걸 먹은 게 아니냐고 의심하는 모양이야."

"자네가? 그 여자는 왜 그런 생각을 했지?"

"그게 아주 말도 안 되는 이유라니까." 히다카는 하나 남은 책장에서 월간지를 뽑아오더니 한가운데쯤을 펼쳐서 내 앞에 놓았다. "이 글을 읽었대."

그것은 반 페이지 정도의 수필이었다. 제목은 「인내의 한계」. 옆에 히다카의 얼굴 사진이 나란히 실려 있었다. 나는 그 수필을 대충 훑어보았다. 글의 내용은, 내놓고 기르는 고양이 때문에 큰 피해를 입고 있다는 것이었다. 아침에 나가 보면 정원에는 반드시 고양이 똥이 널려 있고, 주차장 자동차의 보닛에는 고양이 발자국이 점점이 찍혀 있다, 화분의 꽃이며 잎사귀를 물어뜯기도 한다, 흰색과 갈색의 얼룩 고양이가 범인이라는 건 알고 있지만 대책을 세울 도리가 없다, 페트병을 주욱 늘어놓으면 고양이가 도망간다는 속설이 있어서 그것도 해봤지만 전혀 효과가 없고, 그야말로 인내의 한계에 도전하고 있는 나날이다—, 대략 그런 내용이었다.

"죽은 고양이가 흰색과 갈색의 얼룩 고양이였어?"

"뭐, 그렇다는군."

"거참." 나는 쓴웃음을 지으며 고개를 끄덕였다. "그렇다면 의심을 받을 만도 하네."

"지난주였던가. 그 여자가 험악한 얼굴을 하고 우리 집에 쳐들어왔어. 차마 독을 뿌렸다는 말까지는 못 했지만 거의 그 비슷한 얘기를 하더라고. 우리는 그런 짓 안 한다, 하고 리에가 화를 내면서 돌려보냈는데, 오늘도 정원을 어정거렸다는 걸 보니 아직도 의심하는 모양이네. 혹시 독이 든 경단이 어딘가 떨어져 있지 않나 하고 살펴봤겠지."

"상당히 집념이 강하네."

"그런 쪽 여자들이 다 그래."

"자네가 당분간 캐나다에 가게 된 것은 모르는 모양이지?"

"아니, 리에가 그 여자한테 얘기했어. 우리는 다음 주부터 한참 동안 밴쿠버에 가서 살기로 했다, 그래서 댁의 고양이가 어지간히 말썽을 피워도 이제 조금만 더 참으면 된다고 포기하고 내버려뒀었다, 라고 말했으니까. 안 그런 것 같아도 리에가 아주 다부진 데가 있거든." 히다카는 재미있다는 듯이 웃었다.

"하지만 리에 씨 말이 맞네. 이쪽에서 굳이 서둘러서 고양이를 죽일 이유가 없었다는 얘기잖아."

그런 내 말에 왠지 히다카는 곧바로 동의하지 않았다. 여전히 느물느물 웃으면서 창밖을 바라보던 그는 커피를 다 마시고 나서야 불쑥 말했다. "내가 했어."

"응?" 그가 한 말의 의미를 얼른 알아듣지 못해서 나는 되물었다. "무슨 얘기야?"

그는 커피 잔을 책상에 내려놓고 그 대신 담배와 라이터를 집었다.

"내가 그 고양이를 죽였다고. 독 경단을 정원에 뿌렸었어. 설마 그게 그렇게 잘 먹힐 줄은 생각도 못 했지만."

그 말을 듣고서도 여전히 나는 히다카가 농담을 한다고 생각했다. 하지만 느물느물 웃고는 있어도 그 얼굴은 농담할 때의 표정이 아니었다.

"독 경단 같은 걸 어떻게 만들어?"

"별것 아냐. 캣푸드에 농약을 섞어 정원에 던져두기만 하면 돼. 버르장머리 없는 고양이는 뭐든 덥석 집어먹는 모양이야."

히다카는 담배를 입에 물더니 불을 붙여 맛있다는 듯 연기를 토해냈다. 방충망을 통해 들어오는 바람에 그 연기는 금세 지워졌다.

"왜 그런 짓을 하나." 나는 말했다. 마음이 편치 않았다.

"이 집, 아직 들어올 사람을 못 구했다는 얘기는 했었지?" 다시 진지한 얼굴이 되어 그가 말했다.

"응."

히다카 부부는 자신들이 캐나다에 가 있는 동안 이 집을 남에게 임대할 생각이었다.

"부동산 중개소에서 계속 세입자를 찾고는 있는데, 지난번에 약간 마음에 걸리는 소리를 하더라고."

"어떤 소리를?"

"집 앞에 페트병을 늘어놓으면 이미지가 나빠진다는 거야. 그야말로 고양이한테 시달리는 집이라는 느낌이 들기 때문이래. 당연히 그래서는 아무도 이 집에 들어오고 싶지 않겠지."

"그럼 페트병을 치워버리면 되잖아?"

"그건 본질적인 해결책이 아니지. 누군가 이 집을 보러 왔을 때, 정원에 고양이 똥이 여기저기 널려 있으면 어떻겠어? 그나마 우리가 있을 때는 청소라도 할 수 있지만 내일부터는 아무도 없잖아. 오죽이나 좋은 냄새를 풀풀 풍기고 다니실까."

"그래서 죽였어?"

"이건 기르는 사람한테 책임이 있어. 그걸 그 니미라는 여자는 전혀 이해를 못 하는 것 같아." 히다카는 담배를 재떨이에 비벼서 껐다.

"그거, 리에 씨는 알고 있어?"

내가 묻자 그는 한쪽 뺨으로 피식 웃으며 고개를 저었다.

"알 리가 있어? 여자라는 건 원래 고양이를 좋아하잖아. 사실을 말하면 아마 나를 악마 취급할걸?"

대꾸할 말이 생각나지 않아서 나는 입을 다물어버렸다. 그러자 때마침 전화벨이 울렸다. 히다카가 수화기를 집어들었다.

"여보세요…… 아, 안녕하세요? 슬슬 전화가 걸려올 때라고 생각했습니다. ……예, 예정대로 됩니다. ……하하하, 내가 너무 잘 알지요? 지금 시작할 참입니다. ……그렇죠, 오늘 밤 안에는 어떻게든 될 거예요. ……예, 그럼 다 쓰는 대로 바로 보내지요. ……아뇨, 그게요, 이 전화는 내일 오전까지밖에 쓸 수가 없어요. 그러니 내 쪽에서 전화하도록 하겠습니다. ……예, 호텔에서요. 자, 그럼 또 연락합시다."

전화를 끊고 나서 그는 작게 한숨을 내쉬었다.

"편집자야?"라고 나는 물었다.

"응, 소메이 출판사의 야마베 씨. 내 원고 늦게 나오는 거 뻔히 알면서도 역시 이번만은 애가 타는 모양이야. 아무튼 지금 놓쳤다가는 내일모레면 나는 일본에 없으니까."

"그럼 자네 일 방해되지 않게 이만 슬슬 가볼게." 나는 의자에서 일어섰다.

그때였다. 인터폰 소리가 들려왔다. 분명 세일즈맨일 거라고 생각했는데 그렇지 않은 모양이었다. 리에 씨가 복도를 걸어오는 소리가 들리더니 이어서 노크 소리가 났다.

"응, 무슨 일이야?" 히다카가 말했다.

문이 열리고 리에 씨가 우울해 보이는 얼굴을 내밀었다.

"후지오 씨가 오셨어." 목소리를 낮추고 말했다.

히다카의 얼굴이 소나기 직전의 하늘처럼 흐려졌다.

"후지오……, 후지오 미야코?"

"응, 오늘 안에 꼭 얘기해야 할 게 있어서 왔다는데?"

"허, 이것 참." 히다카는 입술을 깨물었다. "분명 우리가 캐나다에 간다는 얘기를 어디서 들은 모양이지."

"바쁘다고 하고 그냥 돌려보낼까?"

"흠, 글쎄." 그는 잠시 생각하더니 "아냐, 만나자"라고 말했다. "우리로서도 여기서 결판을 내버리는 게 깔끔하지. 이 방으로 안내해줘."

"그건 그렇지만……." 리에 씨가 거북스러운 듯이 내 쪽을 쳐다보았다.

"아, 나는 그만 일어날 겁니다."

죄송해요, 라고 말하며 리에 씨는 문 건너편으로 사라졌다.

"진짜 귀찮게 구네." 히다카가 한숨을 섞어 말했다.

"후지오라니, 후지오 마사야의?"

"응, 그 여동생이야." 그는 약간 길게 자란 머리를 긁적였다. "돈이라도 좀 쥐여달라는 이야기라면 간단한데, 책을 회수하라거나 완전히 새로 써달라는 얘기라면 도저히 응할 수 없어."

발소리가 들려왔다. 히다카는 입을 꾹 다물었다. 복도가 어두워서 미안해요, 라는 리에 씨의 목소리가 났다. 그리고 노크 소리.

"예에."

문을 열고 리에 씨가 말했다. "후지오 씨예요."

그녀 뒤에는 20대 후반으로 보이는 긴 머리의 여자가 서 있었다. 여대생이 취업 면접을 볼 때 입을 듯한 정장 차림이었다. 갑작스러운 방문이지만 나름대로 예의만은 지키려고 애를 쓴 것처럼 느껴졌다.

"자, 그럼 이만." 나는 히다카에게 말했다. 모레는 가능하면 배웅을 나가겠다는 말을 하려다가 꿀꺽 삼켰다. 공연히 후지오 미야코를 자극하는 결과를 낳아서는 안 된다고 생각했던 것이다.

히다카는 말없이 고개를 끄덕였다.

나는 리에 씨의 배웅을 받으며 히다카의 집을 나섰다.

"서둘러 가시게 해서 미안해요." 손을 맞대고 한쪽 눈을 찡긋하면서 죄송하다는 듯 그녀는 말했다. 몸집이 작고 마른 편이라서 그런 식의 몸짓을 하면 소녀 같은 분위기가 났다. 도저히 삼십이 넘은 나이로는 보이지 않았다.

"모레는 공항으로 배웅하러 갈게요."

"바쁘지 않으세요?"

"괜찮아요. 자, 그럼."

안녕히, 라는 인사와 함께 그녀는 내가 다음 모퉁이를 돌아갈 때까지 배웅해주었다.

2

집으로 돌아와 잠시 일을 하고 난 참에 현관 차임벨이 울렸다. 내가 사는 곳은 히다카와는 달리 겨우 5층짜리 건물의 원룸맨션 한 칸이다. 작업실 겸 침실로 쓰는 세 평짜리 방 하나에 네 평정도의 거실과 부엌으로 이루어진 작은 집이다. 그리고 리에 씨 같은 아내도 없다. 차임벨이 울리면 내가 직접 나가지 않으면 안 된다.

도어스코프로 상대를 확인한 뒤에 걸쇠를 풀고 문을 열었다. 도지 출판사의 오시마 군이었다.

"여전히 시간에는 정확하군."

"제 특기가 그거 하나뿐이거든요. 이거, 좀 드시라고 가져왔습니다." 그가 내민 것은 모 유명 제과점의 상호가 새겨진 과자 상자였다. 그는 내가 단것을 좋아한다는 것을 잘 알고 있었다.

"일부러 여기까지 오라고 해서 미안하네."

"아뇨, 어차피 집에 가는 길인데요, 뭐."

오시마 군을 좁은 거실로 안내하고 차를 내주었다. 그리고 작업실로 가서 책상 위에 챙겨둔 원고를 가져왔다.

"자, 여기. 잘 나왔는지 어떤지는 모르겠어."

"잠깐 읽어보겠습니다."

그는 찻잔을 내려놓고 원고를 들었다. 그리고 곧바로 읽기 시작했다. 나는 신문을 펼쳤다. 항상 그렇지만 내 눈앞에서 누군가가 내 글을 읽는다는 건 그리 마음 편한 일은 아니다.

오시마 군이 반쯤 읽었을 때 거실 테이블 위의 무선 전화기가 울렸다. 잠깐 실례, 라고 말하고 나는 자리에서 일어섰다.

"네, 노노구치입니다."

"여보세요, 나야." 히다카의 목소리가 들렸다. 약간 침울한 느낌의 목소리였다.

"응, 웬일이야?"

그렇게 물어본 것은 후지오 미야코의 일이 은근히 마음에 걸렸기 때문이었지만, 그는 내 말에는 대답하지 않고 잠시 뜸을 들인 뒤에 "자네, 바빠?"라고 물었다.

"바쁘다고 할까, 지금 손님이 와 있어."

"그래? 몇 시쯤 끝날까?"

나는 벽시계를 보았다. 6시를 조금 넘어선 참이었다.

"앞으로 조금 더 걸릴 거야. 근데 무슨 일이야?"

"응, 전화로는 말하기가 어려워. 잠깐 자네하고 상의하고 싶은 일이 있어서 그래. 이쪽으로 좀 와줬으면 좋겠는데."

"그거야 뭐, 괜찮지만……." 후지오 미야코 일 때문이냐고 물어보려다가 흠칫 멈췄다. 오시마 군이 곁에 있는 것을 깜빡 잊고 있었다.

"8시로, 어때?" 그가 물었다.

"응, 괜찮아."

"자, 그럼 기다릴게." 그렇게 말하고 히다카는 전화를 끊었다.

내가 무선 전화기를 내려놓자 오시마 군이 소파에서 엉거주춤 몸을 일으켰다.

"볼일이 있으시면 저는 이제 그만……."

"아냐, 괜찮아, 괜찮아." 나는 그에게 어서 앉으라고 손을 흔들었다. "8시에 누구하고 좀 만나기로 약속한 것뿐이야. 아직 시간이 넉넉하니까 마음 편히 읽어봐도 돼."

"아, 그러세요? 자, 그럼." 그는 다시 원고를 읽어 내려갔다.

나도 다시 신문을 훑어보기로 했지만, 머릿속은 히다카의 용건이 무엇인가 하는 궁금증으로 가득했다. 분명 후지오 미야코 문제일 거라고 생각했다. 그거 말고는 딱히 짚이는 게 없었다.

히다카에게는 『수렵 금지구역』이라는 제목의 소설이 있었다. 어느 판화가의 생애를 묘사한 소설이다. 일단 픽션의 형식을 취하고 있지만 실은 이 작품에는 실재 모델이 있었다. 후지오 마사야라는 사내였다.

후지오 마사야는 나와 히다카와 같은 중학교를 다녔다. 그 인연으로 히다카도 그에 관한 것을 소재로 써보려고 한 모양이었다. 하지만 이 소설에는 몇 가지 문제점이 있었다. 즉 작품 속에 후지오 마사야에게 그다지 명예롭다고 할 수 없는 일까지 그대로 묘사한 것이다. 특히 그의 중학교 시절의 수많은 기행奇行에 대해 히다카는 거의 실제 사실 그대로 써버렸다. 등장인물의 이름은 물론 다르지만, 그 부분만 읽어보면 나처럼 후지오 마사야를 아는 사람은 도저히 픽션이라고 생각할 수 없었다. 또한 후지오 마사야가 창녀의 칼에 찔려 살해되는 대목도 완전히 실제 사건과 똑같았다.

소설은 베스트셀러가 되었다. 후지오 마사야를 아는 사람이라면 이 이야기의 모델이 누구인지, 그야말로 금세 짐작할 수 있었다. 이윽고 후지오 가족도 이 책을 보게 되었다.

후지오의 아버지는 이미 세상을 떠났고, 항의에 나선 것은 어머니와 여동생이었다. 그녀들의 주장은 이러했다. 소설의 모델이 후지오 마사야라는 것은 누가 봐도 명백하다. 하지만 우리는 이런 소설의 집필을 허락한 적이 없다. 또한 이 소설 때문에 후지오 마사야의 사생활이 폭로되고 그 결과 부당한 명예훼손의 피해를 입었다. 우리는 이 소설책의 회수와 전면적인 개고改稿를 요구한다―.

히다카가 말했던 대로 그녀들이 배상금이라는 형태로 보상을 요구한 일은 없는 모양이었다. 그저 순수하게 소설을 다시 써달라고 요구하는 것인지, 아니면 뭔가 협상의 줄다리기를 해보려는 것인지, 지금으로서는 알 수 없었다.

조금 전에 걸려온 히다카의 전화 목소리를 통해 추측해보자면 후지오 미야코와의 협상은 잘 풀리지 않은 모양이다. 하지만 자기 집에 와달라는 건 또 무슨 말인가. 일이 크게 틀어져 버린 건가. 그렇다고 나 같은 사람이 무슨 도움이 될 수 있을까.

그런 생각을 하는 동안, 맞은편에 앉은 오시마 군은 원고를 다 읽은 모양이었다. 나도 신문에서 눈을 들었다.

"정말 좋은데요." 오시마 군이 말했다. "마음이 따스해지면서 뭔가 그리운 듯한 느낌이 들어요. 저는 좋은 글이라고 생각했어요."

"그런가. 그렇게 말해주니 한결 마음이 놓이는군." 나는 실제로 휴우 안도하며 차를 마셨다. 오시마 군은 영리한 친구지만 얼렁뚱땅 공치사를 늘어놓은 적은 없다.

평소 같으면 앞으로의 작업을 상의했을 텐데 오늘은 히다카와의 약속이 기다리고 있다. 나는 시계를 보았다. 6시 반이었다.

"어떻게, 시간은 괜찮으세요?" 오시마 군이 눈치 빠르게 물었다.

"아직 괜찮아. 근데 이 근처 패밀리 레스토랑에서 밥이라도 먹으면서 얘기를 계속하는 건 어떨까. 그러면 나도 이래저래 편리할 것 같아."

"좋죠. 저도 어차피 저녁은 먹어야 하니까요." 원고를 가방에 챙겨 넣으며 오시마 군은 말했다. 내년이면 서른이라고 했던 것 같은데 이 친구는 아직 독신이다.

집에서 2, 3분 거리의 패밀리 레스토랑에서 그라탱을 먹으면서 집필에 대해 상의했다. 하지만 거의 대부분은 잡담이었다. 뭔가 얘기 끝에 내가 만나기로 약속한 사람이 작가 히다카 구니히코라는 말을 했다. 오시마 군은 놀란 기색이었다.

"히다카 씨하고 아는 사이예요?"

"응, 초등학교와 중학교를 같이 다녔어. 내 본가가 바로 이 근처였거든. 여기에서라면 걸어서도 갈 수 있는 곳이야. 지금은 그 친구 집이나 우리 집이나 다 철거되고 맨션이 들어섰지만."

"어렸을 때부터 친구였군요."

"뭐 그렇지. 그래서 요즘에도 서로 연락하고 지내고."

"와아." 그의 눈에 선망과 동경의 빛이 떠올랐다. "저는 그건 또 몰랐네요."

"내가 자네 쪽 문예지에 글을 싣게 된 것도 그 친구가 소개해줬기 때문이야."

"엇, 그래요?"

"처음에는 그쪽 편집장이 히다카에게 원고를 의뢰했던 모양이야. 근데 히다카가 어린이 동화 쪽은 쓰기가 어렵다고 거절하고 대신 나를 소개해줬어. 그러니까 나로서는 큰 신세를 진 사람이지." 포크로 마카로니를 입에 넣어가며 나는 그렇게 말했다.

"그런 일이 있었군요. 히다카 씨가 동화를 써준다면 진짜 흥미롭긴 하겠네요." 그리고 오시마 군은 내게 물었다. "노노구치 선생님은 어른을 위한 소설은 쓸 계획이 없습니까?"

"언젠가는 써볼 생각이야. 기회만 닿는다면, 이라고나 할까?" 이건 나의 진심이었다.

7시 반에 패밀리 레스토랑을 나와 역까지 둘이서 나란히 걸었다. 반대 방향의 전차를 타고 가는 오시마 군을 플랫폼에서 배웅했다. 곧바로 내 쪽의 전차도 왔다.

히다카의 집에 도착한 것은 8시 정각이었다. 나는 문 앞에서 뭔가 이상하다고 생각했다. 집 안이 온통 컴컴했기 때문이다. 대문의 등도 꺼져 있었다.

그래도 일단 인터폰 버튼을 눌러보았다. 이미 예상은 했지만, 역시 아무 응답도 없었다.

그때는 내가 뭔가 착각한 모양이라고 생각했다. 히다카가 아까 전화로 8시에 와달라고 말했지만, 그것이 꼭 자기 집으로 8시에, 라는 의미가 아니었는지도 모른다.

나는 왔던 길을 잠깐 되돌아갔다. 작은 공원이 있고 그 곁에 전화박스가 서 있었다. 지갑을 꺼내며 안으로 들어갔다.

전화번호 안내를 통해 크라운 호텔의 번호를 알아본 뒤 호텔로 전화를 걸었다. 히다카라는 사람이 그 호텔에서 숙박 중일 거라고 말했더니 금세 연결해주었다.

"여보세요, 히다카입니다." 리에 씨의 목소리가 들렸다.

"노노구치인데요. 히다카, 그쪽에 있습니까?"

"아뇨, 아직 호텔에 안 왔어요. 지금 집에 있을 거예요. 일이 남았을 테니까요."

"아니, 그건 그런데……."

나는 집 안의 불이 모두 꺼져 있고 안에 인기척이 전혀 없다고 말했다. 이상하네요, 라고 그녀는 전화 너머에서 고개를 갸웃거리는 것 같았다.

"호텔에는 서둘러도 한밤중에나 올 거라고 했었는데?"

"그럼 잠깐 어디 나간 건가?"

"그럴 리가 없을 텐데요." 리에 씨는 생각에 잠긴 듯 잠시 침묵하더니 이윽고 마음을 정한 모양이었다. "알았어요. 제가 지금 그쪽으로 갈게요. 40분쯤이면 도착할 거 같은데, 노노구치 씨는 지금 어디 계세요?"

내가 있는 곳을 설명해준 뒤에, 나는 근처 찻집에서 그때까지 기다리겠다고 말하고 전화를 끊었다.

전화박스에서 나와 찻집에 가기 전에 다시 한번 히다카의 집 앞까지 가보았다. 여전히 불은 꺼져 있었다. 주차장에 사브가 그대로 세워져 있는 것이 약간 마음에 걸렸다.

내가 찻집이라고 말한 곳은 히다카가 기분 전환을 위해 자주 찾는 커피 전문점이었다. 나도 몇 번 와본 적이 있었다. 찻집 주인은 나를 기억해주었다. 오늘은 히다카 씨와 함께 안 오셨습니까, 라고 물었다. 만나기로 약속했는데 집에 아무도 없더라고 나는 대답했다.

주인을 상대로 프로야구 이야기 등을 하다 보니 그새 30분 넘게 지나갔다. 나는 계산을 끝내고 찻집을 나와 빠른 걸음으로 히다카의 집으로 향했다.

대문 앞에 도착했을 때 마침 리에 씨가 택시에서 내리는 참이었다. 내가 인사를 건넸더니 그녀는 웃는 얼굴로 응해주었다. 하지만 집 쪽으로 시선을 던지자마자 그 얼굴이 금세 불안한 듯 흐려졌다.

"정말로 컴컴하네." 그녀가 말했다.

"아직 안 돌아온 모양이죠."

"하지만 외출할 예정이 없었는데요……."

가방에서 열쇠를 꺼내며 그녀는 현관으로 걸어갔다. 나도 그녀의 뒤를 따라 들어갔다.

현관문은 잠겨 있었다. 열쇠로 문을 열고 들어가자 리에 씨는 여기저기 전깃불을 켰다. 실내 공기는 차갑게 식어 있었다.

사람이 있는 기척은 없었다.

리에 씨는 복도를 지나 히다카의 작업실 문 손잡이를 잡았다. 문은 잠겨 있었다.

"외출할 때 항상 문을 잠가둡니까?" 내가 물었다.

그녀는 열쇠를 꺼내면서 고개를 갸우뚱했다. "요즘에는 거의 문을 잠근 적이 없어요."

열쇠를 꽂고 그대로 문을 열었다. 작업실도 불이 꺼져 있었다. 하지만 완전히 어두운 건 아니었다. 컴퓨터를 끄지 않았는지 데스크톱의 모니터 화면이 빛을 뿜고 있었다.

리에 씨는 손으로 벽을 더듬어 형광등 스위치를 올렸다.

작업실 한가운데, 다리를 이쪽으로 향하고 쓰러져 있는 히다카의 모습이 보였다.

영 점 몇 초쯤 공백의 시간이 흐르고 리에 씨가 말없이 히다카에게 달려갔다. 하지만 그녀는 중간쯤에서 발을 멈추고 두 손으로 입을 가린 채 온몸이 굳어버렸다. 그사이에 한마디도 말을 하지 않았다.

나도 멈칫멈칫 다가갔다. 히다카는 엎드린 상태로 고개를 틀어 왼쪽 옆얼굴을 내보이고 있었다. 눈을 가늘게 뜨고 있었다. 이미 죽은 자의 눈빛이었다.

"죽었어……." 나는 중얼거렸다.

리에 씨가 천천히 무너져 내렸다. 바닥에 무릎을 꿇는 것과 동시에 배 속에서 밀려나온 듯한 울음소리를 내기 시작했다.

3

경시청에서 나온 수사관들이 현장 검증을 하는 동안, 나와 리에 씨는 응접실에서 기다리고 있었다. 하지만 응접실이라고는 해도 소파도 테이블도 없었다. 잡지가 가득 들어 있다는 이삿짐 상자에 리에 씨를 앉히고, 나는 곰처럼 방 안을 빙빙 돌아다니며 이따금 복도에 얼굴을 내밀어 검증 상황을 살펴보기도 했다. 리에 씨는 울고 있었다. 내 손목시계는 오후 10시 반을 가리키고 있었다.

노크 소리가 나고 문이 열렸다. 사코다 경감이 들어왔다. 오십이 되었을까 말았을까 하는 나이에 행동거지가 아주 침착한 사람이었다. 우리에게 잠시 이 방에서 기다리라고 말한 것도 이 인물이다. 수사의 진두지휘를 맡고 있는 모양이었다.

"잠시 물어볼 게 있는데, 괜찮겠어요?" 사코다 경감은 리에 씨 쪽을 흘끔 바라본 뒤에 나를 향해 물었다.

"네, 나는 괜찮은데……."

"나도 얘기할게요." 리에 씨가 손수건으로 눈 밑을 찍어내며 말했다. 약간 눈물 섞인 목소리였지만 또렷한 말투였다. 오늘 낮에 히다카가 그녀에 대해 다부진 성격이라고 했던 말이 내 머릿속에 떠올랐다.

"그러면 잠시만."

사코다 경감은 선 채로 우리가 사체를 발견하기까지의 경위를 질문했다. 이야기의 흐름상 나는 후지오 미야코의 일에 대해 말하지 않을 수 없었다.

"히다카 씨가 선생 댁에 전화를 한 게 몇 시쯤이었어요?"

"6시 지나서였어요."

"그때 히다카 씨는 뭔가 그 후지오라는 여자에 관한 얘기를 했습니까?"

"아뇨, 그냥 나한테 상의할 일이 있다고만 했어요."

"그러면 다른 용건일 수도 있었다는 얘기군요."

"그렇죠."

"어떤 용건인지 뭔가 짚이는 건 없습니까?"

"글쎄요. 잘 모르겠어요."

사코다 경감은 고개를 끄덕이더니, 이어서 리에 씨 쪽으로 얼굴을 돌렸다.

"후지오라는 여자가 돌아간 건 몇 시쯤이었어요?"

"5시쯤이었던 것 같아요."

"그 뒤에 남편분과 그 여자에 관한 얘기를 하셨던가요?"

"네, 잠깐 얘기했어요."

"그때 남편분은 어땠어요?"

"후지오 씨와 얘기가 잘 풀리지 않아 좀 힘들어하는 것 같았어요. 하지만 나한테는 걱정할 거 없다고 했습니다."

"그 뒤에 당신은 집에서 호텔로 출발했다는 것이죠?"

"네, 맞아요."

"어디 보자, 오늘 밤과 내일 밤은 크라운 호텔에서 머물고 모레는 캐나다로 출발할 예정이었군요. 그런데 남편분은 일이 다 끝나지 않아서 혼자 이 집에 남았다……." 자신이 메모한 내용을 보며 그렇게 말한 뒤에 사코다 경감은 얼굴을 들었다. "이런 사정을 알고 있었던 사람은 누구누구입니까?"

"나하고, 또……." 리에 씨는 내 쪽을 쳐다보았다.

"물론 나도 알고 있었어요. 그 밖에는, 소메이 출판사 편집부 직원이겠죠." 히다카가 오늘 밤에 하려던 작업이 소메이 출판사에 건네줄 원고였다고 나는 설명했다. "하지만 그것을 근거로 범인을 특정하는 건 좀……."

"네, 알고 있습니다. 그냥 참고삼아 물어본 거예요." 사코다 경감은 아주 잠깐 굳은 얼굴을 풀며 웃었다.

그 뒤 그는 최근에 집 주변에서 수상쩍은 사람을 본 적이 있느냐는 등의 질문을 주로 리에 씨를 향해 던졌다. 기억나지 않는다는 것이 그녀의 대답이었다. 나는 오늘 낮에 정원에서 본 옆집 여자를 떠올렸다. 말을 해야 하나 말아야 하나, 망설였지만 결국 말하지 않았다. 자기네 고양이를 죽였다고 그에 대한 복수로 살인까지 한다는 건 아무래도 말이 안 되는 망상이라고 생각했기 때문이다.

한바탕 질문이 끝나자, 자택까지 부하 경관이 차로 데려다 줄 거라고 경감이 내게 말했다. 나는 리에 씨 곁에 있어주고 싶었지만, 경감의 말로는 그녀의 본가에 연락했으니 곧 누군가 데리러 올 거라고 했다.

히다카의 사체를 발견했을 때의 충격이 서서히 가라앉으면서 나도 사실은 피로감이 덮쳐들고 있었다. 여기서 전차를 타고 집에 가야 한다고 생각하니 솔직히 힘에 부치던 참이었다. 나는 경감의 호의를 고맙게 받아들이기로 했다.

응접실을 나서자 아직 수사관 여러 명이 남아서 복도를 왔다 갔다 하고 있었다. 작업실 문이 그대로 열려 있었지만 안은 보이지 않았다. 사체는 실려 나간 모양이었다.

제복을 입은 젊은 경관이 나를 찾아왔다. 그는 나를 문 앞에 세워둔 경찰차 쪽으로 안내해주었다. 경찰차에 타보는 건 속도위반에 걸렸을 때 이후로는 처음, 이라고 이번 일과는 아무 관계도 없는 생각을 했다.

경찰차 옆에 한 남자가 서 있었다. 키가 큰 사람이었다. 빛이 가려져서 얼굴이 잘 보이지 않았다. 그 남자가 내게 말했다.

"오래간만입니다, 노노구치 선생님."

"예?" 나는 발을 멈추고 남자의 얼굴을 확인하려고 했다.

남자가 내게로 다가오자 그림자 속에서 얼굴이 드러났다. 눈썹과 눈의 간격이 좁고 윤곽이 짙은 얼굴이었다. 낯익은 얼굴이라는 생각이 먼저 들었고, 그다음으로 기억이 되살아났다.

"엇, 자네는?"

"저, 아시겠어요?"

"물론 알지, 알아. 이름이……." 머릿속에서 확인한 다음에 나는 말했다. "가가 교이치로였어."

"예, 가가예요." 그는 공손히 인사를 건네왔다. "그때는 제가 선생님 도움을 많이 받았습니다."

"아냐, 나야말로." 나도 머리를 숙였다. 그리고 다시금 그를 보았다. 10년, 아니, 좀 더 오래전인가. 예리한 얼굴 생김새가 한층 더 연마된 것 같았다. "경찰관으로 전직했다는 말은 들었지만 이런 곳에서 만날 줄이야."

"저도 놀랐습니다. 처음에는 사람을 잘못 봤나 했는데 이름을 듣고 확신했죠."

"그래, 내 성씨가 희귀하니까. 그나저나……." 나는 고개를 저었다. "정말 이런 우연이 다 있군."

"자, 차 안에서 이야기하지요. 제가 모시겠습니다. 경찰차라는 게 별로 멋은 없지만." 그러면서 그는 경찰차 뒷좌석의 문을 열어주었다. 그와 동시에 조금 전의 제복 차림 경관이 운전석에 앉았다.

가가는 내가 전에 교편을 잡았던 중학교에, 대학 졸업 후 곧바로 부임했던 사회 과목 교사였다. 그 역시 수많은 신임 교사들과 마찬가지로 기백과 열의가 넘쳤다. 검도의 달인이기도 해서 검도부를 척척 인솔하는 모습은 그의 열의를 한층 더 부각시켰다.

그런 그가 겨우 2년 만에 교직을 버리고 떠났던 데에는 복잡한 사정이 얽혀 있었다. 그 일에 관한 내 생각은 가가 선생에게는 아무런 책임이 없다는 것이었다. 단지 이런 말은 할 수 있을 것이다. 사람에게는 저마다 소질에 맞거나 맞지 않는 일이 있다. 교사라는 직업이 그의 소질에 맞는 일이었느냐고 한다면 나는 고개를 갸웃거리지 않을 수 없다. 물론 그건 당시의 사회적 흐름과도 깊은 관련이 있을 것이다.

"노노구치 선생님, 요즘 근무하시는 학교는 어디예요?" 차가 출발하자마자 가가 선생이 물었다. 아니, 이제 선생이라는 호칭은 이상하다. 가가 형사라고 하자.

나는 고개를 저었다.

"얼마 전까지 이 구역의 제3중학교에 있었는데 올 3월에 사직했어."

가가 형사는 뜻밖이라는 얼굴을 했다.

"사직하셨어요? 그러면 지금은 무슨 일을?"

"응, 좀 쑥스럽지만 어린이를 위한 동화를 쓰고 있어."

"아, 그렇구나." 그는 고개를 끄덕였다. "그래서 히다카 구니히코 씨와도 친분이 있으셨군요."

"아니, 그건 좀 달라."

나는 히다카와는 어렸을 때부터 친구였고 그의 인맥으로 지금 하는 일거리를 얻었다는 것을 설명했다. 가가 형사는 이제야 이해가 된다는 듯이 고개를 끄덕여가며 듣고 있었다. 사코다 경감에게서는 아무 얘기도 못 들었나, 하고 나는 조금 의아하게 생각했다. 이런 이야기들은 아까 경감에게도 했었기 때문이다.

"교직에 계시면서도 계속 글을 썼던 거예요?"

"그런 셈이지. 근데 1년에 두 번, 30매 남짓한 단편을 쓴 것뿐이야. 그러다가 본격적으로 작품 활동에 전념해야겠다 싶어서 결심 끝에 학교를 그만뒀어."

"그렇습니까. 정말 대단한 결단이었네요." 가가 형사는 감탄한 듯이 말했다. 자신의 경험과 비교해본 것인지도 모른다. 물론 20대 초반에 전직하는 것과 마흔을 눈앞에 두고 사표를 던지는 것은 큰 차이가 있다는 것쯤은 그도 알고 있을 터였다.

"히다카 구니히코라는 작가는 어떤 소설을 썼어요?"

나는 그의 얼굴을 보았다. "아, 가가 씨는 히다카 구니히코를 모르는 모양이네."

"죄송합니다. 이름은 들었지만 그의 소설은 읽어본 적이 없어요. 요즘에는 특히 독서와는 담을 쌓고 살게 되었어요."

"하긴, 일이 워낙 바쁘겠지."

"아뇨, 그냥 게으른 거예요. 한 달에 두세 권은 꼭 읽자고 항상 생각은 하는데." 그는 머리에 손을 얹었다. 최소한 한 달에 두세 권의 독서는 필요하다—. 그건 내가 국어 교사로 근무하던 시절에 입버릇처럼 했던 말이었다. 가가가 그 말을 기억하고 그렇게 말했는지 어떤지는 알 수 없었다.

나는 히다카에 대해 간단히 설명해주었다. 문단에 데뷔한 지 약 10년째라는 것, 그 사이에 모 문학상을 수상했고 지금은 손꼽히는 베스트셀러 작가 중의 한 사람이라는 것, 작품은 순수문학의 범주부터 대중소설까지 다양한 부문에 걸쳐 있다는 것 등이었다.

"저도 읽을 만한 소설이에요?" 가가 형사가 물었다. "이를테면 추리소설이라든가."

"많지는 않지만 그런 소설도 있지." 나는 대답했다.

"참고삼아 대표적인 소설을 좀 알려주세요."

"흠, 글쎄."

나는 『야광충』이라는 소설 제목을 알려주었다. 한참 전에 읽은 것이라서 내용은 잘 기억나지 않았지만 살인을 다룬 이야기라는 건 틀림이 없었다.

"히다카 씨는 왜 캐나다에 가기로 했을까요?"

"이유는 여러 가지가 있겠지만 역시 약간 지쳤던 거 아닐까? 해외에서 한동안 느긋하게 지내고 싶다는 얘기는 벌써 몇 년 전부터 했었어. 밴쿠버는 리에 씨가 좋아하는 지역인 모양이야."

"리에 씨라면, 부인 말이죠? 아직 한창 젊은 분으로 보이던데."

"바로 지난달에 혼인신고를 했어. 리에 씨하곤 재혼이야."

"그렇군요. 그러면 전 부인과는 이혼?"

"아냐, 교통사고로 세상을 떠났어. 벌써 5년 전 일인가."

이야기를 하는 동안에 화제의 주인공인 히다카 구니히코가 이제 이 세상에 없다는 생각이 다시금 가슴을 파고들었다. 그는 대체 나와 어떤 일을 상의하려고 했을까. 만일 내가 별로 중요한 것도 아닌 오시마 군과의 상의를 일찌감치 끝내고 좀 더 빨리 찾아갔다면 그의 죽음을 막을 수 있었을지도 모른다. 이제는 후회해봤자 쓸데없는 일을 생각하며 나는 안타까운 마음을 억누를 수가 없었다.

"허락 없이 소설의 모델로 썼다는 이유로 후지오라는 사람이 항의를 했었다고 하던데요?" 가가가 말했다. "그 밖에 다른 일로 히다카 씨가 번거로운 송사에 휘말렸던 일은 없었어요? 소설과 관련된 일도 좋고 사생활에 관한 것이라도 상관없습니다만."

"글쎄, 얼른 생각나는 건 별로 없는데……."

대답하면서 나는 문득 깨달았다. '지금 탐문수사를 하는구나.' 그렇게 생각하니 앞자리에서 핸들을 잡고 있는 경관이 내내 아무 말이 없는 것도 왠지 으스스하게 느껴졌다.

"그런데요," 가가 형사는 수첩을 펼쳤다. "니시자키 나미코라는 이름을 아십니까?"

"응?"

"그 밖에 오사노 데쓰지, 나카네 하지메라는 이름도 있었어요."

"아, 그거!" 그제야 알아듣고 나는 고개를 끄덕였다. "『얼음의 문』의 등장인물이로군. 히다카가 현재 월간지에 연재 중인 소설이야." 말을 하면서 이제 그 연재는 어떻게 되는 건가, 하고 은근히 걱정스러웠다.

"사망 직전까지 히다카 씨가 그 소설을 집필했던 모양이던데요."

"그러고 보니 컴퓨터 전원이 켜져 있었어."

"그 화면에 이 소설이 있었습니다."

"아, 그렇군." 나는 문득 생각나는 게 있어서 가가 형사에게 질문했다. "그 소설, 어느 정도나 쓴 상태였어?"

"어느 정도라니, 무슨 말씀이신지?"

"몇 매쯤이나 썼느냐는 뜻이야."

나는 그에게 히다카가 오늘 밤에 원고 30매를 써야 된다고 했었다는 이야기를 해주었다.

"컴퓨터 서식이 원고지와는 다르기 때문에 정확한 매수는 모르겠지만, 아무튼 한두 장은 아니었어요."

"그게 몇 매인가에 따라서 범행 시각을 추정할 수 있지 않을까? 내가 히다카의 집을 나온 시점에는 그가 아직 집필을 시작하지 않았으니까."

"그건 저희도 생각 중입니다. 하지만 소설 원고라는 건 일정한 속도로 쓸 수 있는 것이 아니잖아요."

"그건 그렇지만 적어도 최고 속도에는 어느 정도 한계가 있어."

"히다카 씨라면 어느 정도일까요?"

"글쎄, 어느 정도일까. 아, 전에 한 시간에 4매쯤 쓴다고 얘기한 적이 있어."

"그러면 아무리 서둘러 썼다고 해도 6매쯤인가요?"

"그런 정도겠지?"

내 말을 듣고 가가 형사는 잠시 침묵에 잠겼다. 머릿속에서 뭔가를 계산하는 모양이었다.

"무슨 이상한 점이라도 있어?" 내가 물었다.

"글쎄요, 아직은 모르겠습니다." 가가 형사는 고개를 가로저었다. "컴퓨터에 남아 있는 소설이 이번에 연재할 분량이라는 것도 아직 확인을 못 했거든요."

"아, 그렇지. 이미 연재했던 앞부분을 컴퓨터 화면에 불러오기로 띄워놓은 것뿐인지도 모르겠네."

"그 점에 대해서는 내일 출판사에 문의해볼 예정입니다."

나는 재빠르게 생각을 굴렸다. 리에 씨의 말에 따르면 후지오 미야코가 돌아간 것은 5시쯤이라고 했다. 그리고 우리 집으로 히다카가 전화를 했던 게 6시가 지난 시각. 그사이에 집필을 계속했다면 아마 5매에서 6매는 썼을 것이다. 문제는 그 외에 몇 매가 더 있는가, 하는 것이었다.

"저어, 이런 건 수사상의 비밀일 수도 있겠지만……." 나는 가가 형사에게 물어보았다. "사망 추정 시각이라는 게 있지? 경찰에서는 몇 시쯤이라고 보고 있어?"

"그건 분명 수사상의 비밀이죠." 가가 형사는 쓴웃음을 지었다. "하지만 뭐, 말해도 괜찮을 겁니다. 자세한 건 부검 결과에 따라 달라지겠지만, 5시부터 7시 사이라는 게 우리 쪽 판단이에요. 아마 거기서 크게 벗어나지는 않을 겁니다."

"내가 6시 조금 넘어서 전화를 받았으니까……."

"예, 그렇게 되면 6시부터 7시 사이라는 얘기가 되겠죠."

이게 무슨 일인가.

그러니까 히다카는 나와 전화 통화를 한 직후에 살해된 것이다.

"히다카를 어떤 방법으로 살해한 거야……."

그런 나의 중얼거림에 가가 형사는 의아한 표정을 지었다. 사체 발견자가 하는 말이라기엔 좀 이상하다고 생각했을 것이다. 하지만 나는 정말로 그가 어떤 방법으로 살해되었는지 기억이 나지 않았다. 고백하자면, 무서워서 사체를 제대로 바라볼 수 없었던 것이다.

그 이야기를 털어놓자 가가 형사도 그제야 이해한 모양이었다.

"그것 역시 부검 결과에 따라 달라지겠지만, 한마디로 말하면 교살입니다."

"교살이라고 하면, 목이 졸린 거야? 밧줄 같은 걸로?"

"아뇨, 전화 코드가 목에 감겨 있었어요."

"저런……."

"그리고 또 한 가지, 외상이 있었습니다. 후두부를 맞은 것 같아요. 현장에 떨어져 있던 놋쇠 문진을 흉기로 썼다고 판단하고 있습니다."

"뒤에서 내리치고 정신을 잃은 참에 교살했다는 건가?"

"지금으로서는 그렇게 보고 있습니다." 가가 형사는 그렇게 말하고 나서 목소리를 낮추었다. "지금 말씀드린 건 곧 발표가 될 테지만, 그때까지는 외부에 발설하지 말아주십시오."

"그야 물론이지."

이윽고 경찰차는 내가 사는 원룸맨션 앞에 도착했다.

"데려다줘서 고마워. 덕분에 편하게 왔어." 나는 인사를 건넸다.

"자, 그럼 이만."

나는 차에서 내리려고 했다. 하지만 "아, 잠깐만요"라며 가가 형사가 불러세웠다. "글이 실린 잡지 이름을 좀 알려주시겠습니까?"

그래서 나는 소메이 출판사의 월간지 이름을 말했다. 하지만 그는 고개를 흔들었다. "아뇨, 노노구치 선생님의 글이 실린 잡지 말입니다."

나는 겸연쩍은 것을 감추려고 잠시 얼굴을 찡그린 뒤에 약간 퉁명스럽게 잡지 이름을 말해주었다. 가가 형사는 그것을 수첩에 메모했다.

집에 돌아왔지만 한참이나 멍하니 소파에 앉아 있었다. 오늘 하루의 일을 되돌아보았지만 도저히 실제로 일어났던 일이라는 실감이 나지 않았다. 내 인생에 이런 날은 정말 다시없을 것이다. 그렇게 생각하니 비극적인 하루였는데도 이대로 잠들기가 아까운 듯한 마음도 들었다. 아니, 잠을 자려고 해도 오늘 밤은 아마도 어려울 터였다.

그러다가 나는 한 가지 아이디어가 떠올랐다. 이 체험을 기록해두지 않을 수는 없다. 친구가 살해된 이 드라마를 내 손으로 글로 써서 남겨두자.

이 수기를 쓰게 된 경위는 바로 그런 것이었다. 진상이 명명백백히 밝혀질 때까지 빠짐없이 기록해보자—. 지금 그렇게 마음먹고 있다.

4

히다카의 죽음은 다음 날 조간신문에 벌써 실려 있었다. 어젯밤에는 텔레비전을 보지 않았지만, 이런 상황으로 봐서는 뉴스에서도 대대적으로 보도가 되었을 것이다. 요즘에는 11시가 넘어서도 뉴스 방송이 나온다.

신문에서는 간단한 제목이 1면 가장자리에 나오고 사건의 상세한 내용은 사회면에서 다루었다. 히다카의 집 사진이 큼직하게 실렸고 그 옆에는 잡지용으로 촬영한 듯한 히다카의 얼굴 사진이 나와 있었다.

기사 내용은 거의 사실을 충실하게 전달하는 것이었다. 단지 사체 발견에 대해서는 '집의 전깃불이 꺼져 있다는 지인의 통보를 받고 아내 리에 씨가 자택에 돌아가보니 1층 작업실에 히다카 씨가 쓰러져 있었다'라고만 나와 있어서, 독자들은 발견자가 리에 씨 한 사람이라고 오해할 수도 있었다. 내 이름은 어디에도 나오지 않았다.

신문기사가 전하는 바로는, 경찰은 외부인의 우발적인 범행과 평소 안면이 있는 자의 범행이라는 양쪽 방향으로 수사할 전망이라고 했다. 현관문이 잠겨 있었기 때문에 아마도 범인은 작업실 창문을 통해 드나들었을 것으로 보고 있었다.

신문을 덮고 우선은 아침 식사를 차리려고 일어섰을 때, 차임벨 소리가 났다. 시계를 보니 아직 8시를 조금 지난 시간이었다. 이런 이른 시간에 사람이 찾아올 예정은 없었다. 나는 평소에는 별로 사용하는 일이 없는 작은 인터폰 수화기를 들었다.

"예."

"아, 노노구치 선생님이십니까?" 여자 목소리였다. 몹시 숨을 헐떡이고 있었다.

"그런데요."

"아침 일찍 죄송합니다. ××텔레비전에서 나온 사람인데요, 어젯밤 사건에 대해 잠깐 여쭤볼 수 있을까요?"

나는 깜짝 놀랐다. 신문에 이름이 나오지 않았지만 텔레비전 방송국 사람들은 벌써 내가 발견자라는 사실을 알아낸 것이다.

"아, 그게……." 나는 어떻게 답해야 할지 생각했다. 경솔하게 말할 수는 없었다. "무슨 일이신지?"

"어젯밤에 히다카 구니히코 씨가 자택에서 살해된 사건에 대해서 여쭤보려고 합니다. 부인 리에 씨와 함께 사체를 발견하신 분이 노노구치 선생님이라고 들었는데요, 그게 사실입니까?"

아마 와이드쇼의 여성 리포터인 것 같은데 아직도 나를 태연히 선생님이라고 부르는 무신경에 적잖이 섭섭한 느낌이 들었다.

그러나 어떻든 그렇게 물어보는데 거짓말을 할 수도 없었다.

"예, 사실입니다."

그들의 흥분하는 분위기가 문 너머로 전해져 왔다.

"선생님께선 무슨 볼일로 히다카 씨 댁을 방문하셨던 건가요?"

"아, 미안하지만 필요한 이야기는 경찰에 다 했어요."

"히다카 씨 댁의 상황을 보시고 뭔가 이상하다는 생각이 들어 리에 씨에게 연락하셨다고 하던데요, 구체적으로 어떤 점이 이상하다고 생각하셨습니까?"

"죄송하지만 경찰 쪽에 문의해주세요." 나는 인터폰을 껐다.

얘기는 익히 들었지만 텔레비전 쪽 사람들의 취재라는 건 역시나 무례하기 짝이 없었다. 사건이 난 것은 바로 어제다. 내가 아직 남 앞에서 이야기 따위를 할 심정이 아니라는 건 전혀 생각하지 못하는 걸까.

오늘은 외출하지 말고 집 안에만 있자고 마음먹었다. 히다카가家의 일이 마음에 걸렸지만, 사건 현장에 가까이 가는 건 어차피 어려울 것이다.

하지만 우유를 전자레인지에 데우고 있는데 다시 차임벨이 울렸다.

"텔레비전 방송국에서 나온 사람인데요, 잠깐만 문 좀 열어 주시겠습니까?" 이번에는 남자 목소리였다. "전국의 시청자들이 자세한 정보를 원하고 있습니다."

히다카의 죽음이라는 비극만 아니었다면 나도 모르게 쓴웃음이 터져버렸을 듯한 과장된 말이었다.

"하지만 나는 그저 발견을 한 것뿐이에요."

"그래도 히다카 씨와 절친한 사이셨지요?"

"그건 그렇지만 이번 사건에 대해 자세히 말할 만한 건 없어요."

"그래도 아주 잠깐만요." 남자는 물고 늘어졌다.

나는 한숨을 내쉬었다. 언제까지고 집 앞에 사람들이 몰려 있어서는 이웃 사람들에게 폐가 될 터였다. 지금으로서는 그게 가장 마음에 걸리는 일이었다.

나는 인터폰 수화기를 내려놓고 현관으로 나갔다. 문을 열자 마이크가 일제히 나를 향해 달려들었다.

결국 오전 내내 매스컴의 인터뷰 공격으로 녹초가 되어버려서 아침밥도 변변히 먹지 못했다. 그렇게 점심이 지나고 뉴스쇼 방송을 보며 가까스로 인스턴트 우동을 먹는데 화면에 내 얼굴이 크게 나오는 바람에 건더기가 목에 걸려 캑캑거리고 말았다. 오늘 아침에 찍어간 분량이 당장 방영되고 있는 것이었다.

"초등학교 시절부터 절친한 사이였다고 하셨는데, 노노구치 씨가 보시기에 히다카 씨는 어떤 분이셨습니까?" 여성 리포터가 큼직한 목소리로 질문을 한다.

이 질문에 화면 속의 나는 한참이나 생각에 잠겨 있었다. 나 스스로는 깨닫지 못했지만 침묵의 시간이 의외로 길어서 영상으로서는 지나치게 틈이 벌어졌다. 아마 편집할 시간이 없었던 모양이다. 주변에 있던 리포터들이 답답해하는 것이 이렇게 화면으로 보니 금세 느껴졌다.

"개성이 강한 친구였어요." 화면 속의 내가 드디어 말을 내뱉었다. "아주 좋은 사람이라고 생각되는 일이 있는가 하면, 상당히 냉혹한 면이 있어서 놀라기도 했죠. 뭐, 대부분의 사람들이 다 그렇기는 하죠."

"냉혹한 면이라는 건 이를테면 어떤 일이었습니까?"

"이를테면……." 그렇게 말하고 곧바로 나는 고개를 저었다. "아니, 지금 생각이 나지도 않고요, 그런 이야기는 여기서 하고 싶지 않아요."

그때 내 머릿속을 스친 것은 히다카의 고양이 살해였지만, 그건 공공방송에 내보낼 만한 이야기가 아니었다.

"히다카 씨를 살해한 범인에게 뭔가 하고 싶은 말씀은 없으십니까?" 속물스러운 몇 가지 질문 끝에 여성 리포터가 닳아빠진 감상을 물었다.

"딱히 할 말이 없습니다."

내 대답에 리포터들이 잔뜩 실망한 눈치였다.

그다음에는 스튜디오의 사회자가 히다카의 지금까지의 작가 활동에 대한 해설에 들어갔다. 그간 다양한 세계를 묘사해 온 배경에는 작가 자신의 복잡한 인간관계가 영향을 끼친 게 틀림이 없다, 이번 사건도 그런 연장선상에서 파생된 것이 아닌가—그런 쪽으로 이야기를 끌고 가려는 눈치였다.

그리고 최근에 히다카와 관련된 트러블로서 『수렵 금지구역』이라는 소설의 모델이 된 남자의 유족이 항의 중이라는 것을 예로 들었다. 하지만 어제 그 유족인 후지오 미야코가 히다카의 집을 방문했다는 건 알지 못하는 것 같았다.

사회자뿐만 아니라 우연히 오늘 게스트로 불려 나온 탤런트까지 히다카의 죽음에 대해 저마다 생각나는 대로 떠들어댔다. 나는 지겨워져서 텔레비전 스위치를 꺼버렸다. 큰 사건에 대한 정보라면 역시 NHK가 좋겠지만, 안타깝게도 히다카의 죽음은 국영방송이 특별 프로그램을 편성할 만한 사건은 아닌 것이다.

전화벨이 울렸다. 오늘 이게 몇 번째인가. 그래도 혹시 일과 관련된 연락이면 낭패를 볼까 봐서 매번 수화기를 집어들었지만 지금까지는 하나같이 매스컴에서 걸려온 것이었다.

"네, 노노구치입니다." 저절로 약간 무뚝뚝한 말투가 튀어나왔다.

"여보세요, 히다카예요."

또렷한 그 목소리는 틀림없는 리에 씨의 것이었다.

"아, 예, 이것 참……." 이런 경우에 뭐라고 말해야 좋을지, 순간적으로 생각이 나지 않았다. "그 뒤로 어떻게 지내셨어요?" 묘한 질문이었지만 그렇게 묻는 수밖에 없었다.

"어젯밤에는 친정집에서 보냈어요. 여기저기 연락해야 한다고 생각하면서도 도저히 그럴 기운이 나지 않아서."

"그러시겠죠. 지금은 어디에?"

"집에 와 있어요. 오늘 아침에 경찰에서 연락이 왔는데, 사건 현장을 보면서 다시 이야기를 듣고 싶다고 해서요."

"그건 끝났습니까?"

"네, 끝났어요. 아직 경찰 몇 분이 계시지만."

"매스컴에도 상당히 시달렸겠네요."

"네, 하지만 출판사 직원들과 남편과 친분이 있던 텔레비전 쪽 사람들이 오셔서 대응해주신 덕분에 그나마 편하게 넘어갔어요."

"그렇군요." 그건 참 다행이라고 말하려다 꿀꺽 삼켰다. 간밤에 남편을 잃은 여자에게 할 말이 아니었기 때문이다.

"그보다 노노구치 씨, 텔레비전 방송국에서 댁에 몰려들고 정말 큰 고생을 하셨죠? 제가 직접 본 건 아니지만 출판사 직원이 알려주더군요. 정말 큰 폐를 끼쳤다 싶어서 전화 드렸어요."

"아뇨, 나는 괜찮아요. 취재 공세도 이제 어지간히 끝난 모양이고."

"정말 죄송해요."

진심으로 사과하는 말투였다. 지금 이 세상에서 가장 슬픈 사람 중의 하나일 텐데도 남을 걱정해주는 그 정신력에 나는 경복敬服했다. 강한 여자구나. 새삼 그렇게 생각했다.

"뭔가 도와드릴 일은 없습니까? 언제든지 얘기하세요."

"아뇨, 남편 친척들도 있고 저희 어머니도 와주셨고, 괜찮아요."

"그래요."

히다카에게 두 살 많은 형이 있고, 그 형 부부가 나이 든 어머니를 모시고 산다는 것 등을 나는 머릿속에 떠올렸다.

"그래도 뭔가 내가 할 수 있는 일이 있다면 연락 주십시오."

"고마워요. 그럼 이만 실례하겠습니다."

"일부러 전화해줘서 고맙습니다."

전화를 끊은 뒤, 잠시 리에 씨에 대해 생각했다. 그녀는 앞으로 어떻게 살아가야 할까. 아직 젊고 친정이 운송회사여서 경제적으로 풍족하다니까 생활에 부족함은 없겠지만, 이번 사건의 충격을 딛고 일어서기까지 상당한 시일이 걸릴 것이다. 무엇보다 히다카와 결혼한 지 이제 겨우 한 달밖에 안 된 것이다.

리에 씨는 예전에는 히다카의 소설을 사랑하는 열성 팬의 한 사람에 지나지 않았다. 그러던 것이 언젠가 업무 관계로 본인을 만날 기회가 있었고 그 뒤부터 개인적으로 사귀게 되었다. 그러니까 그녀는 어젯밤에 인생의 소중한 것 두 가지를 동시에 잃은 셈이라고 나는 생각했다. 하나는 남편, 그리고 또 하나는 작가 히다카 구니히코의 신작이었다.

그런 생각을 하고 있는데 다시 전화벨이 울렸다. 뉴스 쇼에 나와줬으면 한다는 의뢰였지만 즉석에서 거절했다.

5

가가 형사가 찾아온 것은 저녁 6시쯤이었다. 또다시 매스컴 사람들이 찾아왔나, 지겨워하면서 나가보니 그였다. 하지만 혼자 온 게 아니라 그보다 조금 젊어 보이는, 마키무라라는 형사와 함께였다.

"죄송합니다. 두세 가지 물어볼 게 있어서요."

"질문이 더 나올 거라고 짐작은 했었어. 자, 어서 들어와요."

하지만 가가 형사는 구두를 벗을 기미도 없이 "식사 중이셨어요?"라고 물었다.

"아니, 아직. 뭔가 좀 먹어볼까 하던 참이야."

"그러면 밖에서 드시죠. 실은 탐문수사로 급하게 돌아다니느라 여태 점심도 못 먹었어요. 그렇지?"

가가가 동의를 청하자 마키무라 형사도 옆에서 장난스러운 쓴웃음을 내보였다.

"응, 좋지. 어디로 갈까? 이 근처에 돈가스를 맛있게 하는 집이 있는데 거기라도 괜찮겠어?"

"저희는 어디라도 좋습니다." 그렇게 말하고는 뭔가 퍼뜩 생각난 표정으로 가가 형사는 엄지로 뒤쪽을 가리켰다. "저 앞에 패밀리 레스토랑이 있던데요. 선생님이 어젯밤에 가셨다는 게 그 레스토랑이에요?"

"음, 맞아. 거기로 갈까?"

"그러죠. 거기라면 가깝기도 하고 커피도 리필이 되니까요."

"아, 그거 좋네요." 마키무라 형사가 맞장구를 치듯이 말했다.

"나는 거기도 상관없어. 자, 그럼 준비하고 나오지."

그들을 잠시 기다리게 하고 옷을 갈아입는 동안, 가가 형사가 그 레스토랑으로 가자고 한 이유를 생각해보았다. 뭔가 이유가 있는 건가. 아니면 그의 말대로 단순히 거리가 가깝고 커피를 얼마든지 마실 수 있기 때문인가.

결국 답을 찾지 못한 채 나는 방을 나섰다.

레스토랑에서 나는 새우 도리아를 주문했다. 가가 형사와 마키무라 형사는 각각 양고기 스테이크와 햄버그 세트 메뉴를 골랐다.

"저, 그 소설 말인데요." 웨이트리스가 간 뒤에 가가 형사가 말문을 열었다. "히다카 씨의 컴퓨터에 남겨져 있던 『얼음의 문』이라는 제목의 소설."

"응, 알지. 그게 어제 집필한 것인지 아니면 단순히 이미 발표된 분량을 화면에 불러낸 것인지 조사해본다고 했었지? 밝혀졌어?"

"네, 알아냈습니다. 아무래도 어제 쓴 분량인 것 같아요. 소메이 출판사의 담당자에게 문의했더니 지금까지 연재된 내용과 정확히 연결이 된다고 했어요."

"그럼 그 친구, 살해되기 직전까지 열심히 글을 썼었군."

캐나다로 출발할 날짜가 바짝 다가와 있었던 만큼 히다카로서도 필사적이었을 것이다. 평소의 히다카라면 이런저런 핑계를 대며 편집자의 속을 태우게 하면서도 마냥 태연했었는데.

"근데 약간 이상한 게 있었어요." 가가 형사는 몸을 쓰윽 내밀며 오른쪽 팔꿈치를 테이블에 얹었다.

"이상하다니?"

"원고 매수요. 4백 자 원고지로 환산해봤더니 27매나 되더라고요. 글을 쓰기 시작한 게 후지오 씨가 집에 돌아간 직후인 5시쯤부터라고 해도 이건 너무 양이 많아요. 어젯밤 노노구치 선생님께 문의했을 때, 히다카 씨의 집필 속도는 한 시간에 기껏 4매에서 6매 정도라고 하셨잖아요."

"27매라…… 음, 그건 분명 너무 많네."

내가 히다카의 집에 갔던 게 8시였으니까 설령 그 직전까지 히다카가 살아 있었다고 해도 한 시간에 9매의 속도로 썼다는 계산이 나온다.

"아, 그렇다면"이라고 나는 말했다. "그 친구가 거짓말을 했는지도 모르겠네."

"거짓말이라니요?"

"사실은 어제 점심때쯤 벌써 10매나 20매는 써두었는지도 몰라. 하지만 히다카 특유의 허세랄까, 그런 것 때문에 나한테는 아직 하나도 안 썼다는 식으로 말했던 게 아닐까?"

"네, 출판사 직원도 그런 의견이었습니다."

"그렇지?" 나는 고개를 끄덕였다.

"하지만 부인이 집을 나설 때, 히다카 씨는 자신이 호텔에 가는 건 아마 한밤중이 될 거라고 말했어요. 근데 실제로는 최대한 8시까지 벌써 27매를 다 썼다는 거예요. 『얼음의 문』의 연재 1회분은 30매 전후라고 했으니까 거의 완성 단계였던 셈입니다. 글 쓰는 게 늦었다면 이해가 되지만, 이렇게 예정보다 빠르게 써내는 경우가 있을까요?"

"뭐, 그럴 수도 있겠지. 글을 쓴다는 건 기계적인 작업이 아니라서 생각이 떠오르지 않을 때는 몇 시간씩 책상 앞에 앉아 있어도 원고지 한 장을 채우지 못하기도 해. 그 반대로 뭔가 생각이 풀리기 시작하면 눈 깜짝할 사이에 다 써버리기도 하고."

"히다카 씨도 그런 경향이 있었습니까?"

"있었지. 아니, 그보다는 거의 대부분의 작가들이 그렇지 않을까?"

"그렇군요. 나는 그런 쪽으로는 전혀 짐작도 못 하겠어요." 가가 형사는 앞으로 내밀었던 몸을 제자리로 물렸다.

"근데 자네가 원고 매수에 집착하는 이유를 잘 모르겠어."

내가 말했다. "간단히 말해 리에 씨가 집을 나갈 때는 아직 글이 완성되지 않았고 사체가 발견되었을 때는 거의 완성되어 있었다는 거잖아. 그러니까 히다카는 살해될 때까지 상당히 열심히 작업을 했다, 그냥 그런 얘기 아닌가?"

"그럴지도 모르지요." 가가 형사는 고개를 끄덕였지만 아직 충분히 납득하지 못한 눈치이기도 했다.

형사라는 건 어떤 사소한 일도 철두철미하게 조사해야 성에 차는 모양이구나, 하고 예전의 후배 교사를 바라보며 나는 생각했다.

주문한 음식들을 웨이트리스가 가져왔다. 그것으로 잠시 이야기가 중단되었다.

"그런데 히다카의 유해는 어떻게 됐지?" 나는 물어보았다. "부검한다고 했었는데."

"오늘, 부검이 있었어요." 그렇게 말하고 가가 형사는 마키무라 형사를 보았다. "자네, 오늘 사체 부검에 입회했었지?"

"아뇨, 나는 아니에요. 입회했다면 이런 거 못 먹지요." 햄버거를 포크로 쿡 찌르며 마키무라 형사는 얼굴을 찌푸렸다.

"그건 그렇다." 가가도 쓴웃음을 지었다. "근데 부검은, 왜요?"

"아니, 사망 추정 시각이 나왔는지 궁금해서."

"나는 아직 부검 소견을 자세히 못 봤지만, 아마 판명이 났을 겁니다."

"그건 정확해?"

"뭘 바탕으로 판정했는지에 따라 달라요. 이를테면……." 말을 하려다가 그는 고개를 저었다. "아니, 관두죠."

"왜?"

"새우 도리아 맛이 엉망이 될 테니까요." 내 접시를 가리키며 가가 형사는 말했다.

"아, 그렇군." 나는 고개를 끄덕였다. "더 이상 묻지 말아야겠네."

그러는 게 좋다는 듯이 가가 형사는 끄덕 턱을 당겼다.

식사 중에 그는 사건에 대한 이야기는 입에 올리지 않았다. 주로 내가 쓰는 어린이 대상의 글에 대해 물었다. 최근에는 어떤 경향의 동화들이 많이 읽히는가, 요즘 아이들이 책을 읽지 않는 것에 대해 어떻게 생각하는가, 그런 것들이었다.

잘 팔리는 책은 문과성✤의 추천도서이고, 요즘 애들이 책에서 멀어진 것은 부모의 영향이 크다는 쪽으로 이야기했다.

"요즘 부모들은 전혀 책을 읽지 않으면서 자녀들은 꼭 읽어야 한다고 생각해. 스스로 책을 읽는 습관이 없으니 아이에게 어떤 책을 읽혀야 할지 모르지. 결국 정부에서 추천하는 책을

✤ 우리나라의 교육부에 해당하는 일본의 행정기관으로 정식 명칭은 문부과학성. 2001년에 기존의 문부성과 과학기술청을 통합하여 현재에 이르렀다.

권하게 돼. 근데 그런 책은 어렵기만 하고 재미가 없어서 아이들은 점점 책에서 멀어져. 그런 악순환이 되풀이되고 있다고 봐도 틀림이 없을 거야."

내 이야기를 두 형사는 스테이크를 입에 넣어가며, 맞는 말씀이라는 듯한 표정으로 듣고 있었다. 하지만 얼마나 진지하게 들었는지는 알 수 없었다.

그들이 주문한 것은 세트 메뉴였기 때문에 마지막으로 커피가 따라 나왔다. 나는 따뜻한 우유를 따로 주문했다.

"담배 피우실 거죠?" 재떨이를 집으며 가가 형사가 물었다.

"아니, 괜찮아."

"엇, 끊으셨어요?"

"2년쯤 전에 끊었어. 의사가 피우지 말라고 했거든. 위가 안 좋아져서."

"그러시군요. 그럼 금연석으로 할걸 그랬네요." 그는 재떨이로 내밀었던 손을 거둬들였다. "작가들은 으레 담배를 피운다는 이미지가 있어서요. 히다카 씨도 헤비 스모커였던 모양이던데요?"

"그랬지. 작업 중이면 그 친구 방은 벌레잡이 연막이라도 피운 것 같았어."

"어젯밤에 사체를 발견했을 때는 어땠어요? 방 안에 연기가 남아 있었습니까?"

"글쎄, 잘 모르겠네. 아무튼 내가 너무 놀란 상태여서." 우유를 한 모금 마시며 생각했다. "역시 약간 연기가 남아 있었나? 응, 그런 것 같아."

"그렇군요." 가가 형사도 커피 잔을 입가로 가져갔다. 그러고는 천천히 수첩을 꺼냈다. "한 가지 확인할 게 있는데요. 8시에 히다카 씨 집에 가셨을 때의 일입니다."

"응."

"그때 노노구치 선생님은 인터폰을 눌러도 응답이 없고 집 안의 불도 모두 꺼져 있어서 리에 부인이 숙박한 호텔에 전화를 했다고 하셨지요?"

"그랬지."

"그 전깃불 말인데요." 가가 형사는 똑바로 내 쪽을 보았다. "정말 전부 다 꺼져 있었어요?"

"꺼져 있었지, 틀림없어." 그의 눈을 마주보며 대답했다.

"하지만 작업실 창문은 대문 쪽에서는 보이지 않지요? 정원 쪽으로 돌아가서 보셨던가요?"

"아니, 정원 쪽에는 들어가지 않았어. 하지만 작업실에 불이 꺼진 건 대문 앞에서 고개를 쭉 빼고 쳐다보면 알 수 있어."

"그래요?" 가가 형사는 약간 의아하다는 표정을 보였다.

"작업실 창문 바로 밑에 큼직한 천엽벚나무가 있거든. 작업실에 불이 켜져 있으면 그 벚나무가 환하게 보여."

"아, 그거였네." 가가 형사는 마키무라와 마주보며 고개를 끄덕였다. "그렇다면 이해가 됩니다."

"그게 그렇게 큰 문제인가?"

"아뇨, 단순한 확인 작업이라고 생각해주십쇼. 이런 부분을 애매하게 보고하면 상사한테 혼나거든요."

"꽤 엄격한 모양이네."

"어떤 업계든 다 마찬가지예요." 가가 형사는 예전 교사 시절을 생각나게 하는 웃음을 내보였다.

"그건 그렇고, 수사 쪽은 어떻지? 뭔가 알아낸 게 있어?" 두 형사를 번갈아 쳐다보다가 마지막으로 가가 형사의 얼굴에 시선을 맞췄다.

"이제 시작인데요, 뭐." 가가 형사는 온화하게 그렇게 말했다. 수사에 관한 일은 말할 수 없다는 뜻을 암암리에 내비치는 것일 터였다.

"텔레비전 뉴스에서는 외부인의 범행이랄까, 그저 우발적인 범행일 가능성도 있다고 하던데? 이를테면 우연히 절도할 목적으로 침입했다가 히다카에게 들켜 뜻하지 않게 살해했다는 뜻이겠지?"

"그럴 가능성도 전혀 없는 건 아닙니다."

"실제로는 그건 별로 가능성이 없다고 생각하는 모양이지?"

"글쎄요." 가가 형사는 옆자리 후배가 마음에 걸리는 눈치였다. "저 개인적으로는 그럴 가능성은 적다고 생각합니다."

"어째서?"

"빈집털이범이라면 보통 현관으로 침입하죠. 혹시 들키더라도 어떻게든 변명을 할 수 있으니까요. 그리고 떠날 때도 현관을 통해서 나가요. 그런데 히다카 씨 집 현관문은 아시는 대로 잠겨 있었어요."

"범인이 일부러 문을 잠그고 갈 리는 없다는 건가?"

"히다카 씨 집 열쇠는 세 개인데 두 개는 리에 부인이 갖고 있었고 나머지 하나는 히다카 씨의 바지 호주머니에 들어 있었어요."

"하지만 창문으로 드나드는 도둑이 없는 건 아니잖아?"

"물론 그런 도둑도 있겠지만 그건 상당히 계획성이 짙은 범행이에요. 사전 조사를 해서 그 집 사람들이 언제 집을 비우는지, 도로 쪽에서 목격될 일은 없는지, 그런 걸 모두 확인한 뒤에 실행에 옮기죠."

"그런 쪽의 가능성은 없는 거야?"

"그렇죠." 가가 형사는 하얀 이를 내보였다. "사전 조사를 했다면 그 집에 아무것도 없다는 걸 알았을 테니까요."

아하, 하고 나는 입을 헤벌렸다. "그걸 생각을 못 했네." 민망한 얼굴로 두 형사를 보았다. 마키무라 형사도 슬그머니 웃고 있었다.

"제 생각에는……." 가가 형사가 잠시 망설이다가 입을 열었다. 이번에는 진지하게 말을 이어갔다. "이번 사건은 아는 사람의 범행이에요."

"허 참, 이거 보통 일이 아니네."

"이건 우리끼리만 아는 이야기로 해주십쇼." 가가 형사가 둘째손가락을 입에 댔다.

"그야 물론이지." 나는 고개를 끄덕였다.

그가 마키무라 형사에게 눈짓을 했다. 젊은 형사는 계산서를 들고 자리에서 일어섰다.

"아, 여기 계산은 내가 할게."

"아뇨, 아닙니다." 가가 형사가 손을 저으며 만류했다. "제가 모시고 왔는데요, 뭐."

"하지만 이건 경비로 신청할 수 없잖아."

"못 하죠. 단순한 저녁 식사니까."

"이거, 미안하네."

"걱정 마세요, 이 정도는 괜찮습니다."

"그래도……." 나는 계산대 쪽을 보았다. 마키무라 형사가 돈을 치르고 있었다.

이윽고 그의 행동이 약간 이상하다는 것을 깨달았다. 계산대 아가씨에게 뭔가 말을 걸고 있었다. 아가씨는 이쪽을 쳐다보며 그에게 뭔가 대답하고 있었다.

"죄송합니다." 가가 형사는 계산대 쪽은 보지 않고 얼굴을 내 쪽으로 향한 채 말했다. 표정도 지금까지와 전혀 변한 데가 없었다. "알리바이 확인을 해달라고 했어요."

"내 알리바이?"

"네." 가만히 고개를 끄덕였다. "도지 출판사의 오시마 씨에게는 이미 확인했습니다. 하지만 뒷받침이 될 만한 증거를 확보할 수 있는 부분은 모조리 확보하는 게 경찰에서 하는 일이거든요. 양해해주십시오."

"그래서 이 가게로 왔군?"

"네, 같은 시간대가 아니면 웨이트리스가 다르거든요."

"흠, 역시나." 나는 진심으로 감탄했다.

마키무라 형사가 돌아왔다. 가가 형사는 그에게 물었다.

"계산은 잘 맞았어?"

"네, 잘 맞았습니다."

"다행이다." 그렇게 말하고 가가는 나를 보면서 눈을 찡긋하고 웃었다.

이번 사건에 대해 기록하고 있다고 말했더니 가가 형사는 즉각 강한 관심을 보였다. 레스토랑을 나와 잠시 걸음을 옮긴 뒤의 일이었다. 그런 이야기를 꺼내지 않았다면 우리는 내 집 앞에서 그대로 헤어졌을 것이다.

"이런 경험은 아마 내 인생에 다시 없을 거라는 생각이 들어서 어떤 형태로든 기록을 남겨두기로 했어. 일종의 작가 근성이라고 해도 좋겠지."

그러자 가가는 잠시 생각을 더듬듯이 침묵한 뒤에 이렇게 말했다.

"그걸 좀 보여주시면 안 될까요?"

"보여주다니, 자네한테? 아니, 누구한테 보여주려고 쓴 글이 아닌데."

"부탁합니다." 그는 머리를 숙였다. 마키무라 형사도 옆에서 똑같이 하고 있었다.

"엇, 이러지들 말고. 길에서 절을 받으면 내가 민망하지. 게다가 지금까지의 기록은 이미 자네에게 다 말한 내용이야."

"그래도 상관없습니다."

"이거 참." 나는 머리를 긁으며 한숨을 내쉬었다. "그러면 집에 잠깐 올라갈까? 아, 그리고 워드프로세서로 입력해둔 거라 프린트하는 동안 기다려야 해."

"네, 기꺼이." 가가 형사가 말했다.

두 형사가 집에까지 따라왔다. 내가 프린트를 시작하자 가가 형사는 곁에 와서 들여다보았다.

"이건 워드프로세서 전용이에요?"

"그렇지."

"히다카 씨 방에 있었던 건 컴퓨터였죠?"

"그 친구는 새로운 것에 호기심이 많아." 나는 말했다. "컴퓨터 통신이니 게임이니, 이래저래 하고 싶은 게 많았던 모양이야."

"노노구치 선생님은 컴퓨터는 안 쓰십니까?"

"나는 그냥 워드프로세서로도 충분해."

"그럼 원고는 출판사 직원이 매번 받으러 와요?"

"아니, 대개는 팩스를 사용해. 저기 있잖아." 방구석에 놓인 팩스기를 가리키며 말했다. 전화 회선은 하나뿐이어서 거기에 무선 전화기의 본체를 이어놓았다.

"하지만 어제는 출판사 직원이 원고를 받으러 왔다면서요." 가가 형사가 얼굴을 들고 말했다. 그렇게 생각해서 그런지 그의 눈 속에 의미심장한 빛이 감도는 것 같았다.

범인은 아는 사람이다―. 조금 전에 그가 했던 말이 머릿속에 떠올랐다.

"직접 만나서 상의할 게 있어서 어제는 특별히 집으로 좀 와달라고 했었어."

내 대답에 그는 말없이 고개를 끄덕였을 뿐, 그 이상은 아무 질문도 던져오지 않았다.

프린트를 마치자 그것을 가가 형사에게 건네기 전에 나는 말했다.

"사실을 말하자면 감춰두고 말하지 않은 것도 좀 있어."

"그런가요." 가가 형사는 그다지 놀라지 않는 기색이었다.

"읽어보면 알 거야. 이 사건과는 별 관계가 없다는 생각도 들었고, 공연히 남을 의심하는 말은 하고 싶지 않아서."

히다카가 고양이를 죽인 건에 대해서였다.

"알겠습니다. 네, 그런 일도 있지요."

가가와 후배 형사는 프린트된 수기手記를 받아들자 몇 번이나 고맙다는 말을 하고 돌아갔다.

자, 그건 그렇고.

가가와 마키무라 형사가 돌아가자 나는 즉시 오늘 분의 글을 쓰기 시작했다. 그러니까 그에게 건넨 분량의 그다음인 셈이다. 이것도 가가 형사가 읽어보겠다고 할지 모르지만 되도록 그런 건 의식하지 않고 계속해서 써나가려고 한다. 그러지 않고서는 아무 의미가 없기 때문이다.

6

사건이 일어나고 이틀이 지났다. 히다카 구니히코의 장례식은 그의 자택에서 몇 킬로미터 떨어진 절에서 거행되었다. 수많은 출판 관계자들이 찾아왔기 때문에 분향에도 한참이나 줄을 서지 않으면 안 되었다.

그리고 여기에도 역시 텔레비전 방송국 사람들이 몰려왔다. 스태프도 리포터도 일단 점잖은 얼굴이지만, 좀 더 극적인 장면을 촬영해보겠다고 뱀 같은 눈을 이리저리 굴리는 게 옆에서도 뻔히 보였다. 아주 조금이라도 눈물을 보이는 조문객이 있으면 그 기회를 놓치지 않고 카메라를 들이대는 것이다.

나는 분향을 마치고 접수처 텐트 옆에 서서 차례차례 찾아오는 조문객들을 바라보았다. 그 속에는 연예인의 모습도 있었다. 히다카의 작품이 영화화되었을 때, 그들이 출연했던 게 기억이 났다.

분향이 끝나자 독경이 있었고 이어서 상주의 인사말이 시작되었다. 리에 씨는 검은 정장을 입고 손에는 염주를 움켜쥔 채 담담히 조문객들에게 인사말을 하고, 남편을 향한 차마 끊기 힘든 마음을 말했다. 조용히 가라앉은 장례식장 여기저기서 흐느끼는 소리가 들려왔다.

리에 씨의 인사말 속에는 마지막까지 범인이라는 단어도, 원망스럽다는 말도 나오지 않았다. 그것이 도리어 그녀의 절절한 분노와 슬픔을 드러내주는 것처럼 느껴졌다.

관이 실려 나가고 조문객들이 돌아가기 시작했을 때쯤에 나는 뜻밖의 인물을 그 속에서 발견했다. 그녀는 혼자서 걸어가고 있었다.

그녀가 절 밖으로 나섰을 때 나는 다가가 말을 건넸다. "후지오 씨."

후지오 미야코는 걸음을 멈추고 돌아섰다. 긴 머리칼이 따라서 물결쳤다.

"선생님은……."

"그저께, 히다카의 작업실에서 잠깐 봤었지요?"

"네, 그때."

"히다카의 친구 노노구치라고 합니다. 그리고 후지오 씨 오빠와 같은 학교 동창이기도 하죠."

"그렇다고 하시더군요. 그날, 히다카 씨에게서 들었습니다."

"잠깐 얘기 좀 했으면 하는데, 시간 어때요."

그러자 그녀는 손목시계를 보았고, 저만치 떨어진 곳에 시선을 던졌다.

"기다리는 사람이 있어서요."

나는 그녀의 시선 끝을 보았다. 옅은 초록색 라이트밴이 도로 한쪽에 세워져 있었다. 운전석에 앉은 젊은 남자가 이쪽을 쳐다보고 있었다.

"남편분이에요?"

"아뇨, 그건 아닌데요."

연인 사이인 모양이라고 나는 짐작했다.

"그럼 여기서라도 괜찮아요. 몇 가지 물어볼 게 있는데."

"뭔데요?"

"그날, 히다카와는 어떤 이야기를 했어요?"

"어떤 이야기냐니, 여태까지 해왔던 그대로예요. 가능한 한 책을 회수해달라, 공개적으로 자신의 잘못을 인정해달라, 그리고 소설 내용을 오빠와 무관한 내용으로 다시 써달라, 그런 거요. 그분이 캐나다로 간다는 얘기를 들어서 우리의 그런 요구에 어떤 식으로 성의를 표해주실지, 확인할 생각도 있었고요."

"그랬더니 히다카는 어떤 반응을 보였는지."

"성의를 다해 응할 마음은 변함이 없지만, 지금까지 자신이 지켜온 신념을 꺾을 생각은 없다고 했어요."

"즉 요구에는 응할 수 없다는 건가요?"

"폭로 취미가 아니라 높은 예술성을 추구한 경우라면 모델의 프라이버시에 어느 정도 개입하는 건 어쩔 수 없다는 생각인 것 같더군요."

"하지만 후지오 씨는 그런 건 받아들일 수 없었군요."

"물론 그렇죠." 그녀는 슬쩍 입술의 긴장을 풀었지만 웃는 얼굴과는 너무도 동떨어진 표정이었다.

"그럼 결국 그날은 얘기가 결렬된 건가요?"

"캐나다에 가서 자리를 잡는 대로 반드시 연락할 것이고, 어떤 형태로든 협의를 계속하겠다는 약속은 해줬어요. 출발 전이라서 바쁜 것 같았고, 더 이상 다그쳐봐야 소용없겠다고 생각해서 그 정도로 우선은 제가 받아들였죠."

히다카로서도 그 이상의 말은 할 수 없었을 것이다.

"그래서, 그대로 곧장 집에 돌아갔어요?"

"저 말인가요? 네, 그랬죠."

"어디에도 들르지 않고?"

"네." 고개를 끄덕이고 후지오 미야코는 큼직하게 뜬 눈으로 나를 빤히 쳐다보았다. "지금 제 알리바이를 묻고 있는 건가요?"

"아뇨, 그런 건 아니고요." 나는 고개를 숙이고 코밑을 비볐다. 하지만 이래서는 도저히 알리바이 확인이 아니라고 할 수가 없겠다는 생각에 스스로도 우스워졌다.

그녀는 한숨을 내쉬었다. "어제 형사들이 찾아와서 지금 선생님이 물어본 것과 똑같은 질문을 하더군요. 아니, 좀 더 노골적으로 물었죠. 히다카 씨에 대해 원한이 있었던 거 아니냐는 식으로."

"저런." 나는 그녀의 얼굴을 마주보았다. "그래서 어떤 대답을……."

"원한 같은 건 없다, 단지 죽은 오빠를 존중해주기를 바랐을 뿐이다, 그렇게 대답했어요."

"『수렵 금지구역』이……." 나는 말했다. "그렇게 마음에 안 들었어요? 정말로 오빠를 모독하고 있어요?"

"누구에게나 비밀이란 게 있어요. 그것이 공개되지 않을 권리도 있고요. 설령 죽은 사람이라도."

"그 비밀을 감동적으로 느끼는 사람이 있을 경우는 어떨까요? 그런 감동을 세상에 전하려고 하는 게 그렇게 나쁜 일일까요?"

"감동적?" 그녀는 내 얼굴을 빤히 들여다보았다. 그리고 천천히 고개를 저었다. "여학생을 성폭행한 중학생 이야기가 감동적이에요?"

"감동의 배경으로써 어쩔 수 없이 묘사해야 하는 경우도 있어요."

그녀는 다시 한번 한숨을 내쉬었다. 명백히 나를 향해 보란 듯이 짓는 한숨이었다.

"노노구치 씨도 소설을 쓰시죠?"

"예, 동화를 쓰고 있죠."

"그렇게 애써 히다카 씨를 감싸주는 건 선생님도 작가이기 때문인가요?"

나는 잠시 생각하고 나서 말했다. "그럴지도 모르겠군요."

"역겨운 직업이네요." 그녀는 손목시계를 보았다. "제가 좀 바빠서 이만." 그대로 발길을 돌려 차가 기다리는 곳으로 걸음을 옮겼다.

✣ ✣ ✣

집에 도착했을 때 우편함에 한 장의 메모가 들어 있었다.

'지난번 그 패밀리 레스토랑에 와 있습니다. 전화해주십시오. 가가.'

그리고 레스토랑의 전화번호가 덧붙어 있었다.

나는 방에 들어가 옷을 갈아입고, 전화는 생략한 채 직접 레스토랑으로 갔다. 가가 형사는 창가 자리에서 책을 읽고 있었다. 서점 커버가 씌워져서 표지는 보이지 않았다.

나를 보더니 가가 형사가 급히 자리에서 일어서려고 했다. 나는 손을 내저었다.

"괜찮아, 그냥 앉아 있어."

"피곤하실 텐데 죄송합니다."

그는 머리를 숙이며 말했다. 오늘 히다카의 장례식이 있었다는 것을 알고 있는 듯했다.

나는 웨이트리스에게 따뜻한 우유를 주문하고 나서 자리에 앉았다.

"자네가 나를 찾아온 목적은 알고 있어. 이거지?" 상의 호주머니에 접어서 넣어두었던 종이를 꺼내 그 앞에 놓았다. 어제 쓴 수기였다. 집을 나오기 전에 프린트해 온 것이다.

"고맙습니다. 큰 도움이 될 거예요." 그는 손을 내밀어 수기를 펼치려고 했다.

"아, 미안하지만 여기서는 읽지 말아줘. 어제 건네준 글을 읽었다면 알겠지만 자네 얘기도 적혀 있고, 어쩐지 민망해서."

내가 말하자 그도 빙긋 웃었다.

"그런가요? 그럼 오늘은 이대로." 다시 한번 종이를 접어 그는 상의 안주머니에 넣었다.

"그래서……." 물을 마시고 나서 물었다. "뭔가 참고가 되겠어, 내 수기 같은 게?"

"참고가 됩니다." 가가 형사는 즉석에서 대답했다. "귀로 듣는 것만으로는 알기 어려운 사건의 분위기를 문장으로 정리하니까 아주 쉽게 파악할 수 있었어요. 가능하면 다른 사건의 목격자나 발견자들도 이런 식으로 글을 써주면 좋겠어요."

"그렇다면 다행이지만."

웨이트리스가 우유를 내왔다. 나는 스푼으로 표면에 낀 얇은 막을 걷어냈다.

"고양이 이야기는 어떻게 생각했어?" 내가 물었다.

"깜짝 놀랐어요. 고양이 피해에 대한 얘기는 자주 들었지만, 그렇다고 그런 심한 짓을 했다는 얘기는 아직 들어본 적이 없어요."

"고양이 보호자인 옆집 여자에 대해 조사해 볼 생각인가?"

"예, 벌써 상사에게 보고했으니까요, 다른 형사가."

"그래?" 나는 우유를 마셨다. 고자질한 것 같아 마음이 그리

유쾌하지만은 않았다. "그 밖의 부분은 전부 자네에게 말한 내용과 똑같았던 것 같은데."

"그렇더군요." 그는 고개를 끄덕였다. "하지만 세세한 부분에서 크게 참고가 된 점이 있었어요."

"그런 부분이 있었어?"

"이를테면 선생님과 히다카 씨가 방에서 이야기를 나누는 부분인데, 그때 히다카 씨는 담배를 한 대 피웠어요. 그런 건 선생님의 수기를 읽지 않고서는 알 수 없어요."

"아니, 정말로 한 대만 피웠는지 어떤지는 나도 몰라. 어쩌면 두 대였는지도 모르지. 아무튼 그가 담배를 피운 건 기억이 나서 그렇게 쓴 것뿐이야."

"아뇨, 한 대였어요." 그는 단언했다. "틀림없습니다."

"그래?"

그것이 사건과 무슨 관계가 있는지 나는 알 수 없었다. 형사에게는 형사 특유의 사고방식이 있는지도 모른다.

나는 장례식이 끝난 뒤에 후지오 미야코와 나눈 대화를 가가 형사에게 말했다. 그는 흥미롭게 듣는 눈치였다.

"나는 결국 알아내지 못했지만, 그녀의 알리바이는 확인이 됐나?"

"다른 사람이 조사 중이지만, 아무래도 확실한 알리바이가 있는 모양이에요."

"그래? 그렇다면 더 이상 그녀에 대해서는 생각할 필요가 없는 건가."

"선생님은 그녀를 의심하십니까?"

"의심이라고 할 정도는 아니지만, 우선 동기가 있는 사람이라면 그녀 정도일 거라고는 생각했어."

"동기라는 건 친오빠의 프라이버시가 침해되었다는 것이지요? 하지만 히다카 씨를 살해해도 그 문제는 해결되지 않잖아요."

"너무 무성의한 태도를 보였기 때문에 홧김에 저지른 일이라고 생각해볼 수도 있지 않을까?"

"하지만 그녀가 히다카가를 나왔을 때, 히다카 씨는 아직 살아 있었어요."

"일단 나왔다가 다시 갔는지도 모르지."

"죽일 생각으로요?"

"음." 나는 고개를 끄덕였다. "죽일 생각으로."

"하지만 부인이 아직 집에 있었는데요?"

"부인이 나갈 때까지 기다렸다가 몰래 들어갔는지도 몰라."

"리에 씨가 외출할 예정인 것을 후지오 미야코 씨가 알고 있었다는 건가요?"

"그날 뭔가 이야기를 하던 끝에 퍼뜩 눈치챘다고 생각할 수도 있지 않을까?"

가가 형사는 테이블 위에서 두 손을 깍지 꼈다. 그리고 양쪽 엄지를 맞붙였다 뗐다 했다. 그렇게 한참을 꼼지락거린 뒤에 그는 말했다. "침입은 현관으로?"

"아니, 창문 쪽이 아닐까? 왜냐하면 현관은 잠겨 있었으니까."

"정장 차림의 여자가 창문으로 침입했다는 말씀인가요?" 그가 표정을 무너뜨리며 웃었다. "게다가 그 모습을 방 안의 히다카 씨는 멍하니 보고 있었다?"

"히다카가 화장실에 갔을 때 슬쩍 들어가면 되잖아. 그리고 그가 돌아올 때까지 문 뒤에 숨어서 기다린다든가."

"문진을 들고?" 가가 형사는 오른쪽 주먹을 슬쩍 쳐들어 내리치는 시늉을 했다.

"그렇겠지. 그리고 히다카가 들어서자마자……." 나도 오른쪽 주먹을 움직였다. "문진으로 그의 뒤통수를 내리쳤다—."

"그리고 그다음은?"

"음, 그다음에는……." 나는 그저께 가가 형사에게서 들은 이야기를 떠올리며 말을 이어갔다. "목을 조른 거지. 전화 코드를 사용해서……. 그렇지? 그리고 도망쳤다—."

"어디로요?"

"물론 창문이지. 현관으로 나갔다면 우리가 집에 들어갔을 때 문이 잠겨 있지 않았을 테니까."

"그렇겠네요." 그는 커피 잔을 손에 들었지만 이미 비어 있는 것을 깨닫고 잔을 다시 내려놓았다. "근데 왜 현관문으로 나가지 않았을까요?"

"그건 나도 잘 모르겠지만, 아마 남의 눈에 띌까 봐서 그런 거 아닐까? 그러니까 심리적인 거야. 하지만 그녀에게 명백한 알리바이가 있다니까 이런 이야기는 단순한 공상일 뿐이겠지만."

"그렇습니다. 후지오 미야코에게는 알리바이가 있으니까 저도 선생님 말씀은 단순한 공상이라고 생각하면서 들었습니다."

그런 그의 말은 내게는 조금 의외였다.

"응, 그냥 잊어버려도 괜찮아."

"하지만 참고가 되었어요. 재미있는 추리라고 생각합니다. 말이 나온 김에, 라고 하면 좀 죄송하지만, 한 가지만 더 추리를 해주세요."

"제대로 된 추리를 할 자신은 없지만, 어떤 거야?"

"범인은 어째서 방의 전깃불을 끄고 갔을까요?"

"그건……." 나는 잠시 생각하고 나서 대답했다. "집에 아무도 없는 것처럼 보이게 하려고 그랬겠지. 혹시 누가 찾아오더라도 빈집이면 그냥 돌아갈 테니까 사체의 발견을 최대한 늦출 수 있잖아. 실제로 나는 집 안이 컴컴하게 불이 꺼져 있어서 아무도 없다고 생각했었거든."

"그러면 범인은 사체의 발견을 늦추고 싶었다는 건가요?"

"그게 일반적인 범인의 심리가 아닐까?"

"그렇다면 컴퓨터는 왜 켜놓은 채로 놔두었을까요?"

"컴퓨터?"

"네, 선생님이 방에 들어갔을 때, 컴퓨터 화면이 하얗게 빛을 뿜고 있었다는 게 수기에도 적혀 있던데요."

"그랬지. 아마 컴퓨터쯤은 그냥 켜두어도 괜찮다고 생각한 거 아닐까?"

"어제 선생님과 헤어진 뒤에 간단한 실험을 해봤어요. 방의 불을 끄고 컴퓨터 모니터를 켜봤습니다. 그랬더니 상당히 환하더라고요. 창밖에 나가서 봤더니 커튼 너머로 부옇게 보일 정도였어요. 만일 정말 집에 아무도 없는 것처럼 보이게 하려고 했다면 컴퓨터도 껐어야 해요."

"그러면 컴퓨터 끄는 방법을 몰랐던 모양이지. 다뤄본 적이 없는 사람이면 그건 잘 모르거든."

"하지만 모니터를 끄는 건 누구라도 할 수 있어요. 스위치를 누르기만 하면 되니까요. 만일 그것도 모른다면 그냥 콘센트를 뽑아버리면 되죠."

"깜빡했던 모양이지." 내가 말했다.

가가 형사는 내 얼굴을 지그시 쳐다보고, 그러고 나서 고개를 끄덕였다.

“그렇군요. 깜빡했는지도 모르겠어요.”

더 이상은 어떻게 얘기할 수가 없어서 나는 입을 다물었다.

귀한 시간을 내주셔서 고맙다고 말하고 가가는 자리에서 일어섰다.

“오늘 일도 수기에 쓰실 건가요?”

“그럴 생각이야.”

“그럼 그것도 볼 수 있게 해주세요.”

“응, 괜찮지.”

그는 계산대 쪽으로 가려다가 도중에 멈춰 섰다.

“저는 역시 교사로서는 소질이 없었을까요?” 그렇게 물었다. 내 수기에 그런 얘기가 적혀 있었기 때문일 것이다.

“아니, 그저 개인적인 의견일 뿐이야.”

그는 한 차례 시선을 떨구고 한숨을 내쉬더니 걸음을 옮겼다.

가가가 무슨 생각을 하고 있는지 나는 전혀 알지 못한다.

이미 알고 있는 것이 있다면 내게도 말해주면 좋겠다고 생각했다.

의혹疑惑

가가 형사의 기록

이번 사건에서 내가 특히 주목한 것 중의 하나는 범인이 흉기로 문진을 사용했다는 점이다. 말할 것도 없이 그 문진은 히다카 구니히코의 작업실에 원래 있었던 것이다. 그렇다면 범인은 히다카의 집을 방문한 당시에는 히다카 구니히코를 살해할 의사가 없었다는 이야기가 된다. 처음부터 살해할 마음이었다면 당연히 도구를 준비해왔을 것이기 때문이다. 미리 준비해왔지만 뭔가 사정이 여의치 않아 살해 방법을 바꿀 수밖에 없었던 경우도 생각할 수 있지만, 방법을 바꾼 뒤에 선택한 수단이 문진에 의한 타격이라는 건 너무나도 계획성이 부족하다고 생각된다. 역시 범행은 우발적이고 충동적인 것이었다고 추리하는 게 타당할 것이다.

하지만 여기서 히다카의 문단속에 관한 것이 문제로 떠오른다. 제1발견자들의 증언에 따르면 집 현관 및 히다카 구니히코의 작업실 문은 잠겨 있었다.

이 점에 대해 히다카 리에는 다음과 같이 말하고 있다.

"5시 넘어 집에서 나올 때, 내가 현관문을 잠갔어요. 남편은 일단 작업실에 들어가면 집에 누가 들어와도 모를 것 같아서 걱정스러웠기 때문이에요. 하지만 설마 정말로 이런 일이 일어날 줄은 꿈에도 생각하지 못했어요."

감식과에서 지문을 조사한 결과로는 현관문 손잡이에서는 히다카 부부의 지문밖에 검출되지 않았다. 장갑을 낀 흔적도, 천 따위로 닦아낸 흔적도 없다는 모양이다. 그렇다면 현관문이 잠겨 있었던 것은 히다카 리에가 집을 나설 때 잠가둔 그대로였다고 생각해도 좋지 않을까.

또한 작업실 문은 범인에 의해 안쪽에서 잠겼을 가능성이 높다. 이건 현관문의 경우와 달리 명백하게 지문을 닦아낸 흔적이 있었기 때문이다.

이상의 점에서 역시 범인은 창문으로 침입했다고 생각하지 않을 수 없다. 하지만 그렇게 되면 조금 전의 내용과는 모순이 발생한다. 애초에 살해할 의도를 가지고 있지 않았던 범인이 과연 창문으로 침입할까? 뭔가 훔쳐갈 생각으로 침입했다는 건 가능성이 낮은 얘기다. 이미 이삿짐이 다 나가서 히다카가에 훔칠 만한 물건이 전혀 남아 있지 않다는 것은 설령 그날 처음 찾아온 사람이라도 금세 알 수 있는 일이었기 때문이다.

이 모순을 해결할 수 있는 추리가 실은 한 가지 있었다. 그것은 범인이 그날 히다카가에 두 번 왔었다는 것이다. 첫 번째는 본래의 목적을 위해 현관문으로 찾아왔다. 그리고 범인은 일단 히다카가를 떠난 뒤에(정확하게는 떠난 척한 뒤에) 다시 두 번째로 찾아왔다. 그때 그 인물은 모종의 결의를 가슴에 품고 이번에는 창문을 통해 침입한 것이다. 모종의 결의란 말할 것도 없이 살의를 의미한다. 그 살의가 싹튼 원인은 그 전의 첫 번째 방문 때에 생겼다고 하는 게 옳을 것이다.

이야기가 그렇게 되면 사건이 일어났던 날, 히다카가를 찾아온 사람이 누구였느냐는 것이 중요한 문제가 된다. 현재 판명된 바로는 두 사람이다. 후지오 미야코와 노노구치 오사무.

우리는 이 두 사람으로 범위를 좁혀 수사를 해보았다. 하지만 그 결과는 우리의 예상과는 전혀 다르게 나왔다. 두 사람 모두 명백한 알리바이가 있었던 것이다.

후지오 미야코는 당일 저녁 6시에 자택에 돌아와 있었다. 그것을 증언해준 것은 약혼자인 나카즈카 다다오, 그리고 그들 두 사람의 중매인 역할을 맡은 우에다 기쿠오라는 인물이었다. 다음 달에 치를 예정인 결혼식 절차에 관해 셋이서 상의를 했다고 한다. 우에다는 나카즈카의 직장 상사여서 후지오 미야코와 직접적인 관련은 없는 인물이다. 부하 직원의 약혼자를 위해 일부러 허위 증언을 한다는 건 생각하기 어려운 일이다. 또한 히다카 리에의 증언에 의하면 후지오 미야코가 히다카가를 나온 것은 5시쯤이었지만, 거기에서 미야코의 자택까지의 거리나 교통망을 고려하면 그녀가 6시에 자택에 도착했다는 것은 지극히 자연스러운 일로 보인다. 후지오 미야코의 알리바이는 일단 완벽하다고 봐도 좋을 것이다.

다음으로 노노구치 오사무.

이 인물에 대해 생각할 때, 다소 사적인 감정이 개입되는 것을 부정할 수 없다. 그는 예전 직장의 선배이며 나의 씁쓸한 과거를 알고 있는 이들 중의 한 사람이다.

하지만 개인적인 인연 때문에 수사에 영향을 받아서는 이 직업에서도 부적격자라는 소리를 듣게 될 것이다. 나는 되도록 그와 공유한 과거를 객관적으로 바라보면서 이번 사건에 임할 결심이다. 그렇다고 과거를 잊어버리겠다는 것은 아니다. 이건 경우에 따라서는 사건 해결의 강력한 무기가 될지도 모르기 때문이다.

그건 그렇고, 노노구치 오사무 자신이 주장하는 사건 당일의 알리바이는 다음과 같다.

4시 30분경, 후지오 미야코가 찾아왔을 때 그는 히다카가를 나왔다. 곧바로 귀가하여 6시쯤까지 일을 했다. 6시에 도지 출판사 편집자인 오시마 유키오가 집에 찾아와 일에 대한 협의를 시작. 잠시 뒤에 히다카 구니히코에게서 전화가 왔다. 상의할 일이 있으니 8시까지 자기 집으로 와달라는 것이었다.

노노구치 오사무는 오시마와 함께 근처 패밀리 레스토랑에서 저녁 식사를 한 뒤에 히다카가로 향했다. 도착한 것은 정각 8시경. 집에 아무도 없는 것 같아 뭔가 이상하다는 생각에 히다카 리에에게 연락. 그녀가 올 때까지 가까운 찻집 '램프'에서 커피를 마시며 기다렸다. 8시 40분경, 히다카가로 돌아가자 히다카 리에가 막 도착하는 참이었다. 둘이서 집 안으로 들어갔고 사체를 발견했다.

이렇게 정리한 내용으로 보자면 노노구치 오사무의 알리바이 역시 완벽에 가까운 것처럼 보인다. 도지 출판사의 오시마도, 찻집 '램프'의 주인도 그의 말이 맞다는 것을 증언하였다.

다만 완전히 틈이 없다는 건 아니다. 그가 한 진술 중에서 히다카 구니히코를 살해할 기회를 찾아본다면 분명 히다카 리에에게 전화하기 전일 것이다. 즉 오시마와 헤어져 히다카가에 도착한 그는 즉시 히다카 구니히코를 살해하고 그 뒤에 몇 가지 조작을 해둔 뒤에 아무 일도 없었던 것처럼 피해자의 아내에게 전화를 걸었다, 라고 추리할 수도 있다.

하지만 이 시나리오가 성립되지 않는다는 것은 법의학 팀이 증명해주었다. 당일 점심에 히다카 구니히코는 아내와 쇼핑하던 중에 햄버거를 먹었고, 소화 상태를 통해 추정한 사망시각은 오후 5시부터 6시, 아무리 늦더라도 7시 이후일 수는 없다는 결과가 나왔다.

역시 노노구치 오사무의 알리바이는 완벽하다고 판단할 수밖에 없는 건가.

하지만 나는 솔직히 그가 범인일 거라고 의심하고 있다. 그 계기가 된 것은 사건 당일 밤에 그가 말했던 사소한 한마디였다. 그 말을 들은 순간부터 나는 그가 범인일 가능성을 검토하기 시작했다. 직감에 의해 움직이는 것이 사실은 지극히 비효율적이라는 건 잘 알고 있지만, 이번만은 그 직감을 믿어본 것이다.

노노구치 오사무가 이번 사건에 대해 수기를 쓰고 있다는 것은 정말 뜻밖의 일이었다. 만일 그가 범인이라면 사건의 세세한 부분이 고스란히 드러나는 그런 글쓰기는 결코 하지 않을 거라고 생각되기 때문이다. 하지만 그의 수기를 읽는 사이에 그런 생각이 완전히 잘못됐다는 것을 깨달았다.

그 수기는 그야말로 논리정연한 글이었다. 그리고 논리정연한 기록은 강한 설득력을 갖는다. 읽다 보면 그 내용이 반드시 진실이라고 할 수 없다는 사실을 어느 틈에 깜빡 잊어버리는 것이다. 바로 거기에 노노구치 오사무의 노림수가 숨어 있다고 생각할 수 있지 않을까.

나는 상상해보았다. 범인인 노노구치 오사무는 자신에 대한 경찰의 의심을 어떻게든 따돌리려고 한다. 그는 시간에 관한 문제로 자신이 의심을 받으리라는 것을 미리 내다보고 있었던 것이다.

그런 그 앞에 나타난 사람은 예전에 같은 학교에서 교사로 근무한 전력이 있는 형사였다. 그는 이 사람을 이용하기로 했다. 가짜 수기를 써서 그에게 보여주는 것이다. 교사로서 미숙했던 사람이니까 분명 형사로서도 형편없을 게 틀림없다, 이 트릭에 간단히 속아 넘어갈 것이다—.

이건 잘못된 추리일까. 아는 사람이라고 해서 수사에 사적인 감정을 개입시켜서는 안 된다는 의식이 지나치게 강해서 도리어 진실을 바라보기 어려운 상태가 된 것일까.

하지만 이윽고 나는 그의 수기에 감춰진 몇 가지 함정을 발견하는 데 성공하였다. 게다가 재미있는 일은 그 이외에는 범인이 없다는 것을 나타내는 중요한 상황 증거까지도 그의 손으로 직접 쓴 기록에서 찾아냈던 것이다.

현재 장벽이 되고 있는 것은 그의 알리바이다. 하지만 그것도 따져보면 그 혼자서 주장하는 것뿐인 알리바이라고 할 수 있다. 6시쯤에 걸려온 전화가 정말로 히다카 구니히코에게서 걸려온 것인지 어떤지는 아무도 알지 못하는 것이다.

나는 이번 사건에 관한 몇 가지 의문과 수수께끼를 다시 처음부터 점검해나갔다. 그러는 사이에 그것들이 실로 단순한 한 줄기 선으로 이어진다는 것을 깨달았다. 그 힌트 또한 노노구치 오사무의 수기 속에 담겨 있었다.

나는 내가 세운 추리를 다시 한번 점검한 뒤에 상사에게 보고했다. 우리 팀의 상사는 신중한 성격의 소유자이지만 내 생각에 동조해주었다. 상사 역시 처음 만났을 때의 인상에서 노노구치 오사무가 수상하다고 내심 주목해온 모양이었다. 수기에는 적혀 있지 않지만 사건이 일어난 날 밤, 그는 이상하게 흥분하고 유난히 말수가 많았던 것이다. 그런 것이 통상 진범이 드러내는 전형적인 표정이라는 것을 상사도 나도 잘 알고 있었다.

"문제는 증거로군."

상사는 그렇게 말했다. 그 점에 대해 나도 동감이었다. 내 추리에는 자신이 있었지만 그것이 정황 증거에만 바탕을 둔 것이라는 점은 인정해야 한다.

나아가 또 한 가지 문제가 있었다. 그것은 동기였다. 히다카 구니히코에 대해서는 물론이고 노노구치 오사무에 대해서도 상당한 정보를 수집해 살펴봤지만, 노노구치 오사무가 히다카를 살해할 이유는 눈에 띄지 않았다. 아니, 오히려 문단 데뷔를 도와줬다는 점에서 히다카는 노노구치 오사무에게는 은인이라고 할 수 있는 존재였다.

나는 내 기억 속에 남아 있는 노노구치 오사무라는 인물의 개성에 대해 다시 생각해보았다. 중학교에서 국어를 가르치던 시절의 그는 매사에 냉정하고 모든 것을 정해진 절차에 따라 한 치의 실수도 없이 처리하는 사람이었다. 학생에게 뭔가 불미스러운 사고가 발생하는 돌발상황에서도 결코 당황하는 일 없이 과거의 사례 등을 참조해가며 그 시점에서 가장 무난하다고 생각되는 길을 선택하는 능력이 특히 뛰어났다. 나쁘게 말하자면 스스로 판단하는 일이 없는 매뉴얼주의자였다. 그의 그러한 특징에 대해 영어 과목 여선생님이 다음과 같이 말해준 적이 있었다.

"노노구치 선생님은 사실은 교사라는 직업을 좋아하지 않는 거야. 학생 일로 골머리를 썩이거나 책임져야 하는 상황을 피하려고 저런 식으로 매사를 쿨하게 처리해버리는 거라고."

그녀에 의하면 노노구치 선생은 한시바삐 교사직을 그만두고 작가가 되기를 원한다는 것이었다. 교사들끼리의 술자리에 한 번도 나오지 않는 것은 집에서 원고를 쓰고 있기 때문이라고 했다.

결과적으로 그녀가 짐작했던 대로 노노구치 오사무는 작가가 되었지만, 실제로 그가 교사라는 직업에 대해 어떤 생각을 품고 있었는지는 알 수 없다. 다만 그 당시 그가 내게 이런 말을 한 적이 있다.

“교사와 학생의 관계라는 건 착각 위에 성립되는 거야. 교사는 무언가를 가르치고 있다고 착각하고 학생은 뭔가를 배우고 있다고 착각하지. 그리고 중요한 건 그렇게 착각하는 것이 서로를 위해 행복하다는 거야. 진실을 알아봤자 좋을 일이라고는 하나도 없거든. 우리가 하는 일은 말하자면 교육 놀이에 지나지 않아.”

어떤 체험을 바탕으로 그가 그런 말을 했는지, 거기에 대해서는 나는 알지 못한다.

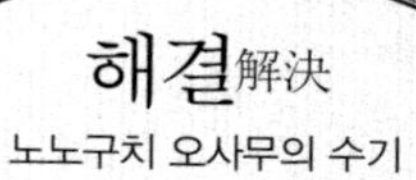

해결解決

노노구치 오사무의 수기

지금부터 쓰는 글은 가가 형사의 허락을 얻어서 쓰는 것이다. 이 집을 떠나기 전에 꼭 이 수기를 마무리하고 싶다고 부탁했더니 특별히 허락해준 것이다. 하지만 이 상황에서 무엇을 위해 이런 글을 쓰는 것인지, 그로서는 분명 이해하지 못하리라. 설령 가짜 수기라고 해도 쓰기 시작한 이상 마지막까지 끝을 맺고 싶은 것이 작가의 본능이라고 말해주어도 아마 그는 알아듣지 못할 것이다.

하지만 나는 방금 전 한 시간 정도의 경험은 글로 써서 남겨두기에 충분한 일이라고 생각한다. 특별히 인상 깊은 경험을 기록해두려는 것도 작가의 본능이리라. 비록 그것이 스스로의 파멸의 기록이라 하더라도.

가가 형사가 찾아온 것은 오늘, 즉 4월 21일 오전 10시 정각이었다. 나는 차임벨이 울린 순간부터 모종의 예감을 품었고, 찾아온 사람이 그라는 것을 알았을 때는 그 예감이 현실이 되었다는 것을 확신했다. 그래도 나는 애써 동요하는 마음을 감추며 그를 맞아들였다.

"갑작스럽게 죄송합니다. 잠시 말씀드릴 게 있어서요." 그는 평소와 다름없는 온화한 어조로 말했다.

"무슨 일이지? 아, 일단 안으로 들어오는 게 어때?"

"예, 실례하겠습니다."

그를 소파로 안내하고 나는 차를 준비했다. 그는 차 대접은 괜찮다고 말했다.

"그래서, 할 말이라는 게 뭘까." 찻잔을 그 앞에 내려놓으며 물어보았다. 그때 내 손이 떨린다는 것을 깨달았다. 고개를 들자 가가 형사도 내 손 쪽을 빤히 쳐다보고 있었다.

그는 찻잔에는 손을 대지 않고 똑바로 내 얼굴을 보았다.

"실은 말씀드리기 힘든 얘기를 해야 하는 상황입니다."

"그 말은……."

나는 애써 평정을 유지하려고 했다. 실제로는 금세라도 현기증이 일어날 것처럼 심장이 두근거리고 있었다.

"선생님 댁을…… 이 집을, 수색하게 해주셨으면 합니다." 가가 형사는 괴로운 듯 그렇게 말했다.

나는 우선 어리둥절한 표정을 지었고 그다음에는 웃음을 지었다. 물론 그것이 제대로 잘 되었는지는 알 수 없었다. 가가 형사에게는 단순히 내가 얼굴을 찌푸린 것으로 보였는지도 모른다.

"그게 무슨 말이야? 내 방을 뒤져봤자 아무것도 안 나와."

"그러면 좋겠지만…… 분명 뭔가 나올 거라고 저는 생각하고 있습니다."

"잠깐, 그건 혹시 이런 얘기인가? 자네는 히다카를 살해한 범인이 나라고 생각한다, 그리고 그 증거가 이 집 안에 있다……."

가가 형사는 가만히 고개를 끄덕였다. "그렇습니다."

"이것 참, 깜짝 놀랄 소리네." 나는 말했다. 고개를 젓고 한숨을 내쉬어 보였다. 내 힘껏 해본 연극이었다. "너무 뜻밖의 얘기라서 대꾸할 말도 생각나지 않아. 자네 지금 농담을 하는 건 아니겠지? 아니, 아무래도 농담은 아닌 것 같네."

"예, 선생님. 유감스럽지만 저는 진지하게 말씀드리는 거예요. 다른 사람도 아니고 선생님께 이런 말씀을 드리는 건 참으로 가슴 아픈 일이지만, 진실을 밝히는 게 우리 경찰이 할 일이라서요."

"물론 자네가 하는 일에 대해서는 나도 잘 알아. 자네가 수상하다고 생각했다면 그게 친한 친구든 한 가족이든 의심하는 게 경찰의 의무겠지. 하지만 솔직히 이건 정말 놀랍고 당황스럽군. 우선 너무 갑작스럽잖아."

"영장은 가져왔습니다."

"수색 영장이라는 건가? 물론 그렇겠지. 하지만 그것을 보여주기 전에 이유를 말해줄 수 있을까? 그러니까 그……."

"왜 선생님을 의심했느냐, 라는 건가요?"

"그렇지, 그거야. 아니면 아무 설명도 없이 온 집 안을 휘젓는 것이 자네들의 방식인가?"

"그런 경우도 있습니다. 하지만……." 그는 말을 멈추고 시선을 떨구었다. 그리고 아까는 손을 대지 않았던 잔을 들고 차를 한 모금 마셨다. 그러고는 다시 내 쪽을 보았다. "선생님께는 이유를 설명할 생각입니다."

"그렇게 해준다면 고맙겠어. 자네의 설명을 내가 받아들일 수 있을지 어떨지는 모르겠지만."

하지만 이 말에 대해서는 아무 대답 없이 가가 형사는 상의 호주머니에서 수첩을 꺼냈다.

"가장 중요한 점은." 그가 말했다. "히다카 씨의 사망 추정 시각입니다. 일단 5시부터 7시 사이로 결과가 나왔지만, 부검을 실시한 의사의 말에 따르면 아무리 봐도 6시 이후일 가능성은 낮다고 합니다. 위 속의 내용물 소화 상태로 사망시각을 산출하는 방법은 지극히 신빙성이 높아서 이번 같은 경우에는 두 시간씩이나 그 폭을 넓게 잡을 필요는 없습니다. 그런데 히다카 씨가 6시 이후에도 살아 있었다고 증언한 사람이 있었어요."

"그게 바로 나라는 얘기인가? 하지만 6시 이후에 히다카가 살아 있는 것을 내 눈으로 봤으니 어쩔 수 없지. 가능성은 낮을지도 모르지만 자연 현상이니까 20분에서 30분쯤은 차이가 나는 일도 있는 거 아닌가?"

"물론 그렇습니다만, 우리로서는 선생님의 그 증언의 근거가 전화라는 점이 마음에 걸리는 거예요. 전화라면 정말로 그 사람이 걸어왔는지 어떤지 알 수 없으니까요."

"아니, 그 목소리는 히다카였어. 틀림없어."

"하지만 그걸 증명할 수가 없어요. 선생님 이외의 어느 누구도 그 전화를 받은 게 아니니까요."

"전화라는 건 원래 그런 거잖아? 허 참, 이건 뭐, 믿어달라는 말밖에는 더 할 말이 없군."

"저도 믿고 싶지만, 그래서는 판사 쪽에서 받아주지 않겠지요."

"분명 전화를 받은 건 나 혼자였지만 곁에 또 한 사람이 있었다는 것을 잊어서는 안 돼. 도지 출판사의 오시마 군에게 그건 물어보지 않았어?"

"물어봤죠. 선생님이 말씀하신 시각에 전화가 왔었다고 오시마 씨가 증언했습니다."

"그때 히다카와 내가 나눈 대화를 오시마 군은 못 들은 건가?"

"아뇨, 듣고 있었어요. 노노구치 선생이 누군가와 만날 약속을 하는 것 같았다고 했으니까요. 나중에야 그 전화 상대가 히다카 씨라는 것을 알았다는 얘기도 있었죠."

"그렇지. 하지만 그걸로는 증명이 되지 않는다는 말이로군. 전혀 다른 사람에게서 걸려온 전화를 마치 히다카에게서 걸려온 전화인 것처럼 내가 연극을 했다, 자네는 그런 말을 하고 싶은 거지?"

그러자 가가 형사는 미간을 찌푸리며 입술을 깨물고 나서 말했다.

"그럴 가능성을 부정할 만한 이유가 없었어요."

"그딴 것은 깨끗이 부정해줬으면 좋겠어. 근데 그럴 수가 없는 모양이지?" 나는 슬쩍 장난치는 척하며 말했다. "하지만 나는 이해가 안 돼. 부검을 통해 산출한 사망 추정 시각과 약간의 차이는 나지만 그렇다고 시간이 완전히 틀린 것도 아니잖아? 그런데도 미리부터 내가 거짓말을 한다는 식으로 결론을 내놓고 밀어붙이는 얘기처럼 들려. 무슨 다른 이유라도 있는 거야?"

가가 형사는 내 눈을 지그시 보고 나서 말했다.

"예, 있습니다."

"무슨 이유인지 꼭 듣고 싶군."

"담배예요." 그가 말했다.

"담배?"

"선생님도 말씀하셨지요? 히다카 씨는 헤비 스모커였다, 글 쓰는 작업 중에는 벌레잡이 연막이라도 피워놓은 것 같았다고."

"응, 그렇게 말했었지. 하지만 그게 뭐가 문제가 되지?" 말을 하면서 나는 불길한 예감이 검은 연기처럼 가슴에 퍼지는 것을 느꼈다.

가가 형사는 말했다. "그런데 재떨이에는 꽁초가 한 개뿐이었어요."

"응?"

"단 한 개뿐이었습니다. 히다카 씨의 작업실 재떨이에는 꾹꾹 눌러 끈 담배꽁초 하나가 있었을 뿐이에요. 후지오 미야코 씨가 돌아간 게 5시 넘어서였고, 그 뒤에 집필 작업에 들어갔다면 당연히 담배꽁초가 더 많았어야겠지요. 게다가 그 단 한 개의 담배꽁초는 집필을 하면서가 아니라 노노구치 선생님과 이야기하는 동안에 피웠던 것이죠. 그걸 선생님의 수기에서 알아냈어요."

나는 선뜻 대꾸할 말이 떠오르지 않아서 입을 꾹 다물었다.

언제였던가, 가가 형사가 히다카가 피우는 담배 개수에 대해 물었던 것이 생각났다. 그러면 그때부터 이미 나를 의심의 눈초리로 지켜봤다는 것인가.

"그러니까." 그가 말을 이어갔다. "히다카 씨는 혼자 남은 뒤부터 살해될 때까지 단 한 개비의 담배도 피우지 않았다는 얘기가 되겠지요. 이 점에 대해 리에 부인에게 물어봤더니, 예를 들어 30분이라도 집필 작업을 했다면 최소한 두세 대는 피웠을 거라는 대답이었어요. 게다가 일을 시작할 때는 특히 담배를 많이 피우는 편이었다고 했습니다. 그런데 실제로는 한 개비도 피우지 않았어요. 자, 이걸 어떻게 생각해야 좋을까요?"

나는 속으로 나 자신에게 욕을 퍼부었다. 나는 담배를 피우지 않아서 미처 거기까지 생각하지 못했지만, 이건 웬만한 사람이면 쉽게 알 수 있는 일이었다.

"혹시 담배가 떨어졌던 거 아닐까?" 일단 나는 그렇게 말해보았다. "아니면 사다놓은 게 없다는 걸 알고 최대한 아껴 피우려고 했을 수도 있어."

하지만 가가 형사가 그런 점을 놓쳤을 리 없다.

"히다카 씨는 낮에 쇼핑을 갔던 길에 네 갑을 사왔어요. 책상 위에는 열네 개비가 남은 담뱃갑 하나, 그리고 서랍에는 새 담배 세 갑이 있었습니다."

말투는 조용했지만 그가 내뱉은 한 마디 한 마디에는 나를 바짝 몰아붙이는 박력이 있었다. 그가 검도의 달인이었다는 것이 문득 생각났다. 그 순간, 등으로 한기가 내달렸다.

"흠, 그랬군. 그렇다면 분명 담배꽁초가 하나뿐이라는 건 부자연스럽지. 그 이유에 대해서는 히다카 본인에게 물어보는 수밖에 없겠네. 어쩌면 목이 아팠다든가 하는 뜻밖의 이유일 수도 있어." 나는 필사의 방어를 시도해보았다.

"만일 그랬다면 선생님 앞에서도 피우지 않았겠지요. 역시 우리로서는 가장 타당한 추리를 선택할 수밖에 없어요."

"한마디로 좀 더 이른 시각에 살해되었다는 얘기인 거지?"

"네, 훨씬 더 이른 시각이에요. 아마 리에 부인이 집을 나온 직후쯤이겠죠."

"단정적으로 말하는군."

"다시 담배 얘기로 돌아가면, 히다카 씨는 후지오 미야코와 얘기할 때는 한 개비도 피우지 않았어요. 그 이유는 이미 알고 있습니다. 리에 부인에 의하면, 이전에 후지오 미야코가 담배 연기에 불쾌한 얼굴을 보인 적이 있어서 되도록 이야기를 좋게 풀어나가기 위해서도 앞으로 후지오 미야코 앞에서는 담배를 삼가는 게 좋겠다고 히다카 씨 본인이 말했다더군요."

"그렇군." 그야말로 책략가 히다카다운 말이라고 나는 생각했다.

"후지오 미야코와의 대화가 상당히 스트레스가 쌓이는 것이었다는 건 틀림이 없어요. 그러니까 히다카 씨로서는 그녀가 돌아간 순간, 굶주림에서 해방된 것처럼 담배에 손을 내밀었을 겁니다. 그런데 그 꽁초가 없어요. 피우지 않았거나 아니면 피우지 못했겠지요. 나는 피우지 못한 것이라고 생각합니다."

"살해되었기 때문이다, 그런 얘기인가?"

"그렇죠." 그는 끄덕 턱을 당겼다.

"하지만 나는 그 한참 전에 히다카의 집을 나왔어."

"예, 알고 있습니다. 일단 현관문 밖으로 나오셨죠. 하지만 그다음에 정원 쪽으로 돌아서 히다카 씨의 작업실 쪽으로 가셨다고 생각할 수도 있습니다."

"마치 보기라도 한 것처럼 말하는군."

"이것과 똑같은 추리를 선생님 스스로도 말씀하셨지요? 후지오 미야코를 범인으로 가정했을 때였어요. 그녀는 히다카 씨의 집에서 나가는 척하면서 작업실 쪽으로 돌아갔던 게 아닌가. 그렇게 말씀하셨어요. 그건 선생님 자신의 행동을 얘기했던 거 아닌가요?"

나는 천천히 고개를 저었다.

"아니, 그 말을 그런 식으로 받아들일 줄은 꿈에도 생각하지 못했어. 나로서는 자네에게 협력한다는 마음으로 그런 말을 했던 건데."

그러자 가가 형사는 수첩에 눈을 떨구고 다시 말했다.

"선생님이 히다카 씨 집에서 나오던 때의 일을 선생님 스스로는 지난번 수기에 다음과 같이 쓰셨어요. '안녕히, 라는 인사와 함께 그녀는 내가 다음 모퉁이를 돌아갈 때까지 배웅해주었다.' 여기서 '그녀'라는 건 리에 부인입니다."

"그게 어떻다는 건가?"

"이 문장을 보면 리에 부인은 대문 밖까지 선생님을 지켜봤다는 얘기가 됩니다. 그 점에 대해 부인에게 확인해봤어요. 리에 부인의 대답은 선생님을 배웅한 건 현관문까지라고 했어요. 이 모순은 어째서 생긴 것일까요."

"딱히 모순이라고 할 만큼 대단한 것도 없잖아? 둘 중 누군가의 기억이 잘못된 거겠지."

"그럴까요? 하지만 나는 그렇게 생각하지 않습니다. 일부러 선생님이 사실과는 다른 이야기를 쓴 것으로 보이거든요. 즉 그런 식으로 수기를 써서 사실은 히다카 씨 집의 대문을 나서지 않고 정원 쪽으로 돌아 들어갔다는 것을 대충 얼버무리려고 했던 게 아닌가, 하고요."

나는 푸훗 실소를 터뜨리는 척했다.

"말도 안 되는 소리. 지나친 억측을 억지로 갖다 붙이는군. 내가 범인이라고 미리 결론을 내버렸기 때문에 자꾸 나쁜 쪽으로 보는 거야."

"아뇨." 그가 말했다. "나는 최대한 객관적으로 판단했어요."

그의 눈빛에 한순간 나는 압도되었다. 그러면서도 머릿속에서는 가가 형사의 말투가 약간 바뀌었구나, 라고 딴 생각을 하고 있었다.

"좋아, 알겠어. 뭐, 그것도 괜찮겠지. 어떤 식으로 추리하든 그건 자네 마음이야. 근데 어차피 얘기를 듣는 김에 그 뒤의 시나리오도 좀 듣고 싶군. 정원 창문 밑으로 숨어든 나는 그 뒤에 어떻게 한 거야? 창문으로 넘어가서 느닷없이 히다카를 내리쳤나?"

"그랬습니까?" 가가 형사는 내 눈 속을 들여다보았다.

"질문한 건 나야."

그는 짧은 한숨을 내쉬고 가만히 고개를 저었다.

"범행의 상세한 과정은 본인의 진술을 듣기 전에 추정해서 말할 수 없습니다."

"그러니 나한테 실토하라는 건가? 그야 내가 범인이라면 지금 당장 모든 것을 고백할 거야. 하지만 나는 범인이 아니야. 자네는 실망스럽겠지만. 그보다 전화 얘기로 돌아가볼까? 나한테 걸려온 히다카의 전화. 그게 만일 히다카의 전화가 아니면 대체 누구 전화라는 거야. 내 증언은 언론에도 많이 보도가 됐으니까 만일 그날 그 시각에 나에게 전화했던 사람이 따로 있다면 지금쯤 그 사람이 경찰에 신고를 했을 텐데?" 그리고 나는 방금 생각난 척하며 둘째손가락을 세웠다. "아, 그렇군. 자네는 나한테 공범이 있다고 생각하는 거지? 그자가 전화를 해줬다고?"

하지만 그는 말없이 방 안을 둘러보았다. 그리고 거실 테이블 위의 무선 전화기를 쳐다보더니 그것을 집어들고 다시 자리에 앉았다.

"공범 같은 건 필요 없었겠죠. 일단 이 전화기가 울리기만 하면 되니까요."

"그건 그렇지만 누군가 전화를 해주지 않으면 이 전화기는 울릴 수가 없잖아?" 그렇게 말하고 나는 손뼉을 따악 쳤다. "아하, 알겠어, 자네는 이렇게 말하려는 거군. 그때 나는 휴대전화를 몰래 갖고 있었다. 그리고 오시마 군의 눈을 피해 이 집에 전화를 걸었다—. 그렇지?"

"그런 방법으로도 이 전화기를 울리는 건 가능하겠군요." 그가 말했다.

"근데 그건 안 돼. 나는 휴대전화도 없고, 어디서 빌릴 데도 없어. 게다가…… 만일 그런 트릭을 썼다면 간단히 조사해볼 수 있잖아? 전화국에 기록이 남아 있을 테니까."

"어디서 전화가 걸려왔는지 조사하는 건 몹시 어려워요."

"아, 그런가. 그게 역탐지라는 거지?"

"하지만 어디에 걸었는지는 간단히 조사할 수 있습니다. 이런 경우, 히다카 씨가 그날 어디에 전화를 걸었는지 조사해보면 간단하다는 얘기지요."

"그래서, 조사했어?"

"네, 조사했습니다." 가가 형사는 고개를 끄덕였다.

"흠, 그래서, 결과는?"

"6시 13분에 여기 선생님 댁으로 발신한 기록이 남아 있었습니다."

"당연히 그렇겠지. 실제로 전화가 왔었으니까." 하지만 그 말을 하면서 나는 두려움이 점점 더 커져갔다. 발신 기록을 확인했는데도 가가 형사가 여전히 나를 의심한다는 것은 거기에 사용한 트릭을 알아냈다는 뜻이었기 때문이다.

가가 형사는 자리에서 일어나 무선 전화기를 원래 위치로 돌려놓았다. 하지만 이번에는 다시 소파에 앉지 않았다.

"히다카 씨는 그날, 원고가 완성되는 대로 팩스로 보낼 예정이었어요. 그런데 그 작업실에는 팩스기가 없었습니다. 왜 그런지는 물론 선생님도 잘 알고 계시겠지요?"

나는 모른다, 라고 대답할까도 생각했다. 하지만 침묵한 채로 가만히 있었다.

가가 형사가 말했다. "컴퓨터에서 직접 보낼 수 있기 때문이에요. 알고 계시죠?"

"얘기를 들은 적은 있어." 나는 짧게 대답했다.

"세상이 참 편리해졌어요. 종이 문서는 이제 남겨둘 필요가 없으니까요. 하긴 히다카 씨는 캐나다에 가면 전자 메일을 쓸 생각이었던 모양이에요. 그래서 그 준비를 해두라고 편집부에 말했다는군요. 그렇게 되면 전화 요금도 절약이 된다고 하던데요?"

"나는 그런 어려운 기계는 잘 몰라. 컴퓨터와는 아직 친해지지 못해서. 원고를 프린트로 출력하지 않고 팩스처럼 보낼 수 있다는 건 히다카에게서 얘기로만 들었을 뿐이야."

"어려울 거 하나도 없어요. 누구라도 할 수 있죠. 게다가 편리한 기능이 아주 많아요. 여러 명에게 보내는 것도 전혀 번거롭지 않고, 보내는 곳을 등록해둘 수도 있어요. 그리고……."
그는 잠시 말을 멈춘 채 나를 내려다보다가 다시 입을 열었다.
"미리 설정해두면 그 시각에 자동적으로 보내는 것도 가능해요."

나는 그의 시선을 피해서 고개를 숙인 채 말했다.

"내가 그 기능을 사용했다는 건가?"

이 질문에 그는 대답하지 않았다. 그럴 필요도 없다고 생각한 것이리라.

"그 전깃불 얘기가 계속 마음에 걸렸어요." 그가 말했다. "선생님이 히다카가에 도착했을 때, 집 안이 컴컴했었다고 하신 얘기 말이에요. 집에 사람이 없는 것처럼 꾸민 것이겠지만 컴퓨터는 그대로 켜둔 것이 아무래도 이상하다고 전에도 얘기했었지요? 그 답이 드디어 나왔습니다. 컴퓨터는 트릭의 중요한 도구였기 때문에 계속 켜둘 필요가 있었던 거예요. 선생님은 히다카 씨를 살해한 뒤에 급하게 알리바이 조작을 시작합니다. 구체적으로 말하자면 컴퓨터를 켜서 적당한 문서를 불러내고, 그 문서를 오후 6시 13분에 팩스로 이 집에 전송하도록 설정했어요. 그다음에 집 안의 전깃불을 모조리 끕니다. 그건 그 뒤의 동선을 생각하면 꼭 필요한 일이었겠지요. 오후 8시에 다시 히다카가를 찾았을 때, 집 안의 전깃불이 꺼져 있어서 그가 집에 없다고 생각하고 부인이 있는 호텔에 전화했다—, 그런 스토리를 만들어야 했으니까요. 방에 불이 켜져 있다면 호텔에 전화하기 전에 우선 창문 너머로 집 안을 살펴보는 게 일반적이 아닌가, 하고 의심을 살 우려가 있겠죠. 선생님은 어디까지나 사체의 발견은 리에 부인과 함께해야 한다고 생각했던 거예요."

단숨에 거기까지 말한 뒤에 가가 형사는 잠시 틈을 두었다. 내가 반론이든 변명이든 할 거라고 생각했는지도 모른다. 하지만 나는 침묵하고 있었다.

"선생님은 컴퓨터 CRT 화면에 대해서도 상당히 고민하셨을 거예요." 그의 해설이 다시 시작되었다. "전에도 말씀하셨지만, 모니터라는 게 꽤 환하게 비치니까요. 하지만 어떻든 컴퓨터 본체는 켜두어야 했겠지요. 그렇게 되면 모니터만 끄고 나올 수밖에 없겠지만, 실은 그게 도리어 더 위험했습니다. 사체를 발견하는 자리에 리에 부인도 함께 있을 텐데 만일 리에 부인이 컴퓨터는 켜졌는데 모니터에 아무것도 안 뜬 것을 눈치챈다면 자칫 경찰 쪽에 트릭을 들켜버리는 계기가 될 수 있으니까요."

나는 침을 삼키려고 했지만 입안이 이미 바싹 말라서 그럴 수가 없었다. 나는 가가 형사의 혜안에 공포감을 느꼈다. 그는 그때의 내 마음속을 정확하게 짚어냈다. 그야말로 완벽했다.

"그렇게 조작을 끝내고 선생님은 오후 5시 반쯤에 히다카가를 나왔겠지요. 그리고 서둘러 자택에 돌아오는 도중에 도지 출판사의 오시마 씨에게 전화해서 지금 바로 원고를 받으러 와달라고 말했습니다. 오시마 씨는 그날, 당연히 팩스로 원고가 올 거라고 생각했었기 때문에 급하게 와달라는 말을 듣고 당황스러웠다고 증언했습니다. 다행히 도지 출판사에서 전차로 역 하나 거리여서 30여 분 만에 갈 수 있었다고 하더군요." 그리고 가가 형사는 다시 덧붙였다. "이런 일은 선생님의 수기에는 없었어요. 마치 오시마 씨가 집에 오기로 오래전부터 약속한 것처럼 적혀 있었죠."

물론 일부러 그 얘기는 빼고 썼지—. 그렇게 대답하는 대신에 나는 긴 한숨을 토해냈다.

"왜 오시마 씨를 집으로 불렀는가. 그건 더 말할 것도 없어요. 알리바이의 증인으로 삼기 위해서죠. 6시 13분, 히다카 씨의 컴퓨터는 당신이 설정해둔 대로 이 집으로 전화를 걸었습니다. 그때 이쪽에 있는 팩시밀리는 스위치가 꺼져 있었어요. 당신은 태연히 무선 전화기로 전화를 받았죠. 그때 수화기에서 들려오는 건 팩스라는 것을 알리는 신호음뿐이었을 겁니다. 거기에서 당신은 최고의 연기를 펼쳤습니다. 무기질의 신호음을 들으면서 마치 상대가 사람인 것처럼 대화를 했어요. 오시마 씨가 깜빡 속아 넘어간 것을 봐도 그 연기가 얼마나 훌륭했는지, 충분히 짐작할 만하죠. 무사히 일인극을 마친 당신은 그대로 전화를 끊었습니다. 히다카 씨의 컴퓨터는 통신 에러라는 것으로 그 임무를 마쳤습니다. 거기까지 잘 풀리고 나자 그다음 일은 당신에게는 그리 어렵지 않았겠지요. 계획했던 대로 리에 부인과 함께 히다카 씨의 사체를 발견하기만 하면 되니까요. 그리고 경찰이 도착하기 전에 부인의 눈을 피해 컴퓨터 통신기록을 삭제했습니다."

가가 형사는 어느새 나를 '선생님'이 아니라 '당신'이라고 했지만, 그런 것이 마음에 걸리지는 않았다. 오히려 그게 이 자리에 더 어울리는 호칭이었다.

"대단한 트릭이었어요. 그 짧은 기간에 짜냈다는 게 믿어지지 않을 정도예요. 하지만 단 한 가지, 실수가 있었죠."

실수라고? 그게 무엇일까, 하고 나는 생각했다.

그는 말했다. "그건 히다카가에 있던 본래의 전화 쪽이에요. 만일 히다카 씨가 정말 이 집으로 전화를 했다면 재발신 버튼을 눌렀을 때 당연히 이곳으로 연결이 됐겠지요."

아차, 하고 나는 마음속으로 부르짖었다.

"하지만 이 집으로 연결되지 않더군요. 연결된 곳은 캐나다 밴쿠버였습니다. 리에 부인에 의하면 사건 당일 새벽 6시에 히다카 씨 본인이 전화를 했다고 합니다. 재발신된 번호는 그때의 것이라고 생각할 수 있죠. 물론 이건 반론이 가능하기는 합니다. 히다카 씨가 이곳에 전화한 뒤에 캐나다에 전화하려고 버튼을 눌렀다가 연결이 되기 전에 끊었다고 생각할 수도 있으니까요. 하지만 시차를 고려해 일부러 새벽에 일어나 전화를 했던 히다카 씨가 상대방 쪽은 한밤중이라는 것을 고려하지 않고 그 시각에 전화할 리는 없었을 거라는 게 우리의 생각입니다."

그리고 가가 형사는 "이상입니다"라는 말로 마무리를 했다.

잠시 침묵의 시간이 흘렀다. 가가 형사는 어쩌면 내 반응을 기다렸는지도 모른다. 하지만 나는 할 말이 하나도 머릿속에 떠오르지 않는 상태였다.

"반론은 안 하십니까?" 의외라는 듯이 그가 물었다.

여기서 나는 마침내 고개를 들었다. 가가 형사와 시선이 마주쳤다. 그는 날카롭지만 음험함이 느껴지지 않는 눈빛을 하고 있었다. 용의자를 대하는 형사의 시선이 아니었기 때문에 나는 적잖이 마음이 놓였다.

"원고에 대한 이야기가 없군." 나는 말했다. "히다카의 컴퓨터에 들어 있던 『얼음의 문』 연재물 말이야. 지금 자네의 추리가 맞는다면, 그는 언제 그 원고를 썼지?"

그러자 가가 형사는 입을 꾹 다문 채 천장을 올려다보았다. 대답이 궁한 것이 아니라 대답할 방법을 숙고하는 것처럼 보였다.

이윽고 그는 입을 열었다. "생각할 수 있는 건 두 가지예요. 한 가지는, 사실은 히다카 씨가 이미 다음 연재분을 써두었고, 그런 사실을 알게 된 당신이 알리바이 조작에 그 원고를 사용했다는 것."

"또 하나는?"

"또 하나는……." 그렇게 말하고 그는 내 얼굴로 시선을 돌렸다. "그 원고는 당신이 썼다는 것이죠. 그날 당신은 원고가 들어 있는 플로피디스크를 히다카 씨의 집에 가져갔고, 알리바이 조작을 위해 급하게 히다카 씨의 컴퓨터에 입력했던 거예요."

"아주 대담한 추리로군."

나는 웃어보려고 했지만 이미 뺨이 굳어서 제대로 움직이지 않았다.

"그 원고를 소메이 출판사의 야마베 씨라는 분에게 보여줬어요. 야마베 씨의 의견은 이건 명백히 다른 사람이 쓴 것이다, 라는 것이었습니다. 히다카 씨의 글과는 문체가 미묘하게 다르고 행을 바꾸는 방식 같은 형식적인 면에서도 다른 점이 눈에 띈다고 했어요."

"그럼 자네는……." 목소리가 갈라져 나왔다. 나는 헛기침을 했다. "내가 처음부터 그를 죽일 목적으로 그런 원고를 준비했다는 건가?"

"아뇨, 그건 아니라고 생각합니다. 계획적인 것이라면 좀 더 문체나 형식을 비슷하게 맞췄겠지요. 그건 그다지 어려운 일은 아닌 모양이니까요. 게다가 흉기로 문진을 사용한 점이나 알리바이의 증인으로 급하게 오시마 씨를 불러들인 점 등을 감안하면 역시 우발적인 범행이었다고 생각합니다."

"그러면 왜 내가 그런 원고를 준비했다는 건가?"

"문제는 바로 그 점이에요. 왜 당신이 『얼음의 문』의 원고를 가져갔는가. 아니, 그 이전에 왜 당신이 그 원고를 직접 썼는가. 나는 그 점에 큰 관심이 있습니다. 그리고 바로 거기에 당신이 히다카 씨를 살해한 동기가 숨어 있을 거예요."

나는 눈을 감았다. 내가 패닉 상태에 빠지는 것을 막기 위해서였다.

"자네 이야기는 전부 상상이지? 증거는 아무것도 없잖아?"

"그렇습니다. 그렇기 때문에 더더욱 가택수색을 하려는 것이죠. 이제 우리가 무엇을 찾아내려고 하는지 아시겠지요?"

내가 침묵하고 있자 그는 말했다.

"플로피디스크예요. 그 원고가 들어 있는 플로피디스크. 어쩌면 여기 워드프로세서 본체의 하드디스크에도 남아 있을지 모르죠. 아니, 아마 남아 있을 겁니다. 계획적인 범죄를 위해 준비한 것이라면 즉석에서 없애버렸겠지만, 나는 그런 게 아니라고 예상하고 있어요. 당신은 그 원고를 틀림없이 어딘가에 남겨뒀을 거예요."

나는 눈을 떴다. 가가 형사의 맑은 눈이 나를 바라보고 있었다. 그 시선을 나는 왠지 평온한 마음으로 받아들일 수 있었다. 아주 한순간의 묵상이 내 마음을 진정시켜주었다.

"자네가 찾는 것이 발견된다면 나를 체포하겠군."

"그렇습니다. 유감스럽지만."

"그 전에……." 나는 물었다. "자수하는 것도 가능할까?"

가가 형사의 눈이 둥그레졌다. 그 뒤에 그는 딱 한 번 고개를 저었다.

"안타깝지만 이 단계에서는 자수가 인정되지 않아요. 하지만 공연한 저항을 하신다면 별로 득은 되지 않을 거라고 생각합니다."

"그래……." 어깨의 힘이 스르르 빠져나갔다. 절망을 하면서도 한편으로는 안도감을 느꼈다. 이제 더 이상 연극을 하지 않아도 되기 때문이다. "언제부터 나를 의심했지?" 나는 가가 형사에게 물었다.

첫날 밤부터, 라는 게 그의 대답이었다.

"첫날 밤부터? 내가 뭔가 또 다른 실수를 했나?"

"예." 그는 고개를 끄덕였다. "사망 추정 시각을 물어보셨죠."

"그게 뭐가 이상하지?"

"이상하죠. 선생님은 6시에 히다카 씨와 이야기를 했고, 8시에는 이미 사건이 일어난 것을 알았으니 당연히 사망 추정 시각은 그 사이가 됩니다. 그런데도 왜 형사에게 일부러 그런 질문을 했을까요."

"아!"

"게다가 선생님은 다음 날 다시 한번 똑같은 질문을 했어요. 이 근처 패밀리 레스토랑에서 식사를 할 때였죠. 그때 확신했어요. 선생님은 사건이 일어난 시각을 알고 싶은 게 아니라 경찰이 사망 추정 시각을 몇 시쯤으로 생각하는지, 그것을 알고 싶은 것이라고."

"그랬군."

그가 말하는 대로였다. 나는 내 알리바이 조작이 제대로 먹혀들었는지 궁금해서 견딜 수가 없었던 것이다.

"대단하네." 나는 가가 형사를 향해 말했다. "자네는 틀림없이 훌륭한 형사야."

"고맙습니다." 머리를 숙이고 그는 이어서 말했다. "그럼 외출 준비를 해주시겠습니까? 죄송하지만 저는 여기서 감시하도록 하겠습니다. 용의자를 혼자 두고 밖에서 기다리다가 돌이킬 수 없는 불상사가 일어났던 일이 가끔 있었거든요."

그가 무슨 말을 하는지 나는 알고 있었다.

"아니, 나는 자살 같은 건 안 해." 나는 웃으면서 말했다. 이상하게도 극히 자연스럽게 웃을 수 있었다.

"예, 잘 부탁드립니다." 가가 형사 역시 자연스러운 웃음을 보여주었다.

추급追及

가가 형사의 독백

노노구치 오사무를 체포한 뒤로 만 4일이 경과했다.

그는 용의 사실을 모두 인정했지만 단 한 가지, 굳게 입을 다문 채 말하지 않는 것이 있었다.

그것은 동기에 대한 것이었다.

어렸을 때부터 잘 알던 친구이자 작가 데뷔 때도 큰 도움을 준 히다카 구니히코를 왜 살해하지 않으면 안 되었는지, 그 점에 대해 노노구치는 결코 말하려 하지 않았다.

"내가 죽였어요. 동기는 아주 사소한 것입니다. 나도 모르게 불끈해서 충동적인 행동에 나선 것이라고 해석해주시오."

노노구치는 취조관에게 그렇게 되풀이해서 말할 뿐이었다.

짐작되는 게 없는 건 아니었다. 바로 그 『얼음의 문』의 원고였다.

참고로, 그 원고는 이미 발견되었다. 예상했던 대로 노노구치의 워드프로세서 하드디스크에 남아 있었다. 또한 범행 당일, 노노구치가 히다카의 집에 가져갔던 것으로 추정되는 플로피디스크도 책상 서랍에서 발견되었다. 이 플로피디스크는 히다카의 컴퓨터와 호환되는 것이었다.

나는 이번 범행은 계획적인 것이 아니라고 생각한다. 이건 수사본부 전체의 의견이기도 하다. 하지만 그렇게 되면 그날 왜 노노구치가 마침 때를 맞춘 것처럼 『얼음의 문』의 다음 연재분이 들어 있는 플로피디스크를 가져갔느냐, 하는 것이 문제점으로 떠오른다. 아니, 그보다 왜 노노구치는 히다카가 써야 할 『얼음의 문』의 원고를 썼을까.

그 점에 대해 나는 노노구치 오사무를 체포하기 이전부터 한 가지 가설을 세워놓고 있었다. 그 가설의 연장선상에 분명 범행 동기가 걸려 있는 게 틀림없다고 확신한다.

이제 남은 일은 그 가설을 노노구치 본인의 입을 통해 이끌어내기만 하면 되는 것이다. 그런데 그는 아무 말도 하지 않고 있다. 『얼음의 문』의 원고가 든 플로피디스크를 가져갔던 것에 대해서는 다음과 같이 진술했을 뿐이다.

"그저 재미 삼아 써봤어요. 그리고 히다카를 놀라게 해주려고 가져갔습니다. 마감을 맞추지 못할 것 같으면 이 원고를 써도 된다고 농담 삼아 얘기했어요. 물론 그는 웃어넘겼죠."

이 진술에 설득력이 없다는 건 말할 것도 없다. 하지만 그는 자신의 말을 못 믿겠다면 마음대로 하라는 식이었다.

그래서 우리 수사원들은 노노구치의 집 안을 다시 수색해보았다. 지난번에는 워드프로세서의 내용물과 책상 서랍을 살펴본 것뿐이라서 수색이라고 할 정도는 아니었던 것이다.

그 결과, 내 가설을 뒷받침할 만한 중요한 증거 물품 18점을 압수했다. 그 내역을 보면, 두툼한 대학노트 8권, 2HD의 플로피디스크 8장, 그리고 원고 묶음 2권이다.

이 압수품들을 수사본부에서 조사해보니 모두 소설이었다. 대학노트 및 원고지의 필적은 노노구치 본인의 것으로 확인되었다.

문제는 그 소설의 내용이었다.

우선 한 장의 플로피디스크에서 엄청난 것이 발견되었다. 아니, 나로서는 예상했던 그대로였다고 해야 할까.

그것은 『얼음의 문』의 원고였다. 게다가 이번 연재분뿐만 아니라 이미 잡지에 발표된 분량이 모두 들어 있었다.

나는 소메이 출판사 편집자인 야마베 씨에게 이 원고를 봐달라고 했다. 그의 의견은 다음과 같았다.

"틀림없이 『얼음의 문』의 지금까지의 연재분입니다. 다만 스토리는 똑같지만 내가 받은 원고에는 없는 부분이 몇 군데 눈에 띄었습니다. 그리고 그 반대의 경우도 있었고요. 게다가 이것 역시 단어의 사용이나 문체가 히다카 씨의 소설과는 미묘하게 다른 것 같습니다."

즉 이번 사건에서 노노구치가 알리바이 조작에 사용했던 원고와 똑같은 경향이 압수한 소설에서도 보였던 것이다.

우리는 히다카 구니히코의 그간의 작품을 모두 사들여 서로 분담해서 읽어보았다. 여담이지만, 이렇게 열심히 책을 읽은 건 정말 오랜만이라고 수사원 대부분이 쓴웃음을 섞어가며 말했다.

그리고 그 노력의 결과, 놀랄 만한 사실이 밝혀졌다. 노노구치 오사무의 집에서 압수한 8권의 대학노트에 담긴 5편의 장편소설은 히다카 구니히코가 지금까지 발표한 작품과 그 내용이 하나같이 일치했던 것이다. 제목이나 등장인물의 이름, 설정 등이 약간 다른 경우도 있었지만, 이야기의 흐름 자체는 동일하다고 해도 틀림이 없었다.

또한 다른 플로피디스크에는 장편소설 3편, 단편소설 26편이 들어 있었는데 장편은 모두 히다카의 작품과 일치, 단편도 17편이 동일했다. 일치하지 않은 단편소설은 이른바 아동문학의 범주에 속하는 것으로, 노노구치 오사무의 이름으로 발표된 것이었다.

원고지에 담긴 2편의 단편소설에 대해서는 히다카의 작품

중에서 유사한 것은 발견되지 않았다. 낡은 원고지라는 점을 감안하면 상당히 오래전에 집필한 것으로 보이기 때문에 조금 더 거슬러 올라가 조사하면 뭔가 발견할 수 있을지도 모른다.

어떻든 이렇게 수많은 원고가 작가 본인이 아닌 다른 사람의 집에서 발견되었다는 것은 부자연스러운 일이다. 또한 이 원고들이 히다카의 작품과 완전히 똑같은 것이 아니라 군데군데 다르다는 것도 불가해한 일이었다. 대학노트에 써놓은 소설의 경우는 여기저기 행간마다 교정한 흔적이 있어서 퇴고 중이라는 것을 엿볼 수 있었다.

일이 이렇게 되자 나는 내가 세웠던 가설이 적중했다고 단언하지 않을 수 없었다.

그 가설은 '노노구치 오사무는 히다카 구니히코의 고스트라이터였던 게 아닌가'라는 것이다. 그리고 그 기묘한 관계가 어긋나면서 이번 살인사건으로 이어졌을 것이라고 생각했다.

나는 취조실에서 노노구치 오사무에게 그 점을 집중적으로 질문했다. 하지만 그는 표정을 바꾸지 않고 부정했다.

"아닙니다."

그러면 그 대학노트나 플로피디스크의 소설은 무엇이냐고 묻자 노노구치는 눈을 감고 침묵해버렸다. 동석한 선배 취조관이 아무리 강하게 추궁해도 일절 대답하려고 하지 않았다.

그리고 오늘, 취조 중에 예상 밖의 일이 일어났다.

노노구치 오사무가 돌연 배를 부여잡고 괴로워했던 것이다. 너무도 고통스러워하는 그 모습을 보고 혹시 몰래 들여온 독약이라도 먹은 게 아닌가 생각했을 정도였다.

그는 즉시 경찰병원으로 실려갔고, 현재 병원 침대에 누워 있다.

나는 상사에게 불려갔다. 그리고 뜻밖의 말을 들었다.

노노구치 오사무가 암에 걸렸다는 것이었다.

노노구치 오사무가 입원한 병원에 찾아간 것은 그가 쓰러진 다음 날의 일이었다. 그를 만나기 전에 우선 담당 의사의 말부터 들어보기로 했다.

의사의 말에 따르면, 암세포는 내장을 감싼 복막으로까지 전이되었다. 매우 위험한 상태여서 즉시 수술에 들어갈 것이라고 했다.

재발한 것이냐는 내 질문에 의사는 고개를 끄덕였다.

내가 그렇게 물어본 데는 이유가 있었다. 조사 결과, 노노구치 오사무가 2년 전에도 같은 병으로 위의 일부를 절제하는 수술을 받았다는 게 밝혀졌기 때문이다. 그 영향으로 그는 몇 달 동안 학교를 휴직했다. 하지만 동료 교사들 중에서 그의 진짜 병명을 아는 사람은 없었다. 알고 있었던 것은 당시의 교장 선생님뿐이었다.

기묘한 것은 체포되는 순간까지 노노구치 오사무가 한 번도 병원을 찾지 않았다는 점이다. 상당히 심각한 자각증상이 있었을 거라는 게 의사의 의견이었다.

수술을 하면 살 수 있겠느냐고 나는 질문해보았다. 이지적인 얼굴의 의사는 가만히 고개를 갸웃거리며 이렇게 말했다.

"뭐, 반반일 겁니다."

경찰 측으로서는 가장 번거로울 수밖에 없는 대답이었다.

그다음에 노노구치 오사무의 병실로 갔다. 그에게는 1인실이 주어졌다.

"체포된 사람이 감옥이 아니라 이런 곳에서 누워 있다니, 이거 참, 어쩐지 미안한 마음이 드는군."

노노구치 오사무는 여윈 얼굴에 기운 없는 웃음으로 나를 맞이했다. 그의 얼굴이 내가 잘 알던 무렵에 비해 훨씬 나이 들어 보였던 것은 단순히 세월이 흐른 탓만은 아니었다고 새삼 깨달았다.

"기분은 어떠세요?"

"별로 좋다고 할 수는 없지만, 병의 정체를 생각하면 이 정도도 괜찮은 편이지."

노노구치 오사무는 자신이 암인 것을 알고 있다고 은근히 내비쳤다. 재발한 것이니까 그가 자신의 병명을 알고 있는 것은 당연한 일이었다.

내가 침묵하고 있자 그 쪽에서 질문을 던져왔다.

"그나저나 나는 언제쯤 기소가 되나? 너무 길게 끌면 재판 때까지 살 수 없을지도 모르는데 말이야."

농담으로 하는 말인지 아니면 진심인지, 나로서는 판별할 수 없었다. 단지 그가 어느 정도 죽음을 각오하고 있고, 그래서 그런 말을 내뱉었다는 건 틀림이 없을 것이다.

"기소까지는 시간이 더 있어야 합니다. 자료가 아직 다 갖춰지지 않아서요."

"왜 그럴까. 나는 자백을 했고 증거도 있어. 기소하면 틀림없이 유죄일 거야. 그럼 그걸로 된 거 아닌가? 재판에 들어간 뒤에 내가 갑자기 자술 내용을 번복하는 일은 없을 테니 안심해도 돼."

"그렇게 할 수는 없지요. 동기가 아직 밝혀지지 않았어요."

"또 그 얘기야?"

"선생님이 말해주실 때까지 우리는 질문을 해야 합니다."

"아니, 특별한 동기 같은 건 없어. 자네도 말했잖아, 이번 범행은 충동적인 것이라고. 그게 맞는 말이야. 불끈 화가 나서 우발적으로 살해했다, 그냥 그것뿐이야. 딱히 얘기할 만한 이유 같은 건 없다니까."

"그러니까 왜 불끈 화가 났는지 묻고 있는 겁니다. 이유도 없이 화를 내는 사람은 없으니까요."

"그냥 사소한 일이야. 아니, 분명 사소한 일이었을 거야. 실은 왜 그런 식으로 머리끝까지 화가 났었는지 나도 잘 기억이 나질 않아. 뭐, 하긴 그런 게 불끈한다는 것의 속성이겠지. 그래서 나도 설명해보려고 해도 설명할 수 없다는 게 사실상 맞는 얘기야."

"그런 설명으로 제가 만족할 거라고 생각하십니까?"

"만족해주는 수밖에 없을 텐데?"

나는 입을 다물고 그의 눈을 지그시 바라보았다. 그러자 그쪽에서도 정면으로 마주보았다. 그 눈은 자신감이 넘치는 것처럼 느껴졌다.

"선생님 집에서 발견한 대학노트와 플로피디스크에 대해서도 다시 한번 질문하겠습니다."

화제를 바꾸자 노노구치 오사무는 그 즉시 맥이 빠진다는 기색을 보였다.

"글쎄 그건 이 사건과는 아무 관계도 없다니까? 이상한 쪽으로 연결하지 말아줘."

"그렇다면 분명하게 설명해주시죠. 그건 무엇인지."

"아무것도 아니야. 그냥 노트고, 그냥 플로피디스크야."

"하지만 내용은 히다카 구니히코 씨의 소설이었어요. 아뇨, 정확히 말하면 히다카 구니히코 씨의 소설과 흡사한 소설이었지요. 마치 원고의 초안처럼 말이죠."

내 말에 그는 피식 웃음을 흘렸다.

“그러니까 내가 그의 고스트라이터였다는 건가? 말도 안 돼. 자네가 지나친 억측을 한 거야.”

“하지만 그렇게 생각하면 앞뒤가 맞아떨어지는데요?”

“내가 좀 더 앞뒤가 맞아떨어지는 답을 내려주지. 그건 일종의 연습 같은 거야. 작가를 목표로 삼은 사람은 나름대로 다양하게 문장 공부를 하는 법이야. 나는 히다카의 작품을 베껴 쓰는 것으로 그 문장의 리듬이나 표현 방법 같은 것을 배우려고 했어. 이건 결코 특별한 일이 아니야. 수많은 작가 지망생들이 하는 일이지.”

그의 그런 설명은 내게는 뜻밖의 말이 아니었다. 히다카 구니히코의 담당 편집자도 그와 똑같은 추리를 했기 때문이다. 다만 그 편집자는 문장 연습이라고 하기에도 의문점이 세 가지가 있다고 했다. 첫 번째 문제점은, 발견된 원고가 히다카 구니히코의 소설과 동일한 것이 아니라 미묘하게 다른 부분이 있다는 것. 두 번째는 아무리 소설 공부를 위해서라지만 이토록 대량으로 베껴 쓰는 것은 어딘지 부자연스럽다는 것. 그리고 세 번째는 히다카 구니히코는 잘 팔리는 작가였지만 글쓰기의 모범이 될 정도로 문장이 뛰어난 건 아니라는 점이었다.

나는 그 세 가지 문제점을 노노구치 오사무에게 직접 물어보기로 했다. 그러자 그는 안색이 바뀌는 일도 없이 다음과 같이 말했다.

"그 점에 대해서는 모두 논리적으로 대답할 수 있어. 실은 처음 시작할 때는 그저 단순히 베껴 쓰기만 했는데, 점점 그것만으로는 성에 차지 않았어. 나라면 이렇게 쓰겠다, 이렇게 표현하겠다, 하는 게 머리에 떠오를 때는 그것을 써보기로 했어. 이해하겠지? 히다카의 문장을 모범으로 삼아 좀 더 나은 글을 써보자는 것이 이 연습의 목표였던 거야. 베껴 쓴 분량이 그렇게 많았던 것은 시간을 두고 착실히 공부하려고 했다는 것밖에는 달리 설명할 도리가 없어. 나는 독신이라서 집에 돌아가 봤자 다른 할 일도 없고, 그래서 열심히 작가 수업으로 하루하루를 보냈다, 그냥 그거야. 그리고 히다카의 문장이 그리 대단한 건 아니었다는 점에 대해서는 저마다 보는 관점이 다르다고 말하고 싶어. 나는 그의 문장을 높이 평가하고 있어. 기교가 뛰어나다고는 할 수 없겠지만, 간결하고 읽기 쉬운 아주 좋은 문장이지. 그만큼 수많은 독자를 사로잡은 걸 보면 이미 증명된 일 아닌가?"

노노구치 오사무의 그 설명은 어느 면에서 논리적으로 맞는 말이기는 했다. 하지만 만일 그게 사실이라면 왜 좀 더 일찍 말하지 않았는가 하는 의문이 생긴다. 병으로 쓰러지기 전까지 그는 이 건에 대해 계속 묵비권을 행사했던 것이다. 병으로 입원하면서 한동안 취조받는 일이 없었기 때문에 그사이에 변명을 모색했던 게 아닌가 하는 게 내 추리였다. 하지만 현시점에서 그것을 증명하기는 어려웠다.

그래서 나는 새로 발견한 증거에 대해 언급해보기로 했다. 그것은 노노구치 오사무의 책상 서랍에 들어 있던 몇 장의 메모였다. 그것은 소설의 대략적인 줄거리를 흘려 쓴 글씨체로 적어둔 것이었다. 나는 그 메모에 나온 등장인물들의 이름을 보고 그것이 히다카 구니히코가 연재 중이던 소설 『얼음의 문』이라는 것을 알았다. 더구나 지금까지 발견된 분량의 내용이 아니었다. 아무래도 소설 『얼음의 문』의 앞으로의 전개인 것으로 보였다.

"어째서 당신이 『얼음의 문』의 다음 이야기를 쓰고 있었을까요? 그 점에 대해 설명해주시죠."

그렇게 물었더니 그가 대답했다.

"그것도 나한테는 일종의 수업이야. 다음 이야기 전개를 내 나름대로 생각해보는 건 독자라면 누구라도 무의식적으로 하는 것이잖아? 나는 그것을 좀 더 적극적인 형태로 해본 것뿐이야. 딱히 특별하게 생각할 필요는 없어."

"당신은 이미 교사직을 그만두고 프로 작가로 첫 걸음을 뗀 상태였잖아요. 그런데도 계속 그런 수업이 필요할까요? 자신의 원고를 쓸 시간을 희생해가면서?"

"나를 비웃는 건가? 나는 아직 프로라는 말을 들을 만한 단계가 아니야. 좀 더 재능을 갈고 닦아야 한다고. 게다가 항상 시간이 남아돌았어. 내 글을 원하는 데가 별로 많지 않았으니까."

하지만 그의 그런 말에 나는 전혀 수긍할 수 없었다. 그런 마음이 얼굴에 그대로 드러난 모양이었다. 그는 다시 이런 식으로 말했다.

"자네는 나를 어떻게든 히다카의 고스트라이터로 만들고 싶은 모양이지만, 그게 바로 과대평가라는 거야. 나는 도저히 그런 재능이 없어. 오히려 자네 이야기를 듣고 그게 사실이었으면 정말 좋겠다는 생각이 들어. 만일 자네의 추리대로라면 나는 큰소리로 외치겠지. 그 작품들은 모두 내가 쓴 것이다, 진짜 작가는 노노구치 오사무다, 그렇게 외칠 거라고. 하지만 유감스럽게도 내가 쓴 게 아니야. 만일 내가 쓴 것이라면 당연히 내 이름으로 발표했지. 히다카의 이름으로 쓸 이유가 전혀 없어. 그렇잖아?"

"그건 나도 그렇게 생각해요. 그러니 이상한 거지요."

"이상할 것도 없다니까? 자네의 추리가 애초에 잘못된 것이라서 결론이 이상해진 것뿐이야. 자네, 머릿속이 너무 복잡해."

"나는 그렇게 생각하지 않는데요."

"부탁이니 제발 그렇게 생각해줘. 이 이야기는 이걸로 그만 끝내달라고. 그리고 어서 빨리 기소해줘. 동기 같은 건 뭐든 상관없어. 자네 좋을 대로 대충 보고서에 써넣으면 된다고."

노노구치 오사무는 자포자기한 듯한 투로 말했다.

병실을 나온 뒤에 나는 그와의 대화를 되새겨보았다. 아무리 생각해봐도 그의 진술에는 수긍할 수 없는 부분이 많았다. 하지만 그의 말대로 내 추리에 결함이 있다는 것도 분명했다.

만일 그가 히다카 구니히코의 고스트라이터였다면 왜 그는 그런 일을 하지 않으면 안 되었을까.

히다카 구니히코가 이미 베스트셀러 작가로 이름이 났기 때문에 신인인 노노구치의 이름으로 내는 것보다 책이 더 많이 팔릴 거라고 생각했던 걸까. 하지만 히다카가 처음에 이름을 날리게 된 그 소설도 역시 노노구치 오사무가 쓴 것이었다. 그렇다면 그 작품으로 노노구치 오사무 자신이 데뷔했어도 좋았을 게 아닌가.

교사와 겸업이 되기 때문에 우선 이름은 내지 않기로 했던 걸까. 아니, 그것도 이상한 얘기다. 부업으로 작가 생활을 한다고 해서 교사가 학교에 붙어 있기 어렵다는 경우는 내가 아는 한에서는 없었기 때문이다. 게다가 노노구치 오사무라면 둘 중의 어느 하나를 선택해야 하는 상황에 처했을 때는 망설임 없이 교직 쪽을 버렸을 것이다.

또한 그 자신도 말했던 대로, 그가 정말 고스트라이터였다면 그것을 지금 이 시점에 굳이 부정하고 있는 것도 풀리지 않는 의문점이다. 히다카 구니히코의 수많은 명작을 쓴 진짜 작가가 노노구치였다는 건 그에게는 오히려 명예로운 일이 될 것이기 때문이다.

그렇다면 역시 노노구치 오사무는 고스트라이터가 아닌 걸까. 그의 집에서 발견된 수많은 노트와 플로피디스크 등은 그 자신이 진술하고 있는 것 이상의 의미는 없는 것일까.

아니, 그럴 리가 없다, 라고 나는 단언할 수 있다.

나는 노노구치 오사무라는 인물에 대해 다소의 예비지식을 갖고 있다. 그는 지극히 프라이드가 높고 내심 늘 자신만만한 사람이다. 아무리 작가가 되기 위해서라지만 누군가 다른 사람의 소설을 모범으로 삼아 공부를 했다는 건 있을 수 없는 일이다.

수사본부로 돌아와 나는 노노구치 오사무와의 대화를 상사에게 전했다. 사코다 경감은 시종 떨떠름한 표정으로 내 보고를 듣고 있었다.

"왜 노노구치는 한사코 동기를 감추려는 거지?"

보고를 다 듣고 난 뒤에 상사는 그렇게 말했다.

"그러게 말이에요. 살인 용의 사실을 인정할 수는 있어도 동기는 말할 수 없다고 하는 걸 보면 역시 거기에 상당한 비밀이 있다고 봐야 할 것 같은데요."

"역시 히다카의 소설과 관계가 있다고 봐야 할까?"

"저는 그렇게 생각합니다."

"노노구치 오사무가 그 소설들의 진짜 작가였다는 건가. 하지만 본인이 그걸 부정하고 있으니, 이것 참."

경감은 이 사건에 더 이상 시간과 노력을 들이고 싶지 않은 눈치였다. 실은 일부 매스컴이 어디서 냄새를 맡았는지 노노구치 오사무가 히다카 구니히코의 고스트라이터였을 가능성에 대해 수사본부에 문의를 해온 것이다. 물론 당국으로서는 분명한 언급은 최대한 피하고 있다. 하지만 이르면 당장 내일이라도 조간신문에 그런 뉴스가 실릴 수도 있는 상황이다. 그렇게 되면 다시 한동안 문의 전화에 시달려야 하는 것이다.

"말다툼 끝에 불끈 화가 나서 죽였다고 하는데, 그 말다툼의 내용도 알지 못해서야 어떻게 해볼 도리가 없어. 아예 진짜 동기는 말하지 않아도 괜찮으니 이참에 작가적 재능을 발휘해서 적당히 이야기를 지어내줬으면 좋겠군. 하긴 그러다 재판정에서 앞뒤가 맞지 않는 소리를 해대면 그것도 곤란하겠지?"

"말다툼 끝에 충동적으로 죽였다—, 아무래도 그건 아닌 것 같아요. 노노구치 오사무는 일단 히다카 구니히코의 집을 나온 뒤에 정원으로 돌아가 작업실 창문으로 침입했어요. 이 시점에 이미 그에게는 살의가 있었던 겁니다. 역시 그 전의 히다카와의 대화에서 뭔가 구체적인 동기가 있었다고 봐야 하지 않겠습니까?"

"거기서 두 사람이 어떤 이야기를 했느냐, 문제는 그거로군."

"노노구치 오사무의 수기에는 그저 일상적인 대화를 나눈 것처럼 묘사되어 있지만, 저는 앞으로의 창작활동에 관한 논의가 있었을 거라고 생각합니다."

히다카 구니히코는 캐나다로 거처를 옮길 예정이었다. 만일 노노구치 오사무가 고스트라이터였다면 작업 추진 방법에 있어서 여러 가지 문제점이 발생할 터였다. 그 점에 대해 논의하던 중에 노노구치 오사무 쪽에 뭔가 불만이 생겼던 것이 아닐까.

"그러면 고스트라이터를 계속하는 조건에 대한 이야기였을까?"

"그럴지도 모르지요."

노노구치 오사무의 은행 계좌에 대해서는 이미 조사가 끝났다. 한마디로 말한다면, 히다카 구니히코로부터 정기적으로 돈이 들어온 흔적은 전혀 없었다. 하지만 이 문제는 직접 현금으로 돈이 오고 갔다고 생각하면 해결이 된다.

"아무래도 히다카와 노노구치의 과거에 대해 좀 더 조사해보는 게 좋겠어."

경감은 결론을 내리듯이 말했다. 나도 동감이었다.

그날 중으로 나는 동료 형사와 함께 히다카 리에를 만나러 가기로 했다. 그녀는 남편이 살해된 자택이 아니라 미타카 쪽의 친정집에 가 있었다. 노노구치 오사무를 체포한 이래로 그녀를 만나는 건 처음이었다. 노노구치를 체포하기까지의 경위 등에 대해서는 상사 쪽에서 전화로 연락이 갔지만 고스트라이터 건에 관한 이야기는 발설하지 않았을 터였다. 아마도 매스컴에서 끊임없이 문의 전화가 빗발쳐서 큰 피해를 입고 있을 게 틀림없었다. 그녀 쪽에서야말로 우리에게 질문하고 싶은 일이 산더미처럼 많을 거라고 나는 생각했다.

우선 지금까지의 경위를 다시 한번 간단히 설명한 뒤에, 노노구치 오사무의 집에서 찾아낸 원고 이야기를 했다. 히다카 리에는 역시 크게 놀라는 기색이었다.

노노구치가 히다카 구니히코의 소설과 내용이 거의 흡사한 원고를 갖고 있었던 이유에 대해 뭔가 짚이는 것이 있느냐고 나는 물어보았다.

전혀 뭐가 뭔지 모르겠다, 라는 것이 그녀의 대답이었다.

“남편이 누군가에게서 소설의 아이디어를 받았다든가 남의 작품을 바탕으로 소설을 썼다든가, 그런 일은 절대로 없었다고 생각해요. 왜냐면 항상 새로운 아이디어를 짜내기 위해 엄청나게 고심했거든요. 더구나 고스트라이터를 두고 대신 쓰게 했다니, 그건 정말 있을 수도 없는 일이에요.”

히다카 리에의 말투는 온화했지만 그 눈에는 분노가 배어 있었다.

하지만 나는 그녀의 말을 그대로 받아들일 마음은 없었다. 그녀는 히다카 구니히코와 결혼한 지 이제 겨우 한 달밖에 안 된 것이다. 히다카에 대해 속속들이 다 알고 있다고 하기는 어려울 터였다.

그러자 내 그런 생각을 눈치챘던 것일까, 히다카 리에는 뒤를 이어 이런 이야기를 했다.

"결혼하고 함께 지낸 기간이 짧았던 게 마음에 걸리신다면 그건 잘못이에요. 왜냐면 나는 남편의 작품 담당자로 일했던 적도 있으니까요."

그건 우리도 이미 확인한 일이었다. 그녀는 예전에 모 출판사에 근무했고 바로 그때 히다카 구니히코를 만났던 것이다.

"그즈음에는 다음 작품은 어떤 것을 쓸지 편집자로서 그와 열띤 토론을 했었어요. 결과적으로 내가 담당한 건 장편소설 한 편뿐이었지만, 그래도 둘이 상의했던 밑그림이 없었다면 그 소설은 이 세상에 나오지 못했을 거예요. 그러니까 노노구치 씨가 관여할 여지 같은 건 전혀 없었어요."

"그건 어떤 작품이죠?"

"『야광충』이라는 장편소설이에요. 작년에 출판되었죠."

나는 그 소설은 읽어보지 못했기 때문에 동행한 형사에게 그 작품에 대해 알고 있느냐고 물어보았다. 이번 수사의 성격상, 수많은 형사들이 히다카 구니히코의 소설들을 어떤 형태로든 읽어보았던 것이다.

그의 대답은 명료하고 게다가 흥미로웠다. 『야광충』은 노노구치 오사무의 노트나 플로피디스크 속에서 내용이 일치되는 원고가 발견되지 않았던 작품 중의 하나라는 것이었다.

이런 작품이 사실은 그 밖에도 많이 있었다. 하나의 특징으로서 히다카 구니히코가 데뷔하고 3년쯤까지의 작품들이 그런 경우였다. 또한 그 이후의 작품에서도 절반 가까이는 그에 해당하는 원고가 노노구치의 집에서 발견되지 않았다. 이런 결과를 통해 나는 히다카 구니히코가 노노구치 오사무라는 고스트라이터를 두고 있으면서 한편으로 본인도 직접 소설을 썼던 게 아닌가 하고 생각하고 있다.

그러므로 히다카 리에가 말하는 대로 '둘이 상의했던 밑그림이 없었다면 이 세상에 나오지 못했을 소설'이라는 게 따로 존재하더라도 전혀 이상할 게 없다.

나는 질문 내용을 조금 바꾸어서, 그렇다면 노노구치 오사무가 히다카 구니히코를 살해한 것과 관련하여 그 동기에 대해 뭔가 짐작이 가는 일은 없느냐고 물어보았다.

"그 점에 대해 나도 계속 생각하고 있어요. 하지만 정말 아무것도 떠오르는 게 없습니다. 어째서 노노구치 씨가 남편을……. 사실을 말하자면 그 사람이 범인이라는 말 자체를 아직 믿을 수가 없는 심정이에요. 왜냐면 둘이 정말 친한 사이였거든요. 그 두 사람이 말다툼을 하는 것도 본 적이 없어요. 이건 뭔가 잘못된 게 아닌가, 지금도 그렇게 생각하고 있어요."

그녀의 표정에서 연극적인 것은 감지되지 않았다.

돌아올 때쯤에 히다카 리에는 내게 한 권의 책을 건네주었다. 회색 바탕에 금가루를 뿌린 듯한 장정의 그 책은 『야광충』 단행본이었다. 이 책을 읽어보고 남편의 실력에 의심을 품는 듯한 말은 하지 말아달라는 의미인지도 모른다.

그날 밤부터 나는 이 책을 읽기 시작했다. 그러고 보니, 내가 노노구치 오사무에게 히다카 구니히코의 작품 중에 추리소설이 있느냐고 물었을 때, 그가 이 작품의 제목을 말했었다. 뭔가 다른 의도가 있어서 이 책을 거론했는지 어떤지는 아직 알 수 없다. 하지만 생각해보니, 일부러 자신이 관여하지 않은 작품을 추천했는지도 모른다.

『야광충』은 나이 많은 남자와 그의 젊은 아내에 대한 이야기였다. 남자는 화가, 아내는 그의 모델이기도 하다. 화가는 아내가 부정한 짓을 저지르는 게 아닌가 하고 속을 태우고 있다. 여기까지는 그저 흔해빠진 통속소설 같았다. 하지만 이 아내가 실은 이중인격자였고 그것을 남편인 화가가 알게 되는 대목에서부터 이야기는 속도감 있게 펼쳐진다. 그녀 인격의 어느 한쪽에게 젊은 연인이 있어서 둘이 화가를 살해하려고 한다는 게 밝혀지는 것이다. 그런데 또 다른 쪽의 인격은 화가의 충실한 아내이고 그를 진심으로 사랑한다. 화가는 그녀를 병원에 데려가기로 마음먹는다. 그런 어느 날 책상 위에 이런 메모가 놓여 있었다.

'정신과 의사에 의해 살해되는 것은 '그녀'인가 아니면 '나'인가.'

즉 병이 나았을 때, 그를 사랑하는 쪽의 인격이 남게 된다는 보장이 없다는 뜻이다. 이 메모를 남긴 것은 물론 악마 아내 쪽일 것이다.

고뇌를 거듭하던 그는 밤이면 밤마다 자신이 살해되는 꿈을 꾼다. 천사의 얼굴을 가진 아내가 그에게 미소를 보낸 뒤에 침실의 창문을 여는 것이다. 그러면 거기로 한 남자가 들어온다. 남자는 나이프를 들고 그에게 덤벼들지만 그 직후에 남자의 모습은 아내로 바뀐다—. 그런 꿈이었다.

마지막에는 정말로 목숨이 위태로운 지경에 이르게 되는데, 정당방위라는 형태로 화가 쪽이 아내를 칼로 찔러 죽이고 만다. 그리고 거기서 그의 새로운 고뇌가 시작된다. 죽기 직전에 그녀의 인격이 바뀐 듯한 마음이 들었기 때문이다. 자신이 죽인 것은 천사였는가 악마였는가. 대답은 영원한 수수께끼다.

줄거리만 정리하면 대강 그런 이야기지만, 수준 높은 독자라면 뭔가 좀 더 그럴싸한 평론을 할 수 있을 것이다. 노년의 성욕이라든가 예술가의 내면에 잠재된 추악한 심성 등도 세심하게 평가할 필요가 있는지도 모른다. 하지만 국어에 영 소질이 없었던 나로서는 문장의 행간을 읽는다는 건 애초에 안 될 일이고, 표현력의 우열을 가리는 것도 어려웠다.

히다카 리에에게는 미안하지만, 별로 재미가 없었다는 게 나의 솔직한 느낌이었다.

여기서 두 사람의 약력을 비교해보자.

히다카 구니히코는 모 사립대학의 계열 고등학교에 입학하여 그대로 그 대학 문학부 철학과에 진학했다. 그곳을 졸업한 뒤에는 홍보대리점과 출판사 등을 전전했고, 그 사이에 응모한 단편소설로 신인상을 수상한 것이 계기가 되어 작가활동을 시작했다. 그게 약 10년 전의 일이다. 데뷔 후 3년쯤은 책이 거의 팔리지 않았지만, 4년째 되던 해에 『타오르지 않는 불꽃』이라는 작품으로 문학상을 수상하면서 단숨에 인기작가의 반열에 올랐다.

한편 노노구치 오사무는 히다카와는 다른 사립 고등학교에 입학했고, 재수 끝에 국립대학의, 그 또한 문학부에 합격했다. 전공은 국문과. 교직과정을 이수해 졸업 후에 공립중학교 교사로 부임했다. 올해 초에 사직하기까지 3개 학교에서 교편을 잡았다. 나와 함께 근무했던 곳은 그로서는 두 번째 학교였다.

노노구치 오사무가 작가로 데뷔한 것은 3년 전이다. 1년에 2회 발행되는 어린이 동화 잡지에 30매의 원고가 실린 것이다. 단 그의 이름으로 발간된 단행본은 아직 한 권도 없었다.

각자 다른 길을 걸어온 두 사람이 재회한 것은 노노구치 오사무에 의하면 7년 전쯤이었다. 소설 및 잡지 등을 통해 히다카의 이름을 보고 반가워서 찾아갔던 게 계기였다고 한다.

그건 사실일 터였다. 앞서 말한 대로, 그 재회로부터 약 1년 뒤에 히다카는 문학상을 탔지만, 수상작인 『타오르지 않는 불꽃』은 노노구치의 원고와 내용이 일치하는 첫 번째 책인 것이다. 노노구치와의 재회가 히다카에게 행운을 몰고 왔다, 라고 생각해도 무방할 것이다.

나는 소설 『타오르지 않는 불꽃』을 출간한 출판사에 찾아가 당시의 담당 편집자에게서 이야기를 들어보기로 했다. 그 사람은 미무라라는 이름의 겸손한 중년 남자로, 현재는 소설 잡지의 편집장으로 출세해 있었다.

내가 던진 질문의 포인트는 한 가지였다. 즉 히다카 구니히코의 그 소설은 그때까지의 그의 실력으로 봐서 예상할 만한 것이었는가, 아니면 갑작스럽게 그간의 실력을 훌쩍 뛰어넘는 것이었는가 하는 것이었다.

그러자 미무라 씨는 질문에 대답하기 전에 다음과 같이 물었다.

"이거 요즘 떠도는 고스트라이터설의 반증 수사예요?"

약간 신경질적인 질문이라는 게 느껴졌다. 그들로서는 이미 세상을 떠났다지만 히다카 구니히코의 이름에 상처를 입힐 수는 없는 입장일 터였다.

"아뇨, 설이라고 할 만큼 근거가 있는 얘기가 아닙니다. 그저 확인만 하려는 거예요."

"별 근거도 없이 그런 엉뚱한 이야기가 나온다는 건 도저히 이해할 수가 없군요."

미무라 씨는 그렇게 비판의 소리를 한마디 던진 뒤에 내 질문에 대답해주었다.

"결론부터 말하자면, 『타오르지 않는 불꽃』이 히다카 씨에게 모종의 분기점이 되었던 건 분명해요. 그 작품으로 한 꺼풀을 벗었다고 할 수 있죠. 둔갑을 했다, 라고 하는 사람도 있었습니다."

"그럼 그때까지의 작품에 비해 특별히 뛰어났다는 건가요?"

"뭐, 그런 얘기가 되겠지만 나로서는 그다지 예상 밖이라는 느낌은 없었어요. 히다카 씨는 원래부터 파워가 있는 작가였습니다. 근데 지나치게 자신의 글을 잘라내는 바람에 독자가 미처 따라가지 못하는 경우가 많았죠. 작가의 의도가 제대로 전달되지 않았다고 할까요. 그런 점에서 『타오르지 않는 불꽃』은 아주 정리가 잘된 작품이었어요. 읽어보셨습니까?"

"네, 읽었어요. 좋은 이야기였습니다."

"그렇지요? 나는 지금도 그 작품이 히다카 씨의 소설 중에서 최고의 작품이라고 생각합니다."

『타오르지 않는 불꽃』은 평범한 샐러리맨이었던 한 남자가 출장길에 목격한 불꽃놀이의 아름다움에 매료되어 폭죽 장인匠人이 된다는 이야기다. 스토리도 재미있지만 불꽃의 묘사가 특히 훌륭했다.

"그건 한 번에 발표한 소설이었죠, 연재 같은 게 아니고?"

"그렇습니다."

"히다카 씨가 그 소설을 쓰기 전에 미리 작품에 대한 상의나 이야기를 했습니까?"

"그건 물론 했습니다. 항상, 어떤 작가와도 합니다."

"그때 히다카 씨와는 어떤 이야기를 했지요?"

"우선 내용에 대해 말했어요. 주제라든가 스토리, 그리고 주인공의 캐릭터 같은 거였죠."

"그걸 두 분이서 함께 생각해내는 건가요?"

"아뇨, 기본적으로는 모두 히다카 씨가 생각해냅니다. 당연하죠, 그쪽이 작가니까요. 나로서는 작가의 이야기를 들어보고 간단한 의견을 말해주는 정도예요."

"이를테면 주인공이 폭죽 장인이라는 설정 말인데요, 그것도 히다카 씨 본인의 아이디어였나요?"

"물론입니다."

"그런 설정을 듣고, 어떻게 느끼셨어요?"

"어떻게, 라는 건 무슨 말씀이신지……."

"이건 그야말로 히다카 씨다운 아이디어구나, 라는 느낌이었어요?"

"별로 그런 느낌은 아니었어요. 그렇다고 전혀 뜻밖인 것도 아니었죠. 폭죽 장인에 대해 다룬 소설가가 적지 않으니까요."

"미무라 씨가 뭔가 충고를 해서 그 내용이 바뀌었다, 하는 부분은 없습니까?"

"그리 크게 바뀐 부분은 없어요. 완성된 원고를 보고 의문점이 있을 경우에는 우리 편집자들이 지적을 합니다. 하지만 그것을 어떻게 고치는가는 전적으로 작가가 할 일이에요."

"마지막 질문입니다. 만일 히다카 씨가 타인의 작품을 자기의 말, 자기의 표현으로 다시 썼을 경우, 그것을 읽고 당신은 그게 다른 사람의 글이라고 구별할 수 있습니까?"

미무라 씨는 잠시 생각하더니 대답했다.

"솔직히 말씀드리면, 그건 구별하기 힘들어요. 그 작가의 글이냐 아니냐를 알 수 있는 단서는 단어의 사용이나 표현 방식에 있거든요."

하지만 그는 다음과 같이 덧붙이는 것도 잊지 않았다.

"하지만 형사님, 『타오르지 않는 불꽃』은 틀림없이 히다카 씨 본인의 작품이에요. 집필 중에도 몇 번 만났지만, 그는 항상 고심에 고심을 거듭하고 있었습니다. 너무 힘들다면서 소설 쓰기를 때려치우려고 한 적도 있어요. 남의 소설을 초안으로 썼다면 그렇게 고민할 필요가 있었겠습니까?"

나는 거기에 대해서는 굳이 대꾸하지 않고 인사말만 건네고 자리에서 일어섰다. 하지만 머릿속에서는 이미 반론이 만들어져 있었다.

그것은, 괴로울 때나 힘들 때 즐거운 것처럼 행동하는 건 어렵지만 그 반대의 연극은 그다지 어렵지 않다는 것이었다.

나의 고스트라이터설은 흔들리지 않았다.

범죄의 이면에는 반드시 여자가 있다, 라는 말을 자주 듣는다. 하지만 이번 사건에서는 노노구치 오사무의 여자관계에 대해 처음부터 그리 깊이 조사할 계획이 없었다. 어쩐지 이번 사건은 그런 쪽과는 전혀 관련이 없을 것이라는 분위기가 수사진 사이에 감돌았기 때문이다. 아마도 그것은 노노구치 본인이 풍기는 분위기 때문일 것이다. 그는 딱히 못생겼다고 할 정도는 아니지만, 그에게 다가올 여자가 있으리라고 상상하기가 조금 어려운 모습을 하고 있었다.

하지만 그것은 잘못된 짐작이었다. 그에게도 특별한 관계를 맺은 여자가 있었다는 단서가 나온 것이다. 그 단서를 맨 처음 발견한 것은 노노구치 오사무의 집을 다시 한번 조사했던 수사팀이었다.

단서는 세 가지였다. 첫 번째는 에이프런이다. 체크무늬로, 여성용이 분명한 디자인의 에이프런이 노노구치 오사무의 서랍장에 세탁하여 다리미질을 한 상태로 들어 있었다.

간간이 집에 드나들던 여자가 그를 위해 집안일을 할 때 사용했던 에이프런이 아닌가, 하고 우리 수사팀은 생각했다.

두 번째는 금목걸이였다. 이쪽은 아직 케이스에 든 채로 포장도 뜯지 않은 상태였다. 세계적으로 유명한 보석가게의 물건이다. 누군가에게 선물하려다가 그대로 넣어둔 것이라는 느낌을 받았다.

그리고 세 번째는 여행 신청서였다. 그것은 작게 접혀서 목걸이 포장과 함께 작은 가방 속에 들어 있었다. 신청서는 모 여행대리점의 것으로, 그 내용에 따르면 노노구치 오사무는 오키나와 여행을 신청하려고 한 모양이었다. 신청서의 날짜는 7년 전 5월 10일로 되어 있었다. 출발 예정일이 7월 30일인 것을 보면 여름휴가를 이용해 여행을 떠날 생각이었던 듯했다.

문제는 여행자의 이름을 적어넣는 칸이었다. 그곳에는 노노구치 오사무라는 이름과 나란히 '노노구치 하쓰코'라고 적혀 있었다. 나이는 29세.

이 여성에 대해서는 이미 조사가 끝나 있었다. 결론을 말하자면, 이런 이름의 여자는 존재하지 않았다. 정확히 말하면 노노구치 오사무의 가족이나 친척 중에는 이런 이름의 인물이 없었던 것이다. 즉 부부로 위장하여 미지의 여자와 함께 여행을 갈 예정이었다고 생각하는 게 타당하다.

이런 세 가지 단서에서 추정할 수 있는 것은 노노구치 오사무에게는 적어도 7년 전에는 연인이라고 할 만한 여자가 있었고, 현재 그 여자와의 관계가 어떻게 되었는지는 명확하지 않지만, 노노구치 쪽에서는 아직도 그 여자에 대해 호감을 품고 있다는 점이었다. 그렇지 않고서는 추억의 물건을 오랜 세월 소중히 간직하고 있을 리 없는 것이다.

나는 상사에게 이 여성에 대해 조사해볼 것을 제안했다. 이 여성이 이번 사건과 관계가 있는지 없는지는 아직 알 수 없다. 하지만 7년 전이라면, 히다카 구니히코가 『타오르지 않는 불꽃』을 발표하기 1년 전이었다. 그 무렵에 노노구치 오사무에게 무슨 일이 있었는지, 이 여자를 만나보면 알 수 있을 것 같았다.

우선 나는 노노구치 본인에게 물어보기로 했다. 병실 침대에서 겨우 윗몸만 일으키고 앉은 그에게 에이프런이며 목걸이, 그리고 여행 신청서가 발견되었다는 이야기를 했다.

"그 에이프런이 누구 것이고, 목걸이는 누구에게 선물할 생각이었는지, 누구와 오키나와에 갈 예정이었는지 말해주셨으면 합니다."

이 화제에 대해 노노구치 오사무는 지금까지와는 또 다른 거부의 태도를 보였다. 즉 명백하게 낭패하는 기색이었던 것이다.

"그게 이번 사건과 무슨 관계가 있어? 분명 나는 사람을 죽인 범인이고 그 죗값을 치러야 할 입장이지만, 사건과는 아무 관계도 없는 프라이버시까지 공개해야 돼?"

"공개하라는 건 아니고요. 그냥 저한테만 말해주시면 돼요. 만일 수사 결과, 사건과 관계가 없다는 게 밝혀지면 두 번 다시 이런 질문은 안 할 것이고, 물론 보도기관에 발표하지도 않겠습니다. 또한 상대 여성에게 피해를 주지 않겠다는 것은 제가 보증하지요."

"이번 사건과는 관계가 없는 일이야. 범인인 내가 하는 말이니까 틀림없어."

"그렇다면 솔직히 털어놓으시는 게 좋아요. 선생님이 이렇게 거부하시면 우리는 이런저런 억측을 할 수밖에 없어요. 그리고 우리가 억측을 한다는 건 다양한 가능성을 철저히 파헤친다는 뜻이에요. 우리가 철저히 조사에 들어가면 어차피 대부분 밝혀져요. 단지 수사관들이 움직이면 언론에서 냄새를 맡을 확률도 높아지겠죠. 그건 선생님으로서도 환영할 만한 일은 아니잖아요."

하지만 노노구치 오사무는 그 여자의 이름을 말하려 하지 않았다. 그 대신, 수사 방식에 클레임을 걸어왔다.

"아무튼 더 이상 내 집을 휘젓지 말아줘. 그 속에 남에게서 맡아둔 귀중한 책도 있으니까."

의사가 면회시간을 제한했기 때문에 나는 그쯤에서 병실을 나올 수밖에 없었다.

하지만 수확은 있었다. 수수께끼의 여성이 과연 누구인지 조사해보는 것이 이번 사건의 진상을 해명하는 데 결코 무의미한 일이 아니라는 확신을 얻을 수 있었기 때문이다.

자, 그러면 어떻게 조사해야 하는가. 나는 우선 노노구치 오사무의 이웃 주민들로부터 이야기를 들어보기로 했다. 그의 집에 여자가 드나드는 것을 본 적이 있는가, 집에서 여자 목소리가 들려온 일은 없는가, 등을 물어본 것이다. 기묘하게도 다른 탐문수사 때는 입이 무겁던 사람들도 남녀관계의 얘기라면 비교적 적극적으로 정보를 제공해주는 일이 많다.

하지만 이 탐문수사에서는 성과가 나오지 않았다. 노노구치의 자택 왼편 이웃집에 살고 있고 전업주부라서 늘 집에 있다는 아줌마조차 그의 집에 여자 손님이 찾아오는 건 본 적이 없다고 대답한 것이다.

"최근이 아니라도 좋아요. 몇 년 전에라도 혹시 그런 일이 없었습니까?"

아줌마가 10년 넘게 그 맨션에서 살고 있다는 말을 듣고 나는 그렇게 질문을 던졌다. 노노구치도 거의 같은 시기에 입주했기 때문에 그 아줌마가 노노구치의 연인을 목격할 기회가 분명히 있었을 터였다.

"한참 옛날이라면 그런 일이 있었는지도 모르지만, 잘 기억이 안 나요."

아줌마는 그렇게 말했다. 하긴 당연한 대답인지도 모른다.

나는 노노구치 오사무의 교제 범위를 처음부터 다시 점검해 보았다. 올 3월에 사직했다는 중학교에도 가보았다. 그러나 그의 사적인 부분을 알고 있는 사람은 극단적으로 적었다. 예전부터 사람들과 잘 어울리는 편이 아니었지만, 건강이 나빠진 뒤로는 학교 밖에서 다른 교사들을 만나는 일은 아예 없어졌다고 한다.

별수 없이 나는 노노구치 오사무가 그 전에 근무했던 중학교까지 가보기로 했다. 그가 여자와 여행하려고 했던 7년 전에는 그쪽 중학교에서 교편을 잡고 있었다. 하지만 나는 솔직히 별로 내키지 않았다. 어쨌거나 그곳은 내가 예전에 교사로서 교단에 섰던 곳이기도 했기 때문이다.

수업이 끝날 때쯤에 나는 그 중학교로 갔다. 내 기억에 남아 있는 오래된 세 동의 교사 중에서 두 동이 새 건물로 바뀌었다. 변화라고 하면 그런 정도였다. 운동장에서는 축구부가 연습을 하고 있었지만 그 모습은 10년 전과 하나도 달라진 게 없었다.

학교 안으로 들어갈 용기가 나지 않아 하교하는 학생들을 멀거니 바라보고 있는데 그 아이들 틈에 섞여 낯익은 얼굴이 앞을 지나갔다. 도네라는 이름의, 영어 과목 여교사였다. 나보다 7, 8년 선배뻘의 선생님이다. 나는 그녀를 좇아가 인사를 건넸다. 그녀는 내 얼굴을 기억하고 있었는지 깜짝 놀라는 표정과 웃는 얼굴을 동시에 보여주었다.

나는 다시금 인사말을 건네고 도네 선생의 근황 등을 으레 하는 절차대로 물어보았다. 그런 뒤에 노노구치 전임 교사에 대한 이야기를 듣고 싶어서 찾아왔다고 슬그머니 운을 뗐다. 도네 선생은 그 즉시, 요즘 큰 화제가 된 인기작가 살인사건을 머릿속에 떠올렸는지 진지한 표정으로 승낙해주었다.

우리는 가까운 찻집으로 들어갔다. 옛날에는 없었던 가게였다.

“그 사건을 듣고 우리도 정말 놀랐어. 설마 그 노노구치 선생이 범인이라니.”

그리고 그녀는 흥분한 말투로 덧붙였다.

“게다가 가가 선생이 그 사건을 담당하고 있다니. 이건 정말 굉장한 우연이지 뭐야.”

그 우연 덕분에 가장 고생하는 건 나라고 말했더니, 그도 그렇겠다는 얼굴로 그녀는 고개를 끄덕였다.

나는 곧바로 본론으로 들어갔다. 첫 번째 질문은 노노구치 오사무에게 특별한 여성이 있었느냐는 것이었다. 어려운 질문이네, 라는 게 도네 선생이 내민 첫 마디였다.

"여자의 감으로 말한다면, 노노구치 선생님에게는 그런 여자가 없었어."

"그래요?"

"하지만 여자의 감이라는 건 적중했을 때는 꽤 인상적이지만 실은 틀리는 일도 많거든. 그러니까 객관적인 정보도 말해두는 편이 좋겠지? 노노구치 선생이 중매로 몇 번인가 선을 봤었다는 건 알고 있어?"

"아뇨, 모르는데요."

"선을 여러 번 봤었어. 분명 그 당시 교장 선생님도 중매를 했던 적이 있을걸? 그래서 내가 노노구치 선생은 사귀는 사람이 없었다고 생각한 거야."

"그게 대략 몇 년 전 얘기예요?"

"노노구치 선생이 우리 학교를 떠나기 조금 전이니까 5, 6년 전이지."

"그러면 그 이전에는 어땠을까요. 역시 자주 선을 봤어요?"

"글쎄, 나는 거기까지는 기억이 안 나는데. 그럼 나중에라도 다른 선생들한테 물어볼까? 그 시절의 선생들이 아직 많이 있으니까."

"부탁합니다. 큰 도움이 될 거예요."

도네 선생은 전자수첩을 꺼내 자판을 톡톡 두드리며 메모를 하고 있었다.

나는 두 번째 질문으로 넘어갔다. 노노구치 오사무와 히다카 구니히코의 관계에 대해 뭔가 알고 있느냐는 것이었다.

"아, 그렇구나, 그때 이미 가가 선생은 학교를 사직한 뒤였지?"

"그때, 라고 하시면?"

"히다카 구니히코가 무슨 신인상을 탔을 때 말이야."

"글쎄요, 그때가 학교를 그만둔 뒤였나? 제가 문학에는 문외한이라서 제법 큰 문학상인데도 전혀 관심이 없었어요."

"나도 평소 같으면 그런 신인상이 있다는 것도 몰랐을 거야. 하지만 그때는 아니었어. 노노구치 선생이 그 신인상 발표가 났던 잡지를 학교에 가져와서 다른 선생들에게 다 보여주고 다녔거든. 이 사람이 나와 같은 반 친구였다면서 아주 신이 났었어."

그건 내 기억에는 없는 일이었다. 역시 내가 학교를 사직한 다음이었던 모양이다.

"그즈음 노노구치 선생은 히다카 구니히코와 교류가 있었을까요?"

"잘 기억나지는 않는데 아마 그 시점에는 아직 교류가 없었을 거야. 한참 뒤에야 그를 요즘 다시 만나게 됐다고 우리한테 얘기했었으니까."

"한참 지난 뒤라면 2, 3년쯤 지난 다음이라는 뜻인가요?"

"맞아, 대충 그쯤이야."

노노구치 오사무 본인도 7년 전에 자신이 히다카 구니히코를 찾아간 것을 계기로 둘 사이의 만남이 재개되었다고 말했으니까 정확히 맞아떨어지는 증언인 셈이다.

"노노구치 선생은 히다카 구니히코에 대해 어떻게 말했죠?"

"어떻게, 라니?"

"어떤 것이든 좋아요. 인품에 대한 것도 좋고, 작품에 대한 얘기도 좋고."

"히다카 씨에 대해 어떻게 말했는지는 기억나지 않지만, 작품에 대해서는 상당히 비판적이었어."

"작품이 맘에 안 들었다는 거군요. 어떤 식으로 비판을 했어요?"

"자세한 건 잊어버렸지만 똑같은 말을 했을 거야. 문학이라는 것을 오해하고 있다든가 인간이 묘사되어 있지 않다든가 너무 통속적이라든가, 대략 그런 거였어."

노노구치 오사무 본인이 했던 말과는 전혀 다르다고 나는 생각했다. 그는 히다카의 소설을 모범으로 삼아 베껴 쓰기까지 했다고 말한 것이다.

“비판을 하면서도 어떻든 히다카 구니히코의 책을 읽어보기는 했군요. 게다가 직접 만나러 가기도 했고.”

“그렇지. 아마 그건 굴절된 심리가 그런 식으로 드러난 것 같아.”

“무슨 말씀이신지.”

“노노구치 선생도 작가 지망생이었잖아. 어렸을 때 친구가 자기보다 먼저 작가가 된 걸 보고 나름대로 초조했던 거 아닐까? 그렇다고 모른 척 무시할 수도 없고 자기도 모르게 찾아서 읽었겠지. 그러고는 뭐야, 이 따위 글로 작가가 되다니, 차라리 내가 쓰는 게 낫겠다―, 그런 식으로 생각했을 거라고.”

그럴싸한 이야기였다.

“히다카 구니히코가 『타오르지 않는 불꽃』으로 문학상을 탔을 때는 노노구치 선생님이 어떤 모습이었어요?”

“질투가 나서 미칠 것 같았겠지만, 그런 내색을 할 수는 없었겠지. 오히려 주위 사람들에게 자랑스럽게 말했어.”

이 이야기 자체는 어떤 쪽으로든 해석할 수 있었다.

노노구치 오사무의 상대 여성을 밝혀내지는 못했지만 나름대로 큰 도움이 되는 자리였다. 나는 도네 선생에게 감사 인사를 건넸다.

사건에 관한 얘기는 이제 끝이냐고 확인한 뒤에 도네 선생은 나에게 지금 하는 형사 일에 대한 것이며 전직하던 당시의 심경 등을 물었다. 나는 무난하게 넘어가는 말로 대답을 대신했다. 이건 나에게는 영 껄끄러운 화제 중의 하나였다. 그녀도 그것을 알아준 모양이었다. 그리 길게 캐묻지는 않았다. 단지 마지막에 이런 말을 해주었다.

"여전히 학교폭력은 없어지지를 않아."

그렇겠지요, 라고 나는 대답했다. 학교폭력에 관한 사건에는 나도 민감해져 있었다. 예전에 내가 범한 실수가 머릿속에 있었기 때문이다.

찻집을 나와 도네 선생과 헤어졌다.

한 장의 사진이 발견된 것은 내가 도네 선생을 만난 다음 날 일이었다. 발견한 사람은 마키무라 형사였다. 그날 나와 그는 다시 한번 노노구치 오사무의 집을 조사해보기로 했던 것이다.

말할 것도 없이 우리의 목적은 노노구치와 특별한 관계였던 여성의 정체를 밝혀내는 것이었다. 에이프런, 목걸이, 여행 신청서—. 현재로서는 그 세 가지 물품이 단서였지만 그 밖에 좀 더 결정적인 증거물이 있을 것이라고 생각했다.

여자의 사진이 있을 가능성에 대해 우리는 상당히 희망적으로 보고 있었다. 추억의 물건을 소중히 간직한 것을 보면 연인의 사진을 곁에 두지 않았을 리 없다고 생각한 것이다. 하지만 막상 그 시점에는 사진은 발견되지 않았다. 두툼한 앨범에도 그럴싸한 여성이 찍힌 사진은 없었다. 이건 기묘한 일이라고 할 수 있었다.

"어째서 노노구치는 여자의 사진을 챙겨두지 않았을까?"

수색하던 손을 잠시 쉬면서 나는 마키무라 형사의 의견을 청했다.

"사진이 없었던 거 아닐까요? 어딘가 함께 여행이라도 갔다면 그런 때에 찍었겠지만, 그런 일이 없다면 의외로 여자 사진이라는 건 손에 넣기가 어렵거든요."

"그럴까? 오래된 여행 신청서까지 소중하게 간직해온 사람이 그 연인의 사진은 한 장도 가지고 있지 않다니 아무래도 이상해."

에이프런이 있으니까 여자가 가끔 이 집에 왔었다는 건 틀림이 없다. 그런 때 사진을 찍는 것도 가능했을 터였다. 노노구치 오사무는 오토포커스 기능이 있는 카메라를 갖고 있었다.

"사진이 있는데도 이렇게 눈에 띄지 않는 거라면 어딘가에 감춰뒀다는 얘기겠죠?"

"그런 얘기가 되지. 하지만 왜 감춰뒀을까? 노노구치는 체포될 때까지 이 집이 경찰에 수색을 당하리라는 건 예상하지 못했을 텐데."

"어휴, 모르겠네요."

나는 방 안을 둘러보았다. 그리고 한 가지 퍼뜩 생각나는 게 있었다. 지난번에 노노구치 오사무가 했던 말이다. 더 이상 집 안을 휘젓지 말아달라, 남에게서 맡아둔 귀중한 책도 있다, 라고 했었다.

나는 한쪽 벽면을 가득 채운 책들 앞에 섰다. 그리고 한쪽 끝에서부터 차례대로 살펴보았다. 노노구치가 그런 말을 흘린 것은 손대지 말았으면 하는 책이 있고 그런 마음이 은연중에 드러난 것이라고 생각했다.

마키무라 형사와 분담해서 한 권 한 권 신중하게 들춰보았다. 사진, 편지, 메모—. 책갈피에 그런 것들이 끼워져 있는지 일일이 확인했다.

이 작업에 두 시간 넘게 걸렸다. 역시 문학인이라서 책이 보통 많은 게 아니었다. 나와 마키무라 형사 주위에는 높직이 쌓인 책들이 비스듬히 기울어져 피사의 사탑 같았다.

어쩌면 첫 단추를 잘못 꿰었는지도 모른다, 라는 생각이 퍼뜩 들었다. 만일 노노구치 오사무가 사진 등을 숨겨놓고 있었다면 막상 본인이 쉽게 꺼낼 수 없는 곳이어서는 아무 의미가 없는 것이다. 언제라도 쉽게 꺼낼 수 있고 또한 재빨리 숨겨둘 수 있는 곳을 은닉 장소로 선택했을 것이다.

내가 그런 이야기를 했더니 마키무라 형사는 워드프로세서가 놓인 책상 앞에 직접 앉아보았다. 그리고 노노구치 오사무가 글쓰기 작업을 하는 모습까지 흉내를 냈다.

"일하는 틈틈이 문득 그녀를 보고 싶다면 여기쯤에 사진을 세워두면 딱 좋을 텐데 말이에요."

그가 말한 자리는 워드프로세서 바로 옆이었다. 하지만 그곳에는 물론 탁상용 사진 액자 같은 건 없었다.

"남의 눈에 띄지 않으면서 언제든 손이 닿는 곳이야."

내가 제시한 조건에 맞는 곳을 마키무라 형사는 탐색해나갔다. 이윽고 그가 점찍은 것은 두툼한 국어사전이었다. 그것에 주목한 이유를 마키무라 형사는 나중에 이렇게 말했다.

"사전의 책장 틈새로 책갈피 끝부분이 삐죽삐죽 나와 있었거든요. 바로 이거구나, 했죠. 사전을 찾아볼 때, 여러 개의 항목을 동시에 봐야 할 때가 있잖아요. 고등학교 친구 중에 책을 읽을 때 아이돌 사진을 책갈피 대신 썼던 녀석이 생각나더라고요."

그의 직감은 적중했다. 그 국어사전에는 다섯 개의 책갈피가 끼워져 있었고 그중 한 장이 젊은 여자의 사진이었다. 배경은 어딘가의 드라이브인drive-in 같았다. 여자는 체크무늬 셔츠에 하얀 스커트 차림이었다.

그 여자가 누구인지 즉각 조사가 시작되었다. 하지만 고생할 것도 없이 금세 결론이 났다. 히다카 리에가 알고 있는 여자였기 때문이다.

사진 속의 여자는 히다카 하쓰미라고 했다. 즉 히다카 구니히코의 전처였다.

"하쓰미 씨의 결혼 전 성씨는 시노다였어요. 남편과 결혼한 건 12년 전이라고 들었습니다. 그리고 그녀가 교통사고로 사망한 건 5년 전쯤일 거예요. 직접 만나본 적은 없습니다. 내가 남편의 편집 담당자였을 때는 이미 세상을 떠난 뒤였으니까요. 하지만 집에 남아 있던 앨범 사진으로 얼굴은 알고 있었어요. 네, 이 사진 속의 여자는 하쓰미 씨가 틀림없습니다."

남편을 잃은 히다카 리에는 우리가 가져간 사진을 보고 그렇게 말했다.

"그 앨범을 보여주실 수 있을까요?"

내가 말하자 히다카 리에는 미안하다는 듯이 고개를 저었다.

"지금 여기에는 없어요. 나와 결혼하면서 예전 앨범도 하쓰미 씨와의 추억이 얽힌 물건들도 남편이 대부분 그쪽 친정집으로 보냈다고 했으니까요. 혹시 캐나다로 부친 짐 속에 그런 물건이 조금 남아 있을지도 모르지만 나는 자세한 건 모르겠어요. 이제 며칠 뒤면 그 짐들이 이쪽으로 다시 돌아올 테니까 일단 잘 살펴볼게요."

그건 역시 히다카 구니히코가 새 아내를 배려해서 한 일이라고 해석해도 좋을까. 그런 점에 대해 물었더니 히다카 리에는 그다지 달갑지 않은 표정으로 말했다.

"나를 배려한 것인지는 모르겠지만, 나는 남편이 하쓰미 씨의 추억이 담긴 물건을 남겨두는 것에 대해 별다른 저항감은 없었어요. 그게 당연한 일이라고 생각했으니까요. 단지 남편에게서 하쓰미 씨에 관한 이야기를 들은 적은 거의 없어요. 아마 입에 올리기가 괴로웠기 때문이겠지요. 그래서 저도 굳이 얘기를 꺼내지 않았어요. 질투 같은 건 아니고요. 단순히 그럴 필요가 없었을 뿐이에요."

애써 감정을 억누르며 말하는 모습이 인상적이었다. 나는 그 말을 그대로 받아들일 생각은 없었지만, 반쯤은 본심일 거라고 공감했다.

그런데 히다카 리에는 왜 형사들이 남편의 전처 사진을 갖고 있는지, 의아한 기색이었다. 이번 사건과 관계가 있느냐고 물었다.

"관계가 있는지는 아직 모르지만, 이 사진이 엉뚱한 곳에서 발견되었어요. 그래서 일단 조사해보고 있는 겁니다."

그런 애매한 대답에 당연히 그녀는 만족하지 않았다.

"어딘데요, 엉뚱한 곳이라는 게?"

노노구치 오사무의 집이다, 라고 대답할 수는 없었다.

"그건 아직 말씀드릴 수가 없군요. 죄송합니다."

하지만 그녀는 여성 특유의 직감으로 눈치를 챈 모양이었다. 설마, 하는 표정을 지었다. 그리고 이런 이야기를 꺼냈다.

"남편 장례식 때였는데요, 노노구치 씨가 나한테 이상한 걸 물었어요."

"뭐였지요?"

"비디오테이프는 어디에 있느냐고 했어요."

"비디오테이프?"

"처음에는 남편이 수집한 영화 비디오인 줄 알았어요. 근데 그게 아니라 취재용으로 촬영한 비디오테이프 얘기더라고요."

"남편께서 취재에 비디오카메라를 사용했어요?"

"네, 특히 덩치가 큰 기획물을 취재할 때는 반드시 비디오카메라를 들고 나갔어요."

"노노구치 씨는 그 비디오테이프가 어디에 있느냐고 물어본 거군요."

"네, 맞아요."

"그래서 뭐라고 대답하셨어요?"

"그 비디오테이프라면 이삿짐에 넣어서 먼저 캐나다로 보냈을 거라고 말했어요. 집필 작업과 관련된 것은 모두 남편이 정리했기 때문에 나는 잘 알지 못하거든요."

"그랬더니 노노구치 씨는 뭐라고 했는데요?"

"짐이 도착하는 대로 알려달라고 했어요. 자신의 집필에 사용할 테이프를 우리 남편에게 맡겨뒀다고 하더라고요."

"뭐가 찍혀 있는지는 말하지 않았군요?"

네, 라고 대답하면서 히다카 리에는 탐색하듯이 우리를 보며 말했다.

"누군가가 찍혀 있었던 모양이네요."

누군가라는 건 히다카 하쓰미를 말하는 것일 터였다. 하지만 나는 그것에 대해서는 답하지 않고, 캐나다에서 테이프가 돌아오면 알려달라고만 말했다.

"그 밖에 노노구치 씨가 부인에게 얘기한 것 중에 뭔가 마음에 걸렸던 것은 없습니까?"

별 기대도 없이 나는 확인차 물어보았다.

그러자 히다카 리에는 약간 망설이는 기색으로, 실은 또 한 가지가 있다고 했다.

"이건 좀 지난 일인데요, 노노구치 씨가 하쓰미 씨에 대한 얘기를 했던 적이 있어요."

나는 내심 놀랐다.

"어떤 얘기였지요?"

"하쓰미 씨가 사망한 사고에 대한 거예요."

"노노구치 씨가 그 사고에 대해서?"

히다카 리에는 다시 머뭇거리다가 이윽고 마음을 정한 듯

입을 열었다.

"그건 단순한 사고라고 생각하지 않는다. 노노구치 씨가 그렇게 말했어요."

주목할 만한 증언이었다. 나는 좀 더 자세히 얘기해달라고 말했다.

"자세하나마나 딱 그 말뿐이었어요. 남편이 잠깐 자리를 뜨고 둘이서만 있었을 때예요. 어쩌다 그런 이야기가 나왔는지 잘 기억나지 않지만, 그래도 그 말만은 잊을 수가 없었어요."

분명 기억에 남을 만한 발언이었다.

"단순한 사고가 아니라니, 그러면 뭐죠? 그런 설명도 안 했어요?"

"네. 나도 물어봤죠. 그건 무슨 뜻이냐고. 그랬더니 노노구치 씨가 그 즉시 후회하는 표정으로, 방금 한 말을 잊어버려라, 히다카에게는 말라고 하더라고요."

"그래서 어떻게 하셨어요? 남편에게 말했습니까?"

"아뇨, 안 했죠. 아까도 말했지만 하쓰미 씨에 관한 얘기는 되도록 피해왔고, 그건 섣불리 입에 올릴 만한 내용도 아니었으니까요."

그런 히다카 리에의 판단은 타당한 것이리라.

우리는 확인을 위해 히다카 하쓰미를 잘 아는 사람, 이를테면 히다카가에 드나들던 편집자나 이웃사람들에게도 사진을 보여주었다. 모두가 사진의 주인은 히다카 하쓰미라고 분명하게 말했다.

자, 그렇다면 노노구치 오사무는 왜 히다카 하쓰미의 사진을 간직하고 있었는가.

하지만 이것에 대해서는 따로 추리할 필요도 없을 것이다. 노노구치의 집에 에이프런이 있고, 그에게 목걸이 선물을 받을 예정이었던 여자, 그와 함께 오키나와로 여행을 떠나려 했던 여자의 정체가 히다카 하쓰미였다는 것이다. 그 시점에 그녀는 분명 히다카 구니히코의 아내였으니까 두 사람은 불륜관계였다는 얘기다. 노노구치 오사무가 히다카 구니히코를 다시 만난 게 7년 전이고, 히다카 하쓰미가 사망한 것은 5년 전이니까 두 사람이 깊은 관계로 발전할 시간은 충분했다고 봐도 좋을 것이다. 또한 노노구치의 집에서 발견된 여행 신청서에 적혀 있던 또 한 사람의 이름이 노노구치 하쓰코였다. 그건 하쓰미의 가짜 이름이라고 생각할 수 있다.

개인적인 의견이지만, 이 일이 이번 사건과 관계가 없다고 생각하기는 어렵다. 아직까지도 노노구치가 극구 밝히기를 거부하는 범행 동기와 밀접한 관련이 있는 게 아닐까.

나는 노노구치 오사무가 히다카 구니히코의 고스트라이터였다는 건 거의 명확하다고 추리했다. 많은 정황 증거가 그것을 뒷받침하고 있는 것이다. 하지만 그 추리는 왜 노노구치가 계속 고스트라이터로 히다카의 글을 대신 써주었는가 하는 의문에 대한 답은 되지 못했다. 지금까지 조사해본 한에서는 히다카가 노노구치에게 그에 따른 보상을 해준 흔적도 없었다. 게다가 최근 각 출판사 편집자들과 얘기하는 동안에 느낀 것이지만, 어떤 작가도 자신의 작품을 돈을 받고 팔아치우는 경우는 거의 없다. 높은 평가를 받을 만한 작품이라면 더욱더 그렇다.

노노구치는 히다카에게 뭔가 큰 약점을 잡힌 상황이었던 것인가. 그렇다면 그건 무엇인가.

여기서 히다카 하쓰미와의 일을 생각하지 않을 수 없다. 물론 히다카 구니히코가 두 사람의 관계를 눈치채고 그것을 묵인해주는 대신에 노노구치에게 고스트라이터가 되기를 강요했다는 식으로 생각하는 것은 지나치게 단순한 추리일 것이다. 히다카 하쓰미가 사망한 뒤에도 노노구치가 히다카에게 계속해서 작품을 제공한 것에 대한 설명이 되지 않기 때문이다.

하지만 어쨌든 노노구치 오사무와 히다카 부부 사이에 어떤 일이 있었는지 조사할 필요는 있을 것 같다. 유감스럽게도 부부가 모두 사망해버려서 직접 이야기를 들을 수는 없겠지만.

거기까지 생각했을 때 히다카 리에의 말이 문득 떠올랐다.

노노구치가 하쓰미의 죽음을 단순한 사고사라고 생각하지 않는다는 이야기였다. 노노구치는 무슨 생각으로 그런 말을 했는가. 또, 사고사가 아니라면 무엇이라는 건가.

나는 그 사고에 대해 조사해보기로 했다. 데이터를 검색해보니, 히다카 하쓰미가 사망한 것은 5년 전 3월이었다. 밤 11시경, 집에서 가까운 편의점에 가던 중에 트럭에 치여 사망했다고 나와 있었다. 사고 현장은 커브 길이어서 시야가 좋지 않았고, 게다가 그날은 비까지 내렸다. 또한 그녀가 길을 건너려고 했던 지점에는 횡단보도가 없었다.

최종적으로는 트럭 운전기사의 전방 부주의라는 결론이 내려졌다. 이건 차와 보행자 간의 사고일 경우에 당연한 귀결이라고 할 수 있다. 단지 기록에 의하면 트럭 운전기사는 자신의 잘못을 끝까지 인정하지 않았다고 한다. 히다카 하쓰미 쪽에서 갑작스럽게 길로 뛰쳐나왔다고 주장했던 것이다. 만일 그 말이 사실이라면 목격자가 없었던 것은 그 운전기사에게는 불운한 일이었다는 얘기가 된다. 하지만 그 주장을 믿을 만한 근거는 없었다. 사람을 치어 사망에 이르게 한 운전기사는 거의 대부분 보행자 측의 잘못을 주장하고 나선다는 것은 교통사고를 다뤄본 적이 있는 경관이라면 누구나 아는 일이다.

하지만 나는 가설로서, 이 운전기사의 주장이 사실일 경우를 생각해보았다. 노노구치 오사무가 말했듯이 단순한 사고가 아니었다면 그다음에 남는 가능성은 두 가지밖에 없다. 자살이거나 타살이다.

타살이라면 누군가가 히다카 하쓰미를 길로 떠밀었다는 얘기가 된다. 그러면 그 현장에는 당연히 범인이 있어야 한다. 길로 떠미는 행위는 트럭이 접근하기 직전에 이루어졌을 텐데 그 범인의 모습을 운전기사가 보지 못했다는 건 아무래도 말이 안 된다.

그렇다면 남는 것은 자살뿐이다. 즉 노노구치는 히다카 하쓰미가 사고로 죽은 게 아니라 자살했다고 생각한다는 얘기다.

왜 그는 그렇게 생각하고 있는가. 뭔가 물적 증거라도 남아 있는 걸까. 이를테면 히다카 하쓰미의 유서가 그 앞으로 왔다든가.

노노구치 오사무는 히다카 하쓰미의 자살 동기에 대해 짐작하는 게 있었을 것이다. 그리고 그 동기라는 건 그와의 불륜에 관한 것이 아니었을까.

역시 불륜 관계를 남편에게 들켰던 것일까, 라고 나는 생각했다. 남편이 이혼하자고 요구했고 그것을 비관하여 죽음을 선택했는가. 만일 그렇다고 한다면 노노구치와의 일은 단순한 불장난이었다는 이야기가 된다.

어찌됐건 히다카 하쓰미라는 여자에 대해 조사해볼 필요가 있었다. 나는 상사의 허락을 얻어 마키무라 형사와 둘이서 그녀의 친정집을 찾아가보기로 했다.

시노다가家는 요코하마의 가나자와 구에 있었다. 언덕 위의 주택가에 자리 잡은, 정원 손질에 공을 들인 멋진 일본 가옥이었다.

부모가 모두 건재했지만 아버지 쪽은 볼일이 있어서 외출했기 때문에 그날은 어머니 시노다 유미에 씨가 우리를 맞아주었다. 자그마한 몸집에 기품 있는 부인이었다.

우리의 방문을 그녀는 그다지 뜻밖의 일로 생각하는 것 같지 않았다. 히다카 구니히코가 살해된 사건을 알고 난 뒤로 언젠가 자신들에게도 경찰이 찾아올 거라고 예상한 듯한 얼굴이었다. 오히려 여태까지 아무도 오지 않아서 이상하다고 생각한 모양이었다.

“사위가 그런 큰일을 하는 사람이니 성격적인 면에서 약간은 까다로운 점도 있었던가 봅디다. 특히나 글 쓰는 일이 잘 풀리지 않을 때는 옆에서 걱정이 많다고 우리 딸이 내비치곤 했어요. 하지만 평소에는 우리 딸의 마음을 잘 헤아려주는 착한 사위였어요.”

이것이 장모가 기억하는 히다카 구니히코의 인상이었다. 솔직히 말하는 것인지, 본심을 감추고 그저 두루 거슬리지 않을 이야기를 해주는 것인지, 나로서는 얼른 판단할 수 없었다. 항상 그렇지만 나이 든 사람, 특히 나이 든 여성의 본심을 간파해낸다는 건 몹시 어려운 일이다.

그녀에 의하면 시노다 하쓰미와 히다카 구니히코가 만난 것은 두 사람이 작은 광고대행사에서 근무하던 시절이라고 한다. 히다카가 그 회사에서 2년 남짓 일했다는 것은 우리도 확인을 마친 사항이었다.

교제 중에 히다카는 출판사로 직장을 옮겼고 그 조금 뒤에는 결혼을 했다. 그리고 얼마 뒤에 모 문예지의 신인상을 받고 작가 일에 전념하게 된 것이었다.

"직장이 자꾸 바뀌니까 그런 사람에게 우리 딸을 맡겨도 괜찮을지, 우리 남편하고 한참 걱정하기도 했는데, 그래도 그 사위 덕분에 하쓰미가 금전적인 면에서 고생한 일은 없었던 모양입니다. 그러다가 사위가 유명한 작가가 되었으니 이제는 걱정할 일이 없겠구나 하고 좋아했지요. 그러는 참에 하쓰미가 그런 사고를 당해서…… 죽어버렸으니 정말 어쩔 줄을 모르겠더라고요."

시노다 유미에는 눈물을 글썽거리는 모습을 보였지만 역시 형사들 앞에서 울음을 터뜨리지는 않았다. 그나마 지난 5년 동안 어느 정도 마음의 정리가 된 것이리라.

"편의점에 가시던 길에 사고를 당한 모양이더군요."

자연스럽게 사고의 자세한 경위에 대해 물어보기로 했다.

"네, 나중에 사위한테 그런 얘기를 들었어요. 밤참으로 샌드위치를 만들려고 했는데 식빵이 없어서 사러 나갔나 봐요."

"트럭 운전기사는 하쓰미 씨가 갑자기 뛰어나왔다고 주장했다던데요."

"그런 모양이에요. 하지만 우리 딸이 그런 어설픈 짓을 할 아이가 아니에요. 그런데 그날 밤에 날이 흐리고 횡단보도도 없는 길을 건너려고 한 걸 보면 역시 깜빡 조심을 못 했던 것 같아요. 아마 그애가 마음이 급했던 모양이에요."

"그즈음 부부 사이는 어떻게, 괜찮았습니까?"

내 질문에 시노다 유미에는 뜻밖의 말이라는 얼굴을 했다.

"그리 나쁘지 않았던 것 같은데? 그건 왜요?"

"아뇨, 다른 뜻이 있어서 여쭤보는 건 아니고요. 교통사고 중에는 뭔가 고민이 있어서 멍하니 걸어가다가 일을 당하는 경우도 꽤 많으니까요. 그래서 조금 마음에 걸려서 얘기해본 것뿐이에요."

나는 그렇게 대충 얼버무렸다.

"그렇군요. 하지만 내가 기억하는 한에서는 정말로 부부 사이가 좋았어요. 사위가 항상 일만 해서 좀 적적하다는 얘기는 했었던 것 같습니다만."

"그렇습니까?"

'좀 적적하다'는 그 심리가 문제였던 게 아닐까 하고 생각했지만, 여기서는 우선 입을 다물기로 했다.

"사고가 일어나기 전에 따님과는 자주 만나셨던가요?"

"아뇨, 사위가 하는 일이 워낙 바빴으니까요. 웬만해서는 친정 나들이는 못 했어요. 그래서 전화로 잠깐 어떻게 사는지 물어보는 정도였지요."

"목소리를 통해서는 딱히 이상한 점은 없었다는 말씀이시군요?"

"예에."

하쓰미의 모친은 고개를 끄덕였지만, 어째서 형사가 5년이나 지난 교통사고에 대해 자꾸 캐묻는지, 이상하게 생각한 듯했다. 조심스럽게 이렇게 물어왔다.

"저어, 이번 사건과 우리 딸이 뭔가 관계가 있는가요?"

별 관계는 없을 거라고 나는 대답했다. 원래 형사들은 사건 관계자라면 이미 세상을 떠난 분이라도 철저히 조사해야 하는 직업이라고 대충 설명해주었다. 하쓰미의 모친은 반쯤은 이해하고 반쯤은 여전히 의아하다는 얼굴로 듣고 있었다.

"혹시 하쓰미 씨에게서 노노구치 오사무라는 사람에 대한 이야기를 들은 적이 있습니까?"

나는 이야기의 핵심을 건드려보기로 했다.

"예, 그런 사람이 드나든다는 말은 들었어요. 사위하고는 어렸을 때부터 친구고, 작가가 되려고 하는 사람이라던가, 그런 얘기였어요."

"그 밖에는 어떤 이야기를?"

"글쎄, 한참 오래전의 일이고 보니 잘 생각이 안 나는군요. 하지만 얘기는 그것뿐이고 다른 말은 없었어요."

이건 당연한 일일 것이다. 자신의 불륜상대에 대해 친정어머니에게 시시콜콜 털어놓을 일은 없다.

"하쓰미 씨의 물건은 대부분 어머님께 보냈다고 하던데요, 그것 좀 잠깐 볼 수 있을까요?"

내가 말하자 역시 하쓰미의 모친은 당황한 얼굴을 보였다.

"그 아이 물건이라고 해봐야 별것도 없는데?"

"어떤 것이든 괜찮습니다. 어떻든 히다카 구니히코 씨나 피의자에 관한 것을 철저히 조사하려는 것입니다."

"그래도 별로 볼 게 없는데……."

"이를테면 일기 같은 건 없을까요?"

"그런 건 없었어요."

"앨범은?"

"그건 있지요."

"그럼 우선 그것부터 좀 보여주세요."

"하지만 앨범에 붙여놓은 건 사위하고 딸 사진뿐이에요."

"그래도 괜찮습니다. 참고가 될지 어떨지는 저희가 판단하니까요."

참 이상한 소리를 하는 형사라고 그녀는 생각했을 것이다. 하쓰미가 노노구치 오사무와 특별한 관계였던 것 같다고 밝혀 버리면 일이 훨씬 빠르겠지만, 그건 아직 상사의 허락을 받지 못한 사안이었다.

아무래도 이해를 못 하겠다는 눈치였지만, 하쓰미의 모친은 일단 안으로 들어가 앨범을 들고 나왔다. 앨범이라고 해도 두툼한 표지의 번듯한 것이 아니라 얇은 소책자 같은 간이 앨범 몇 권을 케이스에 넣어둔 것이었다.

나와 마키무라 형사는 그것을 한 권 한 권 들여다보았다. 앨범 사진 속의 여자는 노노구치 오사무의 집에서 발견된 사진의 여성과 틀림없이 동일인이었다.

대부분의 사진에는 날짜가 박혀 있어서 노노구치 오사무와 접점이 있었던 시절의 사진을 찾아내는 건 어렵지 않았다. 나는 그 사진들 속에서 히다카 하쓰미와 노노구치의 관계를 암시하는 것을 찾아보려고 시선을 집중했다.

이윽고 마키무라 형사가 한 장의 사진을 발견했다. 그리고 말없이 내게 그것을 보여주었다. 나는 마키무라가 어째서 그 사진을 점찍었는지 금세 이해했다.

앨범을 잠시 가져가게 해달라고 시노다 유미에에게 부탁했다. 의아한 얼굴을 하면서도 그녀는 허락해주었다.

"하쓰미 씨의 물건으로는 그 밖에 어떤 것들이 있습니까?"

"그거 말고는 옷가지나 액세서리 같은 거예요. 사위가 재혼하는 터에 그런 걸 집 안에 놔두기가 좀 그랬던가 봐요."

"편지나 엽서 같은 건, 어떻습니까?"

"그런 건 없었을 거예요. 나중에 찬찬히 들여다볼게요."

"비디오테이프는요? 카세트테이프 정도의 크기인데요."

히다카 구니히코가 취재에 사용한 것은 8밀리미터 비디오였다고 히다카 리에가 얘기해주었다.

"글쎄, 그런 건 없었는데?"

"그러면 하쓰미 씨가 생전에 친하게 지내던 분의 이름을 알려주시겠습니까?"

"하쓰미하고 친했던 사람이라……."

얼른 생각나는 이름은 없는 듯했다. 잠깐 실례합니다, 라고 말하고 그녀는 다시 안으로 사라졌다. 다음에 나타났을 때는 얇은 노트 같은 것을 들고 있었다.

"이건 우리 집 주소록인데요, 딸 친구들 이름도 몇몇 적혀 있어요."

그리고 그녀는 주소록에서 세 사람의 이름을 짚어주었다. 학창 시절의 친구 두 명, 광고대행사 시절의 동료 직원 한 명이었다. 세 명 모두 여자였다. 나는 그 이름과 연락처를 빠짐없이 메모했다.

세 명의 친구에 대해 즉시 탐문수사에 들어갔다. 학창 시절의 친구 둘은 히다카 하쓰미가 결혼한 뒤로는 거의 만난 일이 없는 모양이었다. 하지만 같은 직장에 다녔던 나가노 시즈코라는 여자는 하쓰미가 사고를 당하기 며칠 전에도 전화 통화를 했다고 할 만큼 꽤 절친한 사이였다. 다음은 나가노 시즈코의 증언이다.

"하쓰미는 처음에는 히다카 씨를 별로 의식하지 않았어요. 하지만 히다카 씨가 강하게 대시하니까 조금씩 끌려가는 식이었어요. 히다카 씨가 회사 업무에서도 강하게 밀어붙이는 성향이었거든요. 하쓰미는 좀 내성적인 편이라서 속마음을 거의 드러내지 않는 친구였어요. 결혼하자는 말을 들었을 때도 한참 망설였을 텐데 결국 히다카 씨가 강행한 모양이에요. 하지만 결혼을 후회하는 기미는 없었어요. 행복해 보였죠. 단지 히다카 씨가 작가가 된 뒤부터는 생활 패턴이 갑자기 바뀌어서 그런지 항상 좀 피곤한 듯했어요. 히다카 씨에 대한 불만 같은 건 별로 들어본 적이 없습니다. 사고 전에요? 딱히 볼일이 있었던 건 아니고 그냥 목소리를 듣고 싶어서 내가 먼저 전화했어요. 하쓰미는 그저 보통 때하고 똑같았어요. 그때 무슨 이야기를 했는지 자세하게 기억나지는 않지만, 쇼핑이라든가 레스토랑 얘기였을 거예요. 전화로는 늘 그런 이야기를 했거든요. 사고 소식을 들었을 때는 정말 깜짝 놀랐어요. 믿을 수가 없어서 눈물도 나오지 않았죠. 장례식 때는 시작할 때부터 끝날 때까지 내가 가서 도와줬어요. 히다카 씨요? 그야 남자분이시니 남들 앞에서는 별로 흐트러진 모습을 보이지는 않았지만, 기운을 잃고 침울하다는 건 옆에서도 금세 알아볼 수 있었어요. 그게 벌써 5년 전 일이군요, 아직도 엊그제 일 같은데. 누구라고요? 노노구치 오사무라니, 이번 사건의 범인이라는 그 사람 말인가요? 글쎄요, 장례식 때 왔는지 어떤지, 잘 모르겠어요. 조문객이 진짜 많았거든요. 하지만 형사님, 왜 지금 새삼스럽게 하쓰미를 조사하는 거예요? 이번 사건과 무슨 관계라도 있나요?"

히다카 하쓰미의 친정집을 방문한 이틀 뒤, 나는 마키무라 형사와 함께 노노구치 오사무가 입원한 병원으로 갔다. 지난번과 똑같이 우선 담당 의사의 설명부터 듣기로 했다.

의사는 한창 고민 중이었다. 수술 준비는 다 갖춰졌는데 환자 본인이 좀체 동의를 하지 않는다는 것이었다. 수술을 해도 살아날 가망이 적다는 건 잘 알고 있다, 그렇다면 수술 없이 이대로 조금이나마 더 살게 해달라는 것이 노노구치의 주장이라고 했다.

"수술 때문에 오히려 죽음이 앞당겨지기도 합니까?"

나는 담당 의사에게 물었다.

그런 일도 없지는 않다, 라는 것이 의사의 대답이었다. 하지만 수술을 하면 좋아질 가능성도 있다는 것이 그의 의견이었다.

그런 이야기를 머릿속에 넣은 채 우리는 노노구치의 병실로 들어갔다. 그는 침대에 앉아서 문고본을 읽고 있었다. 몹시 야위기는 했지만 안색은 그리 나쁘지 않았다.

"한동안 얼굴을 못 봐서 어떻게 지내는지 궁금했어."

그의 말투는 여전했다. 하지만 목소리에는 명백히 힘이 빠져 있었다.

"또 한 가지, 물어볼 것이 생겼어요."

노노구치 오사무는 지겹다는 듯한 표정을 보였다.

"또? 자네, 의외로 끈질긴 성격이군. 아니면 형사가 되면 누구든 그런 식으로 변하는 건가."

나는 그의 빈정거리는 말에는 대응하지 않고, 가져간 사진을 그 앞에 내밀었다. 말할 것도 없이 그의 국어사전에 끼워져 있던 히다카 하쓰미의 사진이었다.

"이 사진이 당신 방에서 발견되었어요."

그 순간, 노노구치 오사무의 안면이 기묘하게 뒤틀린 채 딱 굳어버렸다. 호흡이 거칠어지는 게 느껴졌다.

"그, 그래서?"

그는 되물었다. 그나마 최대한 애써 내뱉은 말일 거라고 나는 해석했다.

"이 사진에 대해 설명해주시죠. 왜 당신이 히다카 구니히코 씨의 전처인 하쓰미 씨의 사진을 갖고 있었을까요. 게다가 아주 소중하게 간직했더군요."

노노구치 오사무는 내게서 시선을 돌려 창밖을 보았다. 나는 그런 그의 옆얼굴을 응시했다. 그가 급하게 생각을 굴리는 듯한 기척이 고스란히 전해져왔다.

"내가 하쓰미 씨의 사진을 갖고 있는 게 뭐가 어떻다는 거지? 그건 이번 사건과는 아무 관계도 없어."

이윽고 그렇게 말했지만 얼굴은 여전히 창밖으로 향해져 있었다.

"관계가 있는지 없는지는 우리가 판단할 일입니다. 선생님은 판단을 내리기 위한 재료만 주시면 돼요, 솔직하게."

"나는 다 솔직하게 말했어."

"그러면 이 사진에 대해서도 솔직한 자세로 설명해주시죠."

"별것 아니라니까? 그 사진은 그냥 사진이야. 뭔가 행사 때 찍은 것을 히다카에게 전해준다면서 깜빡했던 거야. 그러다 무심코 사전 책갈피로 쓰게 된 것뿐이라고."

"언제 찍은 사진이에요? 이건 어딘가의 드라이브인 같은데."

"어딘지도 잊어버렸어. 그 부부하고 꽃구경이며 도시 축제 구경도 다녔으니까 아마 그런 때 찍었던 모양이지."

"부인하고만 사진을 찍었어요? 히다카 씨는 안 보이는데."

"우연히 그렇게 된 거야. 드라이브인이라면 히다카가 화장실에라도 간 사이에 부인하고 찍은 모양이지."

"그러면 그때 찍었던 다른 사진들은 어디에 있지요?"

"글쎄, 그게 언제 찍은 사진인지도 모른다니까. 더구나 그 사진들이 어딨는지 내가 어떻게 알겠어? 앨범에 넣었는지 내버렸는지, 그것도 몰라. 아무튼 나는 기억에 없는 사진이야."

노노구치 오사무는 낭패감을 고스란히 드러냈다.

나는 다시 두 장의 사진을 꺼내 그에게 내밀었다. 두 장 모두 멀리 후지산을 배경으로 찍은 것이다.

"이 사진은 기억이 나겠지요."

두 장의 사진을 보고 그가 침을 꿀꺽 삼키는 것을 나는 확인했다.

"당신 앨범에서 발견했어요. 역시 이 사진이라면 깜빡 잊을 리가 없을 텐데요."

"……어, 언제 찍은 사진이지?"

"두 장 다 같은 장소에서 찍은 거예요. 어딘지 아직도 생각이 안 납니까?"

"생각이 안 나는데……."

"후지카와예요. 정확히 말하면 후지산 차량 휴게소지요. 그리고 조금 전에 보여드린 히다카 하쓰미 씨의 사진도 같은 곳에서 찍은 것이죠. 등 뒤로 보이는 계단이 똑같으니까요."

내 말에 노노구치 오사무는 입을 다물어버렸다.

히다카 하쓰미의 사진에 찍힌 장소가 후지산 차량 휴게소라는 것은 수많은 수사원들이 이미 확인했다. 그것을 바탕으로 우리는 노노구치의 앨범을 샅샅이 살펴보았다. 그 결과 후지산을 찍은 두 장의 사진이 발견된 것이다. 후지산 차량 휴게소에서 찍었을 가능성이 지극히 높다는 것은 시즈오카 현경의 협력을 얻어 확인하였다.

"하쓰미 씨의 사진을 찍은 게 언제였는지 모르겠다고 하셨죠? 그렇다면 이쪽의 후지산 사진을 찍었을 때에 관해 말해주세요. 그건 어렵지 않잖아요?"

"유감스럽지만 그것도 기억이 안 나. 그런 사진이 앨범에 들어 있다는 것도 지금까지 까맣게 잊고 있었어."

이 건에 관해서는 끝까지 시치미를 떼기로 결심한 듯했다.

"그렇습니까. 그러면 마지막 사진을 보여드리는 수밖에 없겠군요."

나는 마지막 카드라고 할 수 있는 사진을 상의 안주머니에서 꺼냈다. 그것은 히다카 하쓰미의 친정집에서 빌려온 앨범 속에 들어 있던 사진이었다. 시노다가를 방문했을 때, 마키무라 형사가 발견한 것이었다. 세 명의 여자가 찍힌 사진이다.

"이 사진 속에는 당신에게는 아주 낯익은 모습이 찍혀 있을 겁니다. 당연히 잘 아시겠죠."

사진을 들여다보는 노노구치의 얼굴 표정을 빤히 응시했다. 그는 아주 조금 눈을 크게 떴다.

"어때요?"

"미안하지만, 자네가 무슨 말을 하는지 잘 모르겠어."

그렇게 말하는 노노구치의 목소리는 갈라져 있었다.

"그래요? 하지만 이 사진 속 세 여자 중에서 가운데 여자가 히다카 하쓰미 씨라는 건 아실 텐데요."

내 말에 대해 노노구치는 아무 대답도 하지 않았다. 물론 긍정한다는 뜻의 침묵이었다.

"여기 하쓰미 씨가 입은 에이프런은 어때요? 노란색과 흰색의 체크무늬가 눈에 익은 것이겠지요? 당신 집에서 발견된 것과 똑같은 에이프런이니까요."

"……그래서 그게 어떻다는 거지?"

"당신이 히다카 하쓰미 씨의 사진을 갖고 있었던 것에 대해서는 어떻게든 해명이 가능하겠죠. 하지만 그녀의 에이프런을 갖고 있었던 것에 대해서는 어떻게도 해명할 수 없을 겁니다. 우리로서는 두 분이 특별한 관계였다고 생각할 수밖에 없어요."

노노구치 오사무는 나지막하게 신음소리를 내고 다시 침묵에 잠겼다.

"제발 사실대로 얘기해주세요. 당신이 자꾸 감추려고 들면 우리는 다시 조사에 들어가야 합니다. 우리가 움직이면 당연히 매스컴에서 냄새를 맡을 확률도 높아져요. 아직은 그런 낌새가 없지만 곧 눈치를 채고 온갖 억측이 난무하는 기사를 써낼 거라고요. 당신이 모든 것을 솔직히 털어놓으면 그런 쪽에 대한 대책도 세울 수 있어요."

그 말이 얼마나 효과가 있었는지, 정확한 것은 알 수 없다. 하지만 노노구치의 얼굴에 분명하게 주저하는 듯한 기색이 엿보였다.

이윽고 그는 말했다.

"그녀와의 일은 이번 사건과는 전혀 관계가 없어. 그건 내가 단언할게."

그 말에 나는 안도했다. 우선은 한 걸음 나아간 셈이었다.

"두 사람의 관계에 대해서는 인정하는 거지요?"

"관계라고 할 정도로 대단한 것도 아니었어. 잠시 잠깐 마음을 주고받은 것뿐이야. 하지만 그녀도 나도 금세 정신을 차렸어."

"관계는 언제부터?"

"정확하게는 기억나지 않아. 내가 히다카의 집에 드나든 지 대여섯 달쯤 되었을 때였나. 그 무렵에 내가 감기로 앓아 누웠는데 그때 그녀가 가끔 집에 와서 나를 돌봐줬어. 그게 처음 시작이었어."

"언제까지 관계가 이어졌어요?"

"그냥 두세 달쯤이야. 방금도 말했지만, 잠시 잠깐 뭔가에 홀렸던 거야. 둘 다 머리가 어떻게 됐던 것 같아."

"하지만 그 뒤에도 당신은 히다카가를 드나들었어요. 그런 일이 생긴 뒤에는 발길을 뚝 끊는 게 일반적일 텐데 말예요."

"우리의 경우에는 그리 험하게 관계를 끝낸 게 아니었어. 둘이 상의한 끝에 이런 일은 관두는 게 좋겠다고 결론을 냈던 거야. 그냥 예전처럼 지내자고, 그때 약속했어. 그야 히다카가에서 얼굴을 마주치면 서로 거북한 것은 있었지. 실은 내가 그 집에 가면 그녀는 외출하고 없는 경우가 많았어. 역시 나를 피하고 싶었겠지. 이건 불경한 말이겠지만, 그녀가 사고로 그렇게 되지 않았다면 그 뒤로 나와 히다카 부부는 더 이상 만나지 않았을 거야."

노노구치 오사무는 담담히 말했다. 조금 전까지 보였던 낭패의 기색은 사라지고 없었다. 나는 그의 표정을 주의깊게 관찰하며 그 이야기가 어디까지 믿을 만한 것인지 파악해보려고 했다. 거짓말을 하는 것처럼 보이지는 않았다. 하지만 지나치게 침착한 것이 어딘지 부자연스럽기도 했다.

"에이프런 외에 목걸이와 여행 신청서가 집에서 발견되었어요. 그 두 가지도 히다카 하쓰미 씨와 관계가 있다고 생각해도 되겠지요?"

내 질문에 그는 고개를 끄덕였다.

"둘이서 여행을 가기로 하고 여행사에 신청서를 내려고 했었어. 하지만 결국 가지는 못했어."

"왜 그랬어요?"

"헤어졌으니까 못 갔지. 당연하잖아?"

"목걸이는요?"

"자네가 추리했던 대로 언젠가 그녀에게 선물할 생각이었어. 결국 그것도 계획만 하다가 끝나버린 일이야."

"그것 외에 히다카 하쓰미 씨의 추억이 담긴 물건은 없어요?"

노노구치 오사무는 잠깐 생각하고 나서 대답했다.

"양복장 속에 페이즐리 무늬 넥타이가 있어. 그녀가 선물해준 거야. 그리고 찬장에 있는 마이센Meissen 찻잔은 그녀가 집에 올 때마다 썼던 것이고. 둘이 함께 쇼핑하면서 고른 찻잔이야."

"그 가게 이름을 얘기해주세요."

"긴자 쪽 가게였던 거 같은데, 정확한 장소나 이름은 기억이 안 나."

이상의 내용을 마키무라 형사가 기록하는 것을 확인하고 나는 노노구치 오사무에게 물었다.

"당신이 아직 히다카 하쓰미 씨를 잊지 못했다고 생각해도 될까요?"

"그런 건 아냐. 이미 흘러간 옛 이야기지."

"그렇다면 어째서 그런 추억의 물건을 소중하게 간직하고 있었죠?"

"소중하게, 라는 건 자네의 억측이지. 굳이 치우기도 번거로워서 그냥 놔둔 채 시간이 흘러갔어. 그냥 그것뿐이야."

"사진도 그렇습니까? 국어사전에 끼워둔 사진도 치우기가 번거로워서 몇 년째 책갈피 대신 썼다는 거예요?"

노노구치 오사무는 마땅히 대답할 말을 찾지 못한 것 같았다. 그 증거로, 다음과 같이 내뱉었다.

"뭐, 좋을 대로 생각해. 아무튼 이번 사건과는 관계 없는 일이야."

"다시 한번 말씀드리지만, 그 판단은 우리가 합니다."

마지막으로 나는 다시 한번 확인할 것이 있었다. 히다카 하쓰미의 사고사에 대한 것이다. 그 사고에 대해 어떻게 생각하느냐고 질문했다.

"어떻게 생각하느냐……. 이건 대답하기 어려운 질문이군. 그냥 슬픈 일이었어. 충격적이었다고밖에는 대답할 도리가 없어."

"그렇다면 세키카와를 원망했겠군요."

"세키카와? 그게 누구지?"

"모르세요? 세키카와 다쓰오라는 게 풀네임이죠. 한 번쯤 이름을 들어봤을 텐데요."

"모르겠어. 나는 그런 이름, 들어본 적이 없어."

그가 단언하는 것을 확인하고 나는 답을 알려주기로 했다.

"트럭 운전기사예요. 하쓰미 씨를 치었던 사람입니다."

노노구치는 허를 찔린 얼굴이었다.

"아, 그래? 음, 그 사람이 그런 이름이었군."

"알지 못한다는 건 그를 별로 원망하지 않았다는 얘기인가요?"

"이름을 기억하지 못했을 뿐이지 원망을 안 했을 리가 있나. 하지만 아무리 원망해봤자 그녀가 살아 돌아오는 것도 아니잖아."

여기서 나는 히다카 리에가 들려준 이야기를 꺼내기로 했다.

"자살이라고 생각했기 때문에 운전기사를 원망하지 않았던 거 아닙니까?"

실제로는 '단순한 사고라고는 생각하지 않는다'라고 했다고 리에 부인은 증언했었다. 나는 거기에 일부러 '자살'이라는 말을 넣어서 물어보았다.

노노구치는 눈을 둥그렇게 떴다.

"왜 그런 말을 하지?"

"당신이 어떤 사람에게 그렇게 말했다는 이야기를 들었기 때문이에요."

어떤 사람이라는 내 말에 그는 금세 짐작한 모양이었다.

"내가 그렇게 말했다고 해도 얼핏 생각난 대로 말한 것뿐이야. 내가 경솔했다는 건 인정하지만, 그 말을 그렇게 중요하게 받아들이면 곤란하지."

"얼핏 생각난 대로 말한 것뿐이라고 해도 어떤 근거로 그런 생각을 하셨는지, 아주 궁금하군요."

"잊어버렸어. 한참 전에 내가 내뱉었던 별것 아닌 말 한 마디에 일일이 그 근거를 대라니, 입장을 바꿔서 자네라도 이런 경우에는 당황스러울 거야."

"뭐, 그것에 관해서는 가까운 시일 내에 상세히 얘기하시게 되겠죠."

그렇게 마무리하고 병실을 나왔지만, 나는 충분한 손맛을 느끼고 있었다. 노노구치 오사무는 틀림없이 히다카 하쓰미의 죽음을 자살이라고 생각하고 있었다.

우리가 수사본부에 돌아온 바로 뒤에 히다카 리에로부터 연락이 왔다. 캐나다에서 이삿짐이 도착했다는 것이었다. 그 짐 속에 히다카 구니히코의 취재용 비디오테이프도 있는 모양이었다. 즉시 만나러 가기로 했다.

"짐 속에 들어 있던 비디오테이프는 이것뿐이에요."

그렇게 말하며 히다카 리에가 테이블 위에 늘어놓은 것은 8밀리미터 비디오테이프 일곱 개였다. 모두 한 시간짜리 녹화용 테이프였다.

나는 하나씩 겉을 확인해보았다. 케이스에는 1부터 7까지 번호가 붙어 있을 뿐, 제목 같은 건 적혀 있지 않았다. 히다카 본인으로서는 이것으로도 충분히 어떤 내용인지 알고 있었던 것이리라.

테이프 내용을 봤느냐고 물어보았다. 아직 안 봤다고 히다카 리에는 대답했다.

"어쩐지 오싹한 기분이 들어서요."

그게 그녀의 말이었다. 막상 가까운 사람이 죽고 나면 그런 심정이 드는 것인지도 모른다.

잠시 우리가 가져갈 수 있게 해달라고 부탁했다. 그녀는 승낙했다.

"실은 또 하나 보여드려야 할 것 같은 물건이 있어요."

"어떤 것이죠?"

히다카 리에는 테이블 위에 도시락 정도 크기의 네모난 종이상자를 내려놓았다.

"남편의 의류 속에 함께 들어 있었어요. 내가 모르는 물건인

걸 보면 아마 남편이 챙겨 넣은 것 같아요."

상자를 당겨 뚜껑을 열었다. 비닐봉투에 담긴 나이프가 들어 있었다. 손잡이는 플라스틱이고 칼날은 20센티미터 정도였다. 비닐봉투째 들고 가늠해보니 묵직한 무게가 느껴졌다.

이게 무슨 나이프냐고 히다카 리에에게 물었다. 그녀는 고개를 저었다.

"그걸 제가 잘 몰라서 이렇게 보여드리기로 했어요. 지금까지 본 적이 없고, 남편에게서 이런 게 있다는 이야기도 들은 일이 없어요."

나는 비닐봉투 너머로 나이프의 표면을 관찰했다. 완전히 새것은 아닌 것 같았다.

히다카 구니히코가 등산을 했었느냐고 물어보았다. 자신이 아는 한에서는 그런 적이 없다는 것이 그녀의 대답이었다.

나는 이 나이프도 수사본부로 가져가기로 했다.

본부에 돌아오자마자 몇몇 사람이 분담하여 비디오테이프의 내용을 조사했다. 내가 본 것은 교토의 전통공예, 특히 니시진오리✣에 대해 집중 취재한 것이었다. 직인이 예부터 내려온 전통 방식으로 천을 짜내는 모습이며, 그들의 하루하루의 생활 등이 기록되어 있었다. 이따금 중얼중얼 해설을 붙이는 목

✣ 西陣織, 교토의 니시진 지역에서 생산되는 대표적 전통 직물.

소리는 히다카 구니히코 본인의 목소리일 터였다. 한 시간짜리 테이프 중 약 80퍼센트가 사용되었고 남은 부분은 비어 있었다.

수사원들의 이야기를 종합해보니 다른 테이프들도 비슷비슷한 내용이었다. 순수하게 취재를 목적으로 촬영한 것 외에 다른 특이사항은 발견되지 않았다는 게 수사원들의 결론이었다. 일단 우리는 서로의 테이프를 교환하여 빨리감기 등으로 전체를 살펴보았지만 그 결론에 별다른 변화는 없었다.

어째서 노노구치 오사무는 리에 부인에게 히다카 구니히코의 비디오테이프에 대해 물었는가. 뭔가 그에게 중대한 의미를 가진 장면이 찍혀 있기 때문이 아닐까. 하지만 일곱 개의 테이프를 샅샅이 살펴봐도 노노구치와 연결될 만한 것은 전혀 찾을 수 없었다.

아무래도 잘못 짚은 것 같다고 낙담하는 분위기가 수사팀에 감돌기 시작했다. 하지만 마침 그때, 감식과 쪽에서 생각지도 못한 정보가 들어왔다. 그쪽에 지난번 나이프에 대한 조사를 미리 의뢰했던 것이다.

그 보고 내용을 요약하면 다음과 같다.

'칼날 부분에 몇 번 사용한 듯한 마모 흔적이 있음. 혈액이 묻은 일은 없었던 것으로 보임. 손잡이 부분에 지문 다수. 감식 결과, 이 지문은 모두 노노구치 오사무의 것으로 추정됨.'

물론 이것은 특필해야 할 정보였다. 하지만 우리는 이걸 어떻게 설명해야 할지, 생각나지 않았다. 왜 히다카 구니히코는 노노구치 오사무의 지문이 찍힌 나이프를 귀중한 물건처럼 보관했는가. 그리고 어째서 그것을 아내인 리에 씨에게까지 비밀로 했는가.

노노구치 본인에게 물어보자는 의견도 있었지만 이건 일찌감치 제외되었다. 수사원 전원이 이 나이프야말로 노노구치 스스로 진상을 실토하게 할 수 있는 마지막 카드라고 예감했기 때문이다.

그리고 그다음 날, 히다카 리에에게서 다시 연락이 왔다. 또 하나의 테이프가 발견되었다는 것이다.

우리는 즉각 그 테이프를 받으러 달려갔다.

"이거 좀 보세요."

그녀가 먼저 내민 것은 한 권의 책이었다. 전에 그녀에게서 받은 『야광충』이라는 소설의 단행본이다.

"이 책이 왜요?"

"표지를 넘겨보세요."

그녀의 말에 나는 손끝으로 표지를 넘겼다. 마키무라 형사가 옆에서 앗 하는 소리를 냈다.

책의 내부가 도려내졌고 그 속에 비디오테이프가 들어 있었다. 마치 예전의 스파이소설 같았다.

"이 책만 따로 다른 짐 속에 들어 있었어요."

히다카 리에는 말했다.

뭔가 의도를 갖고 히다카 구니히코가 감춰두었던 테이프라는 건 확실했다. 우리는 수사본부까지 가는 시간도 아까워서 그 자리에서 즉시 테이프를 재생해보기로 했다.

모니터에 뜬 것은 어디선가 본 적이 있는 정원과 그 위의 창문을 촬영한 것이었다. 그곳이 히다카가의 정원이라는 것은 히다카 리에는 물론 우리도 곧바로 알아보았다. 밤에 촬영했는지 화면이 몹시 어두웠다.

화면 귀퉁이에 날짜를 나타내는 숫자가 주르륵 적혀 있었다. 7년 전 12월의 어느 날이라고 알려주는 자막이었다.

과연 무슨 일이 일어나려는 건가, 하고 나는 몸을 앞으로 내밀었다. 하지만 카메라는 하염없이 정원과 창문을 찍고 있을 뿐이었다. 아무런 변화도 없고 아무도 나타나지 않았다.

"조금 빨리 돌려볼까요?"

마키무라 형사가 그렇게 말했을 때였다.

화면에 한 인물이 등장했다.

고백告白

노노구치 오사무의 수기

이다음에 가가 형사가 내 병실을 찾아오는 것은 모든 것을 알아냈을 때가 아닐까. 나는 최근 며칠 동안 실은 그런 생각을 했습니다. 지금까지 그가 활동하는 모습을 지켜본 끝에 나는 그런 예상을 할 수 있었습니다. 그는 실로 확실하고도 빈틈없이, 그리고 놀랄 만한 스피드로 진상을 향해 착착 다가왔습니다. 내 귀에는 그가 한 발 한 발 다가오는 소리가 언제든 들려옵니다. 특히 히다카 하쓰미와 나의 관계를 알아냈다는 이야기를 들었을 때부터 나는 어느 정도 각오를 하지 않으면 안 되었습니다. 이제 더 이상은 속일 수 없겠구나, 하고 반쯤은 포기했습니다. 그의 혜안은 내가 우려했던 것 이상이었습니다. 내 입장에서 이런 말을 하는 것도 우스운 일이지만, 그가 교직을 떠나 현재의 직업으로 옮긴 것은 매우 탁월한 선택이었다고 생각합니다.

역시나 가가 형사는 병실에 두 가지 증거를 들고 나타났습니다. 하나는 나이프, 또 하나는 비디오테이프였습니다. 놀랍게도 테이프는『야광충』의 책 내부를 도려내고 그 안에 들어 있었다고 합니다. 정말 히다카다운 장난이라고 나는 생각했습니다. 역시 히다카는 만만치 않은 인물이라고 실감했습니다. 만일 그것이『야광충』이 아니라 다른 책이었다면 아무리 혜안을 가진 가가 형사라도 그리 쉽게 진실을 눈치채지는 못했을 테니까요.

"이 테이프의 내용에 대해 설명해주시죠. 아, 이 테이프를 봐야겠다면 병원 측에 부탁해서 비디오데크와 텔레비전을 빌려와도 됩니다."

가가 형사가 내게 건넨 말은 기본적으로 그것뿐이었습니다. 하지만 내 입에서 진실을 끌어내는 데는 그 말만으로도 충분했습니다. 사실대로 말하지 않는 한, 그 테이프의 내용을 설명하는 것은 불가능했기 때문입니다. 거기에 기록된 영상은 그럴 만큼 기묘한 것이었습니다.

그래도 나는 아주 조금, 쓸모없는 저항을 시도했습니다. 즉 아무 대답도 하지 않겠다는 태도를 취한 것입니다. 하지만 그것이 거의 아무런 의미도 없다는 것은 곧바로 깨달았습니다.

내가 침묵해버리자 그것을 예상했단 듯이 가가 형사가 자신의 추리를 펼치기 시작했기 때문입니다. 놀랍게도 세세한 부분을 제외하고는 거의 정확하게 사실에 부합하는 추리였습니다. 나아가 그는 다음과 같이 덧붙였습니다.

"이상의 이야기는 현시점에서는 단순한 상상에 지나지 않아요. 하지만 우리는 이것을 이번 범행의 동기라고 결론을 낼 생각입니다. 언젠가 선생님이 말했지요? 동기 같은 건 아무래도 상관없다, 원하는 대로 경찰 쪽에서 정해버리면 된다고요. 그에 대한 대답이 방금 말한 이야기인 셈입니다."

분명 나는 전에 그런 말을 했습니다. 농담이 아니라 진심이었습니다. 내가 왜 히다카 구니히코를 살해하게 되었는가. 그 진짜 이유를 말하느니 차라리 적당히 날조된 이야기에 응해도 괜찮다고 생각했던 것입니다.

설마 가가 형사가 그 진짜 이유를 찾아낼 줄은 그때는 꿈에도 생각하지 못했습니다. 그래서 이런 경우에 어떻게 대응해야 하는지도 당연히 생각해두지 못했습니다.

"아무래도 내가 진 것 같군." 나는 말했습니다. 낭패감이 겉으로 드러나지 않게 애써 느릿느릿 말했습니다. 그나마 내 나름대로 최대한 강한 척했다는 건 가가 형사도 뻔히 알았겠지요.

"말해주시겠습니까?" 가가 형사가 물었습니다.

"그럴 수밖에 없잖아. 내가 입을 다물어도 자네는 지금 그 이야기를 진실로서 재판에 제출할 생각이지?"

"맞습니다."

"그렇다면 되도록 내용이 정확한 게 좋겠지. 그게 나도 마음이 개운할 것 같아."

"내 추리에 잘못된 부분이 있었어요?"

"아니, 거의 없어. 대단하네. 다만 보충해야 할 부분이 몇 군데 있어. 명예와 관련된 문제이기도 하니까."

"그건 선생님의 명예인가요?"

"아냐." 나는 고개를 저으며 말을 이었습니다. "히다카 하쓰미 씨의 명예야."

이해하겠다는 듯이 가가 형사는 고개를 끄덕였습니다. 그리고 함께 온 형사에게 기록하라는 지시를 내렸습니다.

잠깐만, 이라고 나는 말했습니다. "꼭 이런 절차를 거쳐야 하는 건가?"

"그건 무슨 말씀인지?"

"약간 긴 이야기가 될 것이고, 나로서도 머릿속에서 정리하고 싶은 부분이 있어. 생각나는 대로 말했다가 진의가 전달되지 않으면 곤란하잖아."

"조서는 선생님도 반드시 읽어볼 수 있도록 할 겁니다."

"그건 알지만, 이런 나에게도 자존심이라는 게 있어. 결국 고백해야 할 때가 오면 나 자신의 언어로 하고 싶다고 생각해 왔어."

가가 형사는 잠시 침묵한 뒤에 입을 열었습니다.

"고백의 글을 써주겠다는 건가요?"

"그게 허용된다면 그렇게 하고 싶어."

"알겠습니다. 나로서도 그게 편하겠군요. 시간은 얼마나 걸리겠습니까?"

"하루만 주면 쓸 수 있을 거야."

가가 형사는 손목시계를 흘끔 들여다보더니 "그럼, 내일 저녁에 찾아뵙지요"라고 말하고 자리에서 일어섰습니다.

내가 지금 이렇게 고백의 글을 쓰고 있는 것은 그 같은 경위 때문입니다. 아마도 타인에게 읽히는 것을 목적으로 이만큼 긴 글을 쓰는 건 이것이 마지막이 될 것입니다. 말하자면 최후의 작품인 셈입니다. 그걸 생각하면 한 마디 한 문장도 허술하게 쓸 수는 없다는 마음이 들지만, 유감스럽게도 표현 방법에 대해 고민할 만큼의 시간적인 여유는 없을 것 같군요.

히다카 구니히코와 재회한 것은 가가 형사에게 몇 번 말했던 대로 7년 전입니다. 당시 히다카는 이미 문단에 데뷔한 작가였습니다. 모 출판사 주최의 신인상을 수상하고 2년쯤 지난 뒤였으니까요. 단행본은 수상작을 중심으로 하는 단편집 한 권, 그리고 장편소설 세 권을 출간했습니다. 그 당시 가장 촉망받는 신인 작가라는 평가를 받았던 것으로 기억합니다. 하긴 데뷔 직후의 작가가 책을 출간하면 출판사에서는 으레 그런 식으로 떠들어대기는 합니다만.

어린 시절의 친구였기 때문에 나는 그가 데뷔했을 때부터 유심히 지켜봤습니다. 참 대단한 일을 해냈다고 생각하는 반면 시샘이 있었던 것도 부정할 수 없습니다. 이런 말씀을 드리는 것은 그 당시 나 또한 언젠가는 작가가 되고 싶다는 꿈을 꾸고 있었기 때문입니다.

실은 나와 히다카는 어린 시절부터 그런 꿈에 대해 서로 이야기하곤 했습니다. 둘 다 책을 좋아해서 재미있는 책을 찾으면 서로 알려주거나 빌려주기도 했습니다. 셜록 홈스와 뤼팽의 재미를 내게 알려준 것은 바로 히다카였습니다. 그 대신 나는 쥘 베른을 그에게 추천했습니다.

이런 재미있는 이야기를 나도 써보고 싶다고 히다카는 곧잘 말했습니다. 그리고 언젠가 작가가 되겠다는 말을 겸연쩍은 기색도 없이 입에 올리곤 했습니다. 나는 히다카처럼 당당히 공언한 적은 없지만, 동경하는 직업이라는 것은 말했습니다.

그런 배경이 있었던 터라 한 발 앞서 작가가 된 히다카에게 다소간의 질투심을 품는 것도 그리 잘못된 일은 아니라고 이해해주시겠지요. 나는 그때까지 작가가 되기 위한 실마리조차 잡지 못하고 있었으니까요.

그러면서도 역시 옛 친구가 성공을 했으니 그것을 응원하는 마음이 훨씬 더 강했다는 건 두말할 것도 없습니다. 또한 내게도 이것이 좋은 기회가 되지 않을까 하는 생각도 했습니다. 히다카를 통해 출판 관계자와 이어질 수 있을지도 모르기 때문입니다.

그런 계산도 있어서 사실은 당장이라도 그를 만나고 싶었지만, 데뷔 직후의 그에게 어린 시절의 친구가 격려랍시고 찾아가봤자 공연히 폐만 끼칠 것이라고 짐작하고, 한참 동안은 문예지와 책을 통해 그의 작품을 읽는 것으로 조용히 후원하기로 마음먹었습니다.

그리고 그에게 자극을 받아 나도 마침내 본격적으로 창작에 뛰어들기로 했던 것입니다. 학창 시절에 나는 친구 몇몇과 동인지 비슷한 것을 만든 적이 있습니다. 소설을 쓰는 것은 그때 이후 처음이었습니다.

내게는 오랜 세월 머릿속에서 굴려왔던 아이디어가 몇 가지 있었습니다. 그중 내가 선택하여 쓰기 시작한 것은 폭죽을 만드는 사람을 소재로 한 이야기였습니다. 내가 어릴 때 살던 집 근처에 폭죽 장인이 살고 있어서 초등학교 5, 6학년 무렵에 몇 번 놀러 갔던 일이 있었습니다. 일흔 살쯤의 노인이었다고 기억합니다. 그 할아버지의 폭죽 제작을 둘러싼 이야기가 재미있어서 그때까지도 잊지 않고 머릿속에 남아 있었습니다. 그래서 그 이야기를 나 혼자 자꾸 키워가며 어떻게든 소설로 써볼 수 없을까, 하고 생각한 것입니다. 평범한 한 남자가 우연한 기회에 불꽃놀이 폭죽 제작에 빠져든다, 그런 줄거리로 써내려가기로 했습니다. 「둥근 불꽃」이라는 것이 내가 그 작품에 붙인 제목입니다.

그런 식으로 2년쯤 지났을 무렵, 나는 마음먹고 히다카에게 편지를 썼습니다. 데뷔 때부터 자네 작품을 모두 읽었다, 응원하고 있으니 열심히 해달라는 내용의 편지였습니다. 그리고 한번 만나고 싶다는 말도 덧붙였습니다.

뜻밖에도 답장은 금세 왔습니다. 아니, 답장이라는 건 이상하군요. 그는 내게 직접 전화를 해준 것입니다. 내가 사는 집의 전화번호는 편지에 적었으니까요.

그는 몹시 반가워했습니다. 생각해보면 그와 느긋하게 이야기를 나누는 건 중학교 졸업 이후로 처음이었던 것입니다.

"노노구치, 네가 교사가 되었다는 얘기는 우리 어머니를 통해 진즉에 들었어. 실속 있는 직업이라 좋겠다. 나 같은 사람은 월급도 없고 보너스도 없어. 당장 내일 어떻게 될지 모르는 날들의 연속이라니까."

그러면서 히다카는 호탕하게 웃었습니다. 그렇게 말하는 것은 물론 우월감 때문이겠지만, 나는 그다지 불쾌하게 생각하지는 않았습니다.

한번 만나자는 이야기는 그 전화를 통해 현실이 되었습니다. 우리는 신주쿠의 찻집에서 만났고 이어서 중화요리점에서 식사도 했습니다. 나는 학교에서 퇴근하는 길이어서 양복 차림이었지만 그는 블루종 점퍼에 면바지를 입고 있었습니다. 역시 작가라는 건 자유롭구나, 하고 묘한 데서 감동했던 기억이 납니다.

옛 이야기며 우리가 아는 동창생들의 근황 등에 대해 한바탕 이야기한 뒤에는 주로 히다카의 소설이 화제의 중심이었습니다. 내가 그의 소설을 모두 읽었다는 것을 알고 그는 진심으로 놀란 기색이었습니다. 그에 의하면 원고 청탁을 위해 찾아오는 편집자도 그의 작품을 거의 읽지 않은 경우가 대부분이라고 했습니다. 나로서는 정말 뜻밖의 이야기였습니다.

그는 기분이 좋은지 말수가 많았지만, 그런 그의 얼굴이 흐려진 것은 내가 책의 판매 상황에 대해 언급했을 때였습니다.

"문예지 신인상 수상 정도로는 그리 많이 팔리지 않아. 역시 소설이 여기저기 화제가 되어야지. 똑같은 상이라도 메이저급 상이라면 얘기가 달라지지만."

꿈이 이루어져 작가가 된다고 해도 여간 힘든 게 아니구나, 라고 생각했습니다.

나중에 되짚어보니, 이미 그때 히다카는 작가로서 집필이 벽에 부딪혔는지도 모릅니다. 이른바 슬럼프라는 것이지요. 그리고 그것을 극복할 전망조차 없었던 게 아니었나, 하는 생각이 듭니다. 물론 그때 나는 그런 건 전혀 알지 못했습니다.

나는 그에게 사실은 나도 소설을 쓰고 있노라고 말했습니다. 그리고 언젠가는 데뷔하고 싶은 꿈이 있다는 것도 용기를 내어 털어놓았습니다.

"완성한 작품은 있어?" 그가 물었습니다.

"아니, 부끄러운 이야기지만 이제 겨우 첫 작품을 쓰는 중이야. 조금만 더 하면 완성될 예정이기는 하지만."

"그거 다 쓰면 나한테 가져와. 내가 읽어보고 괜찮으면 아는 편집자를 소개해줄게."

"정말이야? 히다카가 그렇게 말해주니 나도 더 열심히 써야겠는데? 출판계 쪽으로 연줄이 전혀 없으니 어딘가 신인상에 응모하는 수밖에 없겠다고 생각하고 있었어."

"신인상처럼 귀찮고 번거로운 짓은 안 하는 게 좋아. 게다가 그건 운이라는 요소가 상당히 많아. 예심을 맡은 사람들의 취향에 맞지 않아서 좋은 작품인데도 아예 예심 단계에서 떨어지는 경우도 있어."

"아, 그런 얘기라면 나도 들은 적이 있어."

"그렇지? 역시 편집자하고 직접 맞붙는 게 지름길이야." 히다카는 자신만만하게 말했습니다.

소설이 완성되는 대로 연락하겠다고 약속하고 그날은 그와 헤어졌습니다.

구체적인 목표가 생기자 집필에 쏟아붓는 열의도 크게 달라졌습니다. 1년 넘게 질질 끌며 반밖에 쓰지 못했는데 히다카를 만난 날로부터 겨우 한 달 만에 소설이 완성되었던 것입니다. 원고용지로 3백 매가 넘는 중편이었습니다.

나는 히다카에게 전화해 소설이 완성되었으니 읽어달라고 부탁했습니다. 택배로 보내라고 해서 복사본을 그에게 보냈습니다. 이제는 그가 보내줄 감상평을 기다리는 것뿐이었습니다. 그날부터 나는 학교에서도 어쩐지 마음이 들썽거렸습니다.

하지만 히다카에게서 도무지 연락이 오지 않았습니다. 그래도 일이 바쁜 모양이라고 생각하고 재촉 전화 같은 건 하지 않았습니다. 머릿속 한 귀퉁이에서는 어쩌면 너무도 한심한 작품이라서 히다카가 대답을 못 하고 난감해하고 있는지도 모른다는 불길한 상상이 커져갔습니다.

원고를 보내고 한 달여가 지났을 즈음, 나는 마음을 굳게 먹고 전화를 걸었습니다. 전화를 받은 그의 대답은 또 다른 의미에서 나를 낙담하게 했습니다. 아직 읽지 않았다는 것입니다.

"미안해. 내가 요즘 좀 까다로운 작업을 하는 중이라 좀체 시간을 낼 수가 없네."

그렇게 말하니 나로서는 대꾸할 말이 없었습니다.

"아, 나는 괜찮아, 딱히 급한 일도 아니고. 우선은 히다카가 좋은 작품을 써야지." 반대로 격려를 해주었습니다.

"정말 미안해. 이 일만 정리되면 바로 읽어볼게. 첫 부분만 얼핏 봤는데, 폭죽 장인의 이야기인 것 같던데?"

"응."

"절 옆에 살던 그 할아버지를 생각하면서 쓴 거지?"

히다카도 그 폭죽 만드는 노인을 기억하고 있었던 모양입니다. 그래, 맞아, 라고 나는 대답했습니다.

"참 그 시절이 그리워지더라. 그래서 빨리 읽어보고 싶은데, 어쩔 수가 없어서 말이지."

"지금 하는 일은 언제쯤이면 끝날 것 같아?"

"글쎄, 한 달쯤은 걸릴 거야. 아무튼 읽자마자 내가 먼저 연락할게."

"응, 잘 부탁해."

전화를 끊고 나서, 작가라는 직업은 역시 힘이 드는 모양이라고 생각했습니다. 이 시점에서는 히다카에 대한 의심 같은 건 털끝만큼도 없었습니다.

그리고 다시 한 달이 지났지만, 여전히 그는 아무 연락도 없었습니다. 너무 재촉하는 것 같아 미안했지만 한시라도 빨리 내 소설에 대한 감상을 듣고 싶어서 결국 견디지 못하고 다시 전화를 했습니다.

"아, 미안. 아직도 못 봤어." 그의 대답은 다시금 나를 실망시키는 것이었습니다. "이 일이 워낙 시간을 끌어서 말이지. 조금만 더 기다려줄래?"

"응, 그건 괜찮은데……." 솔직히 나는 더 이상 기다리기가 힘들었습니다. 그래서 이렇게 말했습니다. "히다카가 바쁘다면 다른 사람을 소개해줄 수는 없을까? 이를테면 편집자라든가."

그러자 그는 그 즉시 불쾌한 듯이 대꾸했습니다.

"그건 안 되지. 내용도 완성도도 알지 못하는 작품을 항상 바쁜 편집자들에게 들이대는 식으로 일을 처리하고 싶지는 않아. 그러잖아도 형편없는 작품들이 꾸역꾸역 들어오는 통에 지겨워 죽겠다고 항상 투덜거리는데. 소개를 하더라도 우선 내가 읽어본 다음에 해야 돼. 아, 내가 미덥지 않다면 자네 원고, 지금 당장 돌려줄까?"

그런 말을 들으니 나로서는 대꾸할 말이 없었습니다.

"그런 뜻이 아니야. 자네가 일 때문에 힘든 것 같아서 누군가 다른 사람이 읽어줬으면, 하고 잠깐 생각했을 뿐이야."

"유감스럽지만 아마추어의 소설을 찬찬히 읽어줄 사람은 찾기 힘들어. 아무튼 걱정 마, 내가 책임지고 읽어볼 테니까. 약속하지."

"그래? 그러면 모두 자네한테 맡길게." 그렇게 말하고 전화를 끊었던 것입니다.

하지만 역시나, 라고 해야 할까, 그 뒤로 2주일이 지나도 아무 연락이 없었습니다. 나는 그의 퉁명스러운 목소리를 들을 각오를 하고 다시 전화를 걸었습니다.

"아, 마침 내 쪽에서 전화하려던 참인데." 그는 그런 식으로 말했습니다. 그 말투에 어쩐지 냉랭한 분위기가 감돌아서 나는 가슴이 뜨끔했습니다.

"읽어봤어?"

"응, 얼마 전에 읽었어."

그렇다면 왜 전화해주지 않았느냐고 반문하고 싶은 것을 꾹 참고 "어떻게 생각해?"라고 작품의 완성도에 대해 물어보았습니다.

"응, 그건……." 그는 몇 초 동안 침묵한 끝에 말을 이었습니다. "전화로는 제대로 말할 수가 없겠어. 어때, 우리 집으로 좀 올래? 시간을 갖고 이야기하고 싶어."

그 말에 나는 당황했습니다. 나로서는 우선 작품이 재미있었는지 어떤지 듣고 싶은 것입니다. 이건 나를 약 올리려는 거 아닌가, 하는 느낌이 들었습니다. 하지만 그가 일부러 자기 집으로 초대해서 이야기하고 싶다는 건 그만큼 진지하게 읽어주었다는 뜻이기도 합니다. 나는 적잖이 긴장한 채로 꼭 가겠노라고 대답했습니다.

그렇게 나는 그의 집을 방문하게 되었습니다. 그 방문이 그 뒤의 인생에 큰 영향을 미치리라는 것은 그때는 전혀 예상하지 못했습니다.

당시 그는 지금 사는 집을 사들인 직후였습니다. 샐러리맨 시절에 저축해둔 돈도 제법 있었던 모양이지만, 역시 부친에게 받은 유산 덕분이 아니겠습니까. 그의 아버지가 그 2년 전에 돌아가셨다고 하니까요. 나중에 베스트셀러 작가가 되었으니 망정이지, 안 그랬으면 그 집은 그에게는 분에 넘치는 거처였을 것입니다.

나는 선물로 스카치위스키를 들고 그의 집을 찾았습니다.

히다카는 트레이닝복 차림으로 나를 맞이해주었습니다. 그런 그의 곁에 있었던 사람이 하쓰미 씨입니다.

지금 생각해보면 그건 이른바 '한눈에 반했다'라는 것이었는지도 모릅니다. 나는 그녀를 본 순간, 강한 영감을 느꼈습니다. 그것은 기시감과도 같은 것입니다. 물론 그녀를 만난 것은 그때가 처음이었습니다. 그러니 정확하게 말하면 언젠가 만나기로 예정되어 있던 사람을 마침내 만난 느낌이라는 것이 되겠지요. 나는 그녀의 얼굴을 멀거니 바라보며 한동안 입을 열지 못했습니다.

하지만 히다카는 나의 그런 동요를 알아차리지 못한 듯했습니다. 하쓰미 씨에게 커피를 내오라고 하더니 나를 작업실로 안내했습니다.

내 작품 얘기를 드디어 듣겠구나, 하고 잔뜩 기대했던 것인데 그는 좀체 본론으로 들어가지 않았습니다. 그저 흔한 사건 사고 이야기를 하고 내가 다니는 학교에 대해 시시콜콜 물어보는 것이었습니다. 하쓰미 씨가 커피를 내온 뒤에도 역시 관계 없는 이야기만 계속했습니다.

마침내 나는 답답해서 먼저 말을 꺼냈습니다. "그래서, 내 소설은 어땠어? 만일 좋지 않았다면 분명하게 말해줬으면 하는데."

그러자 그는 그때까지의 웃는 얼굴을 지우고 드디어 감상을 말해주었습니다.

"나쁜 작품은 아니야. 주제 등은 오히려 좋은 편이라고 할까?"

"나쁘지는 않지만 좋지도 않다……, 그런 얘기인가?"

"솔직히 말하자면 그렇다고 할 수 있지. 독자를 끌어당기는 뭔가가 약간 부족하다고 할까. 소재는 좋은데 요리법이 잘못되어 있다. 그렇게 말할 수 있을지도 모르겠어."

"구체적으로 어디가 안 좋은 거지?"

"역시 캐릭터에 별다른 매력이 없다는 점일 거야. 어째서 매력이 없는가 하면 스토리가 지나치게 뻔하게 짜여졌기 때문이 아닐까?"

"너무 소품이라는 얘기인가?"

"뭐, 그렇지." 그리고 그는 이렇게 말을 이었습니다. "아마추어의 소설로서는 잘 만들어진 편이라고 생각해. 문장도 그럭저럭 괜찮고 기승전결도 갖춰져 있어. 하지만 프로의 소설이라기에는 매력이 부족해. 그저 잘 쓰기만 해서는 상품이 되지 않거든."

어느 정도 각오는 했지만, 그 평가에 나는 크게 낙담했습니다. 뭔가 확실한 결점이 있는 것이라면 그곳을 수정해나가면 되겠지만, 잘 쓰기는 하는데 매력이 없다는 것이어서는 어떻게 해야 좋을지 알 수 없습니다. 이건 말을 바꾸자면 '근본적으로 재능이 없다'는 얘기입니다.

"그러면 이 주제를 살려서 약간 다르게 쓰는 방식을 연구해보면 될까?" 그래도 나는 포기하지 않고 앞으로의 방향에 대해 조언을 청했습니다.

히다카는 고개를 저었습니다.

"한 가지 주제에 오래 매달리는 건 바람직하지 않아. 이 폭죽 장인의 이야기는 일단 없었던 일로 하는 게 좋아. 자칫하면 이번과 똑같은 일이 반복될 우려가 있어. 나로서는 완전히 다른 이야기를 쓰라고 권하겠어."

그런 그의 충고는 합당한 말로 들렸습니다.

다시 다른 이야기를 써서 가져오면 읽어주겠느냐고 물었습니다. 물론 기꺼이, 라고 그는 대답했습니다.

그래서 나는 다음 작품을 시작하려고 했습니다. 그러나 실제로는 마음먹은 대로 펜이 나가지 않았습니다. 첫 작품 때는 아무 생각 없이 몰두할 수 있었지만, 두 번째가 되고 보니 세세한 부분이 묘하게 마음에 걸려 한 가지 표현을 결정하는 데 한 시간이 넘도록 책상을 마주하고 있는 상황이었습니다. 그 원인은 아무래도 내가 독자를 의식하는 데 있는 것 같았습니다. 첫 작품은 누구에게 읽히겠다는 목적도 없이 썼지만 이번 작품은 히다카라는 독자가 존재하는 것입니다. 그것이 나를 어떤 의미에서는 겁쟁이로 만든 것 같았습니다. 독자를 의식한다는 것은 참으로 힘겨운 일이라는 것을 새삼 깨달았습니다. 그리고 아마추어와 프로의 차이는 바로 이런 점에 있는지도 모른다고 생각했습니다.

두 번째 소설은 그렇게 난항을 거듭했지만, 그 사이에 나는 히다카의 집을 자주 찾았습니다. 코흘리개 친구이고 중학교 때까지 함께 뛰어놀던 사이라서 우정이 금세 부활한 것이겠지요. 나로서는 현역 작가의 이야기를 듣는다는 것이 흥미로웠고, 히다카로서도 외부인을 접한다는 메리트가 있었던 게 아니겠습니까. 작가가 된 뒤로 자기도 모르게 세상과는 멀어졌다는 말을 비친 적이 있으니까요.

단지 히다카가를 방문하는 내 마음속에 다른 꿍꿍이가 있었다는 것은 고백하지 않으면 안 되겠지요. 나는 히다카 하쓰미 씨와의 만남을 간절히 기대했던 것입니다. 그녀는 내가 가면 항상 환한 미소로 반갑게 맞아주었습니다. 화려하게 꾸몄을 때보다 평상복 차림일 때가 더 아름답게 보이는, 나에게는 참으로 이상적인 여성이었습니다. 하긴 그녀가 화려한 옷을 입은 모습은 본 적이 없지만, 아마 탄성이 터질 만큼 아름다운 미녀로 변신하겠지요. 그렇게 꾸미고 나서는 게 히다카와 더 잘 어울렸을지도 모릅니다. 하지만 나에게는 마지막까지 현실적인 생동감이 넘치는 여인이었습니다.

어느 날, 나는 예고도 없이 그의 집에 간 적이 있습니다. 근처까지 온 김에, 라는 것은 구실이고 실은 갑작스럽게 그녀의 웃는 얼굴이 보고 싶었기 때문입니다. 그때 공교롭게도 히다카는 집에 없었습니다. 그러니 나로서는 문 앞에서 인사만 하고 돌아서는 수밖에 없었지요. 내가 만나러 온 사람은 공식적으로는 히다카였으니까요.

하지만 다행스럽게도 하쓰미 씨는 돌아가려는 나를 불러 세웠습니다. 마침 케이크를 만들었으니 맛이라도 보고 가라는 것이었습니다. 나는 말로는 괜찮다고 사양하면서도 이 꿈 같은 기회를 놓칠 마음은 전혀 없어서 염치없게도 결국 집 안에 들어섰습니다.

그로부터 두 시간 남짓, 그것은 내 인생에 최고로 행복한 시간이었습니다. 나는 들뜬 마음에 여느 때 없이 말수가 많아졌습니다. 그런데도 그녀가 못마땅한 기색 없이 소녀처럼 까르르 웃어줘서 나는 펄쩍 뛸 만큼 기뻤습니다. 아마 그때 내 얼굴은 불그레하게 달아올랐을 거예요. 그 집을 나온 뒤에 얼굴을 쓰다듬는 차가운 바람이 상쾌했던 것이 아직도 기억날 정도니까요.

그 뒤에도 나는 문학 담론을 핑계로 하쓰미 씨의 멋진 웃음을 보고 싶어 빈번하게 히다카의 집을 드나들었습니다. 히다카는 그런 건 전혀 눈치채지 못한 것 같았습니다. 실은 그에게도 그 나름의 꿍꿍이가 있어서 나를 만나줬던 것이지만, 내가 그것을 깨달은 것은 한참 더 지난 뒤였습니다.

이윽고 나의 두 번째 소설이 완성되었습니다. 즉시 히다카에게 보여주고 비평을 청했는데, 유감스럽게도 이 작품 역시 좋은 평가를 받지 못했습니다.

흔해빠진 연애소설 같다, 라는 것이 히다카의 평이었습니다. "소년이 연상의 여인을 사랑하는 이야기라면 빗자루로 쓸어 담을 만큼 많아. 뭔가 플러스알파가 있었으면 하는 아쉬움이 남아. 게다가 가장 중요한 여주인공이 어쩐지 마음에 쏙 들어오지 않아. 실재감이 없다는 거지. 머리로만 생각했다는 게 뻔히 보여."

혹평이라는 건 이런 것을 두고 하는 말이겠지요. 나는 큰 충격을 받았습니다. 특히 낙담했던 것은 실재감이 없다는 말이었습니다. 히다카가 그렇게 혹평했던 여주인공이 바로 하쓰미 씨를 모델로 한 인물이었기 때문입니다.

역시 프로가 될 만한 재능이 없다는 얘기냐고 히다카에게 물었습니다.

그는 잠시 생각한 끝에 말했습니다.

"뭐, 자네 같은 경우에는 현재 탄탄한 직장도 있고, 그리 초조해할 필요는 없잖아? 언젠가 책으로 출간되면 다행이라는 정도로 생각하고 취미 삼아 쉬엄쉬엄 써나가면 좋을 것 같은데."

그런 말은 나에게는 위로가 되지 않았습니다. 이 두 번째 작품도 그럭저럭 괜찮게 나왔다고 내 나름대로는 만족했던 것입니다. 대체 나에게 무엇이 부족한 것인가, 정말 진지하게 고민했습니다. 그때만은 "힘을 내서 열심히 써달라"는 하쓰미 씨의 다정한 말도 특효약이 되지 못했습니다.

충격으로 불면에 뒤척이는 날이 계속된 탓일까요. 그 직후 나는 완전히 컨디션이 망가졌습니다. 감기가 덮쳐서 마침내 자리에 드러눕게 된 것입니다. 이런 때는 특히 혼자 사는 이의 괴로움이 뼈에 사무칩니다. 차가운 이불 속에 웅크리고 있으면 점점 더 비참한 기분에 휩싸이는 것입니다.

하지만 그런 때에 믿을 수 없는 행운이 찾아왔다는 이야기는 이미 가가 형사에게도 말했지요. 그렇습니다, 하쓰미 씨가 내 집까지 병문안을 와준 것입니다. 그녀의 모습을 도어스코프를 통해 확인했을 때, 나는 열에 들떠서 내 머리가 이상해졌나, 하고 생각했습니다.

"감기에 걸려 학교를 결근 중이라는 얘기를 남편에게 들었거든요." 그녀는 그렇게 말했습니다. 아닌 게 아니라 그 전날 히다카와 통화할 때 감기로 자리에 누웠다는 이야기를 했었습니다.

그녀는 내 감격과 놀라움은 아랑곳하지 않고 직접 부엌에서 나를 위한 요리를 했습니다. 미리 재료까지 준비해 들고 온 것입니다. 나는 그만 머리가 멍해져버렸습니다. 물론 그것은 감기로 인한 열 때문이 아니었습니다.

하쓰미 씨가 해준 야채 수프의 맛은 참으로 각별했습니다. 아니, 사실을 말하자면 맛 같은 건 미처 느낄 새가 없었습니다. 그녀가 나를 위해 찾아와주었다, 손수 요리까지 해주었다는 사실에 나는 더할 수 없이 행복했던 것입니다.

나는 결국 학교를 일주일 동안 쉬었습니다. 전부터 그리 튼튼하지 못했던 나는 일단 병에 걸리면 잘 낫지 않는 것이 고민입니다. 하지만 그때만은 그런 내 체질을 고맙게 생각했습니다. 어떻든 그 사이에 세 번이나 하쓰미 씨가 나를 돌봐주러 왔기 때문입니다. 세 번째 찾아왔을 때, 나는 히다카가 다녀오라고 해서 온 것이냐고 물었습니다.

"남편에게 이런 얘기는 안 했어요."

"어째서요?"

"아니, 그래도……." 그렇게 그녀는 말끝을 흐렸습니다. 그 대신 내게 이렇게 부탁했습니다. "노노구치 씨도 이 일은 남편에게 비밀로 해주세요."

"네, 저야 괜찮습니다만."

나는 그녀의 속마음을 확인하고 싶었지만, 더 이상 깊이 캐묻지 않았습니다.

몸이 완전히 회복되자 나는 어떻게든 그녀에게 감사를 표해야 한다고 생각했습니다. 그래서 용기를 내어 함께 식사를 하자고 했습니다. 선물 같은 것을 주게 되면 히다카가 눈치챌 우려가 있었기 때문입니다.

하쓰미 씨는 잠시 망설이는 듯했지만 이내 승낙했습니다. 마침 히다카가 취재 여행으로 집을 비우는 날이 있으니 그때로 해주실 수 있겠느냐고 그녀는 말했습니다. 나로서는 이의가 없었습니다.

롯폰기에 있는 유명한 일식집에서 식사를 했습니다. 그리고 그날 밤 그녀는 내 집으로 온 것입니다.

가가 형사에게는 우리 두 사람의 관계에 대해 '잠시 잠깐 뭔가에 홀렸었다'고 말했습니다. 그것을 이 자리에서 정정합니다. 우리는 진심으로 서로를 사랑했습니다. 적어도 그녀에 대한 나의 마음에 잠깐 정신이 나가서 한 짓이라는 부분은 전혀 없었습니다. 처음 그녀를 본 순간에 느꼈던 그대로 하쓰미 씨는 나에게 운명의 여성이었던 것입니다. 그리고 우리의 진지한 사랑이 시작된 것은 바로 그날 밤이었다고 할 수 있겠지요.

하지만 정신이 아득해지는 듯한 시간을 보낸 뒤에 나는 하쓰미 씨에게서 깜짝 놀랄 말을 들었습니다. 그것은 히다카에 관한 것입니다.

"남편은 노노구치 씨를 함정에 빠뜨리고 있어요." 그녀는 슬픈 표정으로 그렇게 말했습니다.

"그게 무슨 말이지요?"

"노노구치 씨가 작가로 데뷔하는 것을 방해하려고 해요. 작가가 되지 못하게 하려는 거예요."

"그건 내 소설이 재미가 없기 때문인가요?"

"아뇨, 그렇지 않아요. 분명 그 반대일걸요. 노노구치 씨가 쓴 작품이 자기 소설보다 뛰어나니까 질투심이 생긴 거예요."

"설마, 그럴 리가 있습니까!"

"나도 처음에는 그런 생각을 못 했어요. 아뇨, 생각하고 싶지 않았죠. 하지만 그것 말고는 남편의 이상한 언동을 어떻게도 설명할 수가 없어요."

"그게 무슨 말입니까?"

"노노구치 씨가 첫 번째 소설을 보내주셨을 때였어요. 남편은 처음에는 별로 진지하게 읽어볼 생각이 없었어요. 아마추어의 엉터리 같은 소설을 읽으면 자신의 감각까지 이상해진다고 말했을 정도니까요. 슬쩍 읽어보고 대충 넘겨버리면 된다는 말도 했어요."

"그래요?"

히다카 본인의 말과는 너무도 다르다고 생각하면서 나는 그 다음 말을 재촉했습니다.

"그런데 막상 읽기 시작하고는 그 소설에 푹 빠져버린 눈치였어요. 저는 그런 걸 잘 알아요. 그 사람은 싫증을 잘 내는 성격이라 재미가 없으면 금세 내던졌을 거예요. 그만큼 열심히 읽었다는 건 노노구치 씨의 작품 세계에 빠져들었다고 생각할 수밖에 없어요."

"하지만 그는 그 작품을 프로의 소설이라고 할 수 없다고 했는데요."

"바로 거기서 남편이 딴 마음을 품었다는 것을 느낀 거예요. 아니, 그보다 노노구치 씨가 몇 번이나 전화를 해왔는데도 남편은 아직 안 읽었다고 거짓말을 했어요. 아마 어떻게 대처할지 궁리하느라 그랬겠지요. 그렇게 해서 내린 결론이 작품을 깎아내려서 노노구치 씨가 작가의 길을 단념하도록 만들자는 거예요. 틀림없어요. 저는 남편이 노노구치 씨의 작품을 그토록 열심히 읽었으면서 재미없다고 말하는 것을 듣고 뭔가 이상하다고 생각했거든요."

"내 소설을 열심히 읽어준 것은 내가 어렸을 때부터 친구였기 때문이 아닐까요?"

나는 그녀의 말을 도무지 믿을 수 없어 그렇게 말했습니다. 하지만 그녀는 단호하게 부정했습니다.

"남편은 그런 타입의 인간이 아니에요. 그 사람은 자기 자신 말고는 아무 관심도 없는 사람이에요."

단정적인 그 말에 나는 당황할 수밖에 없었습니다. 격렬한 연애 끝에 결혼한 남편에 대해 그녀가 그런 식으로 생각하고 있다니, 정말 상상 밖이었습니다.

하지만 생각해보면 그처럼 남편에게 환멸을 느꼈기 때문에 내 쪽으로 마음이 기울었는지도 모릅니다. 그렇게 생각하면 지금도 적잖이 복잡한 마음이 듭니다.

나아가 하쓰미 씨는 최근 히다카가 창작면에서 벽에 부딪쳐 초조해한다는 말을 해주었습니다. 무엇을 써야 좋을지, 전혀 생각이 나지 않아 자신감을 잃었다는 것입니다. 그렇기 때문에 더더욱 아마추어인 내가 차례차례 새 소설을 써내는 것에 질투심이 생겼을 거라는 얘기였습니다.

"아무튼 노노구치 씨는 앞으로 남편과 소설에 대해 상의하지 않는 게 좋아요. 좀 더 진지하게 도움을 주실 다른 분을 찾아야 해요."

"하지만 만일 히다카가 나의 데뷔를 원하지 않았다면 분명하게 작가에의 길을 단념하라고 직접 말하지 않았을까요? 어떻든 그는 내 두 번째 소설도 읽어주었고……."

"노노구치 씨는 남편에 대해 아무것도 몰라요. 그 사람이 분명하게 말하지 않는 건 노노구치 씨가 다른 분에게 찾아갈까봐, 어떻게든 그걸 막으려는 것뿐이에요. 은근히 기대를 품게 하는 말로 노노구치 씨를 계속 붙잡아두면서 사실은 출판사에 소개해줄 마음이라고는 전혀 없는 거라고요." 하쓰미 씨는 그녀답지 않게 강한 어조로 말했습니다.

나로서는 히다카가 마음속에 그토록 큰 악의를 감추고 있다고는 도저히 믿을 수가 없었습니다. 하지만 하쓰미 씨가 전혀 없는 소리를 한다는 것도 생각할 수 없습니다.

우선은 한동안 상황을 지켜보자고 나는 말했습니다. 그런 나의 태도에 하쓰미 씨는 답답해하는 눈치였습니다.

어떻든 그 뒤부터 내가 히다카가를 방문하는 횟수가 줄어든 것은 사실입니다. 그것은 히다카를 더 이상 믿을 수 없었기 때문이라기보다 그 앞에서 하쓰미 씨와 얼굴을 마주하기가 두려웠다는 것이 솔직한 이야기입니다. 히다카의 집에서 그녀를 마주했을 때, 지금까지와 전혀 다름없이 자연스럽게 대할 수 있을지, 나는 아무래도 자신이 없었습니다. 히다카는 눈치가 빠른 친구입니다. 그녀를 바라보는 내 눈빛에 변화가 생긴다면 금세 알아채고 말 게 틀림없었습니다.

그렇다고 며칠씩이나 그녀를 못 보는 것도 견딜 수 없는 일이었습니다. 하지만 아예 바깥에서 만나는 것도 위험한 일이지요. 결국 둘이서 상의한 끝에 하쓰미 씨가 우리 집으로 오기로 했습니다. 가가 형사는 잘 알겠지만, 내가 사는 맨션은 인기척이 별로 없는 한적한 곳이어서 집 안에 사람이 드나드는 것을 이웃에서 목격할 우려는 거의 없습니다. 또한 누군가 본다고 해도 그녀의 얼굴을 아는 사람이 없으니 이상한 소문이 퍼질 염려도 없는 것입니다.

하쓰미 씨는 히다카가 외출한 틈을 타 나에게로 달려와주었습니다. 밤새 머물고 갈 수는 없었지만, 저녁을 차려 둘이서 마주앉아 먹은 일은 많았습니다. 그때마다 하쓰미 씨는 항상 자신이 좋아하는 에이프런을 입었습니다. 그렇습니다. 가가 형사 일행이 발견한 바로 그 에이프런입니다. 그녀가 그 에이프런을 입고 내 집 부엌에 서 있는 모습을 바라보면 정말 신혼살림을 하는 듯한 기분이었습니다.

하지만 함께 있는 시간이 행복할수록 헤어질 때는 괴로운 법입니다. 그녀가 집에 돌아갈 시간이 다가오면 우리는 둘 다 말수가 줄어든 채 원망스럽게 시곗바늘을 바라봐야 했습니다.

2, 3일 만이라도 우리 둘이서만 보낼 수 있다면 얼마나 좋을

까. 자주 그런 이야기를 했습니다. 불가능하다고 생각하면서도 우리는 그 매력적인 몽상에서 벗어날 수 없었습니다.

그리고 마침내 그 꿈이 실현될 기회가 왔습니다. 히다카가 일 때문에 일주일쯤 미국에 가기로 한 것입니다. 편집자와 둘이서만 가는 것이라서 하쓰미 씨는 집에 남게 되었다는 이야기였습니다.

이런 기회는 두 번 다시 없을지도 모른다고 생각했습니다. 우리 둘이서만 지낼 수 있는 시간을 어떻게 사용할 것인가, 나는 잔뜩 들뜬 마음으로 하쓰미 씨와 상의했습니다. 그렇게 해서 정해진 것이 바로 그 오키나와 여행이었습니다. 여행사에 가서 신청하고 비용까지 지불했습니다. 짧은 기간이나마 마치 부부처럼 함께 움직일 수 있다는 것은 우리에게는 그저 꿈만 같은 이야기였습니다.

하지만 결국 그때가 행복의 정점이었다고 해야겠군요. 이미 다 아시는 대로, 이 오키나와 여행은 실현되지 않았습니다. 히다카의 미국행이 취소되었기 때문입니다. 원래 모 잡지사에서 기획했던 여행이었는데 출발 직전에야 취소 결정이 내려졌다고 합니다. 자세한 사정은 나로서는 알지 못합니다. 히다카는 상당히 실망한 눈치였지만, 그건 우리의 실망과는 비교도 안 될 것입니다.

꿈이 실현되는 나날들을 빼앗기고 보니 하쓰미 씨와 함께 있고 싶은 마음이 전보다 더욱 강해졌습니다. 바로 조금 전에 만났어도 헤어지자마자 금세 또 보고 싶어지는 것입니다.

하지만 그녀가 내 집으로 찾아주는 횟수는 어느 날부터인가 부쩍 줄어들었습니다. 그 이유를 듣고 나는 새파랗게 질렸습니다. 히다카가 우리 둘의 관계를 눈치챈 것 같다는 얘기였습니다. 더구나 그녀는 내가 가장 두려워하던 말을 꺼냈습니다. 이제 그만 헤어지는 게 좋겠다는 말입니다.

"우리 둘의 관계를 알아내면 남편은 틀림없이 복수할 거예요. 당신에게 폐를 끼치고 싶지 않아요."

"나는 괜찮아요. 하지만……."

하지만 그녀를 더 이상 고통 속에 남겨둘 수는 없었습니다. 히다카의 성격을 생각하면 깨끗이 이혼 서류에 도장을 찍어줄 것 같지도 않았습니다. 그렇다고 그녀와 헤어진다는 건, 나로서는 도저히 생각할 수 없었습니다.

그 뒤로 며칠이나 고민을 했을까요. 나는 교사로서의 일도 내팽개치고 타개책을 고민했습니다. 그리고 마침내 결단을 내렸습니다.

이미 다 아시겠지요. 아니, 가가 형사는 오래전부터 짐작하고 있었으니 굳이 확인할 필요도 없겠지요. 그렇습니다, 나는 히다카를 죽이기로 결심했던 것입니다.

이런 식으로 짧게 말하면 뭔가 기묘하다는 느낌이 들지도 모르겠군요. 하지만 실제로 나는 거의 망설이는 것도 없이 그런 결론에 이르렀습니다. 솔직히 실토하자면, 나는 상황이 그렇게 되기 전부터 히다카가 죽어주기를 마음속으로 빌었습니다. 나의 하쓰미 씨를 히다카가 제 것인 양 다루는 것을 도저히 용서할 수 없었으니까요. 인간이란 참으로 이기적인 것이지요. 내가 남의 아내를 가로챘으면서도 저절로 그런 생각이 들었습니다. 그러니까 내 손으로 그를 죽이고 싶은 마음이 그동안 차곡차곡 쌓여온 것입니다.

당연한 일이지만 나의 제안에 하쓰미 씨는 강하게 반대했습니다. 그런 무거운 죄를 짓게 할 수는 없다고 눈물까지 흘렸습니다. 그런데 그 눈물은 나를 한층 더 미치게 했습니다. 히다카를 죽이는 것밖에 다른 길은 없다고 굳게 믿게 된 것입니다.

"당신은 걱정하지 말아요. 이건 내 마음대로 결정한 일이에요. 만일 실패하더라도, 그리고 경찰에 잡혀가더라도 절대 당신에게는 피해를 주지 않을 겁니다." 그렇게 그녀에게 말했습니다. 냉정한 판단력을 상실했다는 말을 들어도 나는 반론할 도리가 없습니다.

내 결심이 흔들리지 않으리라는 것을 깨달았는지, 아니면 역시 그 방법 이외에 두 사람이 맺어질 길은 없다고 생각했는지, 하쓰미 씨도 마지막에는 마음을 정해주었습니다. 그리고 자신도 나서서 도와주겠다고 말했습니다. 나는 그녀를 위험에 빠뜨리고 싶지 않았지만, 그녀는 나만 범죄자를 만들 수는 없다면서 강경한 태도를 보였습니다.

그렇게 우리는 함께 히다카를 죽일 계획을 짰습니다. 하긴 계획이라야 그리 대단한 것도 아니었습니다. 단순히 강도가 저지른 짓으로 위장하자는 것뿐이었으니까요.

그리고 마침내 그 12월 13일을 맞이했던 것입니다.

한밤중에 나는 히다카가의 정원으로 침입했습니다. 그때 내가 어떤 옷차림이었는지, 이미 가가 형사는 알고 있겠지요. 그렇습니다. 검은 바지에 검은 블루종 점퍼였습니다. 사실은 복면도 썼어야 했는지 모릅니다. 그랬다면 그 뒤에 펼쳐진 일들도 전혀 달라졌을 테니까요. 하지만 그때는 얼굴을 감추는 것까지는 미처 생각하지 못했습니다.

히다카의 작업실은 불이 꺼져 있었습니다. 내가 멈칫멈칫 창문을 옆으로 밀자 쉽게도 스르르 열렸습니다. 나는 숨을 죽인 채 작업실로 넘어 들어갔습니다.

방 한쪽에 놓인 소파에 히다카가 누워 있는 것이 보였습니다. 천장을 향해 누운 모습으로 눈을 감고 규칙적인 숨소리를 내고 있었습니다.

그가 다음 날이 마감인 일거리를 안고 있어서 그날 밤새도록 작업실에 틀어박힌다는 것은 하쓰미 씨에게서 미리 확인했습니다. 그래서 그날 밤을 선택했던 것입니다.

원고가 밀렸는데도 그가 그렇게 깊이 잠든 것에 대해서는 설명이 필요합니다. 하쓰미 씨가 밤참에 수면제를 넣기로 했던 것입니다. 그 수면제는 히다카가 가끔 사용하던 것으로, 설령 부검에서 발견된다고 해도 수상하게 여기지 않는다는 게 우리의 예측이었습니다. 히다카의 상태를 보고 나는 모든 것이 계획대로 진행되었다고 확신했습니다. 원고를 쓰려다가 갑작스레 덮쳐드는 잠을 못 이겨 히다카는 소파에 누웠겠지요. 하쓰미 씨는 그것을 확인하고 방의 전깃불을 끄고 창문 걸쇠를 풀어놓았던 것입니다.

그다음은 내가 실행하는 일뿐이었습니다. 나는 떨리는 손으로 블루종 점퍼 호주머니에서 흉기를 꺼냈습니다. 그렇습니다, 바로 그 나이프입니다.

본심을 말하자면 나는 교살을 택하고 싶었습니다. 나이프로 찌른다는 건 상상만 해도 무서웠습니다. 하지만 강도가 저지른 짓으로 위장하기 위해서는 나이프를 쓰는 게 낫다고 판단했습니다. 강도짓을 하려고 남의 집에 뛰어든 자가 제대로 된 흉기도 준비하지 않았다는 건 생각할 수 없기 때문입니다.

어디를 찔러야 가장 확실한지, 나는 알지 못했습니다. 그래도 어떻든 가슴을 찌르자고 생각했습니다. 그 참에 끼고 있던 장갑을 벗었던 것은 나이프 손잡이를 좀 더 단단히 움켜쥐기 위해서였습니다. 지문은 나중에 지우면 된다고 생각했습니다.

나는 나이프를 두 손으로 움켜쥐고 머리 위로 치켜들었습니다.

그 순간, 믿을 수 없는 일이 일어났습니다.

히다카가 번쩍 눈을 뜬 것입니다.

나는 단숨에 몸도 마음도 얼어붙는 것만 같았습니다. 나이프를 치켜든 채 꼼짝도 하지 못하고, 소리를 내는 것조차 불가능했습니다.

멍해져 있는 나와는 반대로 히다카는 잽싼 움직임을 보였습니다. 내가 정신을 차렸을 때는 이미 그의 밑에 깔려 있었던 것입니다. 나이프도 이미 내 손을 떠난 뒤였습니다. 옛날부터 히다카는 나보다 운동 능력이 훨씬 뛰어났다는 것을 그 순간 떠올리지 않을 수 없었습니다.

"대체 무슨 짓이야? 왜 나를 죽이려고 했지?" 히다카가 물었습니다. 내가 대답할 수 있을 리가 없지요.

이윽고 그는 큰 소리로 하쓰미 씨를 불렀습니다. 얼굴이 새파래진 그녀가 작업실로 달려왔습니다. 그녀는 히다카의 목소리를 듣자마자 무슨 일이 일어났는지 순식간에 깨달은 듯했습니다.

"경찰에 전화해. 살인미수야!" 히다카는 말했습니다.

하지만 하쓰미 씨는 움직이지 않았습니다.

"왜 그래? 빨리 전화해, 어물어물하지 말고!"

"여보, 그 사람, 노노구치 씨야."

"알고 있어. 하지만 그냥 놔줄 수는 없어. 이 친구는 나를 죽이려고 했어!"

"여보, 사실은……."

하쓰미 씨는 자신도 공범이라고 고백할 생각인 듯했습니다. 하지만 그것을 히다카가 가로막았습니다.

"당신은 쓸데없는 소리 하지 마!"

그 말로 나는 모든 것을 깨달았았습니다. 히다카는 우리의 계획을 이미 다 알고 있었습니다. 그리고 자는 척하면서 내가 범행에 나서기까지 기다렸던 것입니다.

"이봐, 노노구치." 그는 내 머리를 밀어붙이며 말했습니다. "도범盜犯 방지법이란 거 알아? 거기에 정당방위에 관한 내용이 있어. 범죄를 목적으로 침입한 자를 잘못하여 죽게 하더라도 그 죄는 묻지 않는다고 나와 있어. 지금이 바로 그런 상황이겠지? 여기서 내가 너를 죽여도 아무도 나를 처벌하지 못한단 말이야!"

냉혹한 그 말에 나는 온몸이 부들부들 떨렸습니다. 설마 나를 죽이지는 않겠지만, 분명 죽음에 필적할 만한 보복을 할 것이라고 충분히 짐작할 수 있었습니다.

"하지만 목숨만은 살려줄 거야. 너를 죽이면 나도 마음이 편하진 않을 테니까. 자, 이제는 경찰에 끌고 가는 수밖에 없는

데…….” 여기서 그는 하쓰미 씨 쪽을 흘끔 돌아보며 씨익 웃더니 다시 날카로운 시선을 내게로 옮겼습니다. “경찰에 끌고 가봤자 나는 하나도 좋을 게 없어. 나를 죽이려고 한 이유가 뭐였든 내 알 바 아니고, 너를 감옥에 처넣어봤자 내 인생에 무슨 변화가 생기는 것도 아니거든.”

무슨 말을 하려는 것인지 전혀 알 수가 없었습니다. 그런 만큼 더욱 등골이 오싹했습니다.

이윽고 히다카는 나를 놓아주었습니다. 그리고 바닥에 떨어진 나이프를 옆에 있던 수건으로 감싸더니 널름 집어 올렸습니다.

“기뻐해라, 오늘은 그냥 놓아주지. 얼른 창문으로 도망치라고.”

나는 놀라서 히다카의 얼굴을 보았습니다. 그는 느물느물 웃고 있었습니다.

“뭐야, 여우에 홀린 것 같은 얼굴이네? 이봐, 내 마음이 바뀌기 전에 빨리 나가는 게 좋을 거야.”

“어, 어쩔 생각이야?” 내가 물었습니다. 한심하게도 내 목소리는 파르르 떨리고 있었습니다.

“지금 여기서 그런 얘기를 해봤자 별 볼 일 없어. 자, 빨리 나가. 하지만…….” 그는 손에 든 나이프를 내보이며 말했습니다. “이건 증거물로 내가 보관하겠어.”

그 나이프가 과연 증거로 통할까, 하고 나는 의아했습니다. 분명 내 지문이 찍혀 있기는 하지만.

그런 내 생각을 꿰뚫어본 것처럼 히다카는 말했습니다.

"잊지 마. 증거는 이것뿐만이 아니야. 또 한 가지, 절대로 변명할 수 없는 증거가 있어. 나중에 너한테도 보여주지."

무슨 말인지 알 수 없었지만 그 자리에서는 어떤 말도 떠오르지 않았습니다. 나는 하쓰미 씨를 보았습니다. 그녀는 창백한 얼굴에 눈 주위만 붉게 젖어 있었습니다. 그토록 슬퍼 보이는 인간의 얼굴을 나는 그때까지 본 적이 없습니다. 아니, 그 뒤에도 역시 본 적이 없습니다.

히다카가 무슨 마음을 먹었는지 전혀 알지 못한 채 나는 집으로 향했습니다. 이대로 어딘가 사라져버릴까, 몇 번이나 생각했는지 모릅니다. 하지만 그렇게 하지 못했던 것은 하쓰미 씨가 걱정되었기 때문입니다.

그 사건 뒤에 나는 겁에 질린 채 하루하루를 보냈습니다. 히다카가 무서운 보복을 해오리라는 건 틀림이 없었습니다. 그것이 어떤 형태로 날아올지 알 수 없는 만큼 더더욱 두려움이 컸습니다.

그 뒤로 히다카의 집에 가지 않은 것은 물론이고 하쓰미 씨와도 만나지 않았습니다. 그러나 전화만은 몇 차례 했습니다.

"남편은 그날 밤의 일에 대해 전혀 아무 말이 없어요. 마치 그 일을 잊어버린 사람 같아요."

하쓰미 씨는 그렇게 말했지만 설마 히다카가 그 일을 잊었을 리 없습니다. 전혀 아무 말도 하지 않는다는 것은 나로서는 더욱 더 으스스하게 한기가 드는 일이었습니다.

보복의 정체를 알게 된 것은 그 몇 달 뒤였습니다. 나는 서점에서 그것을 알았습니다. 가가 형사라면 이미 알고 있겠지요. 그렇습니다. 히다카의 신작 『타오르지 않는 불꽃』이 출간된 것입니다. 그것은 내가 그에게 맡겼던 첫 번째 소설 「둥근 불꽃」을 장편으로 늘려서 쓴 것이었습니다.

마치 악몽을 꾸는 것 같았습니다. 도저히 믿을 수 없는, 아니, 믿고 싶지 않은 일이었습니다.

생각해보면 이보다 더 지독한 복수는 없을 것입니다. 적어도 작가를 꿈꾸는 나에게는 마음이 갈기갈기 찢어지는 듯한 고통이었습니다. 히다카가 아니고서는 도저히 생각해낼 수 없는 냉혹하고도 경악할 만한 복수라고 할 수 있겠지요.

작가에게 작품은 분신과도 같은 것입니다. 좀 더 알기 쉽게 말하자면, 자식이나 마찬가지입니다. 이 세상 부모들이 자기 자식을 사랑하듯이 작가는 자신이 창조해낸 작품을 사랑합니다.

그 작품을 히다카는 빼앗아간 것입니다. 그가 자신의 이름으로 발표해버린 이상, 『타오르지 않는 불꽃』은 영원히 히다카 구니히코의 작품으로 사람들에게 기억되고 또한 문학적 기록으로 남겠지요. 그것을 저지하기 위해서는 내가 항의의 목소리를 내는 수밖에 없습니다. 하지만 내가 결코 그렇게 하지 못한다는 것을 히다카는 뻔히 알고 있었던 것입니다.

그렇습니다. 나는 그런 참혹한 복수를 당하고서도 그저 침묵할 수밖에 없었습니다. 히다카에게 항의해봤자 다음과 같은 대꾸가 돌아오겠지요.

"감옥에 들어가고 싶지 않으면 입 다물고 있어."

즉 도작인 것을 폭로할 때는 내가 히다카의 집에 침입해 그를 죽이려고 했다는 사실도 고백하겠다는 각오가 필요했던 것입니다.

나는 몇 번이나, 경찰에 가서 자수하고, 『타오르지 않는 불꽃』은 나의 「둥근 불꽃」을 훔쳐간 것이라는 사실을 밝히려고 했습니다. 실제로 가까운 경찰서에 전화하려고 수화기를 집어 든 적도 있습니다.

하지만 결국 나는 신고할 수 없었습니다. 살인미수범으로 체포되는 게 무서웠던 것도 물론 있습니다. 하지만 그것보다는 하쓰미 씨가 공범자로 체포되는 게 훨씬 더 두려웠습니다. 일본 경찰은 우수하기 때문에 내가 혼자서 한 일이라고 아무리 강력히 주장해도 그녀의 안내 없이는 범행이 불가능하다는 것을 입증해내고 말겠지요. 아니, 그 이전에 히다카가 그녀를 그냥 놔둘 리 없었습니다. 어떻게 해봐도 그녀가 아무 죄 없이 넘어간다는 건 거의 기대할 수 없었습니다. 나는 절망적인 심정으로 하루하루를 보냈지만 그래도 하쓰미 씨만은 불행을 맛보게 하고 싶지 않았습니다. 이런 이야기를 하면 가가 형사 같은 사람은 쓴웃음을 지을지도 모르겠군요. 의리 있는 척한다, 라고요. 분명 자기도취의 경향이 있었다고 생각합니다. 하지만 나 자신에 도취되지 않고서는 그 괴로운 시기를 견뎌낼 수 없었던 것이라고 이해해줄 수는 없을까요.

그때만은 하쓰미 씨도 나에게 건넬 위로의 말이 떠오르지 않는 것 같았습니다. 히다카의 눈을 피해 이따금 전화를 해줬지만 어색한 침묵 이외에 전화선에 실리는 대화라고는 서글플 만큼 음울하고 무의미한 말뿐이었습니다.

"그 사람이 그런 지독한 짓을 할 줄은 생각도 못 했어요. 당신의 작품을 가로채다니……."

"별수 없지요, 어떻게도 대항할 도리가 없으니."

"나는 어쩐지 당신에게 너무나 미안해서……."

"당신 때문이 아니에요, 모두 내가 어리석었기 때문이지. 자업자득입니다."

그런 식이었습니다. 사랑하는 사람과 대화하면서도 가슴 속은 전혀 환해지지 않고 내일에 대한 희망도 없었습니다. 그저 마음이 한없이 침울하게 가라앉을 뿐이었습니다.

우스꽝스럽게도 『타오르지 않는 불꽃』은 큰 인기를 끌었습니다. 그 책에 대해 잡지며 신문 등에서 다뤄지는 것을 볼 때마다 내 가슴속은 쥐어뜯기는 듯한 심정이었습니다. 작품이 칭찬을 받는 것 자체는 기쁜 일입니다. 하지만 다음 순간에는 현실로 돌아오고 맙니다. 절찬을 받는 건 내 작품이 아니라 히다카의 작품인 것입니다.

그리고 그 작품으로 히다카는 단순히 화제에 오르는 단계를 넘어 권위 있는 문학상까지 따냈습니다. 자랑스러운 듯한 그의 얼굴을 신문에서 보았을 때, 그때의 내 억울한 심정을 여러분은 아실까요. 나는 며칠 밤이나 잠을 이루지 못했습니다.

그런 식으로 고민에 휩싸여 지내던 어느 날의 일입니다. 현관 차임벨이 울렸습니다. 도어스코프를 들여다본 나는 심장이 크게 뛰는 것을 느꼈습니다. 문 앞에 서 있는 사람이 히다카 구니히코였기 때문입니다. 그의 모습을 가까이에서 보는 건 내가 그의 집에 침입했을 때 이후로 처음이었습니다. 한순간 나는 집에 없는 척해볼까 생각했습니다. 내 자식 같은 작품을 빼앗기고 그토록 그를 증오했으면서도 나는 그에게 큰 빚을 졌다고 느끼고 있었던 것입니다.

도망쳐봐야 소용없다는 생각에 나는 문을 열었습니다. 히다카는 엷은 웃음을 띠고 서 있었습니다.

"자고 있었어?" 그가 물었습니다. 내가 파자마 차림이었기 때문이겠지요. 그날은 일요일이었습니다.

"아니, 일어나 있었어."

"그래? 자는 걸 깨운 게 아니라면 다행이다만." 그렇게 말하고 그는 흘끔 집 안을 살펴보는 눈치였습니다. "잠깐 괜찮겠어? 할 얘기가 있는데."

"그건 괜찮은데 집 안이 별로 깨끗한 편이 아니라서."

"상관없어. 무슨 잡지 사진 촬영하러 온 게 아니니까."

잘 팔리는 작가라서 사진 찍힐 기회가 많다는 뜻이겠지요, 그렇게 가벼운 입을 놀렸습니다.

"게다가." 그가 나를 쏘아보며 말했습니다. "너도 나한테 이래저래 할 말이 많겠지?"

나는 입을 꾹 다물었습니다.

거실 소파에서 우리는 마주앉았습니다. 히다카는 흘끔흘끔 방 안을 둘러봤습니다. 나는 혹시나 하쓰미 씨의 흔적이 남아 있는 건 아닌지, 아무래도 마음이 편하지 않았습니다. 하쓰미 씨의 에이프런은 세탁해서 서랍장에 넣어두기는 했습니다만.

"독신 남자치고는 꽤 깔끔하게 사는데?" 이윽고 그가 말했습니다.

"……그래?"

"누구 청소하러 와주는 사람이라도 있나?"

히다카의 그 말에 나도 모르게 그의 얼굴을 마주보았습니다. 그의 입가에는 여전히 차가운 웃음이 번졌습니다. 명백히 나와 하쓰미 씨의 관계를 비꼬아 말하는 것이었습니다.

"할 이야기라는 건 뭐지?" 괴로움을 견디다 못 해 나는 말을 재촉했습니다.

"아, 그렇게 조르지 말라고." 그는 담배도 피우고 당시 큰 뉴스거리였던 한 정치가의 뇌물수수 사건에 대한 이야기도 했습니다. 짐짓 여유 있는 척 거드름을 피우면서 내가 속을 태우는 모습을 은근히 즐겼던 것이겠지요.

드디어 내 참을성도 한계에 달해 큰 소리가 터지려는 참에, 그는 요즘 세태 이야기 끝에 한마디 덧붙인다는 식으로 이렇게 말했습니다. "아, 그거, 『타오르지 않는 불꽃』 말인데……."

나도 모르게 등을 꼿꼿이 세웠습니다. 그리고 히다카의 입에서 다음 말이 나오기를 기다렸습니다.

"우연히 네 소설과 비슷하게 나온 것에 대해 일단 양해를 구하는 게 좋겠지. 제목이 뭐였더라, 네가 준 그 소설? 아, 그래, 「둥근 불꽃」……. 어때, 그런 제목이었지?"

시치미를 뚝 떼고 그런 말을 하는 히다카의 얼굴을 나는 눈이 휘둥그레져서 빤히 쳐다보았습니다. 우연이었다고? 비슷하게 나왔다고? 아니, 그게 도작이 아니라고 한다면 그 말은 사전에서 빼버리는 게 옳다—. 그렇게 말하고 싶은 것을 나는 필사적으로 꾹꾹 참았습니다.

그러자 그는 이렇게 말했습니다.

"하긴 단순히 우연이라고 할 수 없는 부분도 있기는 해. 왜냐하면 내가 『타오르지 않는 불꽃』을 집필하던 중에 네 작품을 읽는 바람에 약간 그 영향을 받은 것은 부정할 수 없으니까. 저절로 잠재의식에 심어져서 그게 내 소설에 드러났는지도 모르겠어. 작곡가의 경우에도 그런 일이 자주 있다더라. 스스로 의식한 적이 없는데도 결과적으로 이미 존재하는 곡과 비슷한 것을 만들어내는 거지."

나는 말없이 그의 이야기를 들었습니다. 이 친구는 그런 말을 내가 정말로 믿어줄 거라고 생각하는 건가, 오히려 신기한 느낌이 들 정도였습니다.

"어떻든 이번 소설에 대해 네가 클레임을 걸지 않아서 다행이었어. 그건 결국 우리가 모르는 사이가 아니고 지금까지 쌓아온 인간관계라는 게 있었기 때문이겠지? 어떻든 네가 충동적으로 나서는 일 없이 얌전히 대응해준 건 서로에게 아주 좋은 일이었어."

그가 하고 싶다는 말이 바로 이것인가, 하고 나는 생각했습니다. 섣불리 시끄럽게 굴지 않은 건 잘한 짓이다, 앞으로도 이 건에 대해서는 입을 꾹 다물고 있어라, 그러면 나 역시 살인미수에 대해서는 입을 다물어주마—.

그런데 그다음에 히다카는 다시 묘한 소리를 꺼냈습니다.

"아, 그래서 말인데, 본론은 지금부터야." 그는 내 눈치를 살피듯이 눈을 슬쩍 치켜뜨며 바라보았습니다. "그런 다양한 요소가 서로 얽히고설키면서 『타오르지 않는 불꽃』이라는 멋진 작품이 이 세상에 나온 거야. 그리고 수많은 사람들의 공감을 얻고 문학상이라는 훈장까지 가져다주었지. 근데 일이 이렇게 되고 보니 이런 대성공을 단 한 번의 우연으로 끝내기에는 너무 아쉬운 마음이 들더란 말이야."

나는 내 얼굴에서 스르르 핏기가 빠져나가는 듯한 감각을 맛보았습니다. 히다카는 다시 똑같은 짓을 하려는 것입니다. 「둥근 불꽃」을 슬쩍 고쳐서 『타오르지 않는 불꽃』을 발표했던 것처럼 또다시 내 작품을 바탕으로 새 소설을 발표하겠다는 꿍꿍이인 것입니다. 그러고 보니 나는 그에게 또 한 편의 소설을 맡겨둔 상태였습니다.

"또다시 도작을 하겠다고?" 나는 말했습니다.

히다카가 얼굴을 찌푸렸습니다.

"도작이라니, 네가 그 단어를 쓸 줄은 몰랐는데."

"여기는 내 집이고 아무도 듣는 사람이 없으니 괜찮잖아? 네가 아무리 빙빙 돌려서 말해도 도작은 도작이야."

하지만 그는 태연했습니다. 얼굴빛 하나 바뀌지 않은 채 다음과 같이 말했습니다.

"도작이란 게 뭔지 잘 모르는 것 같군. 국어사전이 있다면 한번 조사해봐. 아마 이렇게 나와 있을 거야. 도작—타인의 작품 전부나 일부를 자신의 것처럼 무단으로 사용하는 것. 어때, 내가 무슨 말을 하려는지 알겠지? 무단으로 사용한다면 그건 도작이야. 하지만 그렇지 않은 경우에는 도작이라고 하지 않아."

「둥근 불꽃」을 무단으로 사용했잖아, 라고 나는 속으로만 외쳤습니다.

"또다시 내 작품을 바탕으로 신작을 발표할 테니까 잔소리 말고 가만히 있으라는 얘기냐?"

내 말에 그는 어깨를 으쓱 쳐들었습니다.

"아니지, 아무래도 오해하는 것 같군. 나와 거래를 하자는 거야. 결코 너한테도 나쁜 조건은 아닌 거래를 말이지."

"무슨 말인지 뻔하잖아. 도작을 눈감아주면 그날 밤의 일을 경찰에 신고하지 않겠다는 얘기지."

"그렇게 시비 걸듯이 말하지 마. 그날 밤의 일은 내가 그냥 넘어가주겠다고 했잖아. 내가 말하는 거래는 좀 더 긍정적인 이야기야."

이런 일에 긍정적이고 부정적이고가 어디 있는가 하고 생각했지만, 우선 나는 말없이 그의 입만 쳐다보았습니다.

"이봐, 노노구치. 너는 작가로서의 재능이 있어. 하지만 재능이 있다는 것과 작가가 된다는 건 다른 이야기야. 좀 더 말하자면, 베스트셀러 작가가 된다는 것도 재능과는 별로 관계가 없어. 그 자리에 오르려면 특별한 운이라는 것이 반드시 필요하단 얘기야. 이게 그야말로 신기루 같은 것이라서 누구든 잡아보려고 하지만 절대로 마음먹은 대로 되지 않는 거라고."

그 말을 할 때, 히다카의 얼굴에는 얼마간 진지한 기색이 떠올랐습니다. 어쩌면 그 역시 발표한 책이 마음먹은 대로 팔리지 않아 고심했던 시기가 있었는지도 모릅니다.

"『타오르지 않는 불꽃』이 큰 인기를 얻으니까 너는 당연히 내용이 좋았기 때문이라고 생각했겠지. 물론 그건 부정하지 않겠어. 하지만 그것만으로는 안 돼. 좀 더 극적인 예를 들어볼까? 그 책을 출판한 게 내가 아니라 너였다면 어땠을까? 작가 이름으로 히다카가 아니라 노노구치라고 인쇄되었다면 어땠겠느냐고. 너는 어떻게 생각해?"

"그건 실제로 해보지 않고서는 모르는 일이야."

"나는 실패했다고 단언할 수 있어. 그 소설은 그저 무시당한 채 끝났을 거야. 너는 바다에 돌멩이 하나 던진 듯한 허탈감이나 느꼈겠지."

어지간히 거친 말투였지만 나는 반론할 수 없었습니다. 출판의 세계에 대해서는 나도 어느 정도의 지식은 있었습니다.

"그래서 네 이름으로 발표했다는 거야?" 나는 말했습니다.

"그래서 그게 정당하다고?"

"그 소설을 위해서는 작가가 노노구치 오사무가 아니라 히다카 구니히코여서 천만다행이었어. 내 이름이 아니었으면 그렇게 수많은 독자들에게 읽히는 일도 없었단 말이야."

"마치 큰 은혜라도 베푼 것처럼 말하는군."

"물론 너한테 생색을 낼 마음은 없어. 하지만 진실을 보자는 거야. 한 작품이 주목을 받으려면 어이없을 만큼 수많은 조건을 통과해야만 해."

"굳이 말하지 않아도 알고 있어."

"그걸 알고 있다면 이제부터 내가 하는 말도 알아듣겠지? 말하자면 이런 거야. 앞으로 너는 히다카 구니히코라는 작가가 되어야 해."

"뭐라고?"

"그렇게 놀라지 마라, 무슨 대단한 일이라고? 물론 나 역시 히다카 구니히코야. 이런 경우, 히다카 구니히코는 특정인의 이름이 아니라 책을 팔기 위한 상표 정도로 생각하면 돼."

드디어 그가 무슨 말을 하려는지 서서히 감이 잡혔습니다.

"요컨대 고스트라이터가 되라는 거군?"

"그 말은 뭔가 비굴한 느낌을 풍겨서 나는 별로 좋아하지 않아." 히다카는 고개를 끄덕이며 말을 이었습니다. "하지만 뭐, 알기 쉽게 말하자면 그런 거야."

나는 곰곰이 그의 얼굴을 쳐다보았습니다.

"참 잘도 그런 무서운 소리를 하는구나."

"그리 엉뚱한 소리도 아니잖아? 아까도 말했지만 너한테도 결코 손해날 이야기는 아니야."

"나한테 이보다 더 손해나는 이야기는 없어."

"아, 더 들어봐. 나를 위해 작품을 제공해준다면 그게 단행본으로 출간되었을 때, 인세의 4분의 1은 너한테 가도록 하겠어. 어때, 그래도 손해나는 이야기야?"

"4분의 1이라고? 실제로 글을 쓴 사람이 반도 못 받는다는 거야? 그건 참 가상한 조건이구나."

"그럼 하나만 물어보자. 네 이름으로 책을 내면 얼마나 팔릴 거 같아? 히다카 구니히코의 이름으로 냈을 때의 4분의 1보다 많이 팔릴 줄 알아?"

그 질문에 나는 변변히 대답할 말이 없었습니다. 만일 내 이름으로 낸다면 4분의 1은커녕 5분의 1, 아니, 6분의 1도 안 되겠지요.

"아무튼," 나는 말했습니다. "돈에 내 영혼을 팔 생각은 없어."

"거절하시겠다고?"

"당연하지."

"호오." 히다카는 뜻밖이라는 얼굴을 했습니다. "설마 거절하실 줄은 생각도 못 했네."

끈적끈적한 그 말투에 나는 한기를 느꼈습니다. 역시나 그는 얼굴 표정이 확 바뀌었습니다. 눈에는 음험한 빛이 번뜩였습니다.

"나는 그래도 좋은 관계를 유지해보려고 했는데 네가 그렇게 나온다면 뭐, 별수 없지. 나도 항상 좋은 얼굴만 할 수는 없어." 그렇게 말하더니 히다카는 곁에 둔 가방에서 네모난 물건을 꺼내 테이블에 내려놓았습니다. "이걸 두고 갈게. 내가 간 뒤에 혼자 찬찬히 살펴봐. 적절한 때에 내가 다시 연락할 테니까. 그때는 네 마음이 바뀌었기를 빈다."

"뭐야, 이건?"

"보면 알아." 그리고 히다카는 자리에서 일어섰습니다.

그가 떠난 뒤에 나는 그 물건을 펼쳐보았습니다. 안에 들어있는 건 VHS 비디오테이프였습니다. 그때만 해도 나는 아직 아무것도 알지 못했습니다. 불길한 예감을 가슴에 품은 채 테이프를 비디오데크에 넣었습니다.

가가 형사라면 이미 알겠지요. 모니터 화면에 떠오른 영상은 히다카가의 정원을 촬영한 것입니다. 화면 아래쪽 귀퉁이에 표시된 날짜를 보고 나는 가슴이 일시에 얼어붙는 듯한 충격을 받았습니다. 그것은 틀림없이 내가 히다카를 죽이려고 했던 날이었습니다.

이윽고 화면에 한 남자가 등장했습니다. 검은 옷으로 몸을 감싸 애써 남의 눈에 띄지 않게 했지만, 얼굴은 또렷하게 찍혀 있었습니다. 참으로 허술하기도 하지요. 왜 그때 복면을 쓸 생각을 하지 못했을까요.

침입자가 노노구치 오사무라는 건 누가 보더라도 명백했습니다. 그 어리석은 사내는 카메라로 촬영 중이라는 것도 모르고 정원 쪽의 창문을 열고 히다카의 작업실로 들어갔습니다.

비디오에 나온 건 그것뿐입니다. 하지만 충분한 증거라고 할 수 있겠지요. 설령 살인미수는 부정한다 해도, 그렇다면 왜 히다카가에 숨어들었느냐고 캐묻는다면 나는 어떻게도 대답할 도리가 없습니다.

비디오를 본 뒤 나는 한참이나 멍하니 앉아 있었습니다. 그 살인미수의 밤에 히다카가 했던 말이 머릿속에서 수없이 재생되었습니다.

"잊지 마. 증거는 이것(내가 흉기로서 준비해갔던 나이프를 가리키는 것입니다)뿐만이 아니야. 또 한 가지, 절대로 변명할 수 없는 증거가 있어"라는 말입니다. 히다카는 이 테이프를 두고 그런 말을 했던 것입니다.

어떻게 해야 좋을지 대책이 나오지 않는 참에 전화가 울렸습니다. 히다카에게서 걸려온 것이었습니다. 마치 내 행동을 감시하고 있었던 것처럼 절묘한 타이밍이었습니다.

"그거, 봤어?" 그가 물었습니다. 그 목소리에는 재미있어 죽겠다는 듯한 여운이 있었습니다.

봤어, 라고 나는 짧게 대답했습니다.

"그래? 어떻게 생각했어?"

"어떻게라니……." 나는 가장 마음에 걸리는 것을 물어보았습니다. "역시 미리 알고 있었지?"

"뭘?"

"그날 밤 내가 네 작업실에 숨어든다는 것. 그래서 미리 카메라를 설치해뒀지?"

내 말에 전화 너머의 그는 피식 웃음을 터뜨렸습니다.

"어떻게 네가 나를 죽이러 온다는 것을 예측할 수 있겠냐? 그런 건 꿈에도 생각하지 못했어."

"하지만……."

"아, 그게 아니면." 그가 내 말을 가로막으며 내뱉었습니다. "너, 그 일을 누군가에게 말했던 거야? 그날 그 시간에 나를 죽이러 간다고 누군가 다른 사람에게 얘기했었어? 뭐, 그렇다면 벽에도 귀가 있다고, 그 말이 우연히 내 귀에 들어올 수도 있었겠지."

나는 눈치를 챘습니다. 히다카는 내 입을 통해 하쓰미 씨가 공범이라는 말을 듣고 싶었던 것입니다. 아니, 정확히 말하면 하쓰미 씨와의 관계를 내가 결코 발설하지 못하리라는 것을 뻔히 알고서 나를 갖고 놀았던 것입니다.

내가 아무 대꾸도 못 하자 그는 이렇게 말했습니다.

"카메라를 설치해둔 건 그즈음에 뭔가가 우리 집 정원을 마구 헤집고 다녔기 때문이야. 그 범인을 잡으려고 내가 설치해 둔 거라고. 설마 그런 영상을 잡아낼 줄은 꿈에도 몰랐어. 이제 카메라는 떼어버렸지."

도저히 믿을 수 없는 말이었지만, 토를 달아봤자 쓸데없었습니다.

"그래서?" 나는 말했습니다. "이 비디오를 보고 나한테 어떻게 하라는 거야?"

"그걸 굳이 일러줘야 할 만큼 네가 바보는 아닐 텐데? 그리고 내가 깜빡 말을 안 했는데, 그 테이프는 당연히 복제한 것이고 오리지널은 내 수중에 있어."

"이런 식으로 협박해서 나를 고스트라이터로 만들어봤자 제대로 된 작품은 나오지 않아."

그렇게 말하고 나는 아차, 했습니다. 나도 모르게 그의 협박에 굴복하는 태도를 보였기 때문입니다. 하지만 저항할 도리가 없는 것도 사실이었습니다.

"아니, 너는 틀림없이 해낼 거야. 너만 믿는다." 히다카는 승리를 확신하는 말투였습니다. 그로서는 마침내 벽을 돌파했다는 기분이었겠지요.

"다시 연락하마." 그렇게 말하고 그는 전화를 끊었습니다.

그로부터 며칠 동안 나는 유령처럼 하루하루를 보냈습니다. 앞으로 내 처지가 어떻게 될지, 전혀 짐작도 가지 않았습니다. 학교에는 나갔지만 당연히 수업도 그저 건성이어서 아마 학생에게서 불만이 들어간 모양입니다. 교장에게 호출되어 질책을 받기도 했습니다.

그리고 나는 우연히 서점에서 발견했습니다. 한 문예지에 히다카가 장편소설 전량을 발표한 것이었습니다. 문학상 수상 후 첫 작품이었습니다.

나는 벌벌 떨리는 손으로 그 소설을 읽었습니다. 그 즉시 현기증이 나서 서점에서 쓰러질 뻔했습니다. 짐작했던 대로였습니다. 그 소설은 내가 히다카에게 한번 읽어달라고 건넸던 나의 두 번째 작품을 바탕으로 쓴 것이었습니다.

모든 것이 나로서는 어떻게 해볼 도리가 없는 방향으로 굴러가는 것 같았습니다. 저 살인미수의 밤을 생각하며 내가 얼마나 어리석었는지를 곱씹는 나날이었습니다. 나는 아예 어딘가로 자취를 감춰버릴까도 생각했습니다. 하지만 그럴 만한 결단력이 내게는 없었습니다. 히다카의 눈에 띄지 않기 위해 먼 곳으로 떠나봤자 주민등록을 옮길 수도 없고 그렇게 되면 당연히 지금까지처럼 교직에 종사하는 건 불가능하겠지요. 그리 되면 어떻게 살아갈 것인가. 몸이 별로 튼튼하지 않은 나로서는 육체노동을 할 자신도 없었습니다. 참으로 나 자신의 생활력 없음을 그때만큼 통절하게 느꼈던 적도 없습니다. 또한 하쓰미 씨를 그대로 두고 가는 것도 마음에 걸렸습니다. 그녀는 히다카 곁에서 어떤 심정으로 하루하루를 보내고 있을까. 상상할 때마다 가슴이 찢어질 듯 아팠습니다.

그 히다카의 수상 후 첫 작품도 얼마 뒤에 단행본으로 출간되고 순조롭게 팔리는 모양이었습니다. 베스트셀러 순위에 들어 있는 것을 볼 때마다 나는 복잡한 심정이 되곤 했습니다. 죽도록 억울한 가운데서도 조금쯤은 자랑스러운 마음도 드는 것입니다. 그리고 그런 현상을 객관적으로 보자면, 분명 내 이름으로 냈다면 이렇게 많이 팔리는 일은 없었을 거라고 냉정하게 분석하는 마음도 없지는 않았습니다.

그로부터 며칠이 지났을까요. 어느 일요일, 다시 히다카가 내 집에 찾아왔습니다. 그는 미안해하는 기색도 없이 내 방으로 쑥 들어와 지난번과 똑같이 소파에 자리를 잡았습니다.

"약속했던 돈이야." 그렇게 말하며 그는 봉투를 테이블에 꺼내놓았습니다. 봉투 안을 보니 지폐 다발이 들어 있었습니다. 2백만 엔이야, 라고 그는 말했습니다.

"무슨 돈이지?"

"무슨 돈이냐고? 그야 책이 팔렸으니 네 몫을 가져왔지. 약속대로 4분의 1이야."

나는 놀라서 다시 봉투 속을 들여다보고는 고개를 저었습니다.

"영혼은 팔지 않겠다고 말했을 텐데?"

"야, 괜히 오버하지 마. 너하고 내가 합작하는 거라고 생각하라니까. 요즘에는 합작소설이라는 것도 흔하거든. 보수를 받는 건 너의 당연한 권리야."

"네가 하는 짓은." 나는 히다카를 똑바로 바라보며 말했습니다. "강간범이 상대 여자에게 화대를 주는 것과 똑같은 짓이야."

"흥, 그게 아니겠지."

"뭐가 아니야?"

"강간당할 줄 뻔히 알면서도 가만히 있는 여자는 없어. 분명하게 거부 의사를 밝히겠지. 하지만 너는 아무런 거부 행동도 하지 않았어."

그런 히다카의 말에 한심하게도 나는 대꾸할 말이 없었습니다.

"아무튼 이 돈은 받을 수 없어." 가까스로 그렇게 말하고 봉투를 되밀었습니다.

히다카는 봉투를 흘끔 쳐다볼 뿐 손도 대지 않았습니다. 그것을 테이블 위에 그대로 둔 채 그는 말했습니다.

"실은 앞으로의 일을 상의하려고 찾아왔어."

"앞으로의 일?"

"구체적으로는 다음 작품에 대한 계획이야. 월간지 연재에 들어가기로 했어. 거기에 어떤 작품을 발표할지 상의를 해야지."

내가 이미 고스트라이터가 되겠다고 승낙했다는 듯한 말투였습니다. 그러면서 조금이라도 저항하는 몸짓을 보이면 당장 지난번 비디오테이프에 대한 이야기를 쳐들고 나올 생각이었겠지요.

나는 고개를 저었습니다.

"너도 명색이 작가니까 잘 알겠지? 내가 지금 이런 정신상태에서 소설 스토리를 생각해낼 수 있겠어? 네가 지금 나한테 강요하는 것은 물리적으로도 정신적으로도 불가능한 일이야."

하지만 그는 한 걸음도 물러서지 않았습니다. 내가 생각조차 못 한 뜻밖의 말을 꺼내는 것이었습니다.

"물론 지금 당장 새 소설을 써내라고 해봤자 그건 어렵겠지. 하지만 이미 완성된 작품을 다시 살려내는 것쯤은 별로 어렵지 않잖아?"

"완성된 작품 같은 건 없어."

"흥, 거짓말하지 마. 동인지를 만들던 무렵에 몇 편 써뒀다고 했었잖아?"

"아, 그건……." 나는 허를 찔린 듯한 심정이었습니다. "그런 건 벌써 다 내버렸어."

"거짓말."

"정말이야. 진즉에 처분했어."

"그럴 리 없어. 글쟁이라는 건 자신이 쓴 글을 반드시 어딘가에 남겨두는 법이야. 그래도 없다고 우긴다면 집 안을 다 뒤져보는 수밖에 없겠군. 하지만 굳이 여기저기 찾아볼 필요도 없을걸? 책장이나 서랍, 그 정도면 충분할 거야." 그리고 그는 일어서서 옆방으로 가려고 했습니다.

나는 당황했습니다. 그가 말한 대로 습작을 써둔 대학노트가 책장에 꽂혀 있었기 때문입니다.

"자, 잠깐."

"어때, 순순히 내놓을래?"

"……그런 건 아무 도움도 안 돼. 기껏해야 학생 때 쓴 글이야. 문장도 형편없고 스토리 구성도 거칠어. 도저히 어른의 소설이라고 할 수 없는 원고야."

"그건 내가 판단할 거야. 게다가 완성품을 원하는 것도 아냐. 그저 원석原石이면 돼. 그걸 내가 연마해서 상품으로 만들어낼 거야. 『타오르지 않는 불꽃』도 그래, 내 손길을 거쳤기 때문에 문학사에 남을 명작이 되었어." 히다카는 자신만만하게 말했습니다. 남의 작품을 도둑질하고도 이토록 자랑스러워하는 그의 뻔뻔한 신경을 나는 정말 이해할 수가 없었습니다.

나는 히다카에게 소파에서 기다리라고 말하고 옆방으로 갔습니다.

책장의 가장 위칸에 낡은 대학노트 여덟 권이 꽂혀 있었습니다. 나는 그중에서 한 권만 뽑아냈습니다. 하지만 그때였습니다. 돌연 히다카가 방으로 들어온 것입니다.

"기다리라고 했잖아."

그렇게 말했지만 그는 아무 말도 없이 내 손에서 노트를 빼앗더니 팔랑팔랑 안을 들여다보았습니다. 다음에 책장으로 시선을 던지자마자 나머지 노트도 모조리 꺼냈습니다.

"괜한 잔꾀를 부리시는군." 그는 느물느물 말했습니다. "네가 꺼낸 노트에는 「둥근 불꽃」의 원본뿐이잖아. 이 노트만 나한테 내주고 대충 넘어가려고?"

나는 입술을 깨물며 고개를 떨구었습니다.

"뭐, 됐어. 아무튼 이 노트는 전부 내가 빌려갈게."

"이봐, 히다카." 나는 얼굴을 들고 그에게 말했습니다. "이런 짓을 하고도 부끄럽지 않아? 남이 학창 시절에 쓴 것을 빌려가야 할 만큼 재능이 고갈되어버렸어?"

이건 그때 내가 할 수 있는 최대의 공격이었습니다. 아무튼 조금이라도 그에게 대미지를 주고 싶었던 것입니다.

그리고 그 말이 효과가 있었던 모양입니다. 그는 눈에 핏발을 세우고 나를 노려보더니 당장 멱살을 움켜쥐었습니다.

"작가가 뭔지도 모르는 주제에 잘난 척 떠들지 말라고."

"그래, 나는 잘 모르지. 하지만 이 말만은 할 수 있어. 이런 짓까지 해야 한다면 작가라는 것도 참 비참한 것이구나."

"바로 그 작가가 되고 싶다고 했던 건 어디 사는 어떤 놈이지?"

"이제 그런 건 되고 싶지 않아."

내 말에 그는 손을 놓았습니다. 그리고 "흥, 그게 정답이겠지"라고 내뱉고 집을 나가려고 했습니다.

"잠깐, 잊어버린 게 있어." 나는 2백만 엔이 들어 있는 봉투를 집어 그에게 내밀었습니다.

히다카는 봉투와 내 얼굴을 번갈아 바라보다가 어깨를 으쓱쳐들더니 받아들었습니다.

그로부터 두세 달쯤 지났을 무렵, 어느 문예지에서 히다카의 연재가 시작되었습니다. 나는 그것을 읽고, 지난번 가져간 노트 속의 소설 한 편을 바탕으로 썼다는 것을 발견했습니다. 하지만 그때는 이미 체념이라고 할까, 어느 정도 각오를 했기 때문에 그다지 충격적이지도 않았습니다. 이미 작가가 되는 건 단념해버렸고, 어떤 형태로든 내가 창조한 작품이 세상 사람들에게 읽혀진다면 이것도 나름대로 괜찮다는 생각까지 들었을 정도입니다.

여전히 하쓰미 씨로부터는 이따금 연락이 왔습니다. 그녀는 남편에 대한 경멸의 말을 토로하고 끊임없이 내게 미안하다고 했습니다. 그리고 이런 말도 하는 것이었습니다.

"만일 노노구치 씨가 그 사람을 죽이려고 했던 일로 경찰에 자수할 생각이라면 나에 대해서는 전혀 걱정하지 마세요. 나는 노노구치 씨와 함께라면 언제라도 처벌을 받을 각오를 했으니까요."

하쓰미 씨는 내가 히다카가 시키는 대로 순순히 고스트라이터 노릇을 하는 것은 그녀를 이 일에 끌어들이지 않기 위해서라는 것을 알아주었던 것입니다. 그 말을 듣고 나는 눈물이 쏟아질 만큼 기뻤습니다. 서로 만나지 못해도 우리의 마음만은 이어져 있다는 걸 실감했습니다.

"하쓰미 씨는 그런 걱정은 하지 말아요. 내가 어떻게든 해볼게요. 분명 어딘가에 길이 있을 겁니다."

"하지만 당신에게 너무나 미안해서……." 그녀는 전화 너머에서 울고 있었습니다.

나는 매번 위로의 말을 건넸지만, 실상은 앞으로 어떻게 해야 좋을지 전혀 감이 잡히지 않았습니다. 입으로는 분명 길이 있을 거라고 하면서도 그것이 텅텅 빈 헛된 말이라는 것을 통감하고 있었습니다.

그즈음을 떠올릴 때마다 나는 강렬한 후회의 마음에 시달립니다. 그때 어째서 그녀의 말대로 하지 않았을까. 둘이서 자수를 했더라면 그 뒤의 인생은 틀림없이 전혀 다른 것이 되었을 텐데. 적어도 나는 이 세상에서 가장 소중한 사람을 잃지 않았을 것입니다.

내가 무슨 말을 하는지는 다 아시겠지요. 그렇습니다. 하쓰미 씨의 죽음에 대해 말하는 것입니다. 그 악몽 같은 날의 일은 평생 잊지 못할 것입니다.

교통사고가 났다는 소식은 신문을 보고서야 알았습니다. 그녀가 베스트셀러 작가의 아내였기 때문에 그 기사는 다른 교통사고 때보다 크게 실렸습니다.

경찰에서 어떻게 조사했는지는 모르겠지만, 그것이 단순한 교통사고가 아니라고 의심하는 기사는 어떤 신문에도 없었습니다. 나중에라도 단순 사고라는 판정이 번복되었다는 소식을 들은 적도 없습니다. 하지만 나는 그 사고를 처음 알았던 순간부터 확신했습니다. 그건 결코 단순한 교통사고가 아닙니다. 그녀는 스스로 목숨을 끊은 것입니다. 그 동기에 대해서는 굳이 말할 필요도 없겠지요.

생각해보면 그녀를 죽음으로 내몬 것은 바로 나인지도 모릅니다. 내가 냉정함을 잃고 히다카를 죽이겠다는 생각만 하지 않았더라면 그런 결과가 나오지는 않았을 것입니다.

허무한 인생이라고 할까요. 그즈음 나는 그저 숨을 쉴 뿐인 인간이었습니다. 그녀의 뒤를 따라 자살할 기력조차 없었던 것입니다. 건강도 나빠져서 학교를 자주 쉬었습니다.

히다카는 하쓰미 씨의 사후에도 변함없이 일을 계속했습니다. 내 작품을 바탕으로 써낸 소설 외에 그 자신의 오리지널 작품도 발표하는 모양이었습니다. 어느 쪽이 더 높은 평가를 받았는지, 그건 잘 모르겠습니다.

그런 그에게서 우편물이 온 것은 그녀가 세상을 떠나고 반년쯤 지났을 때였습니다. 큼직한 봉투에 워드프로세서에서 출력한 A4 용지가 30매 남짓 들어 있었습니다.

처음에는 단순한 소설인 줄 알았습니다. 하지만 읽어나가는 사이에 엄청난 글이라는 게 드러났습니다. 그것은 하쓰미 씨의 일기와 히다카 본인의 독백을 얼기설기 짜맞춘 이야기였던 것입니다. 일기 부분에서는 하쓰미 씨가 N이라는 남자(나를 가리키는 것입니다)와 특별한 관계에 빠져드는 과정이며 마침내 공모하여 남편을 살해하려는 것 등이 극명하게 그려졌습니다. 한편 히다카의 독백 부분에서는 아내의 마음이 멀어지는 것을 알아차리지 못한 남편의 슬픔이 담담히 묘사되었습니다. 그리고 그 살인미수 사건이 일어납니다. 여기까지는 거의 사실에 가깝다고 해야겠지만 그 뒤부터는 명백히 히다카에 의한 창작이었습니다. 하쓰미 씨는 자신의 실수를 후회하고 남편에게 용서를 청한다는 식으로 이야기가 풀려나가는 것입니다. 히다카는 긴 시간을 들여 그녀와 대화하고 다시 한번 결혼

생활을 해나가자는 결심을 합니다. 그런데 이제부터 다시 행복해지겠다 하는 참에 하쓰미 씨가 교통사고를 당한다는 것입니다. 이 기묘한 소설은 그녀의 장례식 장면으로 끝이 납니다. 읽는 이에 따라서는 감동적인 이야기라고 할 수 있는 소설이었습니다.

나는 정말 어처구니가 없었습니다. 이건 대체 무슨 짓인가 하는 생각이 들었습니다. 그러자 그날 밤, 히다카로부터 다시 전화가 걸려왔습니다.

"그거, 읽어봤어?"

"어쩔 셈이야, 그런 걸 쓰다니."

"다음 주에 편집자에게 건네줄 생각이야. 아마 다음 달에 나오는 문예지에 실릴 거다."

"제정신이야? 그런 짓을 하면 안 되지."

"아, 그럴지도 모르겠네." 히다카는 침착하기 이를 데 없었습니다. 그것이 더욱 더 나를 오싹하게 했습니다.

"네가 기어코 이 소설을 발표한다면 나도 진실을 밝힐 거야."

"무슨 진실을 밝혀?"

"그야 당연히 네가 내 작품을 도둑질했다는 것이지."

"호오." 그는 기가 죽지 않았습니다. "하지만 그런 소리를 누가 믿어줄까? 증거도 없는데?"

"증거라고?"

오히려 내가 멈칫했습니다. 내 대학노트를 히다카에게 빼앗긴 이상, 그의 도작을 증명하는 건 불가능합니다. 그리고 나는 그제야 깨달았습니다. 하쓰미 씨의 죽음은 유일한 증인의 죽음이기도 했다는 것을.

"아, 그런데 말이지." 히다카는 말했습니다. "이 수기를 꼭 지금 발표해야 하는 건 아니야. 우리의 관계가 어떻게 되느냐에 따라 당분간 보류해줄 수도 있어."

그의 의도가 어렴풋이 짚여왔습니다. 그리고 내가 예상한 대로 그는 말했습니다. "원고용지로 50매야. 네가 50매짜리 소설을 써준다면 그걸 대신 싣는 것도 괜찮아."

결국 히다카의 목적은 그것이었습니다. 나를 어떻게든 고스트라이터로 이용할 수 있는 상황을 만든 것입니다. 그리고 나는 어떻게도 대항할 수단이 없었습니다. 하쓰미 씨를 위해서도 그런 수기를 발표하게 할 수는 없었던 것입니다.

"언제까지 쓰면 되지?" 나는 물었습니다.

"다음 주말까지야."

"이게 마지막이지?"

하지만 이 질문에 그는 대답하지 않았습니다.

"원고 완성되면 연락해라." 그렇게 말하고 전화를 끊어버린 것입니다.

엄밀히 말하자면 그날이 내가 본격적으로 그의 고스트라이터가 된 날이었던 셈입니다. 그날 이후로 나는 17편의 단편소설과 3편의 장편소설을 그를 위해 써주었습니다. 경찰에 압수된 플로피디스크에 들어 있던 내용이 그 작품들입니다.

가가 형사라면 이상하다고 생각할지도 모르겠군요. 어떻게든 저항할 방법이 없었느냐고 의문을 품겠지요. 솔직히 말하자면 나는 히다카와의 심리전에 지칠 대로 지쳐버린 상태였습니다. 그가 하라는 대로 소설을 써주기만 하면 아무튼 나와 하쓰미 씨의 과오가 폭로되는 일 없이 넘어갈 수 있었기 때문에 그게 편하다고 생각했던 것입니다. 게다가 참으로 기묘한 일이지만, 그렇게 2, 3년이 지나자 나와 히다카는 제법 호흡이 잘 맞는 합작자의 관계가 되었습니다.

아동문학 출판사에 나를 소개해준 것은 그가 어린이 대상 동화에 전혀 관심이 없었기 때문입니다. 하지만 나에 대해 조금쯤은 죄책감을 느꼈기 때문인지도 모릅니다. 그가 언젠가 이런 말을 했던 것입니다.

"다음 장편만 끝나면 해방시켜줄게. 콤비 해체야."

나는 내 귀를 의심했습니다. "정말이야?"

"정말이지. 하지만 너는 앞으로 어린이 대상 동화만 써야 해. 내 영역으로는 들어오지 말란 말이야. 알겠지?"

과장이 아니라, 정말 꿈만 같았습니다. 드디어 자유의 몸이 되는 것입니다.

그런 히다카의 심경 변화가 리에 씨와의 결혼 때문이었다는 것은 그 얼마 뒤에 알았습니다. 그들은 밴쿠버로 이주할 계획이었고 그것을 계기로 히다카도 지금까지의 악연을 청산하기로 마음먹은 모양이었습니다.

신혼의 두 사람은 밴쿠버로 떠날 날을 기다렸겠지만, 아마 나는 그들보다 더 그날을 손꼽아 기다렸을 것입니다.

그리고 마침내 그날을 맞이했습니다.

그날 나는 『얼음의 문』 원고의 플로피디스크를 들고 히다카의 집에 갔습니다. 그에게 플로피디스크를 건네는 것은 그게 마지막이 될 터였습니다. 그가 캐나다로 떠난 뒤에는 팩스로 원고를 보내기로 했습니다. 나는 컴퓨터 통신이 가능한 기기가 없었기 때문입니다. 그리고 이 『얼음의 문』의 연재가 끝나면 우리의 관계는 소멸될 예정이었습니다.

내게서 플로피디스크를 받아든 히다카는 잔뜩 신이 나서 밴쿠버의 신혼집에 대한 이야기 등을 했습니다. 나는 그런 이야기를 한바탕 들어준 뒤에 내 쪽의 용건을 꺼냈습니다.

"그런데 지난번에 약속했던 거, 오늘 돌려준다고 했었지?"

"약속했던 거? 그게 뭐지?" 잊었을 리가 없는데도 일단 그런 식으로 시치미를 떼지 않으면 직성이 풀리지 않는 것이 히다카의 습성이었습니다.

"노트 말이야, 내 대학노트."

"노트?" 히다카는 한 차례 고개를 갸우뚱하는 척하고 나서, 아아, 하고 고개를 끄덕였습니다. "그 노트 말이군. 깜빡 잊을 뻔했네."

그는 책상 서랍을 열고 안에서 낡은 대학노트 여덟 권을 꺼내왔습니다. 틀림없이 예전에 그가 빼앗아간 내 노트였습니다.

몇 년 만에 다시 돌아온 노트를 나는 가슴에 꼭 껴안았습니다. 이것만 있으면 히다카의 도작을 입증할 수 있고, 그와 대등한 관계가 될 수 있다고 생각했기 때문입니다.

"기분이 좋은 모양이지?" 그가 말했습니다.

"그야 뭐, 당연히."

"아, 근데 내가 생각해봤는데, 그 노트에 무슨 의미가 있지?"

"의미? 그야 있고말고. 네가 발표한 소설 몇 편의 원형은 내가 쓴 거라는 증거가 될 거야."

"흥, 그럴까? 하지만 그 반대의 해석도 성립하지. 즉 그 노트의 내용은 내 작품을 본 뒤에 쓴 거라고 해석할 수도 있단 말이야."

"뭐라고?" 나는 등줄기가 오싹해지는 한기를 느꼈습니다. "그런 식으로 변명할 셈이야?"

"변명이라고? 대체 누구한테 변명을 한다는 거야? 하지만 네가 만일 그걸 제삼자에게 보여주는 허튼짓을 한다면 나도 그렇게 말할 수밖에 없겠군. 자, 그러면 그 제삼자는 우리 둘 중 누구의 말을 믿어줄까? 아마 그게 관건이 되겠지? 아니, 이런 일로 너와 말씨름을 할 생각은 없어. 하지만 그 노트를 다시 찾았다고 네가 나에 대해 유리한 위치에 섰다고 생각한다면 그건 큰 착각이야."

"히다카!" 나는 그를 노려보았습니다. "나는 더 이상 고스트 라이터 노릇은 못 해. 너를 위해 소설을 쓰는 건……."

"이 『얼음의 문』이 마지막이라는 거지? 나도 알아, 그건."

"그럼 왜 그런 말을 하는 거냐고!"

"딱히 이유는 없어. 우리의 관계는 변함이 없다는 말을 하려는 것뿐이야."

차가운 웃음을 짓는 히다카를 보며 나는 확신했습니다. 이 인간은 나를 해방시켜줄 마음은 애초부터 없었구나. 언젠가 내가 필요한 때가 오면 또다시 이용해먹을 작정이구나.

"비디오테이프와 나이프는 어디 있지?" 내가 물었습니다.

"뭐? 그건 또 무슨 소리야?"

"시치미 떼지 마. 그 비디오테이프하고 나이프 말이야!"

"아하, 그 물건이라면 내가 소중하게 보관하고 있지. 나만 아는 장소에 챙겨뒀어."

히다카가 그렇게 말했을 때, 노크 소리가 났습니다. 그리고 리에 씨가 들어와 후지오 미야코가 찾아왔다고 알렸습니다.

후지오 미야코 씨라면 되도록 만나고 싶지 않은 상대였을 테지만 히다카는 만나겠다고 말했습니다. 나를 어서 쫓아내고 싶었기 때문이겠지요.

나는 마음속의 분노를 감추고 리에 씨에게 인사를 건넨 뒤에 히다카가의 현관을 나섰습니다. 수기에는 리에 씨가 대문 밖까지 배웅해주었다는 식으로 썼지만, 가가 형사가 날카롭게 지적했듯이 사실은 현관까지였습니다.

현관을 나서자 나는 정원 쪽으로 돌아 들어가 히다카의 작업실 밑으로 갔습니다. 그리고 창문 아래 숨어서 히다카와 후지오 미야코의 대화를 들었습니다. 예상했던 대로 히다카는 건성건성 대꾸하고 있었습니다. 그녀가 문제로 삼은『수렵 금지구역』이라는 소설은 모두 내가 쓴 것이기 때문에 히다카로서는 확실한 대답을 하려야 할 수가 없었던 것입니다.

이윽고 후지오 미야코가 잔뜩 화난 기색으로 돌아갔습니다. 그리고 잠시 뒤에 리에 씨도 집을 나섰습니다. 그 바로 뒤에는 히다카도 작업실을 나갔습니다. 아마 화장실에라도 간 모양이었습니다.

나는 천재일우의 기회라고 생각했습니다. 그리고 마음의 각오도 했습니다. 지금 이때를 놓친다면 두 번 다시 히다카의 마수에서 벗어날 수 없다고 생각했습니다.

창문이 잠겨 있지 않았던 것은 행운이었습니다. 나는 몰래 안으로 들어가 히다카가 작업실로 돌아오기를 문 옆에서 기다렸습니다. 내 손에는 놋쇠 문진이 쥐어져 있었습니다.

그다음의 일은 따로 설명할 필요도 없겠지요. 나는 그가 방에 들어서자마자 뒤에서 힘껏 머리를 내리쳤습니다. 그는 한순간에 쓰러졌습니다. 하지만 정말로 죽었는지 확실히 알 수 없었습니다. 그래서 분명하게 매듭을 짓자는 생각에 전화 코드로 목을 졸랐던 것입니다.

그 뒤부터는 가가 형사가 추리한 그대로입니다. 나는 그의 컴퓨터를 이용해 알리바이 조작을 꾀했습니다. 고백하자면, 그건 어린이 대상의 추리소설을 쓸 때 활용하기 위해 전부터 준비해둔 트릭이었습니다. 정말 우스운 일이지요. 말 그대로 어린아이를 속이기 위한 트릭이었으니까요.

그래도 나는 내 범행이 드러나지 않기를 빌었습니다. 그리고 그 바람만큼이나 몇 년 전의 살인미수 사건 또한 폭로되지 않기를 빌었습니다. 내가 리에 씨에게 히다카의 비디오테이프가 캐나다에서 돌아오면 바로 연락해달라고 부탁한 것도 그런 바람 때문이었습니다.

하지만 가가 형사는 내 비밀을 차례차례 파헤쳤습니다. 그 날카로운 추리력에는 솔직히 증오감마저 들었습니다. 물론 가가 형사를 원망해봤자 쓸데없는 일이지만.

맨 처음에 말했던 대로 『야광충』이라는 작품은 몇 편 안 되는 히다카 본인의 소설이지만 그 속에 나오는, 주인공이 아내와 아내의 애인에게 살해될 뻔했던 장면은 말할 것도 없이 바로 그날 밤의 사건을 떠올리며 써낸 것입니다. 내가 창문으로 침입하는 비디오테이프 영상과 그 소설 내용이 부합한다는 것을 알아차렸기 때문에 가가 형사는 그것을 단서로 진실을 잡아낸 것이지요. 역시 히다카의 끈질긴 집념이 쳐놓은 덫을 실감하지 않을 수 없습니다.

내가 고백해야 할 것은 이상입니다. 나로서는 하쓰미 씨와의 관계만은 어떻게든 비밀로 하고 싶었고, 그러자면 동기는 결코 밝힐 수가 없었습니다. 결과적으로 수사 관계자 여러분께 큰 폐를 끼치고 말았지만, 조금이라도 내 심정을 이해해주신다면 감사하겠습니다.

이제는 어떤 벌이라도 달게 받자는 마음뿐입니다.

과거過去 1

가가 형사의 기록

5월 14일, 노노구치가 올해 3월까지 근무했던 시립 제3중학교에 갔다. 수업이 끝나는 시간이어서 귀가하는 학생들이 우르르 학교 밖으로 나오는 참이었다. 운동장에서는 육상부 남학생들이 힘차게 땅을 박차며 왕복 달리기 연습을 하고 있었다.

서무과 창구에서 이름과 신분을 밝힌 뒤에, 되도록 노노구치와 친했던 교사들을 만나고 싶다고 했다. 여직원은 상사와의 상의와 연락을 위해 교무실을 오락가락하는 등 분주한 모습이었다. 예상했던 것보다 절차가 복잡해서 답답했지만, 학교라는 곳은 원래 이런 곳이라는 생각이 들었다. 20여 분을 기다린 끝에 마침내 응접실로 안내를 받아 들어갔다.

에토라는 자그마한 몸집의 교장과 후지와라라는 남자 국어 교사가 나와주었다. 교장이 동석한 것은 후지와라가 문제가 될 만한 발언을 하지 않도록 감시하기 위해서일 터였다.

나는 우선 두 사람에게 히다카 구니히코가 살해된 사건에 대해 알고 있는지 물었다. 두 사람 모두 잘 알고 있다고 대답했다. 노노구치가 사실은 히다카의 고스트라이터였고, 그로 인한 복잡한 관계가 살인의 동기라는 것도 이미 알고 있었다. 오히려 그들은 내게서 좀 더 자세한 소식을 들었으면 하는 눈치였다.

노노구치가 고스트라이터였다는 것에 대해 뭔가 짐작되는 것은 없느냐고 질문했더니 후지와라는 조심스럽게 다음과 같이 말했다.

"그가 소설을 쓴다는 건 알고 있었어요. 그의 작품이 실린 아동잡지를 읽은 적도 있습니다. 하지만 고스트라이터로 글을 쓴다는 건 생각도 못 했어요. 게다가 그 유명한 인기작가의 고스트라이터라니."

"노노구치 씨가 소설을 쓰는 걸 보신 적이 있습니까?"

"그런 적은 없었어요. 그 선생님도 학교에서는 교사로서 해야 할 일이 많았으니까 아마 집에 돌아간 뒤나 공휴일에 썼겠지요."

"그게 가능할 만큼 노노구치의 교사로서의 업무가 가벼웠습니까?"

"아뇨, 그의 업무가 남들보다 가벼웠던 건 아니었어요. 단지 퇴근은 빨리 했죠. 작년 가을쯤부터는 더욱 그랬습니다. 그리고 학교 행사에 관한 자잘한 일거리는 늘 교묘하게 빠져나갔어요. 병명까지는 자세히 모르지만 그가 건강이 안 좋다는 건 다들 알고 있어서 다른 선생님들도 대충 눈을 감아주는 분위기였죠. 하지만 그렇게 자기 시간을 만들어서 히다카 구니히코의 소설을 쓰고 있었다니, 정말 깜짝 놀랄 일이군요."

"작년 가을쯤부터 퇴근을 더 일찍 했다고 하셨는데, 그건 구체적으로 기록 같은 게 남아 있습니까?"

"글쎄요, 학교에는 출퇴근카드 같은 건 없으니까요. 하지만 분명 작년 가을부터예요. 2주일에 한 번씩 국어 교사들의 모임이 있었는데, 그때부터 전혀 참석하지 않았으니까요."

"그때까지는 그런 일이 없었군요?"

"학교 일에 남다른 열의를 보이는 사람은 아니었지만, 그래도 그때까지는 꼬박꼬박 참석했었죠."

이어서 노노구치 오사무의 인품에 대해서도 질문해보았다.

"말이 별로 없어서 무슨 생각을 하는지 알 수 없는 사람이었습니다. 늘 멍하니 창밖만 쳐다봤어요. 하지만 지금 생각해보면 그도 나름대로 괴로웠겠지요. 근본은 나쁜 사람이 아니라고 생각해요. 그토록 고통스러운 처지였으니, 저도 모르게 불끈해서 돌이킬 수 없는 짓을 저지른 그 심정이 이해가 되기도 합니다. 나도 히다카 구니히코의 소설을 좋아해서 몇 권 읽어 봤는데, 그게 실은 노노구치 선생님이 쓴 거라고 생각하니 또 다른 느낌이 들더군요."

나는 감사 인사를 건네고 중학교를 뒤로했다.

학교 앞 길목에 큰 문방구가 있었다. 나는 안으로 들어가 계산대의 여점원에게 노노구치 오사무의 사진을 보여주고 이 손님이 최근 1년 동안 찾아온 적이 있느냐고 물었다.

낯은 익은데 확실한 것은 생각나지 않는다고 그 점원은 대답했다.

5월 15일, 히다카 리에를 만나러 갔다. 그녀는 일주일쯤 전부터 요코하마의 맨션으로 이사해서 살고 있었다. 내 쪽에서 연락을 취했을 때, 그녀는 몹시 우울한 목소리로 응했다. 이번 사건에서 되도록 멀리 피하고 싶어 이사했을 테니 그건 당연하다고 할 수 있었다. 그래도 나를 만나주겠다고 한 것은 내가 매스컴 관계자가 아니라 형사이기 때문일 것이다.

맨션 근처의 쇼핑센터 찻집에서 우리는 만나기로 했다. 매스컴의 눈초리가 마음에 걸리니 자기 집은 피해달라고 그녀가 말했기 때문이다.

바겐세일 중인 부티크 옆의 찻집은 바깥에서는 손님의 얼굴이 보이지 않고 게다가 사람들이 적당히 드나드는 장소여서, 남에게 들리지 않게 대화하기에는 안성맞춤이었다. 그 가게의 가장 안쪽 테이블에서 리에 부인과 마주앉았다.

나는 우선 별일 없느냐고 물었다. 그에 대해 히다카 리에는 옅은 쓴웃음을 지었다.

"여전히 그리 유쾌하지 않은 나날을 보내고 있어요. 어서 빨리 주위가 조용해졌으면 좋겠군요."

"형사사건에 관련이 되면 아무래도 한참 동안 어수선하게 마련이지요."

내가 말했지만 그다지 위로가 되지는 않은 것 같았다. 그녀는 고개를 저으며 답답한 듯 호소했다.

"이번 일이 형사사건이고 피해자는 우리 쪽이라는 것을 사람들은 알고 있는 건가요? 마치 연예인 스캔들처럼 여기저기서 떠들어대고, 게다가 우리 쪽이 나쁘다는 식으로 말하더라고요."

그 점에 대해서는 부정할 수 없었다. 텔레비전의 뉴스 쇼에서도 주간지에서도 히다카 구니히코가 살해된 것보다 그가 친구를 협박해 작품을 훔쳤다는 내용이 더 중요하게 다뤄졌다. 게다가 그 이면에 전처의 불륜까지 얽혀 있었기 때문에 평소에는 문단에 관심도 없던 리포터들까지 신이 나서 덤벼드는 것도 당연한 일이라고 할 수 있었다.

"매스컴은 그냥 무시하는 게 좋아요."

"물론 무시할 수 있을 때는 무시하죠. 안 그러면 미쳐버릴 테니까요. 하지만 귀찮게 하는 건 매스컴 쪽만이 아니에요."

"무슨 일이 있었습니까?"

"이래저래 일이 많았죠. 욕설 전화며 편지가 쏟아지고 있어요. 게다가 어떻게 알아냈는지 우리 친정집에까지 그런 편지를 보냈어요. 내가 남편의 집에 없다는 소식이 매스컴을 통해 낱낱이 알려졌기 때문이겠죠."

충분히 있을 법한 일이었다.

"경찰에 신고는 했습니까?"

"일단 말은 해뒀어요. 하지만 이런 일은 경찰에 얘기한다고 해결되는 것도 아니잖아요?"

그건 맞는 말이었지만, 내 입장에서 그건 그렇다고 긍정할 수는 없었다.

"전화나 편지는 대개 어떤 내용이에요?"

"그것도 역시 각양각색이에요. 지금까지 지불했던 인세를 돌려달라는 것도 있고, 그동안 열심히 응원해온 독자를 배신했다는 편지와 함께 남편의 책들을 상자에 넣어서 보낸 사람도 있었어요. 아, 그리고 문학상을 반납하라고 요구하는 편지도 많더군요."

"그렇군요……."

그런 비난을 하는 사람들이 모두 히다카 구니히코의 팬이거나 문학 애호가일 가능성은 낮다고 나는 내심 짐작했다. 아니, 오히려 그들 중 대부분은 지금까지 히다카 구니히코라는 이름조차 알지 못했던 사람들이 아닐까. 적극적으로 남을 비난하는 인간이란 주로 남에게 불쾌감을 주는 것으로 희열을 얻으려는 인종이고, 어딘가에 그런 기회가 없는지, 항상 눈을 번득이고 있다. 따라서 상대는 누가 됐건 상관없는 것이다.

내가 그렇게 말하자 히다카 리에도 동감이라는 듯 고개를 끄덕였다.

"진짜 웃기는 건, 요즘 남편 책이 아주 잘 팔린다는 거예요. 그것도 일종의 관음증 같은 거겠죠?"

"세상에는 별별 사람들이 다 있으니까요."

히다카 구니히코의 책이 잘 팔린다는 건 나도 알고 있었다. 하지만 현재 시중에 나와 있는 것은 재고분이고, 앞으로 증간할 계획은 없는 모양이었다. 문득 고스트라이터설을 부인했던 편집자가 생각났다. 그들도 한참 동안은 지켜볼 생각인 걸까.

"아참, 노노구치 씨의 친척이라는 분이 연락했었어요."

그녀는 아무 일도 아닌 듯이 말했지만, 이 정보는 나를 놀라게 했다.

"노노구치의 친척에게서? 어떤 내용인데요?"

"지금까지의 저작물에 의해 발생한 이익금에 대해 반환 청구를 하려나 봐요. 노노구치 씨의 작품을 바탕으로 쓴 소설에 대해서는 최소한 원작료는 받을 권리가 있다고 하더군요. 외삼촌이라는 사람이 대표로 적혀 있었어요."

외삼촌이 대표로 나선 것은 노노구치에게 형제도 없고 양친도 타계했기 때문일 것이다. 하지만 범죄자 측에서 이익금 반환 청구라니, 이 소식에는 나도 상당히 놀랐다. 세상에는 별별 사람들이 다 있다.

"그래서 어떻게 대답하셨어요?"

"변호사와 상의한 뒤에 대답하겠다고 했어요."

"네, 그게 좋겠지요."

"솔직히 난데없는 봉변이라는 생각이 들어요. 피해자는 우리 쪽인데 범인의 친척들이 나서서 돈을 요구하다니, 이런 얘기는 들어본 적이 없어요."

"이런 경우는 드물기도 하고, 나는 그런 쪽의 법률에 대해서는 아는 게 없어서 분명한 말씀은 드릴 수 없지만 아마 지불할 의무는 없을 겁니다."

"네, 나도 그렇게 생각하고 있어요. 하지만 문제는 돈이 아니에요. 남편이 살해된 것이 마치 자업자득이라는 식으로 여기저기서 떠들어대는 게 너무나 비통한 거예요. 노노구치 씨의 외삼촌이라는 분도 전혀 미안해하는 기색이 없더군요."

히다카 리에는 입술을 깨물며 결코 지지 않겠다는 강한 성품을 내보였다. 슬픔보다 분노 쪽이 더 큰 것 같아서 그나마 나는 마음이 놓였다. 이런 자리에서 눈물을 보인다면 어떻게 위로해야 할지 참으로 난감할 것이다.

"가가 형사님께 전에도 말씀드렸지만, 나는 아직도 남편이 남의 작품을 훔쳤다는 건 절대로 믿을 수 없어요. 새로운 작품에 대해 말할 때마다 어린애처럼 눈을 반짝였던 사람이에요. 자신이 마음먹은 대로 이야기가 풀려나가면 정말 흐뭇해하는 게 나한테는 고스란히 느껴졌어요."

히다카 리에의 주장에 대해 나는 고개를 끄덕였다. 그녀의 심정은 충분히 이해가 되었기 때문이다. 하지만 여기서 선불리 동의하는 듯한 말을 입에 올릴 수는 없었다. 그런 내 마음을 읽어냈는지 그녀도 더 이상 자기주장을 하지 않고 내 쪽의 용건을 물어왔다.

나는 상의 안쪽 호주머니에 넣어두었던 서류를 꺼내 테이블에 내려놓았다.

"우선 이걸 좀 읽어주셨으면 합니다."

"이게 뭔가요?"

"노노구치 오사무의 수기입니다."

내 말에 히다카 리에는 노골적으로 불쾌감을 내보였다.

"그 사람 글이라면 읽고 싶지 않군요. 남편이 자신에게 얼마나 지독한 짓을 했는지 줄줄이 늘어놨겠지요. 그런 내용이라면 신문에 실려 있어서 거의 다 읽어봤어요."

"그건 노노구치가 체포된 뒤에 썼던 고백의 글이지요? 여기 있는 수기는 그것과는 다른 거예요. 노노구치가 이번 범행 직후에 경찰의 눈을 어지럽히려고 일부러 사실과 다른 기록을 했었다는 것은 아시지요? 이건 그 글을 복사해 온 것입니다."

내 설명으로 그녀는 이해한 모양이었지만, 불쾌한 표정에는 변화가 없었다.

"그래요? 하지만 사실이 아닌 글을 읽어봤자 무슨 도움이 될까요?"

"그러지 말고 일단 읽어보시죠. 분량이 그리 많지 않으니까 금세 읽을 수 있을 겁니다."

"지금 여기서요?"

"네, 부탁합니다."

이상한 소리를 하는 형사라고 그녀는 생각했을 것이다. 하지만 더 이상 되묻는 일 없이 히다카 리에는 수기에 손을 내밀었다.

15분쯤 뒤에 그녀는 수기에서 눈을 들었다.

"다 읽었는데요, 이 글이 무슨?"

"그 수기 중에 노노구치 본인이 허위라고 인정한 것은, 우선 히다카 구니히코 씨와의 대화 부분이에요. 사실은 그런 부드러운 분위기가 아니라 꽤 험악한 대화가 오고갔다고 그는 진술하고 있습니다."

"그런 것 같군요."

"그리고 이건 전에도 부인께 질문했던 것이지만, 노노구치가 댁을 나올 때의 상황이 사실과는 다르게 묘사되었죠? 실제로 부인은 그를 현관까지 배웅했는데 이 수기에는 대문 밖까지 배웅한 것처럼 적혀 있어요."

"네, 맞아요."

"그 밖에는 어떻습니까? 부인이 기억하시는 것과 이 수기의 내용 중에서 명백히 다른 부분은 없습니까?"

"그것 외에 또 다른 점이라면……."

히다카 리에는 당황하는 표정으로 수기 복사본에 시선을 떨구었다. 그리고 자신 없는 기색으로 고개를 저었다.

"특별한 건 없는 것 같은데요?"

"그러면 그날 노노구치가 했던 말이나 행동 중에서 여기에 기록되지 않은 사항은 없습니까? 어떤 작은 일이라도 괜찮아요. 이를테면 중간에 그 사람이 화장실에 갔던 일이라도 기억나는 대로 모두 말해주세요."

"잘 기억나지는 않지만, 그날 노노구치 씨는 화장실에는 가지 않았던 거 같아요."

"그러면 전화는 어때요? 어디론가 전화를 걸었던 일은 혹시 없었어요?"

"글쎄요……. 남편 방에서 전화를 했다면 나는 알지 못했을 테니까요."

히다카 리에는 실제로 그날의 일을 남김없이 기억하지는 못하는 모양이었다. 그날이 그녀에게 특별한 날이 된다는 건 노노구치가 찾아온 시점에는 미처 알지 못했으니까 일일이 기억나지 않는 것도 당연한 일인지 모른다.

그만 포기하려는 참에 그녀가 문득 고개를 들었다.

"아, 그러고 보니 한 가지……."

"무엇이죠?"

"전혀 관계가 없을지도 모르는데요."

"괜찮습니다."

"그날 노노구치 씨는 돌아가는 길에 선물이라면서 내게 샴페인 한 병을 줬어요. 그것이 이 수기에는 적혀 있지 않군요."

"샴페인을? 그날이 틀림없습니까?"

"네, 틀림없어요."

"돌아가는 길이라고 하셨는데, 구체적으로는 어떤 식으로 샴페인을 건네줬지요?"

"후지오 미야코 씨가 들어가고 그 대신 노노구치 씨가 남편의 작업실에서 나왔을 때예요. 히다카와 이야기하는 데 정신이 팔려서 깜빡 잊어버렸는데 실은 샴페인을 선물로 사왔다면서 종이봉투에 든 병을 내밀었어요. 오늘 밤 호텔에서라도 드시라고 해서 내가 고맙게 받았어요."

"그 샴페인은 어떻게 했지요?"

"그날 밤 내가 투숙했던 호텔 냉장고에 넣어놓고 왔어요. 이번 사건 후에 호텔에서 그 샴페인 때문에 전화를 했었지만, 내가 그냥 적당히 처분해달라고 대답했던 기억이 나는군요."

"마시지는 않았군요?"

"네, 남편이 일을 마치고 호텔에 오면 둘이서 함께 마시려고 냉장고에 넣었으니까요."

"그런 일이 자주 있었어요? 샴페인뿐만 아니라 노노구치 씨가 선물로 술을 들고 왔던 일이?"

"전에는 선물을 가져왔었는지도 모르지만 내가 아는 한에서는 그때가 처음이었어요. 원래 노노구치 씨 본인이 술을 마시지 않는 사람이거든요."

"아, 그렇군요."

노노구치 본인은 고백의 글 속에 처음으로 히다카가를 방문했을 때 스카치위스키를 가져갔다고 적었지만, 그때의 일은 당연히 히다카 리에는 알지 못할 터였다.

나는 그 밖에 수기에는 나오지 않지만 특별히 인상에 남는 일은 없느냐고 물었다. 히다카 리에는 상당히 진지하게 기억을 더듬는 듯했지만, 그것 외에는 생각나지 않는다고 말했다. 그리고 왜 이제야 새삼스럽게 그런 것을 묻느냐고 거꾸로 내게 질문을 던져왔다.

"하나의 사건을 종결시키려면 여러 가지 복잡한 절차가 필요하거든요. 확인작업이라는 것도 그중 하나입니다."

내 설명에 피해자의 아내가 의심을 품는 기색은 없었다.

히다카 리에와 헤어진 직후, 나는 사건 당일 밤에 히다카 부부가 투숙하기로 했던 호텔에 전화를 걸어 샴페인에 대해 물어보았다. 꽤 오래 기다려야 했지만 그때 일을 기억하고 있다는 담당자와 통화를 할 수 있었다.

"돔페리뇽의 로제 샴페인이었는데, 손님이 냉장고에 그대로 넣어두고 가셨어요. 값비싼 술이고 아직 뚜껑도 따지 않은 것이라서 확인차 연락을 드렸지요. 그랬더니 손님 쪽에서 적당히 처분해달라고 하셔서 그 말씀대로 처리했습니다."

남자 호텔맨은 공손한 어조로 말했다.

나는 그 샴페인은 어떻게 되었는지 물어보았다. 호텔맨은 잠시 머뭇거리던 끝에 자신이 집에 가져갔다고 털어놓았다.

나는 이어서 그 술을 마셨느냐고 물었다. 2주일쯤 전에 다 마셨다고 그는 대답했다. 병도 이미 버렸다고 했다.

"뭔가 문제가 있습니까?"

호텔맨은 걱정스럽게 물었다.

"아뇨, 문제가 있는 건 아니에요. 근데 그 샴페인은 맛이 괜찮았어요?"

"예, 그야 뭐 아주 좋은 술이었죠."

아무 문제도 없다는 내 말에 호텔맨은 마음이 놓였는지 흔쾌히 대답해주었다.

집에 돌아온 뒤에는 비디오테이프를 보았다. 노노구치 오사무가 히다카의 집에 숨어들었을 때의 그 테이프였다. 감식과에 부탁해서 특별히 복제해달라고 한 것이었다.

되풀이해서 들여다봤지만, 수확 없음. 따분한 화면이 눈꺼풀에 낙인으로 찍혔을 뿐이다.

5월 16일, 오후 1시를 조금 지났을 무렵, 요코타 부동산 주식회사의 이케부쿠로 지역 영업소를 방문했다. 정면이 온통 유리판이고 카운터 안쪽에 스틸 책상 두 개가 있을 뿐인 작은 사무실이었다.

내가 들어갔을 때, 후지오 미야코는 혼자서 뭔가 사무를 보고 있었다. 다른 직원들은 외출한 모양이었다. 그러니 그녀를 밖으로 불러낼 수도 없어 카운터 테이블을 끼고 마주앉아 이야기를 하게 되었다. 밖에서 보면 뭔가 수상쩍은 사내가 싸구려 아파트를 찾고 있는 모습으로 보였을 것이다.

나는 인사를 간단히 끝내고 곧바로 핵심으로 들어가기로 했다.

"노노구치의 고백의 글에 대해서는 알고 있습니까?"

긴장한 얼굴로 후지오 미야코는 고개를 끄덕였다.

"대강의 내용은 신문에서 읽었어요."

"어떻게 생각하셨어요?"

"어떻게라니……, 아무튼 깜짝 놀랐어요. 그 『수렵 금지구역』도 그 사람이 쓴 거라니, 정말 뜻밖이었죠."

"노노구치의 고백에 의하면 히다카 구니히코는 그 작품의 진짜 작가가 아니었기 때문에 당신과의 협상에서도 분명한 말을 할 수 없었다고 하던데, 그 점에 대해서는 어떻게 생각하세요? 뭔가 짐작이 가는 것은 없습니까?"

"솔직히 말씀드리면, 나는 뭐가 뭔지 모르겠어요. 히다카 씨와 이야기하다 보면 대충 나를 달래고 넘어가려고 한다는 생각이 들었던 건 분명하지만……."

"히다카 씨와 대화할 때, 그를 『수렵 금지구역』의 작가라고 하기에는 뭔가 이상하다고 생각되는 말 같은 것을 들은 적은 없었던 거군요?"

"그런 건 없었어요. 하지만 이번 일이 터지고 보니 그것도 자신 있게 말할 수가 없네요. 그때만 해도 히다카 씨가 진짜 작가가 아니라는 건 상상도 못 했으니까요."

그건 그야말로 당연한 말이라고 할 수 있었다.

"『수렵 금지구역』의 진짜 작가가 노노구치 오사무라고 생각했을 경우, 정말 그렇겠다고 이해가 되는 점, 혹은 거꾸로 아무래도 이해할 수 없는 점이 있을까요?"

"그것 역시 자신 있게 대답할 수 있는 건 아니에요. 노노구치라는 사람도 히다카 씨와 마찬가지로 오빠와 동창이었으니까 그 소설을 쓰는 건 가능했겠지요. 실제로 소설을 쓴 사람이 노노구치 오사무였다고 하니까 나는 그저 그런가 보다 하고 생각할 수밖에 없어요. 애초에 히다카 씨에 대해서도 자세하게 알지 못했어요."

"그렇겠군요."

아무래도 후지오 미야코에게서 더 이상의 정보는 얻을 수 없겠다고 생각하는 참에 그녀가 다시 말을 이었다.

"만일 그 소설을 쓴 사람이 히다카 씨가 아니라면 소설을 새로운 시점에서 다시 읽어볼 필요는 있을 거예요. 왜냐면 그 소설에 등장하는 한 인물을 나는 내내 히다카 씨 본인이라고 생각했거든요. 하지만 작가가 히다카 씨가 아니라면 그 인물도 그 사람이 아니었다는 얘기가 되잖아요."

"무슨 말씀이시죠? 좀 더 자세히 말해주시겠습니까?"

"형사님은 『수렵 금지구역』을 읽어보셨어요?"

"책은 읽지 않았지만 줄거리는 대강 알고 있어요. 다른 형사가 읽어보고 줄거리를 정리해줬죠."

"그 소설은 주인공의 중학교 때 이야기를 쓴 거예요. 주인공은 폭력으로 친구들을 제압하고 마음에 들지 않는 놈은 철저히 응징해요. 요즘 말하는 학교폭력이죠. 근데 그 폭력의 가장 큰 희생자는 같은 반 친구인 하마오카라는 남학생이었어요. 나는 그 하마오카라는 남학생이 바로 히다카 씨 본인일 거라고 내내 생각했었어요."

소설에 학교폭력의 장면이 나온다는 것은 줄거리를 통해 나도 알고 있었다. 하지만 다른 형사가 적어준 줄거리에는 자세한 이름까지는 나오지 않았다.

"어째서 그 남학생이 히다카 씨 본인이라고 생각했죠?"

"소설은 하마오카라는 남학생이 옛날을 회상하는 형식으로 이야기가 진행돼요. 게다가 내용을 보면 소설이라기보다 다큐멘터리라고 하는 게 적당할 만큼 사실적이어서 나는 그 남학생은 틀림없이 히다카 씨일 거라고만 생각했죠."

"그렇군요. 그런 거라면 이해가 되는군요."

"그리고……." 후지오 미야코는 한순간 망설이는 표정을 보이더니 말을 이었다. "히다카 씨 본인이 그 하마오카처럼 중학교 때 폭력 피해를 입었던 경험이 있어서 그런 소설을 썼다고 생각했어요."

나도 모르게 그녀의 얼굴을 마주 바라보았다.

"무슨 뜻이지요?"

"소설 속에서 하마오카는 폭력의 중심인물인 주인공을 몹시 증오하고 있어요. 그를 향한 증오감이 소설 전체에서 아주 진하게 느껴져요. 소설 속에 직접적으로 그런 말이 나오는 건 아니지만, 하마오카라는 인물이 예전에 자신을 괴롭혔던 주인공의 죽음에 대해 조사하게 된 것도 그 밑바닥에 진한 증오가 있었기 때문이라는 건 분명해요. 하마오카는 곧 작가이고, 히다카 씨는 그 소설을 쓰는 것으로 우리 오빠에게 복수를 했다, 나는 그렇게 생각했었어요."

나는 후지오 미야코의 얼굴을 물끄러미 쳐다보고 말았다. 복수를 위해 소설을 썼다는 발상은 지금까지 내 머릿속에는 없었기 때문이다. 아니, 애초에 우리 수사팀은 『수렵 금지구역』이라는 소설에 대해서는 특별히 주목했던 적도 없었다.

"하지만 노노구치의 고백에 의해 꼭 그렇다고는 할 수 없게 된 거군요?"

"그렇죠. 하지만 방금도 말씀드렸듯이 아무튼 작가가 자기 얘기를 쓴 거라고 생각하면, 그게 히다카 씨건 노노구치라는 사람이건 상관은 없겠죠. 다만 나로서는 지금까지 내내 작품 속의 하마오카와 히다카 씨를 동일인이라고 생각해왔기 때문에 느닷없이 사실은 그 사람이 아니었다고 하니까 아무래도 뭔가 이질감이 들었어요. 예를 들면 그런 경우가 있잖아요, 소설이 텔레비전 드라마가 되었을 때, 소설로 읽었던 등장인물의 이미지가 배우와 영 맞지 않아서 뭔가 이상할 때가 있죠. 말하자면 그런 느낌이에요."

“히다카 구니히코 씨라고 하면 『수렵 금지구역』에 등장하는 하마오카라는 인물과 이미지가 잘 맞아요? 당신의 주관에 따라 대답해주셔도 좋습니다.”

“나로서는 히다카 씨하고 딱 맞아떨어지는 것 같은데, 어쩌면 그건 선입견 때문인지도 모르죠. 왜냐하면 아까도 말씀드렸지만 나는 사실 히다카 씨에 대해서는 거의 알지 못하니까요.”

후지오 미야코는 어디까지나 신중한 태도로, 단정적인 말을 피했다.

마지막으로 나는 『수렵 금지구역』에 대해 소송을 할 상대가 히다카 구니히코에서 노노구치 오사무로 바뀐 셈인데 앞으로는 어떻게 할 방침이냐고 물었다.

“우선은 그 노노구치라는 사람의 재판 결과를 기다려야죠. 방침은 그다음에 차근차근 생각해볼 거예요.”

그녀는 냉정한 말투로 대답했다.

히다카 구니히코 살해사건에 대해 내가 아직도 미련을 버리지 못하고 여기저기 조사하고 다니는 것을 상사는 그리 달가워하지 않았다. 이미 범인이 자백을 했고 직접 쓴 고백의 글까지 발표한 터에 이제 새삼스럽게 탐문 조사를 할 필요가 있느냐고 생각하는 건 당연한 일이었다.

"뭐가 마음에 걸린다는 거야. 명백히 앞뒤가 딱 들어맞는 얘기잖아."

상사는 답답한 기색으로 그렇게 말했다. 나도 지금까지의 수사에서 밝혀진 것들을 부정할 만큼 정확한 근거는 얻지 못했다. 무엇보다 이번 사건에서 가장 중요한 증거들은 대부분 내가 얻어낸 것들이다.

나로서도 이제 더 이상 조사할 것은 없다고 생각했었다. 노노구치가 조작한 거짓 알리바이를 무너뜨리고 히다카와의 갈등관계를 분명히 밝혀내는 데에도 성공했다. 솔직히 나의 일처리 능력에 슬슬 자부심이 들던 참이었다.

그러던 중에 내 마음속에 불쑥 의심이 싹튼 것은 병실에서 노노구치의 조서를 작성하던 때였다. 무심코 그의 손가락 끝에 시선이 갔을 때, 돌연 한 가지 생각이 떠올랐던 것이다. 하지만 나는 그것을 무시하기로 했다. 그 상상은 너무도 기괴하고 비현실적인 것이었기 때문이다.

하지만 무시하고 지나가는 것도 그리 오래가지 못했다. 그 기괴한 상상이 내 뇌리에서 떠나지 않았다. 사실을 말하자면 나는 처음 노노구치를 체포했을 때부터 뭔가 잘못된 길로 들어선 듯한 불안감이 있었다. 그것이 이제 점점 더 뚜렷해지고 있다.

이런 의심은 내가 경찰관으로서도 인간으로서도 아직 미숙

한 탓에 엉뚱한 착각을 하는 것인지도 모른다. 그럴 가능성도 충분히 있다. 하지만 내 스스로의 감각에 아직도 미진한 것이 남아 있는 상태에서 이번 사건에 종지부를 찍고 싶지는 않았다.

나는 다시 한번 확인차 노노구치 오사무가 쓴 고백의 글을 읽어보기로 했다. 그러자 지금까지 보이지 않았던 의문점이 몇 가지 떠올랐다.

석연치 않은 점을 구체적으로 열거해보면 다음과 같다.

1. 히다카 구니히코는 살인미수 사건의 증거물을 미끼로 노노구치 오사무에게 고스트라이터가 되기를 강요했다고 하는데, 만일 노노구치가 모든 것을 잃을 각오로 경찰에 찾아간다면 히다카로서도 큰 타격을 받을 우려가 있었다. 자칫하면 작가 생명이 끊기는 치명적인 결과가 나오는 것이다. 히다카는 그런 점을 전혀 두려워하지 않았을까. 결과적으로 노노구치는 히다카 하쓰미에게 피해가 가는 것만은 막아보겠다는 일념으로 자수는 하지 않았지만, 히다카 구니히코로서는 노노구치가 절대로 자수하지 않을 것이라고 확신할 만한 근거는 없었다.

2. 히다카 하쓰미가 죽은 뒤에도 노노구치가 계속 저항하지 못했던 이유는 무엇인가. 노노구치는 수기를 통해 그와의 심리전에서 지칠 대로 지쳐버렸다고 했지만, 그렇다면 모든 것

을 내버릴 각오로 자수하는 게 일반적인 심리가 아닐까.

3. 무엇보다 그 비디오테이프와 나이프가 살인미수의 명백한 증거가 될 수 있는가. 테이프에 촬영된 것은 노노구치가 히다카의 집에 침입하는 장면뿐이고, 나이프에는 혈흔도 없었다. 게다가 범인과 피해자 이외에 현장에 함께 있었던 사람은 공범인 히다카 하쓰미뿐이다. 하쓰미의 증언에 따라서는 노노구치가 무죄가 될 가능성도 있었던 게 아닐까.

4. 노노구치는 히다카 구니히코와 점차로 '제법 호흡이 맞는 합작자의 관계'가 되어갔다고 수기에 썼지만, 그때까지의 경위를 생각한다면 과연 그런 일이 가능할까.

이상의 네 가지 문제점에 대해 노노구치에게 직접 질문해보았다. 그러자 그는 모든 질문에 대해 똑같은 대답을 했다. 다음과 같은 것이었다.

"이상하다고 생각할지도 모르지만 사실이 그랬으니 어쩔 수 없어. 이제 와서 그때 왜 그런 짓을 했느냐, 그때 왜 그렇게 하지 않았느냐고 따져봤자 나도 모르겠다는 말밖에는 무슨 말을 할 수 있겠나? 아무튼 그즈음 나는 정상적인 정신상태가 아니었어."

노노구치가 그렇게 버티고 나오는 데에는 나로서도 어떻게 해볼 수가 없었다. 물리적인 일이라면 반증도 가능하지만, 위의 네 가지 의문은 모두 심리적인 것이다.

하지만 내가 뭔가 이상하다는 느낌을 강하게 품게 된 최대 포인트는 사실은 위의 네 가지 문제점과는 또 다른 것이었다. 그것을 한마디로 말한다면 '캐릭터'라는 것이다. 나는 노노구치 오사무라는 인물에 대해 우리 팀의 상사나 다른 수사관들보다 훨씬 더 잘 알고 있었다. 그 지식을 바탕으로 그려지는 노노구치 오사무라는 인간의 개성과 그가 써준 고백의 글에 나오는 그의 모습이 아무래도 맞아떨어지지 않는 것이다.

나는 갑작스럽게 싹튼 기괴한 가설에 점점 더 매달리지 않을 수 없었다. 만일 그 가설이 옳다면 위와 같은 의문점은 모조리 얼음 녹듯이 풀려버리기 때문이다.

히다카 리에를 만나러 갔던 데에는 물론 내 나름의 확실한 목적이 있었다. 만일 내 추리가(아니, 현시점에서는 거의 공상이라고 해야 마땅하겠지만) 올바르다면 노노구치 오사무가 이번 사건의 상황을 기록한 수기에는 또 다른 중요한 의미가 감춰져 있을 터였다.

하지만 히다카 리에에게서 결정적인 이야기를 끌어내지는 못했다. 유일한 수확이라면 바로 그 샴페인 건이지만, 그것이 과연 나의 추리를 뒷받침해줄지 지금으로서는 분명하지 않다. 샴페인 선물에 대해 노노구치가 자신의 수기에 기록하지 않았던 것은 단순히 빼먹고 쓰지 않은 것인가. 아니면 뭔가 이유가 있어서 의도적으로 쓰지 않은 것인가. 평소에 술 선물을 하는 일이 없었던 노노구치가 그날 특별히 그런 선물을 준비했다는 것은 뭔가 의미가 있는 것처럼 생각된다. 만일 의미가 있었다면 그건 무엇일까.

유감스럽게도 현시점에서 생각나는 건 하나도 없다. 하지만 이 샴페인은 머릿속에 중요하게 담아둘 필요가 있을 것 같다.

나는 노노구치 오사무와 히다카 구니히코의 관계에 대해 다시 한번 되돌아보는 게 좋겠다고 생각했다. 만일 우리 수사팀이 처음부터 잘못된 길로 들어선 것이라면 우선 맨 처음 지점으로 되돌아가는 것에서부터 시작해야 하는 것이다.

그런 의미에서 후지오 미야코를 만나본 것은 정답이었다. 노노구치와 히다카의 관계를 해명하기 위해서는 중학교 시절까지 거슬러 올라갈 필요가 있었다. 그 당시의 인물을 모델로 한 소설 『수렵 금지구역』은 그런 탐색을 위한 절호의 텍스트라고 할 수 있었다.

후지오 미야코를 만난 뒤에 나는 즉시 서점에 나가 『수렵 금지구역』을 샀다. 그리고 돌아오는 전차 안에서 읽기 시작했다. 내용은 이미 줄거리를 통해 알고 있었기 때문에 평소보다 쉽게 읽을 수 있었다. 단지 문학성이나 가치에 대해서는 전혀 알지 못했다.

후지오 미야코의 말대로 소설은 하마오카라는 인물의 시점에서 쓰여졌다. 평범한 회사원인 하마오카가 어느 날 아침, 한 판화가가 칼에 찔려 살해된 사건을 신문기사를 통해 알게 되는 것에서부터 이야기는 시작된다. 하마오카는 그 니시나 가즈야라는 판화가가 중학교 시절에 자신을 괴롭힌 장본인이라는 사실을 떠올린 것이다. 거기서부터 하마오카는 중학교 시절에 당했던 학교폭력을 낱낱이 회상해나간다.

중학교 3학년에 올라온 하마오카는 몇 차례나 생명이 위급할 정도의 폭력을 당한다. 옷을 벗기고 온몸에 투명 랩을 감아 꼼짝도 못 하게 한 상태에서 체육관 구석에 버려두고, 교실 창문 아래를 걸어갈 때 갑자기 위에서 염산을 뿌리기도 한다. 물론 단순하게 때리고 걷어차는 공격은 수없이 당한다. 위협적인 말이나 짓궂은 장난 수준의 폭력도 거의 날마다 이어진다. 그런 폭력의 묘사가 상세한 데다 리얼리티가 뛰어나서 그야말로 실감나게 다가왔다. 후지오 미야코가 그건 소설이 아니라 다큐멘터리라고 했던 이유를 충분히 이해할 수 있었다.

하마오카가 학교폭력의 표적이 되었던 이유는 명확하게 나오지 않는다. 그의 말에 따르면 '어느 날 갑자기 악령의 봉인이 떨어져나간 것처럼' 폭력이 시작되었을 뿐이다. 이건 요즘의 학교폭력에도 공통적인 현상이다. 피해자를 덮치는 폭력에 특별한 이유는 없는 것이다. 하마오카는 그런 폭력에 굴하지 않으려 애쓰지만, 점차로 그의 가슴은 공포감과 절망감으로 가득 차게 된다.

그가 특히 끔찍하다고 생각한 것은 폭력 그 자체가 아니라 자신을 싫어하는 자들이 발하는 음陰의 에너지였다. 그는 지금껏 이 세상에 그런 악의가 존재한다는 건 상상도 하지 못했던 것이다.

『수렵 금지구역』의 한 대목이다. 피해자의 솔직한 심정이 잘 표현되었다고 할 수 있을 것이다. 나 역시 교사 시절에 학교폭력을 접했던 경험이 있지만, 피해자 쪽에서는 어처구니없을 만큼 불합리한 폭력에 망연자실할 수밖에 없다.

이 폭력은 주동자인 니시나 가즈야의 돌연한 전학으로 막을 내린다. 하지만 그가 어디로 전학했는지 아는 사람은 없었다. 다른 학교 여학생을 성폭행하는 범죄를 저지르고 소년원에 수용되었다는 소문이 떠돌았지만, 그 진위에 대해 하마오카와 다른 학생들은 알 도리가 없었다는 것이다.

하마오카의 중학교 시절에 대한 회상은 거기서 일단 끝이 난다. 하지만 약간의 우여곡절 끝에 회사원 하마오카는 니시나 가즈야에 대해 본격적으로 조사해보기로 마음먹는다. 그 우여곡절은 문학으로서는 의미가 있는 부분이겠지만 이번 사건과는 별로 관계가 없어 보였다.

그 뒤로는 하마오카의 회상과 니시나 가즈야의 삶을 추적하는 내용이 번갈아 전개된다. 가장 먼저 밝혀지는 것은 니시나 가즈야가 돌연 학교에서 사라진 이유였다. 그에게 성폭행을 당한 사람은 당시 미션 스쿨에 다니던 여중생. 니시나는 친구를 시켜 그 여중생을 꼼짝 못 하게 붙잡게 하고 그들이 지켜보는 가운데서 성폭행을 했고, 그 상황을 역시 친구를 시켜 8밀리미터 카메라로 촬영했다. 현상하지 않은 그 필름을 니시나 가즈야는 알고 지내던 조직 폭력단에 팔아먹을 생각이었다. 그 처참한 사건이 신문에 나지 않았던 것은 여학생의 부모가 각 방면에 커넥션이 있었기 때문이다.

이런 식으로 소설 전반부는 주로 니시나 가즈야의 잔인성을 서술하는 데 할애되었다. 후반부에서는 그가 우연한 기회에 판화에 흥미를 갖게 되고 그것으로 새 인생을 살아가려는 모습이 묘사된다. 그리고 결말은 첫 개인전을 개최하기 직전에 길에서 우연히 마주친 매춘부의 칼에 찔려 살해되는 장면이다. 이 살인사건이 실화를 바탕으로 했다는 것은 이미 알고 있는 그대로였다.

이 소설에 등장하는 하마오카라는 인물에 대해 후지오 미야코가 분명 작가 본인일 거라고 했던 말은 맞는 이야기였다. 물론 일반적인 소설이라면 작중 화자가 곧 작가라는 것은 터무니없는 소리다. 하지만 대부분 사실을 근거로 쓴 것으로 추정되는 이 소설의 경우에는 작중 화자가 곧 작가라고 생각하는 게 타당할 것이다.

또한 작가가 과거의 일에 대한 복수를 위해 이 소설을 썼다는 후지오 미야코의 짐작도 전혀 잘못 짚은 건 아니라고 생각된다. 그녀의 말대로 니시나 가즈야라는 인물에 대한 묘사 방식은 도저히 호의적이라고 하기는 어려웠기 때문이다. 예술 자체가 아니라 그저 예술가라는 간판에 침을 흘리는 속물로 묘사한 것은 그렇다 쳐도, 전편에 걸쳐 그야말로 속물성의 전형으로서 그 추악함과 비겁함을 강조하는 묘사로 일관한 것은 하마오카, 즉 작가의 복수심이 반영된 것이라고 해석할 수 있었다. 후지오 미야코가 명예가 훼손되었다고 주장하는 것도 아마 이런 대목을 두고 하는 말일 터였다.

하지만 하마오카를 작가, 즉 노노구치 오사무의 분신이라고 했을 때, 도저히 이해가 되지 않는 점이 한 가지 있었다.

그것은 히다카 구니히코에 해당되는 인물이 등장하지 않는다는 것이었다.

물론 그것은 작가를 히다카 구니히코라고 생각했을 때도 마찬가지였다. 그럴 경우에는 노노구치에 해당하는 인물이 눈에 띄지 않는다는 이야기가 된다.

물론 모델이 실존하는 소설이라고 해도 실제와 다른 부분은 당연히 있을 것이고 인물을 생략하는 경우도 있을 것이다. 하지만 문제는 그런 게 아니었다.

만일 이 소설에 나온 것처럼 중학교 때에 노노구치 오사무가 학교폭력을 당했다면, 그때 히다카 구니히코는 무엇을 하고 있었는가. 그것이 문제였다. 그는 그저 말없이 손가락 물고 지켜보기만 했는가.

이 점에 매달리는 데는 이유가 있었다. 바로 노노구치 본인이 수차례에 걸쳐 히다카 구니히코와는 친한 친구 사이였다고 밝혔기 때문이다.

학교폭력에 관한 한, 부모의 사랑이나 교사의 지도력이라는 것은 유감스럽게도 그다지 유효하지 않다. 우정이야말로 학교폭력에 대항하는 최대의 무기이다. 그런데도 이 소설에서 '친한 친구'는 하마오카가 지독한 폭력에 시달리는 것을 방관하고 있었다는 결론이 나오는 것이다.

나는 단언한다. 그런 인간은 친한 친구가 아니다.

똑같은 모순이 노노구치 오사무의 고백의 글에도 있었다.

친한 친구라면 상대의 아내를 빼앗는 짓은 하지 않을 것이다. 또한 친구의 아내와 공모하여 그를 죽이려는 생각 따위는 하지 않을 것이다. 또한 정말로 친한 친구였다면 상대를 협박해 고스트라이터가 될 것을 강요하지도 않을 것이다.

그런데도 왜 노노구치는 히다카 구니히코를 '친한 친구'라고 수차에 걸쳐 밝혔던 것일까.

그런 모든 것이 지금 내 머릿속에 있는 기괴한 상상에 의해서라면 얼마든지 설명될 수 있다.

노노구치 오사무의 가운뎃손가락에 오래도록 펜을 사용한 탓에 단단히 굳은살이 박인 것을 본 순간, 내 머릿속에 퍼뜩 떠오른 추리에 의해서라면—.

과거過去 2

그들을 아는 사람들의 이야기

케이스 1—하야시다 준이치

그 사건 때문에 오셨어요? 흠, 그러시구나. 근데 나 같은 사람한테 뭘 물어보시려고? 도움이 될 만한 이야기라고는 별로 할 게 없는데? 아무튼 너무 오래전의 일이잖아요? 중학교 때라고 하면 벌써 20여 년 전이야. 뭔가 외우는 머리라면 그리 나쁜 편은 아니지만, 그때라면 이제는 별로 기억나는 게 없네.

실토하자면, 나는 바로 얼마 전까지 히다카 구니히코라는 작가가 있다는 것도 몰랐어요. 부끄러운 이야기지만 최근 몇 년 동안 책이라는 건 통 읽어본 적이 없어놔서. 사실 그러면 안 되지. 이발사라는 가업은 손님과 대화하는 것도 업무 중의 하나니까 어떤 화제든 나름대로 따라갈 수 있어야 하거든. 근데, 이것 참, 너무 바빠서 책 읽을 틈이 나야 말이죠. 그래서 히다카 구니히코라는 작가가 아주 유명하고, 게다가 중학교 동창이라는 건 이번 사건이 일어난 뒤에야 알았어요. 예에, 히다카 구니히코와 노노구치 오사무의 경력이 신문에 나온 걸 보고 그제야 생각이 난 거지. 아, 그야 물론 신문쯤은 읽지요. 그나저나 정말로 깜짝 놀랐네. 게다가 살인사건 아닙니까? 예, 노노구치에 대해서는 기억이 나요. 히다카 구니히코는 그저 살짝 생각이 나는 정도죠. 아마 인상이 희미한 녀석이었나 봐. 예? 둘이서 친한 친구였는지 어떤지, 그건 잘 모르겠네.

노노구치는 다들 '노로(둔보)'라고 불렀어요. 그 이름의 구치[口]라는 한자가 가타카나의 로[ロ]하고 비슷하잖아? 그래서 노로였죠. 어쩐지 약간 둔하고 어눌한 데가 있는 녀석이라서 그런 별명이 붙었을 거야.

그러고 보니 그 녀석, 항상 책만 읽었어. 옆자리 짝꿍이었던 적이 있어서 그건 기억이 나요. 뭘 읽었는지는 모르겠네. 내가 그쪽으로는 도통 관심이 없었거든. 그래도 만화책이 아니었던 것만은 틀림없어요. 작문이나 독후감을 꽤 잘 써서 담임 선생한테 귀여움은 좀 받았을 거요. 그게, 담임 선생이 바로 국어선생이었거든. 학교라는 게 원래 그런 데죠, 뭐.

학교폭력요? 음, 있었죠. 요즘에 매스컴에서 무슨 새삼스런 일처럼 엄청 떠들어대는데 학교폭력이란 거, 아주 옛날부터 항상 있었어. 옛날의 학교폭력은 음습한 면은 없었다나, 그런 선부른 소리를 하는 사람도 있지만, 학교폭력이란 건 원래부터 당연히 음습한 거죠. 안 그래요?

아, 그러고 보니 노노구치는 늘 괴롭힘을 당하는 편이었어요. 지금 막 생각이 나네. 맞아, 그랬어. 그 녀석도 엄청 당했지. 도시락에 뭘 집어넣기도 하고 돈도 엄청 뜯기고 그랬어. 청소도구함에 갇히기도 했던가? 뭐랄까, 그 녀석이 괴롭힘을 당하기 쉬운 타입이었거든.

몸에 랩을 감았다고요? 랩이라니, 저기 부엌에서 쓰는 랩 말인가? 아, 그러고 보니 그런 이야기도 들은 적이 있네. 아무튼 별 못된 짓을 다 했다니까. 창문으로 염산을? 흠, 그런 일도 있었는지 모르겠네. 아무튼 그리 좋은 중학교가 아니어서 교내폭력이니 따돌림이니, 아예 일상다반사였어요.

에헤, 그런 걸 물어보시면 좀 괴로운데? 솔직히 말해서 나도 괴롭힘에 가담했던 적이 있어요. 아니, 아주 조금이야. 불량한 놈들이 우리 같은 얌전한 학생들한테도 자꾸 못된 짓을 시켜요. 그거, 하라는 대로 안 했다가는 나한테도 불똥이 튀니까 어쩔 수 없이 함께하는 거야. 그야 기분은 안 좋지. 나는 전혀 하고 싶지 않은데, 괜히 약한 애들을 괴롭히는 거니까. 한번은 가방에 개똥을 슬쩍 넣었던 적이 있는데, 옆에 있던 여학생 학급대표가 보고도 못 본 척하더라고. 그 학급대표 여학생, 이름이 뭐였더라? 아, 맞다, 마스오카였어. 틀림없어, 마스오카.

아무튼 그 불량한 놈들은 괴롭힘 자체도 즐겼지만, 그런 식으로 우리 같은 평범한 애들까지 끌어들여서 착한 학생을 저희들 수준으로 끌어내리는 게 더 재미있었나 봐. 이건 지금에야 생각나는 거지만, 진짜로 못된 녀석들이었어.

후지오? 그럼요, 생각나지요. 겉으로 내놓고 말은 못 했지만 제발 그놈만 없었으면 좋겠다, 얼마나 많이 생각했는지 몰라. 아니, 나만 그런 게 아니야. 다들 똑같이 그렇게 생각했어. 아마 선생님도 틀림없이 그렇게 생각했을걸?

극악무도하다고나 할까, 아무튼 남 괴롭히는 걸 아무렇지도 않게 생각하는 놈이었어. 몸집이 웬만한 어른보다 더 큼지막하고 힘도 셌으니까 아무도 그놈한테 말을 못 했지. 불량기 있는 놈들이 후지오한테만 딱 붙어 있으면 안심이다 하고는 죄다 그 녀석한테 아부하고 떠받드니까 그 후지오란 놈이 더 기가 살아서 날뛰었어. 도저히 손을 못 댈 놈이라는 게 바로 그런 놈을 두고 하는 말일 거요. 음, 그렇지. 학교폭력 두목도 그 녀석이야. 그 녀석이 다 주도했어. 불량한 놈들이 얌전한 애들에게 빼앗은 돈은 일단 그 녀석한테 다 바쳤거든. 아예 야쿠자하고 똑같았어.

후지오가 학교에서 사라졌을 때는 진짜 좋았죠. 마침내 평화롭게 살겠구나 했으니까. 실제로 그 이후에는 학교 분위기가 좋아졌어. 그야 아직 불량배 잔당은 있었지만, 후지오가 버티고 있을 때하고는 비교가 안 되었지.

학교를 그만둔 이유? 그건 잘 몰라요. 소문으로는 다른 학교 학생을 다치게 해서 소년원에 보냈다고 하던데, 아마 그런 점잖은 사건이 아니었을 거요.

후지오에 관한 것만 자꾸 물으시는데, 이번 사건하고 무슨 관계가 있어요? 이번 사건은 히다카가 노노구치의 소설을 자꾸 훔쳐가니까 노노구치가 폭발해서 죽여버렸다, 그런 거 아니야?

응? 괴롭혔던 놈들? 글쎄, 지금은 어떻게들 지내는지 모르겠네. 하긴 의외로 그런 놈들이 평범한 사회인이 되어서 아무렇지도 않게 살고 있는 거 아닐까?

중학교 때의 주소록? 있기는 한데, 그냥 옛날 주소밖에 안 나와. 그래도 괜찮아요? 그럼, 잠깐 기다려요. 지금 가져올 테니.

케이스 2—니쓰타 하루미

나에 대해서는 누구한테 들으셨어요? 하야시다? 우리 반에 그런 사람이 있었나? 하긴 있었나 보네. 아, 미안해요, 그때 일은 별로 생각해본 적이 없어서.

결혼 전 성씨는 마스오카예요. 네, 그랬죠, 일단 학급대표를 맡았어요. 남녀 각 한 명씩 선출되는 거였죠. 딱히 뭘 한다는 것도 없었어요. 선생님과의 연락 담당이랄까. 그리고 반에서 뭔가 회의를 하면 의장도 했고. 아참, 그렇지, 홈룸도 주관했어. 홈룸이라는 말을 해보는 게 몇 년 만인지 모르겠네. 우리 집에는 아이가 없어서요.

히다카와 노노구치에 대해서라면 죄송하지만 거의 기억이 나지 않아요. 남녀공학이기는 해도 나는 주로 여학생들하고만 어울렸어요. 그래서 남학생들한테 어떤 일이 있었는지는 잘 모르죠. 학교폭력이 있었는지도 모르지만, 나는 별로 눈치를 못 챘어요. 만약 알았다면? 글쎄, 그건 지금 와서는 뭐라고 말은 못 하겠지만, 아마 선생님한테 보고했겠지요.

저기, 이제 슬슬 남편이 돌아올 때니까요, 이쯤에서 끝내주시겠어요? 도움이 될 만한 건 아무것도 모르거든요. 그리고 내가 그 중학교 졸업생이라는 건 다른 사람들한테는 말하지 말아주세요. 네, 아무래도 이래저래 지장이 있거든요. 남편한테도 말을 안 했어요. 네, 부탁드릴게요.

케이스 3—쓰부라야마 사토시

히다카와 노노구치요? 그나저나 일부러 이렇게 먼 데까지 찾아주시고. 자, 안으로 들어오시죠. 아, 괜찮다고요? 아니, 그래도 현관 앞에서 이러는 건 좀…… 아, 그래요?

그 두 사람에 대해서는 기억하고 있지요, 물론. 학교를 정년 퇴직하고 벌써 10년여가 되었지만 내가 담임을 맡았던 학생들은 모두 기억이 납니다. 어떻든 꼬박 1년 동안 돌보았던 아이들이니까요. 게다가 히다카와 노노구치는 내가 그 중학교에 부임하고 곧바로 담임했던 반의 아이들이라서 특히 잘 알지요.

그래요, 예, 노노구치는 국어 성적이 뛰어났어요. 매번 100점, 아니, 100점까지는 아니지만 그 비슷한 성적을 올렸어요. 히다카 쪽은 그 정도는 아니었을 겁니다. 특별히 인상에 남아 있지 않으니까요.

노노구치가 학교폭력을 당했냐고? 아뇨, 그럴 리가 없어요. 분명 나쁜 학생들도 있었지만, 그가 피해를 당했다는 이야기는 들은 적이 없어요.

그렇습니까, 하야시다가 그런 말을 했어? 그건 뜻밖이군요, 나는 전혀 몰랐네. 아니, 모르는 척하는 게 아니에요. 이제 새삼스럽게 모르는 척해봤자 별 볼 일도 없는데, 뭐.

내가 뜻밖이라고 하는 건 오히려 노노구치가 나쁜 그룹과 어울리는 것 같아 한참 걱정했던 시기가 있었기 때문이에요. 그 댁 부모님이 그 문제로 상담을 했었거든. 그래서 되도록 자연스럽게 본인에게 주의를 줬던 적이 있어요.

하지만 그런 때에 도움이 되는 건 역시 친구예요. 노노구치가 나쁜 길로 빠지는 것을 막아준 건 부모도 교사도 아니고 친구였어요. 물론 히다카 얘기입니다. 히다카는 별반 눈에 띄지는 않지만, 꽤 고집도 있고 의리도 있는 학생이었거든. 부당한 일을 싫어해서 조금이라도 도리에 맞지 않다고 생각하면 선생에게도 덤벼드는 그런 면이 있었어요.

그게 아마 정월이었던 것 같은데, 노노구치와 히다카가 우리 집에 놀러 왔었어요. 가만 보니까 히다카 쪽에서 노노구치를 데리고 온 눈치였어요. 별다른 말은 안 했지만, 이래저래 걱정을 끼쳐서 죄송하다는 인사차 나를 찾아온 거라고 짐작했습니다.

그때 나는 이 두 사람은 평생 친구가 되겠구나 하고 확신했는데, 서로 다른 고등학교에 진학한 건 예상 외였어요. 전체적인 성적은 비슷했으니까 같은 고등학교에 갔어도 이상할 게 없었으니까.

그런데 결국은 이번 사건이 터졌으니, 참 알 수가 없군요. 나는 정말 놀랐습니다. 대체 어디서 어떻게 인생의 톱니바퀴가 틀어져버렸는지 모르겠어요. 히다카도 노노구치도 결코 그런 짓을 할 아이들이 아니었습니다.

케이스 4—히로사와 도모요

노노구치 씨네 아들? 그야 잘 알죠. 바로 근처였거든요. 가끔씩 빵을 사러 온 적도 있었어요. 예, 우리가 그 집 가까이에서 빵가게를 했었어요. 가게를 접은 건 10년쯤 전이에요.

그러고 보니 역시 그 사건 때문에? 아, 그래요. 정말 깜짝 놀랐지요. 그 애들이 그렇게 되다니, 참 세상일은 어떻게 될지 모르는 거라니까.

어떤 아이였냐고? 음, 글쎄, 뭐랄까, 약간 컴컴한 구석이 있었어요. 영 어린애답지 않다고 할까, 항상 찌무룩했어요.

그건 아마 그 애가 초등학교 저학년 때쯤이었을 텐데요, 학교 쉬는 날도 아닌데 오사무 군이 한동안 계속 집에만 있었어요. 2층 창문으로 멍하니 바깥을 내다보는 거예요. 그러니 아래에서 말을 걸게 되지요.

"안녕, 오사무 군? 감기라도 걸렸니?"

근데 그 애는 아무 대답도 안 해요. 얼굴이 쏙 들어가면서 커튼을 쓰윽 쳐버려요. 정말 얼마나 이상한 앤지 몰라. 어쩌다 길에서 만나도 옆길로 쏙 빠지고 아는 체도 안 해요.

나중에 알았는데, 그즈음에 걔가 등교 거부라는 것을 했던가 봐요. 이유야 자세히는 모르지만 그건 틀림없이 부모가 잘못하는 거라고 다들 숙덕거렸었죠. 그 집 부모가요, 일반 회사원이었을 텐데도 부부가 똑같이 어찌나 사치를 하는지, 게다가 아이는 마구잡이로 과보호를 하니 애가 그렇게 되게 마련이지. 그러고 보니 그 집 엄마가 이런 얘기를 한 적이 있어요.

"우리 아들은 사실 좀 더 괜찮은 사립 초등학교에 보내려고 했는데 연줄이 없어서 일이 어긋나는 바람에 어쩔 수 없이 지금 그 학교에 넣었어요. 그런 식으로 풍기문란한 곳에는 정말 보내기 싫었는데."

흥, 풍기문란한 곳이라 미안하네요, 라고 쏘아붙이고 싶었죠. 우리 집은 딸도 아들도 다 그 학교를 졸업했거든. 노노구치 씨네는 남편 회사 사정으로 어딘가에서 이 동네로 이사를 왔었어요. 어휴, 참 내, 전에 살던 곳은 어지간히 수준 높은 동네였나 봐요.

뭐, 부모가 그런 식이니 아이도 당연히 그런 학교에는 가기 싫다고 했을 거 아니에요? 어린애라는 건 부모 하는 대로 따라가게 마련이거든요.

하지만 학교에 안 다니면 자기네도 아쉬우니까 나름대로 걱정은 하는 것 같더라고요. 그래도 애를 억지로 학교에 데려가고 하는 일은 없었어요.

그 애가 학교에 다니게 된 건 전적으로 구니히코 군 덕분이에요. 네, 히다카 씨네 아들이죠. 그래요, 이번에 살해된 히다카 구니히코 씨. 근데, 어렸을 때부터 잘 알던 아이라서 구니히코 씨라고 하니까 어째 이상한 느낌이 드네.

그 구니히코 군이 매일 아침마다 오사무 군을 데리러 왔어요. 무슨 사정 때문에 그랬는지는 나도 잘은 모르죠. 아마 학년이 같았으니까 학교 선생님이 오사무 군을 좀 데려오라고 부탁했던 모양이지.

예, 매일 아침마다 봤어요. 우선 구니히코 군이 우리 빵가게 앞을 오른쪽에서 왼쪽으로 지나가요. 그때마다 아주 큰 소리로 꼭 인사를 해요. 정말 구니히코 군은 괜찮은 아이였어요. 그러고는 조금 뒤에는 반대쪽에서 걸어와요. 그때는 오사무 군하고 함께야. 재미있는 건, 구니히코 군은 그때도 또 인사를 해요. 오사무 군은 찍소리 없이 고개를 푹 숙이고 지나가고. 항상 그랬어요.

그러다 나중에는 오사무 군도 학교에 꼬박꼬박 나가게 되더라고요. 그 덕분에 중학교에도 가고 고등학교에도 가고 대학교에도 갔으니까 그 애한테 구니히코 군은 은인이나 마찬가지야. 근데 이번에 이런 사건이 터지다니. 정말 세상일은 모르는 거지 뭐예요.

두 사람이 노는 거? 예, 자주 봤지요. 또 한 명, 이불집 아이도 함께 놀았어요. 놀 때도 역시 구니히코 군이 불러오는 것 같았어요. 예? 사이가 좋았죠, 그야 당연히.

구니히코 군은 딱히 오사무 군에게만 친절했던 게 아니에요. 누구한테나 다 잘했죠. 특히 자기보다 어린 애한테는 참 착하게 대했어요. 그래서 이번 사건은요, 한 소리 하고 또 하고 그러는 것 같지만요, 정말로 믿어지지가 않네요.

케이스 5—마쓰시마 유키오

흠, 히다카와 노노구치…….

아, 미안해요. 나도 그 뉴스를 보고는 화들짝 놀랐던 사람이라서. 그 두 사람의 이름을 들으니까 나도 모르게 멍하니 옛날 일을 생각하게 되는군요. 그나저나 용케도 나를 찾아오셨네. 그래요, 틀림없이 초등학교 때는 그 두 사람과 노상 함께 놀았어요. 우리 부모님이 이불가게를 하셨는데, 집 뒤 창고에서 신상품 방석을 타고 뛰어놀다가 혼도 많이 났죠.

근데요, 솔직히 말해서 나는 그 두 사람을 별로 좋아하지는 않았어. 근처에 따로 놀 아이들이 없어서 그저 습관적으로 함께 놀았다고 봐야지. 그래서 초등학교 고학년이 된 뒤에는 좀 멀리까지 나가서 다른 친구들하고 놀았어요.

그 두 사람의 관계? 글쎄, 어땠었나. 친한 친구라는 건 틀린 얘기 같은데, 내 생각에는? 죽마고우라고 하기도 좀 그래요. 흠, 뭐라고 말해야 하나, 그걸.

아, 그래요? 빵집 아줌마한테는 그렇게 보였대? 어른들의 눈이란 도무지 믿을 만한 게 못 된다니까.

그 두 사람의 관계는 말이죠, 결코 대등한 관계가 아니었어요. 그렇지, 항상 히다카 쪽이 우위였어. 응, 그랬던 것 같아요. 학교에 적응을 못 한 노노구치를 자기가 도와줬다는 의식이 있었겠지. 입 밖에 내서 직접 말하지는 않았지만 그게 태도로 나타났어. 항상 히다카가 노노구치를 리드하는 식이었죠. 셋이서 개구리를 잡으러 가곤 했는데, 그때도 히다카는 노노구치가 하는 일에 일일이 간섭을 했어요. 거기는 위험하니까 좀 더 발 딛기 좋은 곳에 자리를 잡아라, 신발은 벗어둬라, 이를테면 그런 거야. 그렇지, 명령을 했다기보다는 도와줬다고 하는 게 맞는 말인지도 모르겠네. 그러니까 부모자식 관계라기보다 형제 같은 느낌이었어. 나이는 동갑이었어도.

그런 히다카를 노노구치는 못마땅하게 생각하는 것 같았어요. 가끔 나한테 그의 험담을 했거든. 직접 마주하고는 아무 말도 못 하는 것 같았지만.

초등학교 고학년에 올라간 뒤로는 그 애들과는 거의 놀지 않았다고 아까 말했지만, 아마 그 두 사람도 그때쯤에는 별로 어울리지 않았을 거야. 그 이유 중의 하나는 노노구치가 학원에 다녔던 것도 있어요. 그러니 함께 놀 만한 시간이 없었겠죠. 그리고 또 한 가지 이유가 있는데, 노노구치네 어머니가 히다카를 싫어하는 거 같더라고. 왜 그런 말을 하느냐, 내가 우연히 그 어머니가 아들한테 이런 말을 하는 걸 들었거든요.

"이제 그 집 애하고는 안 놀 거지?"

아주 사나운 말투에다가 얼굴 표정도 뭔가 무서웠어요. 그 집 애라는 게 히다카를 가리킨다는 건 이야기 흐름을 보아 금세 알 수 있었죠. 나는 어린 마음에도, 멀쩡한 어른이 정말 이상한 소리를 다 한다고 생각했어. 왜 히다카하고 놀면 안 된다는 걸까, 하고. 노노구치의 어머니가 그런 말을 했던 이유는 지금도 잘 모르겠어요. 예, 전혀 짐작도 안 가요.

노노구치가 등교 거부를 했던 이유 말인가요? 확실한 말은 못 하겠지만, 뭐, 단적으로 말하자면 학교가 맞지 않았다는 거겠죠. 친구도 거의 없었으니까. 아참, 그러고 보니, 나중에 전학할 거라는 말을 했던 적이 있어요. 좀 더 좋은 학교로 갈 거라나, 그런 얘기를 했어. 하지만 결국 전학하지 않은 걸 보면 그런 이야기가 나왔다가 그냥 없었던 일이 된 모양이지, 뭐.

내가 말씀드릴 건 이런 정도예요. 몇 십 년 전의 일이라 거의 다 까먹었어.

이번 일에 대해서요? 정말 놀랐다니까요. 그 애들이 요만했을 때밖에는 알지를 못하니까 함부로 말할 수는 없지만, 진짜 깜짝 놀랐습니다. 아니, 히다카 말이에요. 그 친구는 노노구치보다 늘 우위에 서긴 했지만 남을 부하 부리듯 하는 일은 없었어요. 나름대로 정의감도 강했지. 그러니 노노구치를 협박해서 고스트라이터로 써먹었다는 건 좀……. 뭐, 하긴 어른이 되면서 성격도 조금씩 변하는 거겠지요. 물론 나쁜 쪽으로.

케이스 6—다카하시 준지

히야, 놀랍네, 그 사건 때문에 설마 형사님이 나한테까지 찾아올 줄은 꿈에도 생각을 못 했어요. 아니, 그 두 사람이 중학교 동창이고 나하고 같은 반이었다는 건 신문을 보자마자 생각이 났어요. 그래도 별로 친한 사이도 아니었고 나하고는 전혀 관계 없는 사건이라고 생각했지. 아니, 그거, 문학이라고 하나? 그런 거하고는 내가 지금껏 전혀 인연이 없었거든. 뭐, 아마 앞으로도 없을 거요.

그래서 뭘 물어보시려고? 아, 그 시절 이야기? 아이쿠, 이거 미안하네, 별로 즐거운 추억이 아니라서 나도 모르게 얼굴이 찌푸려졌어.

내 얘기는 누구한테 들으셨대? 아, 하야시다한테? 그 녀석, 옛날부터 입이 가벼운 놈이었지. 응, 그래요, 요즘에는 사회문제가 되어서 시끄러우니까 내놓고 할 얘기는 못 되지만 우리 중학교 때도 학교폭력, 있었어요. 그때만 해도 철이 없었잖아. 근데 그런 것도 필요한 거 아닌가? 변명하자는 건 아니지만요. 아니, 그게 사회에 나오면 이래저래 안 좋은 일, 힘든 일이 있잖아요. 그 예행연습 같은 거라고 생각하면 되지. 그런 것들을 뚫고 나오다 보면 어린애한테도 나름대로 지혜가 생기는 거 아니겠어요? 나는 그렇게 생각하는데? 요즘 좀 지나치게 떠들어대는 거예요. 기껏해야 왕따 정도로 뭘 그렇게.

그때 일을 알고 싶다면 나한테 물어보는 것보다 더 좋은 방법이 있어요. 물론 내가 말해드리는 것도 괜찮지만, 이래저래 살다보니 다 잊어버리기도 했고 순서에 맞게 이야기하는 거, 내가 별로 소질이 없거든요. 말을 하다 보면 내가 무슨 소리를 했는지 알 수가 없어.

좋은 방법이란 건 말이죠, 책이에요. 히다카의 이름으로 나와 있는 책. 그러니까 그게 제목이 뭐였더라, 어려운 제목이라 외우기도 힘들더라니까. 예? 아, 맞다, 『수렵 금지구역』. 그거예요, 그거. 뭐야, 형사님도 알고 있었어요? 그렇다면 일부러 나한테까지 찾아오실 것도 없었을 텐데?

그래요, 책 같은 거 전혀 읽지를 않지만, 그 사건이 일어나는 바람에 대체 어떤 책인가 하고 한번 들여다봤지. 하하하, 도서관에 가본 게 내 생전 처음이에요. 뭔가 잔뜩 긴장까지 했다니까.

그 책을 읽어본 것은요, 신문에 난 줄거리를 봤더니 내가 아는 후지오가 모델이라고 하고 더구나 우리 중학교 때 얘기가 나온 것 같더라고요. 이거 혹시 내 얘기도 나온 거 아닌가 하고 읽어봤죠.

형사님도 읽어보셨어요? 아, 그렇군요. 저기, 이건 이 자리에서 형사님하고 나하고만 하는 얘기인데, 거기 적혀 있는 건 완전히 사실이에요. 아니, 정말이야. 소설 분위기를 내기는 했는데 그건 그냥 사실 그대로예요. 물론 이름은 다르지만, 그거 말고는 다 똑같아요. 그러니까 그 소설을 읽어보면 그때 어떤 일이 있었는지, 전부 다 알 수 있다니까. 우리가 잊어버렸던 것까지 죄다 써놨어요.

랩을 감아서 체육관에 버려뒀다는 이야기도 나오지요? 그거는 진짜 식은땀이 나더만요. 어떻든 내가 선두에 서서 한 짓이거든. 아이구, 자랑할 일은 아니죠. 하지만 막무가내로 내닫는 시절이란 게 누구한테나 있는 거 아닌가요? 말하자면 그런 거야.

그것도 모두 후지오의 지시에 따라 움직인 거예요. 그놈, 자기는 별로 손을 대지 않고 친구들한테 다 명령을 했거든. 그래도 졸개 노릇을 한다는 마음은 없었어요. 그냥 그놈하고 같이 어울리면 이래저래 스릴이 있었다는 거죠.

후지오가 다른 중학교 여학생을 덮친 사건요? 그 사건은 나는 잘 몰라요. 아니, 정말이야. 후지오가 그 여학생한테 눈독을 들였던 건 알았죠. 머리가 길고 자그마한, 뭐, 미소녀라고 할 만큼 예쁜 여학생이었어. 후지오는 몸집은 큼지막했어도 실은 로리콘이어서 그런 타입에 약했죠. 그런 얘기도 소설에 나오지요? 꽤 예리한 부분을 집어냈구나, 하고 읽으면서 생각했네, 정말. 하긴 그 소설을 쓴 게 그 녀석이었다면 그런 거야 뭐, 샅샅이 다 아는 얘기였겠죠.

그러고 보니 그 소설에 후지오가 혼자 어디론가 사라지는 이야기도 나왔었어. 아직 수업이 끝나지도 않았는데 항상 6교시 중간쯤에 혼자서 쓰윽 빠져나가는 이야기 말예요. 그거, 정확히 말하면 6교시 중간이 아니고 끝나고 곧장 갔던 거예요. 그러니까 홈룸 시간에는 후지오가 교실에 남아 있었던 적이 거의 없어요. 어디에 갔었느냐, 그건 그 소설에 나오는 그대로예요. 그 미소녀가 늘 다니는 길목을 지키고 있었던 거지. 거기 갈 때는 절대로 친구들을 달고 가지 않았어. 항상 혼자였죠. 그래서 후지오가 거기서 무슨 짓을 했는지는 몰라요. 아마 그 소설에 나온 대로 어디 뒤에 가만히 숨어 그 여학생을 지켜보면서 덮칠 계획을 세우고 있었을 거야. 그렇게 생각하니 꽤 으스스하네.

여자를 덮쳤을 때는 친구를 딱 한 명 데려갔었대요. 글쎄, 누구인지는 모르겠네. 아니, 정말이라니까. 이제 와서 그 녀석 편들어봤자 무슨 득 될 게 있냐고요. 물론 나는 아니지. 진짜 못된 짓도 많이 했지만 강간하는 거 거드는 짓은 절대로 안 하지. 이건 믿어주쇼.

응, 말씀하시는 대로 그 『수렵 금지구역』이라는 소설에는 여학생을 덮칠 때 주위에 친구들이 꽤 많았던 것처럼 나와 있죠? 한 놈은 여자를 붙들고, 한 놈은 8밀리미터 카메라를 돌렸다고 했던가? 거기다 다른 놈들은 망을 봤다고 나와 있어. 하지만 실제로는 그 일을 거든 건 딱 한 사람이래요. 예, 여학생 붙잡는 거 맡은 놈 딱 하나. 8밀리미터 카메라라는 것도 실제

와는 달라요. 폴라로이드 카메라였다던데? 후지오가 직접 찍었다고 들었어요. 그때 그 사진이 어떻게 됐는지는 나도 모르겠네? 그 소설에서는 후지오가 야쿠자한테 팔아먹으려고 했다고 나왔지만, 글쎄요, 나는 그 사진을 본 적이 없어요. 보고 싶기는 했다는 게 본심이지만, 나한테까지는 차례가 오지를 않았어.

아, 그렇지, 혹시 그 녀석이라면 뭔가 알고 있을지도 모르겠네. 나카쓰카라는 녀석이에요. 후지오를 노상 졸졸 따라다니던 놈이거든. 덕분에 이런저런 국물도 꽤 얻어먹었을 거요. 그때 사진도 만일 후지오가 맡겼다고 한다면 틀림없이 그 녀석일 거야. 하긴 지금까지 그런 걸 갖고 있을 리는 없겠지만. 연락처요? 아, 그건 모르겠네. 예, 나카쓰카 아키오, 아키오는 한자로 밝을 소昭에 지아비 부夫.

그런 쪽 이야기는 노노구치한테는 못 들었어요? 그 녀석도 꽤 잘 알 거 같은데 말이죠. 잘 알고 있으니까 그런 책도 썼던 거 아뇨? 호오, 그 녀석은 아무 말도 안 한다고? 하긴 말하기 힘든 내용이기는 하겠죠.

왜 말하기가 힘드냐고? 그야 별로 폼이 안 나는 이야기잖아요. 그게 무슨 자랑할 일이 아니잖아.

괴롭힘을 당했기 때문이냐고? 아니에요, 노노구치가 괴롭힘을 당한 기간은 그리 길지 않았어요. 후지오는 애초에 노노구치 같은 건 상대도 안 했어. 후지오가 눈독을 들인 건 히다카 쪽이죠. 건방지다는 게 이유였어요. 실제로 히다카는 아무리 심한 짓을 당해도 후지오가 하라는 대로 절대 안 했거든. 후지오는 후지오대로 자기를 만만하게 보는 놈을 그냥 놔둘 수 없었겠지. 그러니 점점 하는 짓거리가 과격해졌어요. 그러다 그 소설에 나오는 일까지 벌어졌다, 그런 얘기예요.

응, 맞아요, 우리가 랩으로 꽁꽁 말아버린 상대도 히다카였어. 예에, 창문으로 염산을 뿌린 것도 그 녀석을 향해서였죠. 노노구치요? 노노구치 따위야 그때는 벌써 우리 쪽에 붙어 있었죠. 그래요, 맞다니까, 우리 쪽이었어. 노노구치 녀석은 그야말로 후지오의 졸개였어. 우리도 걸핏하면 그 녀석 불러다가 잔심부름을 시켰는데, 뭐.

히다카하고 노노구치가 친한 사이였다고? 아니, 그럴 리가 없어요. 그야 뭐, 중학교 졸업한 뒤에는 어쨌는지 모르지. 이번 사건 기사를 보니까 과거에 사이가 좋았다는 식으로 나와 있었으니까 고등학교 올라가면서 뭔가 변했는지도 모르지만 내가 아는 한에서는 절대 그렇지는 않았어. 아니, 왜냐면요, 노노구치가 후지오에게 히다카에 대해 매번 고자질을 했거든. 노노구치가 고자질을 안 했으면 후지오도 히다카를 그렇게 철저히 괴롭힐 생각도 안 했을 걸요?

그러니까 그 『수렵 금지구역』에 나오는 하마오카라는 중학생, 그건 히다카예요. 응, 틀림없어요. 그 소설을 쓴 사람이 사실은 노노구치라고 하는데요, 아마 히다카 이름으로 책을 내야 하니까 히다카 쪽을 주인공으로 해서 썼겠지. 그 소설에서 노노구치는 누구로 나오느냐고? 글쎄, 누가 될까나. 그건 확실하게는 말을 못 하겠네. 하지만 어쨌건 노노구치는 왕따를 했던 애들 중의 한 명이었어요.

그나저나, 생각해보니 거 묘하네? 왕따 가해자가 쓴 소설을 그 왕따의 피해자 이름으로 발표했다는 거잖아? 대체 어떻게 된 거야, 이거?

케이스 7—미타니 고이치

아, 되도록 짧게, 네, 부탁합니다. 지금부터 회의가 있거든요.

이거, 알다가도 모르겠네, 나한테 무슨 얘기를 듣고 싶다는 거죠? 아니, 경찰이란 원래 범인의 과거를 철저히 조사한다는 얘기는 들었지만, 아무리 그래도 내가 노노구치하고 함께 보냈던 건 고등학교 시절이라구요.

예? 초등학교 때부터 조사하고 있어요? 아뇨, 뭐라고 해야 좋을지 모르겠군요. 정말 그런 것까지 필요해요? 어휴, 이것 참.

노노구치는 특별한 것 없는 그저 평범한 학생이었어요. 책이나 영화 취미가 나하고 비슷해서 그런 이야기를 자주 했습니다. 예, 그가 작가가 되고 싶어했던 것도 알고 있어요. 그때부터 자기는 앞으로 작가가 될 거라고 공언했으니까요. 노트에 콩트 같은 소설을 써서 나한테 보여주기도 했죠. 내용은 기억이 안 나네요. 아마 SF 쪽이 많았던 거 같은데? 예, 재미있었어요. 적어도 그 당시 나로서는 꽤 재미있게 읽었죠.

노노구치가 우리 고등학교를 선택한 이유 말인가요? 그야 당연히 그의 성적에 우리 고등학교가 적당하다 싶어서 들어온 거 아닌가요?

아, 잠깐만요. 그러고 보니 노노구치가 이런 말을 했었어요. 실은 근처에 우리하고 비슷한 수준의 고등학교가 또 한 군데 있었는데, 거기만은 절대로 가고 싶지 않았다, 뭐, 그런 얘기였어요. 그 소리를 몇 번이나 했거든요. 그래서 아직도 기억이 나는군요. 예에, 몇 번이나 똑같은 소리를 했던 걸 보면 진심으로 그렇게 생각했던 모양이지요.

그 고등학교를 싫어했던 이유요? 확실한 건 기억이 안 나지만, 환경이 나쁘다든가 학생의 질이 나쁘다든가, 아마 그런 거였을 겁니다. 노노구치가 그런 얘기를 잘 했거든요. 자기가 다녔던 학교에 대해서도 뭔가 불만이 많았어요.

예, 그가 다녔던 중학교와 초등학교 얘기예요. 그 학교들이 엄청 안 좋았다, 후졌다, 걸핏하면 그런 얘기를 했어요.

아뇨, 중학교 때 친구 이야기 같은 건 별로 들어본 적이 없어요. 혹시 들었다고 해도 그리 대단한 얘기는 아니었을 거예요, 별로 생각나는 게 없는 걸 보면. 히다카 구니히코라는 이름도 그의 입을 통해서는 들어본 일이 없어요. 노노구치에게 어렸을 때 그런 친구가 있었다는 건 이번 사건으로 처음 알았어요.

그가 자주 말했던 건 학교나 동네 그 자체에 대한 험담이에요. 그 동네에 사는 사람들이 얼마나 수준이 떨어지는가, 그런 동네에 있는 학교가 얼마나 형편없는가, 그런 이야기를 걸핏하면 내비치곤 했어요. 하도 많이 해서 지겨웠던 기억도 나는군요. 평소에는 그저 평범한 친구인데 그 이야기만 나오면 불끈하는 거예요. 이상한 놈이라고 생각했죠. 누구라도 자기가 태어나고 자란 동네를 가장 좋다고 생각하는 게 일반적인데 말이에요.

"우리는 원래 그런 동네에 살지 않았어. 아버지 직장 때문에 어쩔 수 없이 그 동네에 들어간 거지. 그러니까 이제 곧 다시 이사할 거야. 말하자면 임시 거처인 셈이야. 그래서 이웃집하고도 별로 친하지 않고 근처 애들하고도 안 놀아."

나야 뭐, 그 친구가 어떤 동네에 살건 별 상관도 없었는데 자꾸만 그런 얘기를 하는 거예요. 마치 변명하는 것처럼. 그래 놓고 결국 나하고 어울린 기간에는 이사를 안 했어요.

이사라고 하니 생각나는데, 노노구치가 이런 말도 했어요.

"초등학교 때 한 번 전학할 수 있는 기회가 있었어. 내가 그 때 다니던 초등학교에 도저히 적응을 못 해서 아버지 어머니가 뒤로 손을 썼던 거야. 근데 결국 그게 잘 풀리지 않았어. 자세한 건 모르지만, 내가 띄엄띄엄이라도 그 학교에 다녔던 게 별로 안 좋았던 모양이야. 정말 너무 심하지 않냐? 나는 날마다 진짜 우울한 기분으로 학교에 갔던 거라고. 우리 이웃에 남의 일에 상관하기 좋아하는 놈이 있어서 말이지, 그 녀석이 날마다 나를 데리러 오는 바람에 어쩔 수 없이 학교에 갔었다고. 진짜 그놈 때문에 피해가 막심했어."

나는 이웃에 그런 친절한 친구가 있으면 좋기만 하겠다고 생각했지만, 뭐, 노노구치는 또 나름대로 불만이 있었던 모양이죠.

고등학교 졸업하고는 노노구치를 통 못 만났어요. 아니, 한 번쯤은 만났었나? 어쨌건 대충 그런 정도였어요. 함께 어울리고 하는 건 없었습니다.

히다카 구니히코의 소설 말인가요? 실은 제가 읽어본 적이 없었어요. 소설은 꽤 읽는데, 주로 추리소설 쪽이에요. 여행 미스터리라고 합니까? 그런 거를 좋아하거든요. 너무 골치 아픈 소설은 좀 멀리하는 편이죠.

하지만 이번 사건이 터졌잖습니까. 그래서 좀 보자는 생각에 한 권 읽어봤습니다. 실제 작가가 노노구치 그 녀석이라고 생각하니까 어쩐지 등이 근질근질하던데요?

『야광충』이라는 작품이에요. 예술가 남편이 바람난 아내 때문에 고민한다는 이야기죠. 나야 어려운 비평은 잘 모르겠고, 그래도 역시나 하는 생각이 드는 부분이 몇 군데 있었어요. 아, 이건 역시 노노구치가 쓴 글이구나, 하고 무릎을 치게 되는 부분요. 그의 개성 같은 게 군데군데 드러난다고 느꼈죠. 개성이라는 건 어렸을 때 그대로, 웬만해서는 변하지 않는 건가 봐요.

옛? 아, 그래요? 『야광충』은 히다카 구니히코 본인이 쓴 소설이에요? 아, 예, 그렇습니까?

어휴, 이거 창피하네. 뭐, 아마추어는 그런 건 잘 모른다는 걸로 해두죠.

자, 이 정도면 되겠죠? 회의가 있어서요.

케이스 8—후지무라 야스시

네, 제가 오사무의 외삼촌입니다. 그 아이의 어머니가 우리 누님이에요.

이익금의 반환청구라고는 했지만, 꼭 그렇게 돈만 따지자는 건 아닙니다. 우리 쪽으로서는 말이죠, 아무튼 도리에 맞게 처리하자, 일의 앞뒤를 분명하게 해두자, 그런 얘기를 하고 싶은 거예요.

오사무가 히다카 씨를 죽였다는 건 쉽게 용서받을 수 없는 일이겠지요. 그에 합당한 죗값을 치러야 한다고 생각하고 있고, 또 그럴 작정으로 오사무도 순순히 자백했던 게 아니겠습니까?

하지만 말이죠, 그러기 위해서는 우선 도리에 맞게 일을 처리해둬야 한다고 우리는 생각하는 겁니다. 오사무도 아무 이유 없이 그런 짓을 저지른 게 아니었으니까요. 내가 듣기로는 히다카하고 불가피한 사정이 있었다고 하잖습니까? 고스트라이터라고 하던가요? 히다카 씨 대신 소설을 써주었다지요? 그러니 결국 오사무도 참고 또 참다가 불끈 폭발할 만도 했겠지요.

그러니까요, 제 말은 그쪽에도 잘못이 있다는 겁니다. 절대로 오사무만 나빴던 게 아니지요. 그런데 오사무만 처벌을 받고, 자, 이제 다 끝났다, 하고 손을 털어서야 그건 뭔가 이상하잖습니까? 그쪽의 잘못에 대해서는 어떻게 되느냐는 겁니다.

나는 그쪽으로는 잘 모르지만, 히다카 구니히코라고 하면 그야 뭐, 꽤 잘나갔다고 하잖습니까? 고액 세금 납부자 베스트텐이라는 데에도 들었다고 하던데요. 그건 누가 벌어들인 돈입니까? 오사무가 소설을 쓰고 그것을 팔아서 벌어들인 돈이잖아요? 그 돈은 그냥 그쪽에서 착착 챙기고 오사무만 벌을 받는다는 건 좀 이상하잖아요? 나는 이상하다고 생각합니다. 나라면요, 그런 돈은 돌려줄 겁니다. 그게 당연하잖습니까?

예, 물론 그쪽으로서도 할 말은 있겠지요. 그러니 앞으로 변호사도 함께해서 말이죠, 분명하게 도리에 맞도록 이야기를 해나가자, 그렇게 생각하는 겁니다.

나는 아무튼 오사무한테 도움이 되도록 하자는 것뿐이에요. 돈을 바라고 이러는 게 아닙니다. 아니, 그 돈을 돌려받아봤자 내 것이 되는 것도 아니잖습니까? 그건 오사무의 돈이에요. 당연하지요.

그건 그렇고, 그 일로 형사님이 우리 집에까지 찾아오시다니, 또 무슨 일이지요? 우리가 말하는 건 이른바 민사소송 쪽이고 형사님하고는 관계가 없는 거 같은데?

아, 진짜 볼일은 그쪽 일이 아니었어요?

누님에 대해서요? 예, 그렇습니다. 그 동네는 오사무가 태어나고 얼마 뒤에 이사를 갔었어요. 그쪽에 땅을 샀었지요. 매형의 친척이 그쪽에 갖고 있던 땅을 싸게 내주어서 그 동네에 집을 지었던 거예요.

누님이 그 동네를? 뭐, 말씀하시는 대로 별로 좋아하지는 않았어요. 언제였나, 그런 동네인 줄 알았으면 절대로 집을 안 지었을 거라고 말했던 적이 있으니까요. 누님이 그 동네에 살게 된 뒤로 주변에 대해 이래저래 조사를 해봤던 모양이에요. 그래서는 그런 느낌을 받은 모양이지요.

그 동네의 뭐가 마음에 안 들었는지, 그건 모르겠어요. 그런 말을 하면 누님이 기분 나빠 하니까 되도록 그 동네 얘기는 피했거든요.

형사님, 왜 그런 걸 물어보시지요? 그런 게 이번 사건하고 무슨 관련이 있습니까?

아무리 철저하게 조사할 필요가 있다지만 세상 떠난 누님에 대해서까지 꼬치꼬치 묻는 건 너무 심한 거 아닙니까? 뭐, 무슨 얘기를 물어보건 뒤가 켕길 일 같은 건 하나도 없으니 상관은 없지만요.

케이스 9—나카쓰카 아키오

노노구치? 누구야, 그게? 나는 모르는 이름인데?

나하고 중학교 때 동창이라고요? 흠, 그런 애가 있었나? 다 잊어버렸어요.

신문 같은 거, 요즘 통 못 봤는데요. 작가가 살해된 사건요? 나는 몰라요.

흠, 작가도 범인도 나하고 동창? 그래서 그게 어떻다고요? 나하고는 상관없어요. 얘기해드릴 것도 없고요. 내가 요즘 실업자라서 지금 직장 구하러 나가봐야 한다고요. 방해하지 말아줬으면 좋겠네.

히다카? 히다카라니, 그 히다카요? 살해된 작가라는 게 그

녀석이에요?

아, 그 녀석이라면 기억하죠. 허어 참, 그 녀석이 죽었어요? 인간, 참 언제 어떤 식으로 죽을지 모르는 거네.

그런 얘기는 왜요? 그 녀석이 어렸을 때 어쨌건, 그게 무슨 도움이 돼요? 수사라니, 범인은 이미 잡혔다면서요? 아니, 형씨가 그렇게 말했잖아요?

쳇, 요즘에는 형사들도 이상한 것을 조사하고 다닌다니까.

관두쇼, 옛날 얘기.

흥, 그래요, 히다카는 중학교 때 몇 번 혼을 내줬죠. 그냥 별것 아닌 이유예요. 안면 몰수했다든가, 뭐, 대충 그런 거. 아무거나 적당히 이유를 갖다 붙이는 거죠, 뭐.

그래도 히다카는 센 놈이었어요. 결국 한 번도 돈을 내놓지 않았거든. 다른 물렁한 놈들은 슬쩍 을러대면 천 엔이든 2천 엔이든 얼른 내놨는데 말이지. 그래서 우리도 오기가 나서 히다카 녀석만 노렸어. 그놈은 정말 근성이 있는 놈이었어요, 지금이니까 하는 말이지만.

허 참, 끈질기시네. 그러니까 노노구치라는 놈은 모른다고요.

엥? 자, 잠깐. 노노구치? 노가 두 개[野野]에 입 구[口]라고 쓰는 노노구치?

아, 그렇군, 노로 녀석? 노노구치라는 게 그 녀석이었고만?

음, 그 녀석이라면 기억하고 있어요. 후지오의 지갑이었죠.

하 참, 지갑이라면 지갑이죠, 돈 넣고 다니는 주머니! 그래요, 돈을 넙죽넙죽 후지오한테 갖다 바쳤으니까 아예 걸어다니는 지갑이었어. 돈 갖다 바치고 덤으로 졸개 취급도 받고, 진짜 얼간이 같은 놈이었지.

후지오가 학교에서 쫓겨난 뒤로는 우리도 뿔뿔이 흩어졌수다. 노로 녀석도 어느새 우리 모임에는 얼굴도 안 내밀었고.

다른 중학교 여학생 해치웠던 거? 그 일은 나는 잘 몰라. 정말이야. 분명 내가 후지오하고 제일 친했지만, 나한테도 자세한 얘기를 해주지 않았다니까? 그보다 나는 그 뒤로 후지오하고 변변히 만난 적도 없었어. 그 녀석이 자택 근신 처분을 받았으니까.

아니라니까, 나 아니라고요. 후지오가 여학생을 덮쳤을 때, 그 자리에 함께 있었던 건 다른 놈이야. 그야 모르죠. 하 참, 진짜라니까!

어이, 형씨, 그런 해묵은 일이 이번 사건하고 무슨 관계가 있어요?

아니, 좀 마음에 걸리는 게 있어서 말이지, 살해된 게 히다카라고 하니까.

언제였는지는 확실하게 기억이 안 나지만, 히다카가 나한테 찾아왔던 일이 있었거든. 후지오, 그리고 그 녀석이 여학생을 덮친 사건에 대해 뭔가 아는 게 있으면 알려달라고 하면서 말이지. 언제였나, 한 3, 4년 전이었던가?

아, 그러고 보니 후지오를 모델로 소설을 쓰겠다나, 그런 얘기를 했던 것 같네. 별로 귀담아 듣지를 않아서 지금까지 한 번도 생각해본 일이 없었지만. 그러면 그때 히다카가 벌써 작가였나? 흥, 그런 일인 줄 알았으면 사례금을 넉넉히 달라고 할걸 그랬네.

아, 일단 내가 아는 건 다 말했수다. 히다카란 놈도 딱히 나한테 원망을 품은 것 같지도 않았고 말이지.

여학생을 덮친 사건이라면 나는 거의 아무것도 모른다고 했죠. 그런데도 히다카 녀석이 끈덕지게 뭔가 조금이라도 기억나는 일은 없느냐고 자꾸 묻더라고. 그놈도 내가 후지오하고 함께 여학생을 덮쳤다고 생각했던 모양이지?

사진? 무슨 얘기예요, 이거?

내가 갖고 있다니, 어떤 놈이 그런 소리를 했어?

……뭐, 갖고 있었죠.

후지오가 잡혀가기 전에 딱 한 장 나한테 줬수다. 아주 흐릿하게 나온 걸로. 그런 거, 소지하는 것쯤은 괜찮잖아요? 내가 뭐, 그 사진으로 딴 짓을 했던 것도 아니고.

왜 그 사진을 내내 갖고 있었냐고 물으시면 내가 영 곤란하지. 그냥 어쩌다 보니 버리지 않았을 뿐이야. 형씨도 집 안을 뒤져보면 빡빡머리 때 사진이 한두 장 있을 거 아뇨?

지금은 없어요. 히다카가 왔다 간 뒤로 바로 내버렸수다.

그 사진을 히다카가 봤냐고? 음, 보여줬죠. 뭐, 나로서도 원체 옛날 일이기도 하고, 일부러 나를 찾아왔으니 빈손으로 보내기도 뭐하고 해서 줬죠.

히다카가 그 사진을 빌려달라고 해서 내가 아예 준다고 했수다. 근데 2, 3일 지나서 봉투에 넣어 다시 보내왔더라고. 사진 같은 건 보존하지 않는 주의라나? 그렇게 적어서 보냈더라고. 그 봉투는 그대로 쓰레기통에 버렸죠. 그러고는 그냥 끝이야.

그 이후로 히다카하고는 안 만났수다.

사진은 그거 한 장뿐이야. 다른 사진이 어떻게 되었는지는 나도 몰라요.

자, 그럼, 이제 됐지요?

케이스 10—쓰지무라 헤이키치

미안합니다, 저는 손녀딸 사나에라고 해요. 우리 할아버지가 말씀하시는 건 보통 사람은 알아듣기가 힘들어서요, 제가 옆에서 통역을 해드릴게요. 아뇨, 괜찮아요. 그러는 게 이야기가 빨리 끝나서 우리도 편하거든요.

아, 몇 살이시더라. 아마 아흔한 살이실 거예요. 예, 심장이 튼튼한 분이세요. 그래도 나이가 있으시니 다리나 허리가 좀 안 좋으신 거 같아요. 아뇨, 머리 쪽은 저희보다 더 짱짱하십니다. 귀가 좀 안 들리셔서 그게 힘들지요.

예, 15년 전쯤까지 불꽃놀이 폭죽 장인으로 활약하셨어요. 아뇨, 연세가 드셔서 은퇴하셨다기보다는 수요와 공급의 문제였죠. 강변 불꽃대회 행사가 없어지는 바람에 일거리가 거의 들어오지 않았거든요. 그래도 마침 그때가 그만두실 때였다고 저희들은 생각하고 있습니다. 예, 우리 아버지는 그 일을 물려받지는 않으셨어요.

뭔가요, 이 책은? 『타오르지 않는 불꽃』……. 앗, 그 히다카 구니히코의 소설인가요? 아뇨, 우리는 몰랐어요. 우리 집 사람들은 아무도 읽은 적이 없을 거예요. 할아버지요? 그럼, 그건 일단 여쭤보기로 할까요? 아마 별 소용은 없겠지만요.

……역시 이 책은 모르시는 거 같네요. 할아버지 말씀이 최근 몇 십 년 동안 책이라고는 읽어본 적이 없으시대요. 그런데 이 책이 무슨 문제가 있습니까?

아, 그래요? 이게 폭죽 장인의 이야기예요?

……참 별걸 다 쓰는 사람이 있다고 할아버지가 그러시네요. 글쎄, 일반인하고는 별로 인연이 없는 직업이라서 그렇겠지요?

와아, 히다카 구니히코라는 작가가 이 근처에서 살았어요?

예, 그래요, 할아버지 작업장은 저쪽 절 옆에 있었죠. 어머, 그래요? 어린 시절에 할아버지가 일하시는 걸 봤고, 그래서 어른이 된 뒤에 그걸 소설로 썼다고요? 할아버지가 인상에 남아서요? 아하, 그랬군요.

……그러고 보니 이웃아이들이 놀러온 일이 있었다는군요. 이 일이 워낙 위험한 일이라 가까이 오지 못하게 했는데, 하도 열심히 찾아오니까 주위의 물건들은 만지지 않는다는 조건으로 작업장 안에 들어오게 해주셨다는군요.

그런 아이가 몇 명이나 되었는지 여쭤보라고요? 예, 잠깐만요.

……몇 명씩 찾아온 건 아니라는군요. 기억나는 건 한 명뿐이라네요.

이름은, 글쎄, 기억하고 계시려나? 우선 물어보지요.

……이름은 모른다고 하시네요. 예, 잊어버린 게 아니고 처음부터 모르셨대요. 우리 할아버지, 옛날 일은 꽤 기억을 잘하시니까 아마 맞는 말씀일 거예요.

글쎄요, 그건 또 어떨까. 아무리 옛날 일을 기억한다고 해도 그것까지는 좀 어렵지 않을까요? 일단 말은 해볼게요.

……아이구, 대단하시네. 기억이 난대요. 사진을 보면 알 수 있다고 하시는군요. 그 사진, 지금 가지고 계세요? 그럼, 확인삼아 보여드릴까요?

어라, 이게 뭐에요? 중학교 졸업앨범? 네, 이 반에 그 아이가 있을 거라고요? 아, 하지만 그 아이가 할아버지 작업장에 드나든 건 한참 더 어렸을 때잖아요? 그렇지요, 역시? 아, 이거 곤란하네. 그런 걸 할아버지한테 설명하기가 정말 어려운데. 그때는 이런 큰 애가 아니었다, 그렇게 말씀드리면 알아들으실지 모르겠네요. 예, 뭐, 어떻게든 설명을 해볼게요.

과거過去 3

가가 형사의 회상

노노구치 오사무와 히다카 구니히코의 과거, 특히 중학교 때에 관해서 조금이라도 알고 있을 듯한 인물은 우선 한바탕 모두 훑었다고 생각한다. 물론 그 밖에도 많이 있겠지만, 일단 필요한 정보는 얻어낸 셈이 아닐까. 이 정보들은 아직은 조각 난 퍼즐 같지만 완성된 모습이 희미하게나마 잡히는 것이다. 그리고 그것이 이번 사건의 참된 모습이라고 나는 확신한다.

중학교 시절의 괴롭힘과 폭력—. 역시 그것이 두 사람의 관계를 상징하는 일이었다고 할 수 있을 것이다. 그렇게 생각하면 비로소 이해가 되는 사항들이 많다. 그들의 꺼림칙한 과거를 빼놓고는 이번 살인사건을 말할 수 없는 것이다.

학교에서 일어나는 괴롭힘에 대해서는 나도 약간의 경험이 있었다. 하지만 나 자신이 괴롭힘을 당했던 것도, 거꾸로 누군가를 괴롭힌 것도 아니다(적어도 그런 의식은 없었다). 경험이라는 건, 교육자로서의 입장에서 겪은 것이었다. 벌써 10년 전의 이야기다. 나는 중학교 3학년의 담임을 맡고 있었다.

우리 반에 학교폭력이 있다는 것을 감지한 건 1학기 후반이었다. 계기는 학기말 시험이었다.

가가 선생네 반에서 커닝이 있었던 게 아니냐고 물어온 교사가 있었다. 영어 선생이었다. 그에 의하면 다섯 명의 학생이 한 문제에 하나같이 똑같은 답을 썼는데, 그것이 정답이라면 또 모르지만 완전히 똑같은 오류를 범했다는 것이었다.

"게다가 그 다섯 명의 자리가 뒤쪽에 모여 있어. 이건 커닝이라고 봐도 틀림없을 거야. 내가 직접 주의를 줘도 되지만 우선 담임인 가가 선생에게 알려주는 게 옳을 것 같아서."

이 영어 선생은 매사를 냉철하게 생각하는 타입이었다. 그 말을 해줄 때도 부정을 저지른 학생에 대해 화가 난 듯한 기색은 없었다.

나는 잠시 생각한 뒤에 내게 맡겨줄 수 없겠느냐고 말했다. 만일 커닝이 있었다면 그건 영어 과목에만 국한된 것이 아닐 터였기 때문이다.

"그건 괜찮지. 하지만 빨리 손을 쓰는 게 좋겠어. 한 번 봐주면 커닝하는 아이들이 점점 늘어날 거야."

영어 선생의 충고는 지당한 것이었다.

나는 즉시 다른 과목의 교사들에게 문제가 된 다섯 명의 답안지에 수상한 점이 없는지 조사해달라고 부탁했다. 물론 내가 담당한 사회(지리)에 대해서는 내가 직접 살펴보았다.

그 결과, 국어, 과학, 사회에서는 분명한 흔적은 발견되지 않았다. 서로 비슷한 점이 없는 건 아니지만 그렇다고 커닝이라고 단정하기는 어려운 상태였다. 이 점에 대해 과학 교사는 말했다.

"녀석들도 바보는 아니니까 금세 표가 나는 짓은 안 했겠지. 아이들도 나름대로 머리를 쓰는 법이거든."

하지만 그런 연구가 수학에서는 허술했던 모양이다. 수학 교사는 분명 커닝이 있었다고 단언했던 것이다.

"1학년과 2학년 수준의 수학을 이해하지 못했던 아이가 3학년에 올라가서 갑자기 잘한다는 건 불가능해. 그러니까 이 학생이라면 이 문제는 풀 수 있고 저 학생이라면 완전 손을 들어버릴 것이다, 그런 걸 시험 보기 전부터 대충 알아. 이를테면 이 야마오카라는 학생은 마지막의 증명 문제는 도저히 못 풀어. 근데 그런 야마오카가 여기 정답지에 'ADEF'라고 썼지? 사실은 이 문제의 정답은 '△DEF'야. 도형 문제에 관한 기초지식이 없기 때문에 남의 답안지를 슬쩍 보고 '△'이라는 기호를 알파벳의 'A'라고 잘못 베껴 쓴 거야."

수학자답게 설득력 있는 의견이었다.

아무래도 낙관할 수 있는 사태가 아니었다. 나는 어떻게 대처해야 할지 고민했다. 커닝은 현장에서 붙잡히지 않는 한, 웬만해서는 처벌하지 않는다는 게 이 학교의 방침이었다. 하지만 최소한 교사들이 커닝을 눈치채지 못한 건 아니라는 점을 아이들에게 알려줄 필요가 있었다. 말하자면 경고를 해두는 것이다. 그래서 나는 어느 날 방과 후에 그 아이들을 불렀다.

그 자리에서 나는 우선 그들에게 커닝 혐의를 받고 있다는 것을 알렸다. 의심의 근거로는 영어시험에서 똑같은 실수를 한 것을 들었다.

"어때, 커닝했어?"

내 질문에 아무도 대답하지 않았다. 그래서 나는 야마오카라는 학생의 이름을 지적하여 다시 물었다.

그는 고개를 저으며, 안 했습니다, 라고 대답했다.

다른 아이도 한 명 한 명 물어보았다. 전원이 부정했다.

명확한 증거가 없으니 그 이상 추궁하는 건 불가능했다. 하지만 그들이 거짓말을 한다는 것은 명백했다.

그들 중 네 명은 시종 부루퉁한 태도였지만, 한 학생만은 눈두덩이 붉어져 있었다. 마에노라는 학생이었다. 그때까지의 성적으로 보아 다른 네 명이 마에노의 답안지를 커닝했다는 건 틀림이 없었다. 물론 답안지를 보여준 쪽도 커닝한 쪽과 똑같이 처벌한다는 것이 학교의 규칙이었다.

그날 밤, 마에노의 어머니에게서 전화가 걸려왔다. 아들의 태도가 아무래도 이상한데 학교에서 무슨 일이 있었느냐고 물었다.

내가 커닝에 대한 이야기를 하자 그 어머니는 전화 너머에서 작은 비명을 올렸다. 분명 악몽을 꾸는 듯한 기분이었을 것이다.

"설령 커닝이 있었다고 해도 마에노 군은 답안지를 보여준 것뿐이라고 생각합니다. 하지만 부정은 부정이에요. 이번에는 증거가 없었기 때문에 경고 수준에서 그쳤습니다. 크게 충격을 받은 눈치던가요?"

내가 묻자 그 어머니는 눈물 어린 목소리로 뜻밖의 이야기를 했다.

"글쎄, 옷이 흙 범벅이 되어서 돌아왔어요. 제 방에 틀어박혀 나오지를 않는데, 얼핏 보니까 얼굴이 퉁퉁 부었고 피도 흘리는 것 같아서……."

"얼굴이……?"

다음 날, 마에노는 감기를 이유로 학교를 결석했다. 그리고 그다음 날 나왔을 때는 안대를 하고 있었다. 하지만 얼굴에 멍이 들고 뺨이 부어오른 것으로 보아 누군가에게 맞았다는 것을 금세 알 수 있었다.

그 시점에서 나는 모든 사정이 이해가 되었다. 마에노는 한패였던 게 아니라 다른 네 사람이 시키는 대로 어쩔 수 없이 가담한 것이었다. 두들겨 맞은 것도 커닝을 들킨 데 대한 보복일 터였다. 단지 그런 폭력이 일상적으로 이루어졌는지는 아직 판단할 수 없었다.

그리고 곧 여름방학이 되었다. 결과적으로 그 타이밍이 좋지 않았다. 어렵사리 학교폭력의 기미를 알아차리고서도 나는 방학 동안에 아무것도 하지 않았던 것이다. 변명을 하자면 너무나 바빴던 게 그 이유였다. 방학이라고 해도 진로 지도 문제로 잠시도 쉴 틈이 없었다. 수집해야 할 각종 정보와 처리해야 할 일거리가 항상 산더미였다. 하지만 그건 역시 변명에 불과하다. 그 여름방학 동안에 마에노는 야마오카 패들에게 10만 엔이 넘는 돈을 빼앗겼다. 아니, 단순히 돈을 갈취하는 것을 뛰어넘어 그들을 묶고 있던 검은 인연의 끈은 좀 더 음습하고 복잡한 것으로 변해갔다. 그리고 그것을 나는 한참 뒤에야 알았던 것이다.

2학기가 시작되면서 마에노의 급격한 성적 저하와 일부 양심적인 학생의 정보를 통해 나는 악질적인 폭력이 거의 일상화되다시피 한 현실을 알게 되었다. 마에노의 머리에 담뱃불에 의한 화상이 여섯 군데나 되는 등, 그것은 내 상상을 초월

하는 악행이었다.

나는 어떻게 대응해야 할지 고민했다. 3학년의 괴롭힘 사건은 그냥 못 본 척 졸업할 때까지 기다리는 게 상책이라고 하는 교사도 있었지만, 나는 그렇게는 할 수 없었다. 3학년을 담당하는 건 나로서는 처음이었다. 내가 맡은 반에 들어온 것이 불운이 되는 사태만은 막고 싶었다.

나는 우선 마에노에게 사정 이야기를 들어보기로 했다. 어떤 경위로 괴롭힘이 시작되었고 지금까지 어떤 일이 있었는지 물어보았다.

하지만 마에노는 아무 말도 하지 않았다. 말을 하면 폭력이 더욱 가중될까 봐 두려워했던 것이다. 그의 공포감이 심상치 않다는 것은 정수리에서 흘러내리는 땀과 떨리는 손끝이 그대로 말해주고 있었다.

나는 그에게 자신감을 불어넣는 것부터 시작하자고 생각했다. 그래서 생각해낸 것이 검도였다. 나는 특별활동의 검도부를 맡고 있었다. 검도를 통해 기가 약한 학생이 어느새 씩씩하고 늠름해지는 것을 나는 몇 번이나 보았었다.

하지만 학기 중에 검도부에 들어가는 건 절차상 불가능한 일이어서 매일 아침마다 개인지도를 해주기로 했다. 마에노는 내키지 않는 기색이었지만 그래도 아침마다 도장에 나와주었다. 머리가 좋은 아이였으니 젊은 담임 선생이 어째서 갑자기 검도를 가르치겠다고 나섰는지 충분히 이해했을 것이고 그것을 무시하는 건 미안한 일이라고 생각했을 것이다.

그런 그가 관심을 보인 것이 있었다. 칼 던지기였다.

그것은 집중력을 기르기 위해 내가 이따금 하던 훈련이었다. 다다미를 세워놓고 그 과녁을 향해 넓적한 칼을 던지는 것이다. 때로는 눈을 감고 던지고, 뒤로 서서 던지기도 했다. 만에 하나 사고를 걱정해서 아무도 없는 시간에 그 훈련을 했었는데, 우연히 마에노가 내 연습 장면을 목격하고 강한 관심을 보였던 것이다.

마에노는 가르쳐달라고 부탁했지만 물론 그럴 수는 없었다. 단지 내 훈련 모습을 지켜보는 것만은 허락해주었다. 그는 한참 떨어진 곳에서 흥미진진하게 지켜보곤 했다.

"나는 할 수 있다! 그런 믿음이 있어야 해."

요령을 물어왔을 때, 나는 그렇게 대답했다.

괴롭힘의 중심인물인 야마오카가 맹장염으로 입원한 것은 그 얼마 뒤의 일이었다. 나는 아주 좋은 기회라고 판단했다. 이대로 괴롭힘이 진정되기를 기다리는 식의 소극적인 방법은 안 된다고 생각했다. 이 기회를 활용하여 야마오카에게 굴복하는 마음을 깨끗이 지워주자고 생각했다.

나는 마에노에게 그날그날 노트를 복사해서 병원에 갖다주라고 지시했다. 그는 금세 울 듯한 얼굴로 거부했지만 나는 받아주지 않았다. 얻어맞는 개와도 같은 굴욕적인 상태로 그를 졸업시키고 싶지 않았던 것이다.

병원에서 어떤 대화가 오고갔는지 나는 알지 못한다. 마에노는 말없이 복사지만 내려놓고 곧바로 병원을 나와버렸는지도 모른다. 야마오카 역시 이불을 얼굴에 덮은 채 모른 척했을 수도 있다. 그래도 괜찮다고 나는 생각했다.

야마오카가 퇴원한 뒤에 나는 이 시도가 성공했다고 확신했다. 학생 몇몇에게 슬쩍 물어본 바로는 마에노가 괴롭힘을 당한다는 이야기는 나오지 않았기 때문이다. 그 아이들이 반드시 사실만을 말한 건 아니겠지만 예전에 비해 훨씬 환해진 마에노의 태도에서 나는 사태가 호전되었다고 판단했다.

하지만 그것이 큰 착각임을 깨달은 것은 마지막 순간, 즉 졸업식이 끝나고 난 직후였다.

사실 나는 내심 신이 나 있었다. 학생들의 진로도 빠짐없이 정해졌고 이제 남겨진 문제는 하나도 없다고 믿었다. 앞으로 교사로서 잘해나갈 수 있겠다고 혼자서 도취감에 젖어 있었다.

그런 내게 한 통의 전화가 걸려왔다. 경찰서에서 온 것이었다. 청소년과의 경관이 알려준 소식은 내 머리통에 찬물을 끼얹었다.

마에노가 상해죄로 체포되었다는 것이다.

장소는 게임센터. 피해자는 야마오카였다.

처음 그 소식을 들었을 때, 혹시 반대로 말한 게 아닌가 하고 생각했다. 피해자는 마에노, 가해자는 야마오카가 아닌가.

하지만 듣고 보니 사정이 이해가 되었다. 체포될 당시에 마에노의 옷은 찢겨지고 온몸은 상처투성이에 얼굴은 일그러져 있었다고 한다.

마에노를 그런 꼴로 만든 것은 야마오카 일당이었다. 마에노가 혼자 있는 것을 발견하고 놈들이 멍석말이를 하듯이 두들겨 팬 것이었다. 그들은 졸업 전까지 잔소리 많은 가가 선생 때문에 폭력을 꾹 참고 있었던 것뿐이었다. 놈들은 쓰러진 마에노의 얼굴에 오줌까지 갈기고 자리를 떴다.

마에노가 얼마나 그곳에 쓰러져 있었는지는 확실하지 않았다. 하지만 온몸의 아픔을 견디며 일어서자마자 그는 학교 검도장으로 갔다. 그리고 내 로커에서 칼을 훔쳐냈던 것이다.

야마오카 일당이 노는 곳을 알고 있었던 것은 몇 차례 돈을 들고 찾아간 경험이 있었기 때문이었다. 마에노는 게임기 사이에서 키들키들 웃고 떠들어대는 야마오카를 발견하자 망설일 것도 없이 뒤에서 덤벼들었다. 그가 가진 칼은 야마오카의 왼쪽 배를 찔렀다.

경찰에 신고한 것은 게임센터 직원이었다. 그리고 경찰이 도착할 때까지 마에노는 우두커니 서 있었다고 한다.

나는 즉시 경찰서로 달려갔다. 하지만 마에노를 만날 수 없었다. 그가 면회를 거부했기 때문이다. 또한 야마오카는 곧바로 병원에 실려 갔고 생명에 지장은 없다는 이야기를 들었다.

나중에 담당 경관은 나에게 말했다.

"마에노는 상대를 죽이고 자신도 죽을 생각이었답니다. 야마오카에게 왜 그렇게 마에노를 괴롭혔느냐고 물었더니 그냥 마음에 들지 않아서 그랬대요. 왜 마음에 들지 않았느냐고 다시 물어봤는데, 딱히 이유는 없다는 거예요. 아무튼 마음에 안 든다, 아무튼 마음에 안 든다, 그 말만 자꾸 하더군요."

그 말을 나는 한없이 어두운 마음으로 듣고 있었다.

나는 마에노도 야마오카도 그 뒤로 한 번도 만나지 못했다. 특히 마에노의 어머니에 의하면 '가가 선생이라는 사람은 이 세상에서 가장 만나고 싶지 않은 인간'이라는 모양이었다.

그해 4월, 나는 더 이상 교단에 설 수가 없었다. 즉 내 발로 도망쳐 나온 것이다.

그건 내 인생에서 가장 큰 실패였다—. 나는 지금도 그렇게 생각하고 있다.

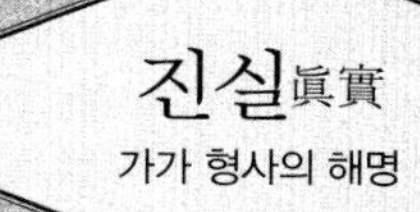
진실眞實
가가 형사의 해명

몸은 좀 어떠세요? 조금 전에 담당 의사에게 잠깐 들었는데, 수술을 받기로 결심했다면서요? 그 말을 듣고 나도 안심했습니다.

마음 약한 소리를 하시는군요. 아뇨, 성공할 가능성이 상당히 높다던데요. 그저 위로 삼아 하는 말이 아니에요. 정말입니다.

전부터 물어보고 싶었는데, 노노구치 씨가 병을 자각한 건 언제쯤이죠? 지난겨울인가요, 아니면 올해 들어서?

그건 아니시겠지요. 적어도 작년 연말쯤에는 병이 재발했다는 것을 느꼈을 텐데요? 동시에 이번만은 가망이 없겠다는 식으로 생각했던 거 아닌가요? 그래서 병원에도 가지 않았겠지요?

내가 이런 생각을 하는 이유는 단 한 가지예요. 그 무렵에 당신이 이번 일을 계획했을 거라고 짐작했으니까요. 이번 일이라는 건 물론 히다카 구니히코 씨를 살해한 사건입니다.

놀라셨어요? 하지만 내가 느닷없는 소리를 한다고 생각하지는 않아요. 예, 근거가 있습니다. 증거도 있어요. 거기에 대해 지금부터 이야기를 해보려고 합니다. 좀 길어지겠지만, 담당 의사에게는 일단 허락을 받았습니다.

우선 이걸 좀 보시죠. 예, 사진입니다. 이 사진, 본 기억이 있지요? 당신이 히다카 씨의 집에 숨어들던 장면을 비디오로 촬영한 거예요. 히다카 구니히코 씨가 카메라를 설치해서 몰래 찍은 것이라고 했었죠, 당신 말에 따르면.

그 영상의 한 장면을 이런 식으로 프린트해달라고 했어요. 원한다면 이곳에 모니터를 가져와 영상을 모두 보여드려도 괜찮지만, 아마 그럴 필요는 없겠죠? 이 한 장이면 충분할 겁니다. 게다가 당신도 이 장면은 지겹도록 봤을 테니까요.

왜냐하면 이 영상은 당신이 만들어낸 거잖아요. 당신이 연출하고 당신이 촬영했죠. 감독 겸 주연인 셈이군요. 그러니 지겹도록 보는 것도 당연하다고 생각할 수밖에요.

맞아요, 그 비디오테이프는 위조된 것이라고 말하는 겁니다. 거기에 찍혀 있는 내용은 모조리 만들어낸 거라고.

예, 그러니까 그것을 증명하려는 거예요. 이 사진을 사용해서 말이죠. 하지만 별로 대단한 건 아니에요. 내가 이 사진을 통해 말하고 싶은 건 단 한 가지입니다. 이 비디오 영상은 귀퉁이에 표시된 7년 전의 이 날짜에 촬영된 게 아니라는 것이죠.

왜 그렇게 단언할 수 있는지 설명하죠. 실은 간단합니다. 여기에는 히다카 씨의 집 정원이 찍혀 있어요. 그리고 정원에는 나무와 풀들이 무성합니다. 물론 이 사진에는 그리 많이 나오지는 않았어요. 히다카 씨의 자랑이던 벚나무는 화면에 들어오지도 않았고 잔디는 시들었습니다. 얼핏 보기에도 겨울이라는 건 알 수 있지만, 그게 어느 해 겨울인지는 판별하기 어려울 것 같군요. 게다가 한밤중이라 컴컴해서 자세한 부분까지는 알아보기가 어려워요. 아마 그래서 당신도 이 비디오로 우리를 속일 수 있다고 생각했겠지요.

하지만 노노구치 씨, 당신은 중대한 실수를 범했어요.

그저 엄포를 놓는 게 아닙니다. 정말로 실수를 했어요.

네, 알려드리지요. 그건 그림자예요. 잔디에 벚나무 그림자가 보이죠? 이것이 치명적인 실수입니다.

아, 당신이 무슨 말을 하려는지 알고 있습니다. 7년 동안 나무가 많이 자랐다지만 그건 빛이 들어오는 상태 등에 따라서 달라지기 때문에 단순히 그림자만 비교해서는 그것이 최근의 벚나무인지 오래전의 벚나무인지 알기는 어렵겠지요. 네, 맞는 말씀입니다.

하지만 내가 말하려는 건 그런 게 아니에요. 나무 그림자가 하나밖에 없다는 것이 문제라는 거지요.

아직 알아듣지 못한 것 같으니까 내가 답을 알려드리죠. 만일 이 영상이 정말로 7년 전의 정원을 촬영한 것이라면 이곳에는 나무 그림자가 두 개가 있어야 합니다. 왜 그런지 아세요? 간단한 거예요. 예, 그렇습니다. 7년 전에는 히다카 씨의 정원에 벚나무가 두 그루였어요. 사이좋게 나란히 서 있었죠.

반론이 있으십니까?

그 비디오는 아마 최근에 촬영된 것이겠지요. 당신에 의해서.

문제는 과연 당신에게 비디오를 촬영할 기회가 있었느냐는 것입니다. 그 점에 대해서는 히다카 리에 씨에게 확인했습니다.

그다지 어렵지 않을 거라는 게 히다카 리에 씨의 대답이었습니다. 작년 말까지 히다카 구니히코 씨는 아직 독신이었고, 출판사 사람들과 술을 마시러 가는 때를 노렸다면 느긋하게 촬영할 수 있었을 거라고 하더군요.

단지 그럴 경우에는 집의 열쇠가 필요하게 됩니다. 정원으로 히다카 씨의 작업장에 숨어들어 비디오 촬영을 하려면 작업실 창문을 열어야 했을 테니까요.

리에 씨의 증언에 따르면, 그것도 별 문제가 없었을 거라고 하더군요. 왜냐하면 히다카 구니히코 씨는 바깥에 술을 마시러 갈 때는 열쇠를 가져가지 않고 현관 앞 우산대 뒤에 감춰두곤 했기 때문이라고 합니다. 두어 번 바깥에서 열쇠를 잃어버린 뒤로 그렇게 하게 되었답니다. 그걸 노노구치 씨가 알고 있었다면 굳이 열쇠를 복제할 필요도 없었다는 얘기가 됩니다. 그리고 노노구치 씨라면 열쇠를 둔 장소를 알고 있었을 거라고 리에 씨는 증언했어요.

하지만 노노구치 씨. 내가 비디오테이프가 위조되었다고 생각한 것은 벚나무 그림자 때문이 아닙니다. 실은 그 반대였어요. 이건 틀림없이 위조된 것이라고 생각했기 때문에 일부러 수없이 비디오테이프를 돌려보고, 히다카가의 오래된 정원이 찍힌 몇 장 안 되는 사진을 어렵사리 찾아내면서까지 그 모순점을 발견한 것이지요. 그렇다면 어째서 이 비디오테이프는 틀림없는 위조품이라고 생각했는가. 그건 다른 증거물에 대한 의심에서부터 시작되었습니다.

다른 증거물이라는 건 무엇인가. 노노구치 씨, 당신은 이미 알겠지요. 그렇습니다, 저 엄청난 양의 원고. 내 손으로 찾아냈고, 분명 이것이 히다카 구니히코 씨를 살해하게 된 동기일 거라고 나 스스로 확신했던 저 산더미 같은 소설 작품.

이번 사건에서 노노구치 씨를 체포하고 또 고백의 글까지 읽고 난 뒤에도 나는 아무래도 이해되지 않는 일들이 많았습니다. 물론 의문점 하나하나에 대해서는 어떤 식으로든 설명이 가능합니다. 하지만 설명이 가능하다는 것과 이해가 된다는 것은 달라요. 노노구치 씨, 당신의 고백에서는 뭔가 미묘한 어긋남이 느껴졌어요. 그 미묘한 어긋남 때문에 당신이 고백한 내용을 나는 아무래도 진실이라고 받아들일 수 없었어요.

그리고 어느 순간, 나는 아주 중요한 단서를 발견했습니다. 이번 사건이 터진 뒤로 당신을 수없이 만났으면서도 지금껏 그걸 알아보지 못했다는 게 이상할 정도였습니다. 그토록 가까이에 뻔히 힌트가 있었는데 말이지요.

노노구치 씨, 오른손을 좀 보여주시죠.

왜 그러십니까, 오른손입니다. 정 뭐 하시면 오른손 가운뎃손가락만이라도 좋습니다.

그 가운뎃손가락 끝, 그건 펜으로 글씨를 써서 생긴 굳은살이지요? 정말 큼직하게 굳은살이 박이셨군요.

이건 좀 이상하지 않습니까? 당신은 워드프로세서만 쓰잖아요? 원고를 쓸 때도 그렇고, 교사로 재직하던 시절에도 항상 워드프로세서를 사용했다고 들었습니다. 그런데 왜 그렇게 큼직한 굳은살이 생겼지요?

아, 그래요, 펜을 사용해서 생긴 게 아니라고요? 그러면 그건 뭐지요? 모르겠다, 기억이 안 난다는 말씀인가요? 하지만 아무리 봐도 펜 때문에 생긴 굳은살로 보이는데요. 그런 게 왜 생겼는지 전혀 생각이 안 난다는 말인가요?

그렇다면 뭐, 상관없습니다. 중요한 건 나한테는 펜으로 글을 써서 생긴 굳은살로 보였다는 점이니까요. 내 눈에 그렇게 보였기 때문에 나는 다시 이 사건을 고민하기 시작했어요. 워드프로세서만 쓰는 노노구치 씨의 손가락에 어째서 펜으로 인한 굳은살이 생겼는가, 그런 것이 생길 만큼 엄청난 양의 뭔가를 손으로 일일이 써야 했는가, 하고 고민했습니다.

그런 고민 끝에 생각난 것이 저 오래된 노트와 원고지에 적혀 있던 소설들이었어요. 나는 한 가지 추리를 세웠습니다. 그 순간, 등줄기가 오싹했어요. 만일 내 추리가 맞는다면 이번 사건의 구도가 완전히 뒤집히는 것이니까요.

그렇습니다, 나는 다음과 같이 추리했어요. 그 엄청난 양의 작품은 옛날에 쓴 것이 아니라 최근에 노노구치 씨가 급하게 써놓은 게 아닐까…….

어때요, 내가 등줄기가 오싹할 만도 했지요? 만일 내 추리가 맞는다면 히다카 씨가 당신의 옛 작품들을 도둑질해서 자신의 소설인 것처럼 발표했다는 건 모두 거짓말이 되는 것입니다.

어떻게든 이 의문의 진위를 확인할 방법은 없을까. 나는 다방면으로 조사를 했습니다. 그리고 마침내 결정적인 증거를 잡았습니다.

노노구치 씨는 쓰지무라 헤이키치 씨라는 분을 아십니까? 모르세요? 그렇습니까, 역시 그렇군요.

당신이 직접 쓴 고백의 글에 의하면, 어린 시절에 히다카 구니히코 씨와 함께 근처에 사는 불꽃놀이 폭죽 장인이 작업하는 걸 자주 보러 갔었고, 그때의 경험을 바탕으로「둥근 불꽃」이라는 소설을 썼다고 했지요? 그리고 그「둥근 불꽃」을 이용해서 히다카 씨는『타오르지 않는 불꽃』을 발표했다고 주장했어요.

쓰지무라 헤이키치 씨라는 분은 바로 그때의 폭죽 장인입니다.

예, 그건 나도 알아요. 이름을 잊어버렸다고 하시는데, 그건 그리 큰 문제가 아니죠. 아마 히다카 구니히코 씨에게 물어봤어도 그 노인의 이름은 잊었다고 하지 않았을까요?

하지만요, 쓰지무라 씨 쪽에서는 기억하고 있었어요. 이름이 아닙니다. 얼굴을 기억하고 있었어요. 옛날에 자신의 작업장에 수없이 찾아왔던 아이의 얼굴을 말이죠. 쓰지무라 씨 얘기로는 그때 찾아왔던 아이는 둘이 아니라 한 명뿐이었다고 합니다.

네, 그렇습니다. 살아계셨어요. 연세가 아흔이 넘으셨으니 휠체어에 의지해서 생활하시지만 머리 쪽은 멀쩡하니 아직 건강하십니다. 당신과 히다카 씨의 중학교 때 앨범을 보여드렸는데, 그때 놀러왔던 아이의 얼굴을 한 번 보자마자 금세 이 아이라고 집어내셨어요.

바로 히다카 구니히코 씨의 얼굴을요.

노노구치 씨, 당신에 대해서는 전혀 모르는 아이라고 하셨고요.

쓰지무라 씨의 증언을 듣고 나는 확신했습니다. 히다카 씨가 당신의 소설을 훔쳤다는 건 거짓말이다, 그 오래된 대학노트와 원고지에 써 있던 소설은 당신이 히다카 씨의 소설을 모조리 베껴 써놓은 것이라고요.

그렇게 되면, 당신이 히다카 씨에게 살인미수 건으로 협박을 당했다는 건 어떻게 되는가.

이미 다 아시겠지요? 나는 고민 끝에 그 비디오테이프를 의심하기에 이른 것입니다. 당신이 살인미수를 저질렀다는 것을 분명하게 보여주는 건 그 비디오테이프뿐이니까요. 그때 사용했다는 나이프에는 아무런 증거능력도 없습니다. 단순히 당신의 지문이 찍혀 있다는 것뿐이니까요.

그런 과정을 거쳐 나는 방금 설명했던 대로, 그 비디오테이프는 위조라는 것을 발견했습니다. 이건 거꾸로 말하자면 그때까지 세웠던 가설이 모조리 옳았다는 것을 의미합니다. 즉 살인미수 사건 따위는 일어나지도 않았고, 히다카 씨는 당신을 협박하지도 않았다, 따라서 소설의 도작 같은 행위도 없었다는 이야기가 되는 것입니다.

그러면 당신이 살인미수의 계기였다고 고백했던 히다카 하쓰미 씨와 당신과의 관계는 어떻게 된 것인가. 당신이 말한 그런 불륜 관계가 정말로 있었는가.

여기서 잠깐 복습을 좀 해보죠. 당신과 히다카 하쓰미 씨의 관계를 암시해주는 증거들은 어떤 것이었지요?

우선 당신의 방에서 발견된 에이프런과 목걸이, 그리고 여행 신청서입니다. 거기에 나중에 역시 당신의 방에서 발견된, 후지산 차량 휴게소에서 촬영한 듯한 하쓰미 씨의 사진. 그리고 같은 장소에서 찍은 것으로 추정되었던 풍경 사진.

이상입니다. 그것 말고는 아무것도 없어요. 두 사람의 관계를 증언해준 사람도 없었습니다.

그 물건들 중에서 여행 신청서는 어디서든 누구나 마음대로 구할 수 있는 것이기 때문에 당신과 하쓰미 씨의 관계를 증명해준다고 할 수 없겠지요. 목걸이는 당신이 하쓰미 씨에게 선물하려고 했다는 당신 스스로의 증언뿐이었어요. 그러면 에이프런은 어떤가. 그건 아무래도 하쓰미 씨의 물건이라는 게 틀림이 없습니다. 그 에이프런을 입은 하쓰미 씨의 사진이 있다는 건 언젠가 당신에게도 말했던 그대로입니다.

하지만 당신이 히다카 씨의 집에서 부인의 에이프런을 몰래 빼내오는 건 불가능한 일이 아니었어요. 히다카 구니히코 씨가 리에 씨와의 결혼을 앞두고 전처인 하쓰미 씨의 짐을 정리했을 때, 당신이 그 일을 도와주었기 때문입니다. 에이프런 하나쯤 몰래 훔쳐내는 건 아마 쉬운 일이었겠지요.

그날, 당신은 에이프런 외에도 또 한 가지를 더 훔쳐냈을 가능성이 있어요. 바로 사진입니다. 당신이 훔쳐내야 할 사진의 조건은 아마 이런 것이었을 겁니다. 우선 하쓰미 씨 혼자 찍은 사진, 같은 장소에 구니히코 씨는 나오지 않는 사진, 그리고 또 한 가지, 가능하다면 그곳에서 찍은 풍경 사진이 한 장 있으면 좋겠다……. 그런 조건을 만족시켰던 것이 바로 그 후지카와 차량 휴게소에서의 사진이었겠지요. 당신은 하쓰미 씨가 나온 사진과 풍경 사진을 호주머니에 슬쩍 집어넣었습니다.

예, 물론 당신이 훔쳤다는 증거는 어디에도 없습니다. 하지만 훔쳐내는 건 얼마든지 가능했다는 것이지요. 그리고 그것이 가능한 이상, 당신이 고백한 하쓰미 씨와의 불륜 관계에 대해서는 곧이곧대로 받아들일 수 없다는 것입니다.

오히려 살인미수 사건이 없었고 히다카 구니히코 씨에 의한 협박도 도작도 없었다, 이야기가 그렇게 되면 그 전제조건이라고 할 수 있는 당신과 하쓰미 씨의 불륜 관계도 없었다고 생각하는 게 타당하지 않을까요?

맞습니다. 그렇게 생각해나가면 당연히 하쓰미 씨의 사망에 대해서도 단 한 가지 답이 나올 뿐입니다. 그건 틀림없는 사고사였을 뿐, 결코 자살 같은 게 아니었다는 것이지요. 동기가 없으니 자살이었다고 의심할 이유도 없는 것입니다.

이쯤에서 한 차례 정리를 해봅시다. 노노구치 씨, 당신이 작년 가을쯤부터 대체 무슨 짓을 해왔는가. 그것을 시간대별로 돌아보려고 합니다.

우선 당신은 쓰지 않은 채 낡아버린 대학노트를 준비했습니다. 그런 것쯤은 근무하던 학교 안을 뒤져보면 금세 눈에 띄었겠지요. 그리고 거기에 히다카 구니히코 씨가 이미 발표한 작품들을 차례차례 베껴 썼습니다. 하지만 그 내용을 그대로 베끼는 게 아니라 표현이나 인물의 이름을 바꾸고 줄거리를 약간 각색해서 마치 기존 작품의 원형인 듯한 인상을 주도록 했습니다. 책 한 권을 베끼더라도 최소한 한 달은 걸리지 않았을까요? 참 힘든 작업이었을 거라고 충분히 상상이 됩니다. 거기에 더하여 최근의 작품은 워드프로세서에 차례차례 입력했습니다. 대학노트와 함께 발견된 원고지의 소설은 실제로 당신이 옛날에 써둔 것이었겠지요. 히다카 씨의 소설 중에는 그것과 내용이 일치하는 건 없으니까요.

그리고 『얼음의 문』에 대해서는 당신이 그 전개를 열심히 생각해내야 했을 겁니다. 그 아이디어 메모를 반드시 형사의 눈에 띄도록 해야 하고 또한 히다카 씨를 살해하던 날의 알리바이 조작용으로 다음 연재분을 당신이 직접 써야 했기 때문입니다.

그다음은 비디오 영상의 조작입니다. 이건 아까도 말했듯이 아마 작년 연말쯤에 촬영했겠지요.

그리고 히다카 씨의 집에 들어가 몰래 하쓰미 씨의 에이프런이며 사진 등을 손에 넣었습니다. 그 밖에 여행 신청서와 목걸이 등의 소도구를 준비하는 작업도 했겠지요. 신청서는 오래된 것을 갖고 있었습니까? 하긴 그런 서류라면 학교에 많이 남아 있었겠지요. 당신은 양복장에 들어 있던 페이즐리 무늬의 넥타이는 하쓰미 씨에게서 선물 받은 것이고, 찬장의 마이센 찻잔은 둘이 함께 산 것이라고 했지만, 그런 것들도 모두 최근에야 준비했을 겁니다.

그리고 또 한 가지, 중요한 작업이 남았습니다. 히다카 부부는 캐나다에 보낼 짐을 일주일 동안 꾸렸다고 합니다. 그 일주일 사이에 당신이 딱 한 차례 그 집에 왔었다고 하던데요. 당신이 히다카 씨 집을 찾아간 목적은 두 가지 물건을 이삿짐 속에 슬쩍 넣어두기 위해서가 아니었습니까? 바로 그 나이프와 비디오테이프를 넣으려고 찾아갔겠죠. 책의 안쪽을 오려내고 그 안에 비디오테이프를 넣어둔 교묘함에 내가 깜빡 속았어요. 그야말로 히다카 구니히코 씨가 은밀히 숨겨뒀다는 느낌이 들었거든요.

그렇게 철저히 준비를 마친 상태에서 당신은 4월 16일을 맞이했습니다. 그렇죠, 이번 사건이 일어났던 날입니다.

아뇨, 그건 결코 충동적인 범행이 아니었어요. 오랜 시간 공들여 준비한, 참으로 무섭고도 치밀한 사전 계획에 따른 범행이었지요.

통상 범죄 계획이라는 건 범인이 자신이 체포되는 것을 피하기 위해 짜여지는 법입니다. 어떻게든 자신의 범행이 발각되지 않도록 애를 쓰고, 혹시 발각되더라도 자신에게 혐의가 돌아오지 않도록 궁리에 궁리를 거듭하며 범인은 머리를 쥐어 짜는 거예요.

그런데 당신의 범죄 계획은 그것과는 완전히 목적이 달랐습니다. 당신은 체포되는 것을 전혀 피하지 않았어요. 아니, 그러기는커녕 모든 계획이 자신이 체포될 것을 전제로 해서 세워졌던 거예요.

간단히 말하자면 이런 얘기입니다. 노노구치 씨, 당신은 오랜 시간과 수고를 들여 범죄의 동기를 만들어냈어요. 히다카 구니히코 씨를 살해하기에 적합한 동기를 말이죠.

⁂

실로 놀라운 발상이라고 생각합니다. 살인을 저지르기 전에 우선 동기를 준비하다니, 이런 일은 아마 전대미문이 아닐까요? 나는 지금은 물론 자신 있게 이런 말을 하고 있지만, 이 결론에 도달하기까지 정말 고민이 많았습니다. 설마 그럴 리는 없다, 라는 식으로 자꾸 생각하게 되거든요.

비디오테이프도 그렇습니다. 만일 경찰이 일찍부터 의심을 품었다면 그 테이프가 위조품이라는 건 훨씬 더 일찌감치 알아냈을 거예요. 하지만 수사진은 전혀 의심하지 못했습니다. 당연하지요. 그 비디오는 당신의 범행 동기를 증명하는 중요한 증거인데, 설마 그런 증거를 범인인 당신 스스로 조작했으리라고 어느 누가 생각할 수 있었겠습니까.

대학노트나 원고지에 쓰인 작품들도 그렇고, 히다카 하쓰미 씨와의 관계를 보여주는 소도구들도 마찬가지입니다. 그런 물건들이 만일 당신의 범행을 부정하는 증거였다면 수사진은 눈에 불을 켜고 그 진위를 확인했겠죠. 하지만 실제는 그 반대였어요. 모조리 당신의 범행 동기를 뒷받침하는 증거품이었습니다. 유감스럽게도 우리 경찰은 피의자에게 유리한 증거에는 엄격하지만, 불리한 증거 쪽은 허술하게 지나쳐버리는 경향이 있습니다. 당신은 그런 약점을 기막히게 뚫고 들어왔어요.

당신이 특히 교묘했던 것은 그 가짜 동기를 직접 나서서 밝힌 게 아니라 수사진 쪽에서 어렵게 알아내게 하는 식으로 유도했던 점입니다. 만일 그 동기를 처음부터 술술 불었더라면 아무리 둔감한 형사들이라도 뭔가 이질감을 느꼈을 거예요.

당신은 수사진이 잘못된 길로 접어들도록 교묘하게 유도했습니다. 아니, 덫을 쳐두었던 것이지요. 히다카 씨 소설의 원형처럼 보이는 엄청난 양의 대학노트와 원고지가 우선 첫 번째 덫이었습니다. 그리고 두 번째 덫은 에이프런과 목걸이와 여행 신청서, 그리고 히다카 하쓰미 씨의 사진이었어요. 지금 생각해보면 우리가 하쓰미 씨의 사진을 너무 늦게 찾아내는 바람에 당신은 내심 초조했을 거예요. 언젠가 내게 말했었지요? 그렇게 집 안을 다 휘젓지 마라, 남에게서 맡아둔 중요한 책이 있다……. 그 말을 힌트 삼아 우리는 국어사전 속에서 히다카 하쓰미 씨의 사진을 발견했습니다. 정말 당신의 유도에 널름 넘어가버린 셈이에요. 아마 당신은 그제야 마음이 놓였을 거고요.

세 번째 덫에서도 당신의 교묘한 유도 작전이 있었습니다. 사건 후에 당신은 히다카 리에 씨에게 구니히코 씨의 비디오테이프가 어디 있느냐고 물었어요. 리에 씨가 캐나다로 보낸 이삿짐에 있다고 대답하자 당신은 그 이삿짐이 돌아오면 곧바로 알려달라고 부탁했었죠.

그 말을 듣고 나는 히다카 구니히코의 비디오테이프에 틀림없이 뭔가가 감춰져 있을 거라고 생각했습니다. 그렇게 그 살인미수의 밤을 촬영한 비디오테이프를 발견했어요. 게다가 그 비디오테이프는 히다카 씨의 『야광충』이라는 책 속에 감춰져 있었죠. 『야광충』을 읽어보면 그 내용과 비디오테이프에 찍힌 장면이 부합된다는 것을 누구라도 눈치챌 수 있었어요. 거기에도 당신의 보이지 않는 유도 작전이 있었던 겁니다.

그러고 보니 사건이 일어났던 날 밤에 거의 10년 만에 나를 다시 만난 당신은 히다카 구니히코 씨의 소설 중에서도 가장 먼저 『야광충』을 추천했었지요? 그것 역시 앞을 내다본 유도 작전이었던 것이죠. 참 대단하십니다.

여기서 시곗바늘을 조금 뒤로 돌려 그날의 일을 다시 살펴봅시다. 그날이라는 건 물론 당신이 히다카 구니히코 씨를 살해한 바로 그날입니다.

지금까지 설명한 추리를 통해서도 알 수 있듯이 그 살인은 당연히 계획적인 것이었습니다. 하지만 당신은 그것이 계획적인 살인이라는 것을 어느 누구에게도 들켜서는 안 되었습니다. 이 사건을 반드시 충동적인 범행으로 처리해둘 필요가 있었던 것이죠. 그렇게 하지 않으면 당신이 조작한 살인의 동기가 빛을 발하지 못할 테니까.

당신은 살해 방법에 대해 나름대로 지혜를 짜냈습니다. 칼이나 독극물을 사용하는 건 안 될 일입니다. 그래서는 처음부터 살의가 있었노라고 스스로 공언하는 꼴이 되니까요. 그러면 목을 조를 것인가. 하지만 두 사람의 체력을 비교해보면 힘으로 밀어붙여 교살하기는 어려웠겠지요.

그런 이유 때문에 당신이 선택한 방법은 뭔가로 내리쳐서 살해한다는 것이었습니다. 등 뒤에서 둔기로 내리친다, 그리고 상대가 쓰러진 뒤에 목을 졸라 숨통을 끊는다, 네, 그런 것이죠.

하지만 그 경우에도 흉기는 필요합니다. 게다가 히다카 씨 집에 원래부터 있던 물건을 흉기로 쓰는 게 더 바람직하겠지요. 그래서 당신은 히다카 씨가 애용하던 문진을 생각해냈습니다. 그걸로 내리친다면 확실할 것이다. 그러면 목은 어떻게 조를 것인가. 그렇다, 전화선이 좋겠다……. 아마 그런 자문자답을 했을 거라고 상상이 됩니다.

하지만 여기서 당신의 마음속에 불안이 싹텄습니다. 범행 당일은 히다카 씨가 이삿짐을 거의 대부분 정리한 뒤입니다. 자칫하면 점찍어둔 흉기를 이미 이삿짐에 넣어 보냈을 가능성도 있었어요.

전화선은 아마 문제가 없을 것이다, 집을 떠나는 순간까지 글을 쓰고 그 글을 팩스로 보낼 예정이던 히다카가 전화 코드까지 정리했을 리는 없다…….

문제는 문진 쪽이었습니다. 문진은 글을 쓰는 데 반드시 필요한 물건은 아니에요. 이미 이삿짐에 넣었을 가능성도 충분히 생각할 수 있었습니다.

문진이 없을 경우에는 어떻게 할 것인가. 당신은 그럴 경우를 대비하여 일단 스스로 흉기를 준비해 갔습니다. 그것이 바로 샴페인 돔페리뇽입니다. 혹시라도 문진이 없을 경우, 그 술병을 흉기로 쓸 생각이었던 거예요.

당신은 히다카 씨의 집에 갔을 때, 곧바로 그 샴페인을 내주지 않았습니다. 일단 건네주고 나면 흉기로 쓸 수 없게 될 우려가 있었기 때문이에요.

당신은 우선 히다카 구니히코 씨와 함께 작업실로 갔습니다. 그리고 문진이 아직 방 안에 있다는 것을 확인했겠죠. 그 순간, 아마 당신은 정말 다행이라고 안도의 한숨을 내쉬었을 겁니다.

후지오 미야코 씨가 찾아오자 자리를 바꾸듯이 히다카 씨의 작업실을 나온 뒤에 당신은 샴페인을 리에 씨에게 건네주었습니다. 만일 문진이 이삿짐 속에 들어가버렸다면 리에 씨에게 그 샴페인을 건네지 않고 나중에 흉기로 썼겠지요. 그럴 경우에는, 이사를 축하할 겸 가져갔던 샴페인을 졸지에 흉기로 쓰고 말았다는 식으로 역시 제삼자에게 충동적인 범행이라는 인상을 줄 수 있었을 거예요. 하지만 당신 입장에서는 가능하다면 히다카 씨의 문진으로 살해하는 게 훨씬 더 확실하다고 생각했겠죠.

당신이 수기에 샴페인에 대해 쓰지 않았던 것은 그런 저간 사정을 경찰이 눈치챌까 봐 두려웠기 때문입니다. 처음 그 샴페인 이야기를 들었을 때, 나는 혹시 그 샴페인에 독을 넣은 게 아닌가 의심했어요. 그래서 최종적으로 그 샴페인을 마시게 된 호텔맨에게 맛이 어땠느냐는 질문까지 했어요. 그는 아주 맛있었다고 대답했습니다. 그래서 독을 탔다는 추리는 버렸던 것인데, 가만 생각해보면 당신이 독을 사용할 이유라고는 전혀 없었던 거예요.

그나저나 컴퓨터와 전화를 이용한 알리바이 트릭은 정말 대단했습니다. 우리 수사팀의 상사는 아직도 그 트릭을 제대로 이해하지 못하고 있어요.

한 가지 마음에 걸리는 것이 있는데, 만일 우리가 그 트릭을 알아내지 못했다면 당신은 어떻게 할 생각이었습니까? 그 트릭이 너무나 교묘해서 자칫하면 당신은 의심도 받지 않고, 따라서 체포되지 않을 수도 있었는데요.

아, 대답하기 싫으신 모양이군요.

하긴 이런 질문은 부질없는 짓이지요. 어떻든 우리는 당신의 알리바이 트릭을 알아냈고 결국 당신을 체포했으니까요.

피곤하신가요? 이야기가 길어졌으니 아마 피곤하기도 하시겠지요. 하지만 잠시만 더 함께해주시지요. 나 또한 당신 덕분에 어지간히 고단하게 돌아다녀야 했으니까요.

그건 그렇고, 당신은 왜 이런 일을 저질렀을까요? 자신이 체포될 것을 전제로 해서 가짜 동기까지 만들어낸다는 건 일반적인 상식으로는 생각할 수 없는 일이에요.

굳이 그 마음속을 짐작해보자면 이런 것이 되겠죠. 당신은 뭔가 동기가 있어서 히다카 구니히코 씨를 살해하기로 결심했다. 그 결과에 따라 스스로 체포될 각오까지 했다. 여기에는 암의 재발을 자각한 것도 깊은 관련이 있을 거라고 생각합니다. 말하자면 잡혀 들어가도 감옥에서 보내는 시간은 그리 길지 않을 거라고 계산했겠지요.

하지만 당신은 체포되더라도 진짜 동기는 끝까지 감춰야 한다는 마음이 있었습니다. 당신에게는 살인범으로 체포되는 것보다 진짜 동기가 모두에게 알려지는 게 훨씬 더 무서운 일이었으니까요.

그 진짜 동기에 대해 당신의 입으로 직접 듣고 싶은데, 어떻습니까. 이미 여기까지 온 이상, 당신이 계속 침묵하는 건 별 의미가 없다고 생각하는데요?

……그러시군요.

아무래도 말을 안 할 모양이군요. 그렇다면 어쩔 수가 없군요. 내 나름의 추리를 밝히도록 하죠.

노노구치 씨, 이것이 뭔지 아시겠습니까? 예, 그렇습니다. CD예요. 하지만 음악을 듣는 그런 CD가 아닙니다. 보통 'CD-ROM'이라고 하는 거예요. 컴퓨터 데이터가 들어 있습니다.

요즘 컴퓨터용 소프트는 대개 이런 형태로 팔리는 것 같더군요. 게임이나 사전 등도 이런 식으로 나온다고 합니다.

하지만 이건 시판하는 CD-ROM은 아닙니다. 히다카 씨가 업자에게 의뢰해서 제작한 거예요.

이 안에 어떤 데이터가 들어 있는지, 몹시 마음에 걸리실 것 같군요. 사실 이 CD 안에는 당신이 눈에 핏발을 세우고 찾아다녔던 그 내용이 들어 있으니까요.

아시겠습니까? 그렇습니다. 이 CD에는 사진 데이터가 들어 있어요. 포토 CD라는 물건이죠, 이게?

히다카 씨는 소설 자료로 사용할 사진들을 옛날식으로 앨범에 붙여두는 일은 없었습니다. 문인들 사이에서도 컴퓨터 활용이 누구보다 빨랐던 히다카 씨는 벌써 몇 년 전부터 자료용 사진은 모두 이런 식으로 CD에 보관해왔어요. 게다가 요즘에는 최신 디지털카메라도 사용했습니다.

왜 내가 이 CD에 주목했는지 말씀드릴까요? 그건 당신과 히다카 씨의 과거를 상세히 조사해본 결과, 그 당시의 사진 한 장이 자꾸만 마음에 걸렸기 때문입니다. 그 사진에 드러난 내용이 만일 내가 추측한 그대로라면, 지금까지 주목하지 않았던 일들이 갑자기 중요한 의미를 갖게 되고 또한 여러 가지 일들이 앞뒤가 딱 맞게 연결되는 것입니다.

나는 그 사진을 찾기 위해 백방으로 노력했습니다. 아니, 사실은 그 사진 자체는 이미 어떤 사람의 손에 의해 처분된 뒤였어요. 하지만 그 직전에 히다카 씨는 그 사람에게서 사진을 잠시 빌렸어요. 나는 히다카 씨가 어떤 형태로든 그 사진을 복사해두었을 거라고 생각했습니다. 그렇게 해서 이 포토 CD를 발견한 것입니다.

아, 너무 장황한 설명은 제 자랑처럼 들리겠군요. 간단히 말하자면, 그 사진이라는 건 바로 그때 찍은 사진입니다. 후지오 마사야가 다른 학교 여학생을 성폭행하는 장면을 찍은 사진.

사실은 그 사진을 프린트해서 오늘 이 병실에 가져올 생각이었습니다. 하지만 오기 직전에 마음을 바꿨어요. 그건 별 의미도 없는 일이고, 그저 당신의 고통을 되살아나게 할 뿐이다……. 그런 생각이 들어서요.

당신은 그 사진에서 내가 무엇을 봤는지 알고 있겠지요? 나도 막상 사진을 보고 확인하기 전부터 이미 짐작은 했었습니다. 그렇습니다, 그 여학생이 꼼짝 못 하도록 붙잡고 후지오 마사야가 성폭행하도록 도운 사람은 노노구치 씨, 바로 당신이었어요.

\+ + +

당신의 중학교 시절에 대해 약간 조사를 했습니다. 많은 사람들이 다양한 이야기를 해줬어요. 그중에는 학교폭력에 대한 이야기도 있었습니다.

노노구치는 괴롭힘을 당했다는 사람이 있었어요. 아니, 그게 아니다, 그 친구가 괴롭힘을 당했던 건 잠깐 동안이고 그 뒤로는 내내 남을 괴롭히는 그룹에 속해 있었다는 증언도 들었습니다. 하지만 사실은 둘 다 똑같은 얘기라는 게 옳을 거예요. 당신은 처음부터 끝까지 학교폭력에 시달린 것이죠. 단지 그 폭력의 형태가 바뀌었던 것뿐이에요.

노노구치 선생님, 이라고 여기서는 불러드리고 싶군요. 선생님도 교사로서 교단에 선 경험이 있으시고, 그러니 누구보다 절실하게 느끼셨겠지요. 저 역시 그렇습니다. 학교폭력에는 결코 끝이라는 게 없어요. 당사자가 같은 학교에 있는 한, 언제까지고 이어지는 것입니다. 교사가 '괴롭힘은 없어졌다'라고 말할 때, 그건 '없어졌다고 생각하고 싶다'라고 말하는 것에 불과합니다.

그 성폭행 사건이 당신에게는 어떻게도 치유될 길 없는 마음의 상처라는 건 저도 충분히 상상이 됩니다. 누군들 좋아서 그런 짓을 했겠습니까. 후지오 마사야의 명령을 어겼다가는 또다시 우울한 폭력의 나날이 자신에게 떨어지리라는 건 틀림이 없었겠지요. 그것이 두려워서 정말 싫은데도 그런 더러운 짓에 가담하게 되었을 거라고 생각합니다. 그때에 당신을 덮쳤을 죄책감, 자기혐오를 생각하면 제삼자인 나조차 가슴이 아픕니다. 가만히 생각해보면 당신이 그 당시에 당했던 최악의 폭력은 바로 그 성폭행의 공범이 되어야 했던 일이었을 거예요.

그토록 저주스러운 과거의 기록은 목숨과 바꿔서라도 평생 감춰야 한다—. 그것이 이번 살인의 동기였을 거라고 나는 생각합니다.

하지만, 노노구치 선생님.

왜 지금에서야 갑작스럽게 그 옛날의 비밀이 그토록 마음에 걸렸을까요? 히다카 씨가 그 사진을 입수한 것은 『수렵 금지 구역』을 집필하기 전이었습니다. 더구나 그 사진을 입수한 뒤에도 그런 사진이 있다는 사실을 어느 누구에게도 발설한 흔적이 전혀 없어요. 그렇다면 히다카 씨는 앞으로도 그 비밀을 지켜줄 거라고 충분히 생각할 수 있지 않았을까요?

이제 와서 엉뚱하게 히다카 씨가 그 사진을 구실로 당신을 협박했다는 등의 거짓말은 하지 말아주시지요. 그런 식으로 대충 둘러대는 거짓말은 금세 들통이 나고, 그보다 이번처럼 완벽한 범죄를 구축해온 당신에게는 어울리지 않는 일이에요.

나는 후지오 미야코 씨의 존재가 관계가 있을 거라고 짐작합니다. 그녀의 등장이 모든 것을 다 헝클어놓은 것이지요.

후지오 미야코는 『수렵 금지구역』 건으로 히다카 구니히코 씨와 재판을 벌일 작정이었고, 히다카 씨도 경우에 따라서는 거기에 맞설 태세였습니다. 그런 상황 속에서 당신은 몹시 불안했겠죠. 혹시라도 그 끔찍한 사진이 증거물로 법정에 등장하는 건 아닌가, 하고.

이건 내 상상이지만, 당신은 히다카 씨가 그 소설을 썼을 때부터 불길한 예감과 위기감을 느꼈던 게 아닐까요? 게다가 후지오 미야코 씨까지 나타나자 당신의 두려움은 최고조에 달했고, 마침내 살인까지 결심하기에 이르렀다고 나는 추리하고 있습니다.

하지만 그것만으로는 아직 미진한 점이 있습니다. 아니, 실은 가장 중요한 사항이 지금까지의 추리에는 빠져 있는 셈이에요.

그건 당신과 히다카 구니히코 씨의 관계가 실제로는 어땠는가, 하는 점입니다.

끔찍하고 저주스러운 과거가 세상에 드러나는 게 너무나 싫어서 그 비밀을 쥐고 있는 사람을 살해했다……. 이건 물론 충분히 이해할 수 있는 일입니다. 하지만 그 상대가 항상 친하게 지내왔던 친우라면 얘기가 달라집니다. 당신은 히다카 씨가 혹시 후지오 미야코 씨와 진흙탕 같은 분쟁을 벌이게 되더라도 그 비밀만은 친구로서 끝까지 지켜줄 거라고는 생각하지 못했습니까?

당신이 쓴 고백의 글에서는 두 사람의 관계가 증오에 찬 관계로 묘사되어 있습니다. 하지만 모든 것이 당신의 창작이었다는 게 드러난 지금, 그 전제는 버리지 않으면 안 됩니다.

우리가 지금까지 포착한 사실만으로 히다카 씨가 당신을 어떻게 대해왔는지를 정리해보면 다음과 같습니다. 히다카 씨는 중학교 때 이후로는 당신을 만나지 않았고, 또한 그 중학교 때에 명백히 히다카 씨 자신을 미워하고 괴롭혔다고 생각되는 당신과 다시 친구 관계를 맺었습니다. 그뿐만 아니라 당신이 아동문학가로 데뷔할 수 있도록 출판사에도 소개해주었습니다. 그리고 후지오 미야코 씨와 수차에 걸쳐 담판을 하면서도 『수렵 금지구역』이라는 작품과 밀접한 관계가 있는 당신의 이름을 끝까지 밝히지 않았습니다.

이러한 사실을 전체적으로 조감해보았을 때 떠오르게 되는 히다카라는 인물의 이미지는 그의 어린 시절에 대해 증언해준 많은 사람들의 이야기와도 꼭 들어맞습니다. 이를테면 어떤 사람은 히다카 씨에 대해, 누구에게나 스스럼없이 다정하고 착한 아이였다고 증언한 바 있습니다.

나는 적어도 히다카 씨 쪽에서는 진심으로 당신을 친구로 받아들였다고 생각합니다. 그렇게 생각하면 이야기의 앞뒤가 잘 맞아떨어집니다.

하지만 노노구치 씨, 내가 그런 결론에 도달하기까지에는 상당한 시간이 걸렸습니다. 왜냐하면 내 안에 뿌리내린 히다카 씨에 대한 선입견이 그것과는 너무나 동떨어진 것이었기 때문입니다. 실은 이건 히다카 씨의 어린 시절에 대해 탐문수사를 하는 동안 계속 마음에 걸렸던 일이기도 합니다.

실제의 히다카 씨와 내 마음속에 뿌리내린 히다카 씨는 너무나 다르다, 어째서 이런 모순이 생겼는가. 나는 아주 오랫동안 그 점을 생각했습니다. 당신이 써준 가짜 고백의 글을 읽었기 때문일까? 아뇨. 나는 그보다 훨씬 더 빠른 단계에서 이미 히다카 씨에 대해 고정된 이미지를 품게 되었던 것입니다. 그 나쁜 이미지는 어디에서 온 것인가. 그리고 한 가지가 번쩍 떠올랐던 것입니다.

그건 당신이 맨 처음에 써준 사건 당일의 기록입니다.

나는 그 기록 중에서 이번 사건과는 직접적인 관련이 없는 부분에 의식을 빼앗겼던 겁니다. 아니, 얼핏 아무것도 아닌 듯한 그 글의 한 부분에 깊은 의미가 담긴 트릭이 숨어 있었던 거예요.

당신의 표정을 보니 이제부터 내가 무슨 말을 하려는지 이미 아시는 것 같군요. 예, 그렇습니다. 바로 그 고양이 얘기예요. 당신이 죽인 그 고양이.

농약은 이미 찾아냈습니다. 당신 집의 베란다에 흙을 담아 둔 화분 두 개가 있었는데 그 속에서 농약이 검출되었어요. 고양이에게 먹일 경단을 만들고 남은 농약을 어디에 어떻게 처리할지 몰라 난감해하다가 그 화분에 섞어 넣었겠죠.

거기서 발견된 농약은 고양이의 사체에서 검출된 것과 동일했습니다. 예, 고양이의 사체는 아직 남아 있었어요. 그 아주머니가 가엾게 죽은 고양이를 상자에 넣어 자기 집 뜰에 묻어줬거든요.

히다카 씨가 이웃집 고양이 때문에 시달린다는 건 히다카 씨 본인에게 들었습니까? 아니면 예전에 말했던 히다카 씨의 「인내의 한계」라는 수필을 읽고 알았습니까? 뭐, 서로 친하게 왕래하셨으니 역시 직접 들었겠군요.

당신은 농약으로 경단을 만들고, 히다카 부부가 집에 없는 때를 노려 히다카가의 정원에 뿌렸습니다. 그렇게 그 고양이를 죽였어요. 왜 그런 짓을 했는가. 이유는 한 가지, 아까 내가 말했던 히다카 씨의 나쁜 이미지를 조작하기 위해서였습니다.

이번 사건을 맡으면서 문학의 세계를 조금이나마 접해보게 되었지만, 작품을 평하는 말 중에 독특한 표현이 있다는 것을 알았어요. '인간을 묘사描寫한다'라는 말입니다. 한 인물이 어떤 인간인지 마치 그림을 그리듯이 글을 써서 독자에게 전달

한다는 뜻일 텐데, 그건 단순한 설명문으로는 어렵다고 하더군요. 아주 작은 몸짓이나 몇 마디 말 같은 것을 통해 독자 스스로 그 인물의 이미지를 만들어나가도록 쓰는 것이 '인간을 묘사한다'라는 것이라던데요?

당신은 거짓으로 점철된 수기를 통해 히다카 구니히코라는 인물의 잔혹성을 묘사해서 일찌감치 독자, 즉 우리에게 나쁜 이미지를 심어놓을 필요가 있다고 생각했습니다. 그러기 위해 준비한 에피소드가 그 '고양이 죽이기'였던 거예요.

사건이 일어났던 날에 당신이 죽은 고양이의 주인인 이웃집 아주머니를 히다카가의 정원에서 만난 건 우연한 해프닝이었을 거예요. 하지만 당신에게는 큰 행운이었습니다. 그 우연한 만남을 수기의 첫머리에 올린 덕분에 히다카 씨가 고양이를 죽였다는 이야기는 한층 신빙성이 높아졌으니까요.

한심하게도 나는 그런 당신의 트릭에 보기 좋게 걸려들었습니다. 당신을 체포하고, 당신이 맨 처음 쓴 수기는 믿을 만한 것이 못 된다는 사실을 알게 된 뒤에도 설마 고양이를 죽인 이야기까지 거짓말일 줄은 생각도 못 했고, 그때 품게 된 히다카 씨에 대한 나쁜 이미지를 끝내 버리지도 못했으니까요.

대단한 트릭이었다고밖에는 할 말이 없군요. 이번 사건에서 당신은 수많은 트릭을 사용했지만, 바로 그 고양이 이야기가 그야말로 최고의 트릭이었다고 나는 생각합니다.

그리고 그 고양이를 죽인 이야기의 트릭을 마침내 깨닫고 난 뒤에, 내 머릿속을 언뜻 스치는 것이 있었습니다. 어쩌면 그 트릭의 목적이 그대로 이번 범행의 목적이었던 게 아닐까…….

즉 당신의 궁극적인 목적은 히다카 씨의 인간성을 깎아내리는 데 있었다는 것입니다—. 그렇게 생각하면 이번 사건의 전체상이 뚜렷하게 잡히지요.

나는 조금 전에 당신의 범행 동기를 언급했습니다. 중학교 때의 저주스러운 비밀을 감추려는 마음에서 히다카 씨를 살해했을 거라고 말했어요. 거기에 대해 당신도 부정하지 않았고 나도 틀린 말은 아니라고 생각합니다.

하지만 나는 또 한편으로 이런 생각이 듭니다. 그건 당신이 살인을 결심한 계기였을 뿐, 더 중요한 원인은 따로 있는 게 아닐까.

당신이 히다카 씨를 살해하겠다고 생각하고 그 범행 계획을 짜내기까지의 마음의 움직임을 상상해본 것입니다. 앞서 말한 이유에서 당신으로서는 히다카 씨를 살해하기에 적합한 동기를 만들어낼 필요가 있었겠지요. 하지만 어떤 동기가 됐든 다 좋은 건 아니었어요. 그것이 공표되었을 때, 세상 사람들이 모두 나를 동정해주고 거꾸로 히다카의 인간성은 바닥에 처박힐 그런 동기를 생각해내야 한다―. 아마 당신은 그렇게 생각했겠지요.

그렇게 해서 고안해낸 것이 히다카 하쓰미 씨와의 불륜 관계, 그리고 어쩔 수 없이 히다카의 고스트라이터 노릇을 하기에 이른다는 스토리였어요. 이게 성공적으로 풀려나가면 당신은 히다카 씨가 지금까지 발표해온 소설들의 진짜 작가라는 명예까지 손에 거머쥘 수 있는 거예요.

그만큼 야심 찬 목적이 있었기 때문에 당신은 손가락에 굳은살이 박이도록 엄청난 양의 원고를 일일이 베껴 쓰고 그 추운 겨울 날씨에 위조 영상을 만드는 등의 온갖 노력과 열의를 기울였어요. 몇 달씩이나 시간을 들여 주도면밀한 준비가 착착 진행되었던 것입니다. 단순히 중학교 때의 어두운 과거를 감추기 위한 것뿐이라면 좀 더 알기 쉬운 동기를 준비했어도 별 상관이 없었을 겁니다.

당신이 최대한의 집념을 기울여 만들어낸 프로그램은 히다카 씨가 그동안 쌓아온 모든 것을 철저히 파괴하기 위한 것이었다는 말이지요. 그리고 살인 또한 그 프로그램의 일부에 지나지 않았습니다.

자신이 체포되는 것도 두려워하지 않고, 얼마 남지 않은 인생까지 모조리 내던져 다른 한 사람의 인간성을 폄훼하려고 한다—. 이건 대체 무엇 때문인가, 하고 나는 생각했습니다.

솔직히 나로서는 이론적인 대답을 내놓지 못하겠습니다. 하지만 노노구치 씨, 그건 어쩌면 당신도 마찬가지 아닐까요? 당신도 스스로를 분명하게 설명할 수 없는 거 아닙니까?

10여 년 전에 나 자신이 경험했던 그 일이 생각나는군요. 기억하시는지요, 내가 가르쳤던 학생이 졸업식 직후에 자신을 괴롭혀온 학생을 칼로 찔렀던 사건. 그때 괴롭힘의 주모자였던 학생이 했던 말이 있습니다.

"아무튼 마음에 안 든다, 아무튼 마음에 안 든다……."

노노구치 씨, 당신의 심경도 그 학생과 별반 다르지 않을 거라고 생각합니다. 당신의 마음속에는 당신 스스로도 이해할 수 없는 히다카 씨에 대한 깊디깊은 악의가 잠재되어 있었고, 그것이 이번 사건을 일으키게 한 동기가 아니었을까요?

그런 악의는 대체 어디에서 나온 걸까요. 나는 당신과 히다카 씨에 대해 나름대로 상세하게 조사했습니다. 그 결과 내가 알아낸 것은 히다카 씨가 당신에게 미움을 살 만한 이유는 하나도 없었다는 것입니다. 그는 훌륭한 학생이었고, 당신에게는 오히려 은인이라고 해도 좋을 사람이었어요. 당신이 후지오 마사야와 한패가 되어 그를 심하게 괴롭힌 시절이 있었는데도 그는 당신에게 큰 도움을 주었어요.

하지만 그런 은혜가 거꾸로 미움을 낳는다는 것을 나는 압니다. 당신이 그에 대해 열등감을 품지 않았을 리가 없는 거예요.

게다가 성인이 된 뒤에 다시 만난 히다카 씨에 대해 당신은 질투심까지 느껴야 하는 처지가 되었어요. 이 세상에서 가장 앞자리를 빼앗기고 싶지 않은 상대인 히다카 씨가 당신보다 먼저 작가로 성공해버린 것입니다. 그가 신인상을 탔다는 것을 알았을 때, 당신의 심경이 어땠을지 상상하면 나는 온몸의 털이 거꾸로 솟을 만큼 오싹해집니다.

그래도 당신은 히다카 씨를 찾아갔습니다. 당신은 진심으로 작가가 되고 싶었어요. 그리고 히다카 씨와 인연을 맺어두는 것이 그 꿈을 향한 지름길이 될 거라고 믿었겠지요. 그래서 마음속의 악의를 일시적으로 봉인해두기로 했던 것입니다.

하지만 당신의 길은 험난하기만 했습니다. 운이 없었던 것인지 아니면 재능 때문인지, 그건 나로서는 알 수 없습니다. 어떻든 당신은 작가로서 별반 성공하지 못한 채 건강까지 나빠지고 말았습니다.

죽음을 각오했을 때, 당신의 마음속 봉인이 풀려버렸을 거라고 나는 생각합니다. 당신은 히다카 씨에 대한 악의를 가슴속에 품은 채 이 세상을 떠나는 건 도저히 견딜 수가 없었겠지요. 그리고 그 악의의 등을 떠민 것이 히다카 씨가 당신의 과거를 알고 있다는 사실이었습니다.

이상이 내가 생각하는 이번 사건의 진상입니다. 뭔가 반론이 있으십니까?

침묵하시는 건 긍정하는 거라고 해석해도 되겠습니까.

너무 시간이 많이 지났군요. 나도 그만 목이 타는군요.

아 참, 한 가지만 더 말씀드리지요.

당신이나 당신 어머님이 과거에 했던 언동에서는 히다카 씨나 그 주변 지역 사람들에 대해 뭔가 편견을 갖고 있었다고 생각되는 구석이 있었어요.

하지만 분명코 단언해두겠는데, 그 동네에는 그런 추한 편견이 생길 만한 근거도 전혀 없었고 그런 편견이 존재했던 역사 같은 것도 없습니다.

어린 시절에 당신이 히다카 씨를 그토록 미워했던 이유 중의 하나에 어쩌면 당신 어머님이 가졌던 그런 식의, 경멸 받아야 마땅할 잘못된 선입견이 관계되어 있는 게 아닌가 하는 생각이 들어서 확인차 말씀드리는 겁니다.

자, 그러면 수술이 성공하기를 진심으로 빌겠습니다. 어떻든 건강이 회복되어 살아 있어주셨으면 합니다.

법정이 당신을 기다리고 있으니까요.

해설

일본인은 메모나 일기를 유난히 많이 남기는, 흔치 않은 민족이라는 얘기를 들은 적이 있다. 이 소설 『악의』를 읽고 인간이란 기록하는 동물이라는, 묘한 감개에 새삼 젖어들었다.

어떤 일이나 감정, 사유, 시간의 흐름 같은 것을 멈춰 세워 길이 남겨두려고 인간은 '기록'을 한다. 픽션 또한 '기록'의 하나가 틀림없다고 한다면 이 책은 '기록' 그 자체를 주제로 삼고자 기획한 장대한 미스터리다.

기록이 곧 진실 그 자체라고 생각하는 사람은 아마 없을 것이다. 기록은 기록자의 주관에 따른 사실이라는 것을 이미 모

주의 본 해설에는 작품의 중요한 내용이 언급되어 있습니다.

두가 알고 있기 때문이다. 그런데도 인간은 '기록'에 간단히 속아 넘어간다. 아니, 속아주고 싶은 것이다. 인간에게는 설령 타인의 것이라도 글로 쓰인 주관에 동화하고자 하는 본능이 있는 모양이다. 이를테면 주인공에게 감정 이입이 잘 되는 소설은 읽기 쉽고 재미있다고, 그렇지 않은 것은 따분하다고 느낀다.

그래서 서술이라는 것은 처음부터 주술적인 힘을 갖고 있는 것이다. 이 책에는 인간의 '기록하고 싶은' 욕망, 또한 '기록된 것'을 진실이라고 믿고 싶은 욕망을 겹겹이 칠해 넣은 기묘한 맛이 있다. 그것은 작가 자신이 서술의 마법을 숙지한 '소설가라는 기록자'이기 때문이고, 미스터리라는 장르가 이런 신비한 소설을 낳게 한 것이라고 할 수 있을 것이다.

스토리의 밑바탕에 흐르는 것은 인간의 '악의'라는 검은 강물이다. 악의가 흘러가는 물소리는 희미하게 들려오지만 그 흐름은 눈에 잡히지 않는다. 등장인물들이 교묘하게 은폐한 것인지, 혹은 알아채지 못하는 것인지, 아니면 어지간히 땅속 깊은 곳을 흐르는 것인지, 등장인물들의 '기록'에는 좀체 그 모습을 드러내지 않는다. 애타는 마음으로 독자는 이 책의 '수기'나 '기록'의 행간을 필사적으로 해명해보려고 할 것이다. 작가는 '기록'이라는 것의 교활함에 대해 충분히 확신한 끝에 독자에게 도전하고 있는 것이다.

이 책의 구성은 화자(기록자라고 해야 할까)가 되는 두 명의 인물에 의한 수기와 기록을 번갈아 써내려가면서 한 사건의 기괴한 모습을 차츰차츰 부각시키는 방식으로 꾸며져 있다. 진실이라고 생각했던 것이 실은 그게 아니었고, 허위라고 단정했던 것이 진실로 뒤바뀌면서 독자는 몇 번이나 속아 넘어가고 뺨을 맞아가면서 번롱✣당하는 것이지만, 이 책이 가진 분위기는 오히려 어두운 먹빛이 서서히 번져가는 것처럼 담담하게 펼쳐지기에 조용하게 무섭다.

첫 번째 수기는 노노구치 오사무에 의해 쓰여진 것이다.

노노구치는 아동문학가. 중학교 국어 교사로 근무했었지만, 중학생 시절의 동급생 히다카 구니히코의 소개 덕분에 작가로 세상에 나서고자 교단을 떠났다. 그 노노구치가 조우한 것은 히다카 구니히코의 살인사건이라는 끔찍한 상황이었다.

히다카 구니히코는 인기 작가다. 10년 전에 데뷔했으나 그다지 눈에 띄는 존재는 아니었던 그를 일약 유명하게 해준 것은 불꽃놀이 폭죽 장인의 인생을 그려낸 『타오르지 않는 불꽃』이라는 작품이었다. 그 작품으로 최고 명예의 문학상을 수상하면서 히다카는 단숨에 전국에서도 손꼽히는 베스트셀러 작가가 되었다. 메이저 작가 히다카와 지금은 아동 문학서를

✣ 이리저리 마음대로 놀림.

쓰고 있지만 언젠가는 일반 소설도 쓰고 싶다는 은밀한 야심을 가진 노노구치 사이의 우정은 어떤 것이었는가. 독자는 처음부터 부쩍 흥미를 갖게 된다.

히다카는 아내와 함께 캐나다 이주를 계획하고 있었다. 노노구치는 마지막 작별 인사를 위해 히다카가를 찾아간 길에 어느 방문자와 마주치게 된다. 히다카의 『수렵 금지구역』이라는 소설의 실제 모델이 된 인물의 유족이다. 고인의 프라이버시를 침해했다는 것으로 히다카와 법정 분쟁 중이었던 유족은 그의 캐나다 이주 소식을 듣고 항의를 하러 찾아온 것이었다.

그 직후에 히다카는 살해되고, 첫 번째 발견자가 된 노노구치는 본의 아니게 사건에 휘말린다. 그리고 노노구치는 이 사건을 '기록'해두자는 생각에 수기를 쓰기 시작한 것이었다.

> 내 인생에 이런 날은 정말 다시없을 것이다. 그렇게 생각하니 비극적인 하루였는데도 이대로 잠들기가 아까운 듯한 마음도 들었다. (중략) 그러다가 나는 한 가지 아이디어가 떠올랐다. 이 체험을 기록해두지 않을 수는 없다. 친구가 살해된 이 드라마를 내 손으로 글로 써서 남겨두자.

노노구치가 어떤 의도를 품고 있었건 이건 작가다운 태도인 것은 틀림이 없다. '기록'의 맨 처음이라는 것은 이처럼 비열한 요소도 있는 것이다. 또한 소재로 쓴 모델의 프라이버시 침해라는 문제도 노노구치의 작가다운 태도와 무관하지 않다. 다시 말해, 한 사건이나 인간을 '기록'하고자 하는 시도에는 그런 비열함으로 보이는 호기심을 뚫고 나와서, 그런데도 써내려갈 수밖에 없다는 측면이 있다. 첫머리부터 히가시노 씨는 '기록'의 미심쩍은 면을 고스란히 보여주고 있는데, 그 점이 매우 흥미롭다.

한편 또 한 명의 기록자는 가가 형사다. 가가는 우연히도 노노구치와 같은 중학교에서 교편을 잡았던 과거를 갖고 있다. 사회과 교사였던 가가는 한 가지 사건을 계기로 교단을 떠나 형사가 된 괴짜다.

가가라는 인물을 노노구치에게 동정적이면서도 진실을 추구하는 데 한 치의 빈틈도 없는 사람으로 설정한 것에 의해서 가가의 '기록'은 항상 노노구치의 '기록'을 검증하는 역할을 맡게 된다. 이윽고 가가는 노노구치의 서술과 실제 수사 사이의 괴리를 알아내고, 그야말로 간단히 히다카 살해의 범인을 노노구치라고 단정하기에 이른다.

하지만 이야기는 거기서부터 돌연 독자를 전율의 세계로 몰아넣는다. 이 책은 범인을 먼저 밝히고 시작하는, 이른바 범인 찾기가 아니라 동기 찾기라는 신비한 여행으로 독자를 데려가는 것이기 때문이다.

왜 노노구치는 '기록'하는가.

왜 노노구치의 집에서는 히다카 구니히코의 원고가 수없이 쏟아져 나오는가.

왜 노노구치는 히다카를 살해한 것인가.

이윽고 가가는 노노구치에게서 믿을 수 없는 사실을 듣고 경악한다. 히다카 구니히코를 인기 작가로 밀어올린 『타오르지 않는 불꽃』은 노노구치의 작품이었다는 것이다. 생각지도 못한 도작 문제가 새롭게 떠오른다. 거기서 모습을 드러낸 것이 눈에 보이지 않는 악의의 존재다.

> 그가 특히 끔찍하다고 생각한 것은 폭력 그 자체가 아니라 자신을 싫어하는 자들이 발하는 음陰의 에너지였다. 그는 지금껏 이 세상에 그런 악의가 존재하리라고는 상상도 하지 못했던 것이다.

위의 인용은 히다카 구니히코의 소설 『수렵 금지구역』 중의 한 부분이다. 『수렵 금지구역』이라고 하면 실재 모델이 된 유족에게서 항의가 들어온 사연 많은 소설이다. 하지만 실제 작자는 누구인지 알 수 없다. 그렇다면 과연 누가 누구에게 어떤 일을 당했고, 거기에 어떤 악의가 존재하는 것일까. 음의 에너지란 누구를 향해 작용했던 것인가.

여기까지가 이 책의 대략적인 얼개지만, 더 이상 언급하는 것은 허락되지 않는다. 다만 여기서 말할 수 있는 것은 사건 그 자체뿐만이 아니라 이 소설 또한 복잡한 양상을 겹겹이 갖고 있다는 것이다. 메타픽션✣인가 했는데 전혀 아니었고, 작가의 솔직한 마음을 토로한 것이라고 믿었는데 그건 거짓말이었고, 그런가 하면 거짓인가 싶더니 정직한 얘기이기도 하고, 도무지 꼬리를 잡기가 쉽지 않다.

그것은 이 이야기가 인간의 끝 모를 악의를 묘사하면서도 어느새 '기록'하는 것에 사로잡혀버린 한 사람의 비극, 이라는 것으로 읽혀질 수 있기 때문이다. 또한 이 소설 자체가 '기록'으로서 우리를 그 매력에 충분히 취할 수 있게 해주기 때문일 것이다.

기리노 나쓰오桐野夏生, 작가

✣ 텍스트의 리얼리티에 대한 환상을 무너뜨리며 이야기의 허구성을 강조하는 장치 혹은 서술기법.

옮긴이의 말

이유 없는 악의의 이유를 찾아서

베스트셀러 작가 히다카 구니히코가 자신의 작업실에서 사체로 발견된다. 후두부에는 둔기로 맞은 흔적이 있고, 전화 코드가 그의 목을 조이고 있었다. 사체를 발견한 사람은 그의 젊은 아내, 그리고 친우이며 아동문학작가인 노노구치 오사무.

누가 이 유명 작가를 살해했는가.

사건을 맡게 된 사람은 '우리의 영웅' 가가 교이치로 형사다.

사체의 첫 발견자 노노구치 오사무는 우연히도 가가 교이치로 형사와 예전에 한 직장에서 근무해서 잘 아는 사이인 사람이었다. 게다가 노노구치는 어린 시절부터 절친하게 지내온 친구의 죽음을 목격하고 그 전후 사정을 꼼꼼히 기록해나간다. 글쓰기를 전문으로 하는 사람으로서 그야말로 평생에 한 번 있을까 말까 한 엄청난 일을 겪게 되었으니 그것을 기록한다는 건 어찌 보면 당연한 일이었다. 가가 형사에게는 이보다 더 좋은 일은 없었을 것이다. 글쓰기를 전문으로 하는 작가가 사건을 차곡차곡 기록하고 정리해준다면 사건을 해결하는 데 큰 도움이 될 게 아닌가. 하지만 여기에 치명적인 함정이 숨겨져 있었다. 가가 형사에게도, 또한 '기록자'에게도.

이 소설 『악의』는, 노노구치의 수기와 가가 형사의 기록을 번갈아 보여주는 형식으로 전개된다. 작가 히가시노 게이고는 전혀 다른 개성을 가진 두 종류의 글을 만들어낸 셈이다.

글에는 그 글을 쓴 이의 성품이 담기게 된다. 노노구치의 수기는 몹시 상세하고 치밀할 뿐만 아니라 지극히 주관적이고 어딘지 모르게 작위적인 분위기를 풍긴다. 상투적인 비유가 자주 등장하는 것도 그의 사고가 정형의 틀을 벗어나지 못했다는 것을 방증하고 있다. 그 반면, 가가 형사의 기록은 냉철하고 객관적이며 담백한 성격이 드러난다.

일부러 감추려 해도 우리가 써내는 글에 결국 드러나고 마는 인간적 품성이나 모종의 편견……. 글을 쓴다는 것이 새삼 두려워지는 대목이다. 한편으로 우리가 일상적으로 접하는 수많은 글들, 그 속에 담긴 자잘한 오류나 편견이 우리의 의식에 아주 깊숙이 뿌리를 내린다는 것 또한 등이 오싹해지는 깨달음이었다.

글 쓰는 일을 업으로 하는 작가들의 세계에 대한 언급도 흥미 깊은 부분이다. 작가로서 등단하기까지의 어려움, 더 많은 사람들에게 알려지고 싶다는 직업적인 욕구, 어렵게 써낸 소설이 독자에게 외면받고 그대로 묻혀버리는 데 대한 비애도 이 소설 곳곳에서 배어난다. 더구나 노력이 아니라 '운'에 의해 좌지우지되는 것이 아닌가 하는 의심, 성공을 거둔 유명 작가에 대한 질투심은 어떻게도 풀 길 없는 존재적인 울분으로 이어진다.

어떻든 이미 다 해결된 듯한 이 사건을 가가 형사는 상사의 달갑지 않은 시선까지 받아가며 재차 탐문하기 시작한다. 한 사건을 맡아 어렵사리 해결에 이른 뒤에는 그 사건은 다시 돌아보기도 싫은 것이 인지상정이다. 하지만 가가 형사는 마음에 걸리는 작은 응어리를 대충 넘어가지 않았다. 쉽게 입을 열지 않는 관련자들을 재차 내 발로 한 사람 한 사람 찾아다니며 귀한 증언들을 얻어내는 일……, 이건 말로는 간단하지만 실제로 행동에 옮기기는 어려운 일일 것이다. 가가 형사의 이 열정은 어디에서 나왔는가.

죽은 자는 말이 없다. 말할 입을 빼앗겨버린 선의善意가 음습하고 치밀한 악의惡意에 의해 철저히 말살되는 데 대한 분노가

가가 형사의 가슴속에 회오리바람 같은 열정을 불러일으키지 않았을까. 아무 이유도 없는 악의, 그 악의의 이유를 파헤쳐서 선의의 제자리를 찾아주기 위해 가가 형사는 온갖 수고를 마다하지 않은 것이리라. 역시나 가가 형사는 '우리의 영웅'이다!

범인을 찾아내고 범행 동기와 그 방법을 추적해나가는 추리적인 요소가 거의 완벽하게 구사된 소설이어서 마치 게임을 하듯이 끊임없이 머리를 굴려가며 읽을 수 있었다. 뒤를 이어 인간의 본성에 대한 묵직한 상념이 가슴을 친다. 이것이 바로 추리소설의 재미로구나, 하는 실감을 독자들도 거머쥘 수 있기를 바란다.

끝으로, 작가 히다카 구니히코의 명복을 빌고자 한다. 비록 소설 속의 인물이지만, 이유를 알 수 없는 악의에 철저히 희생되고 만 그에게는 한없는 안타까움을 느끼지 않을 수 없다. 그의 피땀이 어렸을 소설작품에도 흰 백합의 꽃다발을 바치고 싶다. 그것을 한 자 한 자 베껴 쓴 악의에 대한 선의의 분노를 가슴 속에 새기며.

작가 히가시노 게이고에 대하여

일본 추리소설계의 제일인자를 꼽으라면 두말할 것도 없이 히가시노 게이고. 일본 추리작가협회상, 본격미스터리대상, 에도가와란포상을 차례로 섭렵하고, 2006년에는 『용의자 X의 헌신』으로 마침내 나오키상까지 거머쥐었다. 특히 2003년에 발표한 『편지』는 문고본으로 발간되면서 한 달 만에 130만 부라는 경이적인 판매를 기록하여 가장 인기 있는 베스트셀러 작가로서 그 명성을 굳히는 계기가 되었다.

1958년생으로, 오사카부립대 공학부 전기공학과를 졸업하고, 현재 〈덴소〉로 사명이 바뀐 〈일본전장電裝주식회사〉에 근무하였다. 그곳에서 기술자로 일하는 동안 엉뚱하게도 추리소설을 썼다. 어린 시절에는 별로 책을 읽지 않는 아이였지만, 고등학교에 올라가면서 읽은 한 권의 책 『아르키메데스는 손을 더럽히지 않는다』 때문에 추리소설에 푹 빠져버렸다고 한다. 이 책은 제19회 에도가와란포상을 수상한 고미네 하지메(1921~1994)의 작품으로 '청춘 추리소설' 분야의 신호탄이 된 작품. 이 소설이 계기가 되어 추리소설 작가를 꿈꾸게 되었는데, 회사에 다니면서 틈틈이 집필한 『방과 후』가 마침내 1985년 제31회 에도가와란포상을 수상하면서 화려하게 데뷔하는 데 성공하였다. 이후 도쿄로 거주지를 옮겨 작가 생활에 전념했다.

초기에는 추리물, 서스펜스, 패러디, 엔터테인먼트 등 다채로운 작품을 발표하였는데, 전통적인 본격 추리물의 공식에 맞춰 주로 의외성에 무게를 둔 작품이 많았다. 1986년에 발표한 『백마산장 살인사건』에서 “비밀이나 암호처럼 추리소설의 이른바 고전적인 ‘소도구’가 마음에 들어서, 설령 한물간 유행이라는 말을 듣더라도 계속 활용하고 싶다”라는 의견을 밝혀 본격 추리소설의 ‘규칙성’을 추구하는 자세를 보였다.

이과 전공자답게 원자력발전이나 뇌 이식 등, 해박한 과학 이론을 구사한 작품들도 눈에 띈다. 대학 시절에 양궁부 주장으로 활동했을 만큼 스포츠에도 관심이 많아서 양궁, 검도, 야구, 스키점프를 소재로 한 작품도 다수. 나아가 추리소설이라는 장르 자체를 소재로 삼거나 출판업계에 대한 비판과 풍자를 담은 작품들도 다수 발표했다.

이후 서서히 작풍에 변화를 보이면서 1990년의 『숙명』에서는 “범인은 누구인가, 어떤 트릭이 숨어 있는가 하는 매직을 구사하는 것, 그런 수수께끼를 풀어나가는 것도 좋지만, 또 다른 스타일의 의외성에 대해서도 작가적 상상력을 발휘하고 싶다”라고 밝혔다. 이는 추리소설의 세 가지 요소 ‘Who done it? How done it? Why done it?’ 중에서도 ‘Why?’ 쪽으로 무게 중심이 옮겨간 것이었다. 이 책 『악의』는 이즈음의 작풍이 절정기에 이르렀을 때 써낸 작품이라고 할 수 있다. 범인이 누구인지 찾아나가는 과정보다 범행의 방법how과 이유why에 중점을 두는 추리소설 기법을 독자들은 실감나게 느낄 수 있을 것이다.

이런 작풍이 더욱 발전해서 당대의 첨예한 사회 문제를 소재로 도입하여 추리소설의 외연을 넓히는 데 주력하기도 했다.

추리소설에는 인상적인 주인공이 계속해서 여러 가지 사건을 풀어나가는 시리즈물이 많은데, 히가시노 게이고는 시리즈 캐릭터의 사용을 최저한으로 줄이는 것으로도 유명하다. 『붉은 손가락』에 이어 『악의』에도 등장한 '우리의 영웅' 가가 교이치로 형사는 히가시노 게이고의 그 몇 명 안 되는 연속 캐릭터 중의 한 사람이다.

영화를 좋아해서 영화감독이 되기를 희망한 적도 있었다는데, 그래서인지 자작의 영상화에 대해서는 관용적인 자세를 보인다. 그의 많은 작품이 영화 및 드라마로 제작되었다. 특히 영화마다 한 장면씩 카메오로 직접 출연하기도 했다고.

이 책에도 고양이 이야기가 중요한 트릭의 하나로 등장하지만, 히가시노 게이고는 고양이를 기르는 작가로도 유명하다. 고양이 이름은 '유메키치夢吉'. 누군가 내버린 고양이를 주워왔다고 한다. 이 고양이는 한때 그의 인터넷 공식사이트의 배경으로 사용되었고, 에세이의 소재가 되기도 했다.

문인들이 주로 다니는 긴자의 한 술집에 자주 가는데 술친구는 오사와 아리마사, 오쿠다 히데오 등 우리 귀에도 익숙한 작가들이라고 한다.

(위의 프로필은 위키백과사전과 일본어판의 내용을 발췌 정리한 것이다. 히가시노 게이고를 처음 만나는 독자들에게 참고가 될 것 같아서 『붉은 손가락』의 역자 후기에 실었던 내용을 다시 게재하였다.)

악의

지은이 히가시노 게이고
옮긴이 양윤옥
펴낸이 김영정

초판 1쇄 펴낸날 2008년 7월 25일
개정판 1쇄 펴낸날 2019년 7월 25일
개정판 17쇄 펴낸날 2024년 11월 5일

펴낸곳 (주)현대문학
등록번호 제1-452호
주소 06532 서울시 서초구 신반포로 321(잠원동, 미래엔)
전화 02-2017-0280
팩스 02-516-5433
홈페이지 www.hdmh.co.kr

ISBN 978-89-7275-003-1 04830
978-89-7275-000-0 (세트)

* 책값은 뒤표지에 있습니다.
* 파본은 구입처에서 교환해드립니다.